COL

Jean Rouaud

La femme
promise

Gallimard

Jean Rouaud a obtenu le prix Goncourt pour son roman *Les champs d'honneur*. Il a notamment publié, aux Éditions Gallimard, dans la collection Blanche, *La désincarnation* (2001, Folio n° 3769), *L'invention de l'auteur* (2003, Folio n° 4241), *L'imitation du bonheur* (2006, Folio n° 4590), *Préhistoires* (2007), *La Fiancée juive* (2008).

Est vicié ce qui est fait sans amour.
Wladimir Jankélévitch

Oui, sans doute as-tu raison. Du moins on aimerait tellement le croire, n'est-ce pas ? Ça nous rassurerait de penser que le meilleur du monde serait une victoire permanente sur le mal, de voir le mal en éternel mauvais perdant, toujours terrassé comme un vulgaire dragon par le moindre geste d'amour, rageant de se faire avoir par une caresse légère du revers de la main, par une ligne pleine d'allant tracée du bout de l'index, par un petit pas sautillant sous une pluie rêveuse, par un regard qui se baisse devant la désirée, par une fleur offerte ou le sifflement impromptu repris d'un chant d'oiseau. Pauvre mal n'ayant à proposer dans sa boutique que les mêmes articles corrompus à base de chaos et de désolation, que ces mêmes manuels à martyriser la vie et à la détruire. Malheureux, le mal. Quelle pitié pour lui de n'avoir rien d'autre à donner que cette poignée, jetée à plein vent, de désespérance. Serait-il à l'origine de toute chose, serait-il l'indépassable horizon de toute chose, l'onde fossile de la première seconde de l'univers ne nous renverrait que son ricanement sardonique, comme dans ces atroces séries télévisées où les rires sont préenregistrés. Nous serions cernés exclusivement d'images blessantes, jamais de reposoirs pour nos yeux, jamais de baumes pour notre mélancolie, jamais de chants pour nous élever au-dessus de nos vies.

On aurait beau fermer nos paupières, nous serions en permanence agressés par une danse des sabres, on aurait beau se pincer le nez, nous serions envahis par une odeur de putréfaction, on aurait beau se boucher les oreilles, nous serions assourdis par les cris de douleur. Ce qui signifie que la charité ne serait pas de ce monde, ni la beauté ni la consolation, qui sont les autres visages de l'amour. Et bien sûr, jamais de paix pour nos esprits harassés, harcelés, bousculés. Au lieu qu'ici, cette sorte d'ivresse joyeuse. Car on ne m'ôtera pas de la tête que nous sommes devant l'expression de la joie la plus pure.

Souvent, en posant les yeux sur tel ou tel détail, je me surprends à sourire, et du coup je les vois sourire aussi quand l'un, après avoir lancé son geste fulgurant, se retourne et qu'il découvre son compagnon, le visage imperceptiblement illuminé, comme déployé, qui hoche la tête, sans même s'en rendre compte, dans un signe d'assentiment qui est un assentiment à cet instant inouï de la révélation, à la révélation elle-même, oui, tu as bien fait, dit cette approbation, oui, avec beaucoup d'attention, beaucoup de compréhension, beaucoup de délicatesse et de force, tu as aidé le monde à accoucher de son meilleur, oui, tu lui as appris qu'il n'était pas seulement cet espace de sauvagerie qui nous impose pour notre survie un combat de chaque jour, de chaque nuit, une lutte de tous les instants, mais qu'il avait aussi, ce grand corps brutal de la terre, autre chose à donner. Quoi ? Ce qui justement ne lui était pas donné. L'insoupçonnable en lui. Ce que de lui-même il ne pouvait approcher que par l'ombre que découpe un corps dans son dos quand celui-là s'avance vers le soleil, ou, à son insu, par le jeu des nuages et des rochers qui se donnent parfois de faux airs de bestiaire, mais bien incapable, le monde, au-delà d'une courbure de la roche pouvant suggérer l'encolure d'un fauve, ou la masse protubérante d'un cumulus une silhouette animale, de pousser plus loin son jeu des ressemblances avec ses créatures. Au lieu qu'ici, n'est-ce pas ? Demandez et vous recevrez.

Le monde jusque-là avait vécu des millions d'années sans se douter qu'il était capable de faire surgir un double joyeux de lui-même. Il a fallu cette rencontre, non pas au sommet, mais dans le très profond de la terre, pour que ce miracle de vie se reproduise à volonté. Si l'homme n'apparaît pas, cet homme-là pareil à nous, se posant les mêmes questions que nous, la Terre continuerait de tourner stupidement autour du Soleil, livrée à la fureur des climats et des rayons cosmiques. Comme une vulgaire planète avec sa masse de carbone, de fer et d'eau. Au lieu que, depuis trente mille ans, elle est la grande tatouée de l'univers, la belle parée, l'unique, exhibant dans ses flancs, incisée dans sa roche, toute une ménagerie fabuleuse. Sans doute as-tu raison, ma petite fille.

Mais déjà nous voyons que la petite fille n'est pas une petite fille. Même si au vrai nous voyons peu. La scène est plongée dans une quasi-pénombre, éclairée par cette lampe reliée à une batterie, que l'homme soulève pour la porter à la hauteur de ce qu'il veut montrer sur la paroi, mettant du coup sa dite petite fille dans un halo ombreux, dont nous ne percevons que le profil. Et sans doute que cela suffirait à l'auteur, qui se lancerait aussitôt dans la description de cette moitié de visage de femme, reprenant peut-être les mêmes termes que lors d'une précédente histoire où il s'était appliqué à décrire minutieusement une photographie, partant de la racine des cheveux, qu'elle semble avoir sombres et taillés plutôt court, pour dévaler jusqu'à la naissance des seins. Mais, quand bien même ladite petite fille ressemblerait à la femme de la photographie, l'auteur nous abuserait, et il devrait attendre pour découvrir la naissance des seins, car on perçoit que ladite petite fille porte un col roulé, vraisemblablement noir, montant haut, qui enveloppe un cou gracile et long, légèrement incliné de trois quarts, témoignant d'une écoute attentive aux paroles de l'homme âgé.

Car lui qui parle, qui s'écoute parler peut-être — mais non, c'est injuste, visiblement il essaie de produire une parole en phase avec la solennité du lieu, une parole qui ne souille pas, qui ne détériore pas, comme souvent ces logorrhées se drapant dans leur propre insignifiance, une parole en écho, rendant hommage à ce surgissement de la beauté —, cet homme nous le découvrons dans la crudité de l'éclairage en plongée qui rase son visage, en accentue les rides, en creuse les traits qui s'emplissent d'ombres, tandis que les lignes saillantes sont mises en lumière comme une ligne de crête sous les rayons d'un soleil levant, de sorte qu'on voit se découper en transparence la forme même de son crâne, lequel est simplement recouvert d'une peau parcheminée surmontée d'une chevelure blanche résiduelle coiffée en arrière, brillant comme des filaments d'or, comme s'il n'était pas besoin d'une radiographie pour lire que cet homme vivant porte en lui son cadavre.

La voix est voilée, la gorge éraillée d'avoir trop longtemps été habituée à filtrer la fumée des cigarettes. Tout à l'heure, ladite petite fille, ne pouvant masquer son étonnement, a fait remarquer à cet homme : Tu fumes ici ? Alors qu'elle avait noté la présence insolite d'un cendrier posé sur un entablement rocheux à une longueur de bras. À quoi l'homme avait répondu qu'il était le seul à connaître ce lieu pour l'avoir sinon découvert, du moins redécouvert, et que l'endroit avait été jadis enfumé s'il en juge par ces bavures charbonneuses qui indiquent qu'on n'hésitait pas à moucher les torches contre la paroi. Même si les torches du marquis pouvaient aussi en être la cause. Ce qui n'était pas forcément mauvais pour l'endroit toujours à la merci des bactéries. La fumée a ce pouvoir de purifier, d'éliminer les parasites.

On avait ainsi fait une expérience cruelle au Tibet. Cruelle pour nos rationalistes à tous crins. Comme le chauffage contribue au déboisement des pentes de l'Himalaya, et que les fours existants enfumaient les abris avec un rendement déplorable, des ethnologues avaient convaincu les villageois d'adopter des fours plus adéquats, qu'ils pouvaient fabriquer eux-mêmes, ce qui ne les entraînait à aucune dépense, donc une opération parfaite, ne pas voir l'hydre consumériste derrière cette bonne action, et de fait ces fours nouveaux réalisés à partir des plans de nos experts en cuisson ne fumaient plus, simplement de ce moment la vermine revint se nicher dans les misérables abris, rendant la vie de ses habitants bien plus détestable que lorsqu'ils vivaient dans la fumée, si bien qu'ils ressortirent leurs anciens fours insecticides, ce qui les oblige à glaner leur bois de plus en plus loin, ce qui provoque, cette déforestation, l'eau n'étant plus retenue sur les pentes par rien, d'immenses inondations en Inde, mais c'est une autre histoire, au moins la vermine ne démange plus nos Tibétains.

Ce qui devait valoir aussi pour nos ancêtres, confrontés comme dans le Grand Nord à des nuées d'insectes lors de la brusque apparition des chaudes journées de l'été après des mois et des mois d'un climat sibérien. Et l'homme offre une cigarette à ladite petite fille qui hésite puis finalement tend la main vers le paquet, avant de se pencher pour approcher sa cigarette de la flamme jaillie du briquet au creux de la main de l'homme. Si on nous voyait, on se ferait lyncher, dit-elle, en lançant sa fumée vers le sol.

Mais pas d'inquiétude, on ne lynchera personne, et ce n'est évidemment pas une petite fille que l'on incite à s'intoxiquer à la nicotine. Dans le rougeoiement de la flamme on a découvert un beau visage. Traits réguliers, d'un aspect un peu sévère, mais peut-être est-ce dû à cette attention précautionneuse au moment d'allumer la cigarette, pommettes hautes, faisceaux de petites rides au coin des yeux, paupières plissées pour éviter la fumée. L'auteur a certainement une idée sur son âge, qui a l'habitude de fabriquer de fausses cartes d'identité à la chaîne, mais le mieux est d'attendre qu'elle nous le révèle elle-même. Sans doute approche-t-elle de la quarantaine. De toute manière, on est très loin de l'enfance. Alors cette façon de dire « ma petite fille », ce ne peut être que la parole tendre d'un père pour qui les années ne comptent pas, les condamnant à un surplace définitif.

« Ma petite fille », depuis la toute première apparition, lorsque le petit corps braillant et enveloppé d'une serviette a été remis dans les bras de celui qui a été sommé à ce moment-là de s'inventer instantanément père, qui va s'appliquer empiriquement à le devenir, « ma petite fille » sur la table à langer, « ma petite fille » avalant sa dose mesurée de lait, « ma petite fille » invitée à trouver le sommeil au son d'une musique métallique, « ma petite fille » qui sort de son beau réveil sous la pression d'un baiser, « ma petite fille » vacillante sur ses jambes et s'avançant courageusement en direction des bras qui s'apprêtent à la recevoir, « ma petite fille » s'appliquant douloureusement à reconnaître les lettres d'un abécédaire, « ma petite fille » repris depuis des milliers de fois, se moquant du temps qui passe, de la taille qui s'allonge, de la poitrine qui s'arrondit, de l'enfant aux poupées devenue femme, de la femme aimée, aimante. « Ma petite fille », pour toujours.

Ce que dit aussi cette façon qu'il a eue de rebondir avec beaucoup de sérieux sur la citation qu'elle a jetée au milieu de leur discussion comme un pavé dans la mare : « Est vicié ce qui est fait sans amour. » Pardon ? À brûle-pourpoint, il ne serait pas illégitime de se demander ce que ce genre d'aphorisme vient faire ici. Pour le moins déplacé, tombant comme un cheveu dans la soupe. Devant n'importe qui d'autre, il se serait contenté de hausser les épaules, mais qu'est-ce que c'est que ce pédant ? De quoi parle-t-il ? Il confond tout, n'y entend rien, comme si nous étions ici dans une chambre d'amour, alors que, selon toute probabilité, il s'agit d'une chambre mortuaire.

Mais venant d'elle il a aussitôt considéré cette proposition troublante et promené sa lampe sur quelques figures qui se sont alors détachées de la paroi, comme si sa réflexion élaborée au cours des longs tête-à-tête avec ces formes de jadis s'en trouvait modifiée. Et si sa grande petite fille disait juste ? Il n'est pas dans ses habitudes de parler au hasard. Il lui rappelle qu'il lui arrivait, enfant, de rester des heures à dessiner, sans un mot, parfaitement concentrée, comme insensible aux bruissements de la vie autour d'elle, aux éclats de voix qui l'invitaient pour la énième fois à lever le nez de son ouvrage pour passer à table. Alors, oui, sans doute as-tu raison, peut-être est-ce cette démonstration d'amour qui me retient ici et me pousse à y revenir encore et encore.

Combien de temps depuis la première fois que je t'ai amenée ici, et que je t'ai fait promettre de garder le secret, de ne dévoiler à personne ni l'endroit ni son contenu ? Ce devait rester entre nous. Quel âge avais-tu ? Douze ans, treize ans ? Oui, sans doute avait-elle raison. Et maintenant il y passait le plus clair de son temps. Et temps clair, dans cette chambre obscure, c'est une façon de parler, n'est-ce pas ? Mais j'ai fini par m'habituer à sa pénombre. Ma batterie a une autonomie de trois heures, et souvent je baisse le potentiomètre pour augmenter mon temps de présence en ne laissant subsister qu'une maigre lueur qui ne me permet même pas de prendre des notes. D'ailleurs, des notes, je n'en prends pratiquement plus. Pour qui ? Pour quoi ? Pour moi, souffle-t-elle.

Mais pour ce qui est de la lumière, je crois qu'ils n'y voyaient pas beaucoup, non plus, nos anciens. J'ai fait un essai avec une brindille de genévrier plongée dans de la graisse de bœuf. C'était leur mode d'éclairage, celui qui fumait le moins, ce qui veut dire qu'avant de tester la bonne solution ils avaient dû maintes fois sortir de leurs ateliers souterrains en se raclant la gorge, qu'ils avaient tout essayé, tout ce qui pouvait brûler à petit feu, jusqu'à s'arrêter à ces buissons de genièvre dont ils avaient déjà goûté les baies. Mais la lumière en est filiforme et, à moins d'installer des dizaines de photophores, il est impossible d'avoir une vision d'ensemble du panneau central, par exemple. Et pourtant il est entièrement composé. C'est peut-être le plus beau que je connaisse. Regarde. Oui, sans doute as-tu raison. Un monument d'amour.

Et la lampe tenue au bout du bras levé éclaire un cervidé de la taille d'une jeune biche, serti d'un trait noir moucheté, aux pattes d'une finesse exquise, dont les sabots sont escamotés, comme s'ils étaient enfouis dans l'herbe rase ou la mousse de cette sorte de toundra qui accueillait alors les hardes paléolithiques. L'animal est à l'arrêt. Quand le faisceau lumineux suit la courbure supérieure de son dos jusqu'à l'encolure, il semble décapité mais, en fait, la ligne, au lieu de s'élever vers le haut du crâne, invite à un retour sur elle-même. La tête allongée, dépourvue de ramure, à quoi l'on reconnaît un jeune ou une femelle, à la joue en croissant de lune, est repliée sur son flanc. L'œil est ouvert, en amande, mais vide, privé d'iris, la paupière ourlée, presque maquillée. Du museau effilé où le naseau est suggéré par une virgule incurvée, sort une langue légèrement distordue, dont on constate qu'elle lèche une incision dans le flanc, un simple trait noir de quelques centimètres qui se contente en fait de surligner une fissure, une boutonnière naturelle dans la roche, comme si l'animal avait été dessiné autour de cette blessure originelle, comme s'il se préparait à y plonger pour réintégrer la Terre mère, comme s'il reconnaissait dans cette fissure vulvaire l'entrée d'un autre monde. Boucle bouclée. Après ce petit détour par la vie, l'esprit de l'animal réintègre sa matrice, d'où peut-être, par une autre fissure, il ressortira sous une autre forme.

Le mouvement de la biche léchant sa plaie est si gracieux, qu'observant le tableau on se surprend à tenter une torsion semblable du cou, non pas comme un exercice de gymnastique destiné à vérifier la souplesse des articulations cervicales, mais en veillant à y mettre le plus d'élégance possible, sorte de révérence à la fois devant le génie créateur et ce courant de forces obscures qui irrigue le monde. Pour mieux saisir la beauté du tableau, la femme s'est levée de son banc de roche, sa longue silhouette sombre accentuée par un pantalon fuseau s'est avancée de quelques pas jusqu'à coller son épaule à l'épaule de son père, lequel promène en un lent travelling le faisceau de la lampe sur les lignes charbonneuses, reproduisant à vingt mille ans d'écart le geste fondateur, comme s'il l'accompagnait, comme si en accélérant le mouvement il allait rattraper la main sûre d'elle-même qui reproduit l'animal blessé.

Regarde, dit-il, aucun repentir, aucun dérapage, aucune reprise, le trait progresse avec une insolence légère, oui, tu as raison, comme une sorte de caresse amoureuse. L'artiste ne travaille pas de mémoire, il n'a pas en tête ce moment où, après une chasse peut-être, une biche blessée par une pointe de flèche s'est retournée sur elle-même pour tenter de cautériser de sa salive sa plaie. Il n'est pas un quelconque Oudry à qui de prestigieux veneurs ont demandé de garnir leurs salons de tableaux de chasse fantastiques.

Je me rappelle que, dans ma thèse, j'avais développé cette idée que les tableaux de Jean-Baptiste Oudry ou d'autres peintres animaliers de cette période, comme Desportes, mettant en scène une curée, un cerf chargé et agrippé par les chiens plantant leurs crocs dans ses flancs, étaient sans doute une métaphore de la cour et de ses mœurs, le cerf couronné, à qui toute la meute entend faire un sort, qu'elle n'a de cesse de mener à l'hallali, renvoyant au prince. Ainsi toute scène de chasse mise en scène par le prince lui-même devient un exercice cathartique pour calmer les ardeurs des courtisans, leur rage et leurs frustrations. La mise à mort du chef d'une harde régnant sur son harem de femelles, mettant au pas les jeunes excités qui convoitent son pouvoir, est un bon moyen de détourner la fureur des prétendants, leur envie de meurtre sur le prince. La Fronde est encore dans tous les esprits. En clair la mort du cerf est un régicide symbolique et prémonitoire. Et quand on connaît l'état et les mœurs de la cour à la fin du règne de Louis XIV et encore sous Louis XV, et le rôle des chasses royales, on imagine la portée inconsciente de ces images. Cela dit, il s'était quand même trouvé un membre du jury pour me lancer, vous vous égarez, jeune homme, puis-je vous rappeler que votre docteur Freud n'a, à ma connaissance, et mes éminents collègues ne me contrediront pas, jamais figuré parmi les médecins du roi ? Ce qui avait bien entendu fait beaucoup rire la maigre assistance. Mais rien de tel ici. L'animal blessé ne figure pas au tableau de chasse du grand cador.

Et ladite petite fille, l'interrompant, posant affectueusement son coude sur l'épaule de l'homme : Tu as dit grand cador ? Oui, comme ça, pour dire le chef. Non, pas comme ça, dit-elle, je crois savoir d'où ça vient. Ah oui ? Oui, on le trouve dans cette histoire que j'ai lue, d'un petit avorton rabroué par tout le groupe et qui, écoutant le récit du conteur le soir autour du feu, invente le dessin en promenant son doigt sur le sable.

J'ai rencontré l'auteur, dit l'homme, dans un séminaire sur l'art paléolithique. Le petit tordu qui en impose aux grands chefs avec ses dessins. L'art, sans coup férir, plus fort que la force.

Et alors ?

Alors, ce n'est pas un spécialiste. Il en sait aussi long que n'importe qui ayant lu trois livres sur le sujet. Mais ses propos fantaisistes contrastaient avec les interventions des grands pontes qui mesurent chaque mot, déminant soigneusement le terrain devant eux de manière à ne pas être pris en flagrant délit d'affabulation. Ce qui entraînerait une mise en quarantaine immédiate, après quoi ils pourraient dire adieu à tout espoir de poste. Pourtant ils n'en pensent pas moins. J'en connais de très prestigieux qui, devant moi, loin de la tribune, se sont soudain autorisés à donner une interprétation personnelle, à élaborer une pensée flottante, sans appui scientifique, presque rêveuse, à poser la question du sens et à tenter d'y apporter des réponses. Non pas, comment ont-ils fait — maintenant on sait à peu près tout de la taille des silex, des différentes techniques de peinture et de gravure, des matériaux utilisés, des colorants et des fixateurs —, mais pourquoi, à quoi ça rimait pour eux, ces graffitis luxueux dans les entrailles de la terre, littéralement qu'est-ce que ça leur disait ?

Ce que tentait d'expliquer l'auteur, c'est que la poésie est un mode de connaissance du monde, qu'il n'y a pas de monde sans poésie, que le monde s'est structuré autour de ces faits poétiques que sont, entre autres, le récit et le dessin, que le monde vient de là. Et donc que la poésie, c'est du sens. Mais elle reste un très gros mot dans les milieux scientifiques. Le rapprochement insolite de deux images n'a pas bonne presse chez nos intraitables raisonneurs. C'est André Breton qui disait pourtant que le mot le plus exaltant dont nous disposions est le mot comme.

Je me suis sentie comme l'avorton.

Toi, ma belle petite fille, toi en avorton ?

Ouvre les yeux, dit-elle.

Et lui : Où en es-tu ? Tu ne m'as pas parlé de ton travail.

Et, comme si elle tirait pour elle-même la conclusion de sa proposition initiale : Vicié, dit-elle.

Et lui, d'une voix embarrassée : La prochaine fois, est-ce que tu accepterais de venir avec tes papiers à dessin et tes fusains, et de faire un relevé des figures ?

1

Elle, bien sûr, a eu tout le temps de s'habituer depuis sa sortie de la grotte, ayant sans doute posé une main à plat devant ses yeux au moment de s'extraire du boyau souterrain où elle a progressé courbée et qui l'a ramenée, après avoir écarté le buisson qui en camoufle l'entrée, au pied d'une butte boisée, puis, ouvrant prudemment les doigts comme pour atténuer un réveil trop brusque, laissant filtrer une meurtrière de lumière pour s'accoutumer peu à peu au jour, de même qu'à l'inverse, venant du dehors elle avait eu besoin de longues minutes avant que, dans la pénombre, n'apparaissent sur la paroi les figures du bestiaire magique et que ne se dessine le mouvement gracieux de la tête de l'animal léchant son flanc, qui au premier regard semble acéphale.

Mais pour nous qui sortons tout juste de ce temple d'ombres, soudainement éblouis par l'éclairage laiteux qui tombe du plafond composé de carrés de polystyrène soutenus par un quadrillage de tasseaux de métal laqué blanc, quatre ou cinq d'entre eux remplacés par une grille de plastique translucide faisant office de luminaire, ce passage brutal à la lumière renvoyée par les murs livides de la pièce, c'est comme une foudre blanche qui nous jette à terre.

Et il ne faut pas incriminer cette seule transition de l'ombre à la lumière. On ne passe pas non plus impunément du paléolithique supérieur à l'époque contemporaine, d'une grotte protéiforme, bosselée, verruqueuse, au volume rigoureux, géométrique, d'une salle à l'architecture résolument polyvalente, de l'exposition des merveilles du monde à une incitation à s'engager dans la gendarmerie. Gendarmes, pourquoi pas vous, nous propose, après que le regard s'est accoutumé au monde nouveau, une affiche placardée au-dessus d'une petite table en formica dans les tons bois, sur laquelle il ne nous resterait peut-être plus qu'à remplir le formulaire pour répondre à cette sollicitation, tiens oui, c'est une idée, en effet, je n'y aurais pas songé, gendarme, ce n'est pas bête. Après quoi on nous ferait entrer dans le magasin des accessoires pour y choisir un uniforme complet, le plus délicat étant d'ajuster le képi pour qu'il ne demeure pas perché au sommet du crâne ni ne soit arrêté par les oreilles. Pourquoi pas nous ? On ne voudrait pas paraître désobligeant, mais non, merci, et puis nous sommes nombreux à avoir déjà de quoi nous occuper, voire à préférer ne rien faire, quitte à tolérer un brin de laisser-aller ou un soupçon de pagaille dans l'organisation de la cité.

Si nous sommes là, c'est pour cette femme, entièrement vêtue de noir accoudée au comptoir jaune orangé. Ses derniers mots nous ont inquiétés, qui trahissaient une perte de confiance en ses talents, un dégoût de son travail, une mésestime de soi. Comme si elle traversait une sorte d'état de crise aiguë. Une phase dépressionnaire, peut-être. Mais pas au point, nous l'espérons, de remplir en désespoir de cause le formulaire qui la verrait rejoindre les rangs de la gendarmerie. Repousser le désordre sombre des merveilles magdaléniennes pour l'ordre tranché de la loi, on peut comprendre qu'à certains moments de sa vie on ait envie de confort, de ligne claire, de laisser l'esprit en repos, de ne plus être assailli par la matière noire de nos pensées, mais nous ne croyons pas qu'elle gagnerait au change. Ça ne résoudrait rien pour elle. Faire le choix du confort lorsqu'on a en soi une aspiration à la beauté, à la transcendance, à la poésie, et donc à l'inconnu, c'est se condamner bien plus qu'à l'ennui : c'est être à soi-même sa propre greffe et son propre rejet.

Elle a sorti un permis de conduire rose en trois volets d'un petit sac à dos de toile noir qu'elle a posé sur la tablette à côté d'un casque intégral de motard rouge métallisé à la visière fumée, et l'homme au chandail bleu marine que ceinture une fine rayure blanche à hauteur de la poitrine, au col de chemise bleu ciel rabattu sur le chandail déjà encombré sur les épaules de barrettes noires aux fils d'argent décorées d'un chevron bleu roi, après s'en être emparé, n'a plus qu'à recopier sur son ordinateur les indications fournies par le document officiel. Mais visiblement les rudiments de la dactylographie ne figurent pas dans les programmes de formation, ce qui pourtant lui serait d'un plus grand secours que le maniement des armes et les séances de tir obligatoires, sachant qu'il passe plus de temps derrière son écran qu'à tirer sur les pneus des voyous en cavale. Sans doute met-il un point d'honneur à ce qu'on ne puisse le confondre avec une secrétaire. En quoi, il se trompe. Il ferait notre admiration.

Nous nous souvenons du jeune Bob Dylan, dans un film fameux qui le suit tout au long de sa première tournée anglaise, où, dans une chambre d'hôtel, sous les yeux de Joan Baez, sa compagne d'alors qui chante *turn turn* quelque chose, il tape sur une machine à écrire mécanique avec tous ses doigts, faisant preuve d'une extraordinaire vélocité. De sorte qu'on se dit que l'apprentissage de la guitare n'a pas dû davantage lui coûter. Et à aucun moment il ne nous vient à l'esprit que cette fonction de dactylographe dévalue son travail, alors que la caméra le surprend à composer en direct le texte d'une chanson.

À sa décharge, la jeune femme vêtue de noir n'a peut-être jamais vu ce documentaire, ou elle ne fait pas le lien, ou elle hésite à lancer au gendarme qu'il se dépêche ou elle sera obligée de faire appel à Bob Dylan. Et c'est vrai qu'on se proposerait volontiers de lui offrir cette méthode d'apprentissage révolutionnaire sur un clavier aux touches de couleur, une couleur pour chaque doigt, surlignée par des vernis multicolores sur les ongles pour qu'il ne s'emmêle pas. N'employant que ses index, il tape avec une agaçante lenteur, cherchant longtemps la bonne lettre en rasant le clavier de son doigt, écrasant chaque touche avec application, comme s'il se servait encore d'une de ses volumineuses machines (comme celle du jeune Dylan) qui réclamaient des bras de bûcheron (mais l'admirateur de Woody Guthrie était fluet, voyez-le sur cette pochette de son second disque intitulé *The Freewheelin'* où, dans son blouson de daim étriqué, il serre le bras, passé sous son bras, de la jolie Suze Rotolo, qui était sa fiancée d'avant, et ils avancent blottis l'un contre l'autre dans une rue de New York encombrée de voitures garées sur les trottoirs, et on a envie de croire qu'ils marchent toujours attachés l'un à l'autre, et que dans un feuilletage du temps leur histoire se poursuit) pour enfoncer les lettres et repousser le chariot très loin sur la gauche, au début de chaque ligne.

Peut-être a-t-il débuté sa carrière sur une Remington hercynienne et en a-t-il gardé les mauvaises habitudes. La gendarmerie d'un chef-lieu de canton, située en bout de chaîne, doit faire preuve de patience, envoyer de multiples notes, plaintes et suppliques, avant de bénéficier à son tour des derniers cris de la technique, récupérant, par souci d'économie de l'argent public, le matériel usagé des gendarmeries plus haut placées, autrement dit celles de l'arrondissement et de la région, comme en cascade les cadets d'une famille nombreuse endossent les effets du frère aîné. Ce qui signifie que nous sommes ici au dernier échelon de la hiérarchie, dans une brigade cantonale.

Selon le site officiel de la gendarmerie consulté par l'auteur (en dépit de ce qu'il raconte, qu'il ne vérifie jamais ses sources, qu'il ne tend jamais le bras pour se saisir du livre qui lui apportera la confirmation de ce qu'il avance, on le surprend à se renseigner, à mener mine de rien son enquête en posant çà et là des questions, à découper un article de journal susceptible de lui être utile), on en dénombre — on parle des brigades cantonales — cent trente et une en Basse-Normandie contre seulement quatorze compagnies départementales, ce qui, ce rapport quasiment de un à dix, oblige à faire des choix, à tirer au sort ou à organiser des concours pour savoir qui héritera du nouvel ordinateur de quinze ans d'âge. Sans compter que les compagnies départementales sont alimentées par une seule légion régionale, laquelle et sa vingtaine de sœurs lorgnent avec envie les laboratoires haute technologie de l'Institut de recherche criminelle de la gendarmerie nationale, un vaisseau spatial où se pistent l'ADN des suspects, leurs empreintes vocales, et les plus infimes traces laissées derrière eux.

Ainsi il suffit aux limiers déguisés en cosmonautes d'asperger le sol et les murs de Bluestar, un produit luminescent, pour faire apparaître les taches de sang invisibles à l'œil nu, de sorte qu'il ne sert à rien désormais, après avoir commis un meurtre, de se fatiguer à tout ranger, tout nettoyer à l'eau de Javel comme si rien ne s'était passé. Quoi qu'on fasse, ça se voit. Alors, un conseil, quand vous avez accompli votre forfait, filez au plus vite et ne perdez pas de temps à faire le ménage.

Mais ici, en dépit de ce museau de plastique gris de la taille d'un accélérateur de particules qui occupe la moitié du bureau et représente la pointe fine de l'informatique au niveau du canton, les méthodes sont encore très artisanales, comme en témoigne la carte du département accrochée sur le mur, derrière le secrétaire novice. Elle est constellée d'épingles et de petits drapeaux, comme si les Américains n'en avaient pas fini de débarquer et les Allemands de résister, et que chaque soir le chef eût réuni les siens pour faire le point en déplaçant la ligne de front.

Sans doute, par cette lenteur appliquée, notre gendarme cherche-t-il à nous faire comprendre que ce qui a motivé sa vocation ce n'est pas ce travail de copiste pour lequel il manifeste une certaine mauvaise volonté, mais l'action sur le terrain : contrôles inopinés, patrouilles de routine, prière d'obtempérer, poursuites, le gyrophare lançant ses éclairs (de quelle couleur au fait, bleus ou orange ?), verbalisation, enquête sur le terrain, l'essentiel de l'emploi du temps consistant à effectuer des services de police de la route deux ou trois fois par semaine, et à procéder, toujours par deux, à des contrôles de papiers, de véhicules, éventuellement d'alcoolémie, lorsque l'haleine ou le comportement d'un conducteur éveille leur attention, et si nous voulons en savoir plus il, l'auteur, se tient à notre disposition. Décidément bien renseigné, c'est une nouveauté chez lui, comme si par ce zèle inhabituel il avait quelque chose à se faire pardonner, il signale qu'il existe des centres d'information et de recrutement, comme le confirme, trouvée sur le site de la gendarmerie, une autre incitation à rejoindre les rangs de ce corps d'élite, présentant une jolie gendarme aidant un paralysé à glisser une pièce dans un parcmètre et surmontée de l'inévitable Pourquoi pas vous. En paralysé ? Il va falloir vérifier, tout de même. On continuera de se méfier.

Mais loin des routes, notre gendarme, la trentaine sportive, le cheveu court en brosse, le torse massif, est comme un albatros à terre devant son ordinateur. Sans doute devant la longue femme aimerait-il se montrer davantage à son avantage, et plutôt que taper à la vitesse de cent trente mots minute, dégainer prestement son arme de service pour tuer d'une balle précise entre les yeux le serpent surgissant derrière son dos. On surprend son regard qui volette du clavier à l'écran et de la pièce d'identité à la plaignante, la dévisageant un instant de ce même regard inquisiteur, vaguement suspicieux, qu'il affiche lors de ses contrôles sur la route, sous couvert de vérifier qu'il n'y a pas tromperie sur la photographie.

Or il est à craindre que celle-ci ne soit pas récente, un volet du document, gage de sa vétusté, s'est détaché quand la femme l'a posé sur le comptoir après l'avoir sorti d'un porte-cartes, dévoilant une petite photo aux couleurs passées prise à la va-vite dans un appareil automatique où il est difficile d'apprendre à sourire entre deux flashes éblouissants. Peut-être a-t-elle les cheveux longs tombant en rideau de chaque côté de son visage comme les jeunes filles timides, ou porte-t-elle des lunettes, ou son front présente-t-il des traces d'acné. Et nous lui épargnerons l'appareil dentaire. D'où le regard insistant du gendarme. L'haleine de sa patiente semble correcte, pas trace de spiritueux, mais il y a ce parfum subtil autour d'elle qui brouille les senteurs. S'agit-il bien de la même ?

Elle pourrait au moment où le gendarme découvre sa photo faire des mines outrées suivies d'un commentaire embarrassé, mais elle n'est évidemment pas du genre à se confondre en excuses pour une sortie d'adolescence ingrate, à lancer d'une manière un peu sotte en oblitérant la petite photo de sa main : Ne la regardez pas, je suis affreuse, ce n'est pas moi. Pas vous ? dirait le gendarme flairant un trafic de fausses cartes d'identité. Et elle : De grâce, qu'on le laisse enregistrer ma plainte. C'est moi et bien moi. J'ai été celle-là, à qui, au rappel de ses difficultés à vivre d'alors, je trouve aujourd'hui beaucoup de courage. Je lui suis même reconnaissante d'avoir réussi à franchir ce fleuve de tourments qu'est la jeunesse. Et avec ce visage-là, qui n'était pas le mieux préparé à ce parcours d'épreuves. Oui, je l'admire, ma disgracieuse, pour tout ce qu'elle a affronté avec vaillance. Ce qui est advenu par la suite, ne l'en rendez pas responsable, elle n'y est pour rien, cela, c'est mon affaire.

Mais nous savons ces choses. Tous ces cailloux blancs des photographies sur notre chemin, martelant à pas comptés les âges de notre vie. Et toutes disant cet aujourd'hui malingre, ce faute de mieux, cette attente, sinon du bonheur, du moins d'un relatif apaisement en mesure de supporter sans dommage le regard des autres, mais, alors qu'on pense y être arrivé, à la première anicroche, une bévue, un mot de travers, les pieds dans le tapis, patatras, tout est à recommencer, si bien que les revoyant, ces photos, on les retourne comme de mauvaises cartes. Comme il faut du temps avant de se construire un visage à peu près ressemblant à cette vague idée de soi. Ce n'est pas faute pourtant d'avoir essayé. Ce qui passe par exemple par toutes les longueurs de cheveux. À se demander même comment on a pu à un moment considérer que cette coupe pouvait être seyante, cette mèche bleue, ces oreilles d'épagneul, cette nuque effilée, cette frange boudeuse.

Elle, sa beauté grave, ce sont les années qui la lui ont offerte. On pourrait presque les reconstituer, ces années. Cette bouche sévère, elles furent âpres et tardant à tenir leurs promesses, ce front inspiré, elles furent chaotiques mais fécondes, ces rides au coin des yeux, ce furent des années de guerre, l'obligeant à cette vigilance qui épuise le regard à force de plisser les yeux pour se parer des attaques, à force de ne rien voir venir, nulle colonne de secours, que de sombres horizons. D'où ce comportement qui pourrait nous sembler un peu hautain, mais c'est ainsi quand on a lutté pied à pied pour ne pas renoncer aux aspirations de la jeunesse, celles de la jeune fille au front marqué par des points d'acné et à la dentition barrée par un fil de métal, qui s'est jurée un soir devant son miroir que, littéralement, ça ne se passerait pas comme ça, pas comme ce qu'il lui renvoyait. Nous pouvons croire qu'elle n'a rien lâché de ce pacte ancien passé avec sa disgracieuse, qu'elle a tenu bon. Mais à quoi bon tenir bon ? Sans doute cette attitude distante qu'on lui voit commence-t-elle à lui peser. Un voile de Bluestar sur ses paupières décélerait une certaine lassitude, un fond de tristesse, la tentation du renoncement. Vicié, a-t-elle dit au vieil homme. Et ce propos désabusé, elle nous en a fourni elle-même la traduction : manque d'amour.

Cet aveu cinglant, cette mise à nu ne ménageant plus de place entre le bord et l'abîme, comment ne pas y voir la source de son désarroi. Et nous devinons bien que ce ne sont pas seulement de bras pour l'entourer dont elle a besoin. Elle semble si rentrée à l'intérieur d'elle-même qu'on ne saurait même comment atteindre ce noyau glacé pour le réchauffer. Le gendarme et son flair légendaire ont bien senti ce qui n'allait pas, cette solitude, et à sa manière un peu pataude car, pour lui, le meilleur moyen de ne pas être seul, c'est d'être accompagné : Mariée ? demande-t-il. Elle fait non de la tête. De fait elle ne porte aucune alliance, aucune bague, ses mains sont nues. Ni bracelet ni montre à ses poignets quand elle a ôté son blouson de cuir noir qu'elle a posé près de son sac sur le comptoir, après avoir compris que l'opération prendrait du temps, dévoilant ses longs avant-bras.

Pas mariée, c'est une chose, mais de là à l'imaginer seule. Statistiquement les jolies femmes n'ont quasiment aucune chance de le rester. On peut tout de même en déduire que celui-là, ou ceux-là, les hypothétiques, ne sont pas les bons. Que le permafrost est profond, que ne dégèlent pas des nuits d'amour. Mais il est difficile à l'enquêteur d'insister : Vraiment ? Pas de fiancé ? Pas d'homme dans votre vie ? Le gendarme que ces mêmes pensées certainement traversent fait de nouveau semblant de s'interroger pour lui-même sur la date de naissance inscrite sur la pièce d'identité. Pense-t-il qu'elle ne fait pas son âge ? Ou oui ? De toute manière ce front sourcilleux d'enquêteur consciencieux est pour lui une manière de se donner une contenance. Qu'il soit intimidé par cette femme, on le comprend. Pas le même monde, ça saute aux yeux. Il doit se consoler en se disant qu'il préfère les femmes moins sophistiquées avec une poitrine plus franche, en gros qu'elle n'est pas son genre et que la rencontrerait-il ailleurs, il ne lui aurait pas prêté la moindre attention. D'ailleurs qu'elle ne soit pas mariée ne plaide pas pour elle. Dans son esprit il doit rester deux options : un, elle n'aime pas les hommes, deux, elle les aime trop.

Votre adresse est celle indiquée ? Non ? Ah, dans ce cas il faudrait procéder à une. Oui, elle le fera. Alors ? Alors elle habite une maison isolée à Sangerville au lieu dit la Houssière. Le gendarme se retourne et fait semblant d'étudier la grande

carte épinglée. Il dit : Le château ? Et elle : Non,
ce n'est pas un château. Et lui : À la Houssière, je
ne vois rien d'autre. Et elle, avec cette façon de
dire simplement les choses, qui ne permet pas
qu'on y revienne : Juste une grande maison au
milieu d'un parc. Le gendarme insiste un peu :
Cette propriété entourée de hauts murs, avec une
porte métallique verte ? Elle acquiesce. Alors c'est
bien le château, même si à cause des murs
on n'en voit que la toiture d'ardoise, on aperçoit
aussi une tour, non ? C'est un pigeonnier, dit-elle.
Sur quoi il n'insiste pas et tape plus énergiquement encore sur la touche qui clôt les relevés
d'identité : Alors, de quoi s'agit-il exactement. Et
il précise de ne rien omettre, tous les détails
comptent, même ceux qui aux yeux d'un profane
semblent sans importance. Par quoi il lui fait
comprendre qu'il est un spécialiste, et espère
compenser ainsi son handicap peu valorisant
devant les touches de son clavier.

Et il énumère la liste des indices qui pourraient
les conduire sur la bonne piste : mégots écrasés,
empreintes de pas, traces d'effraction, de pneus,
caves visitées, objets sélectionnés, voisins, appels
téléphoniques suspects, absences régulières ou
présence continue, passage de visiteurs ou vie
retirée, emploi du temps réglé comme du papier
à musique ou au contraire plus, disons, il cherche
le qualificatif qui ne viendra pas, dissipé peut-
être, car soudain il s'interrompt, yeux écarquillés,
en arrêt, comme s'il fixait à gauche de l'épaule
de la présumée châtelaine la tête d'un serpent à
sonnette et que sa vie, à la châtelaine égarée en
Amazonie, ne tenait qu'à sa capacité à dégainer
prestement son arme de service et abattre l'ani-

mal venimeux d'une balle entre les yeux. Suite à quoi il émet un petit sifflement, destiné vraisemblablement à mettre un son sur sa stupeur. Ou peut-être s'essaie-t-il à parler la langue serpent. Quoi qu'il en soit, maintenant qu'il est clair qu'il se passe quelque chose dans son dos, elle juge qu'il est temps pour elle de se retourner, ce qu'elle fait sans se précipiter en relevant de sa main une mèche sombre.

Dans le sas vitré, attendant de pousser la porte intérieure, se serrent deux hommes et une femme qui pourraient se rendre à un bal costumé : deux en uniforme de gendarme, blouson bleu-gris style battle-dress, pantalon peu seyant rentré dans des chaussures montantes qui demandent une matinée pour être lacées, et ce nouveau képi mou sur la tête, comme si on avait oublié de plonger l'ancien dans l'amidon, mais à propos desquels en ce lieu il n'y a pas de raison de s'étonner   et du coup on regrette moins de ne pas s'être engagé, pourquoi pas vous ? Franchement, vous avez vu comment ils sont habillés ? — et un troisième, au déguisement nettement plus insolite, celui certainement à qui s'adresse le sifflement en langue serpent, moulé dans une combinaison de plongée intégrale. Ce qui, cet accoutrement, inspire le dactylographe-tireur d'élite qui confie à sa plaignante, assez fier de filer la métaphore, que ses collègues ramènent sans doute un gros poisson.

La plaignante n'ayant pas forcément saisi, ou préférant ne pas relever, il se sent obligé de faire ses preuves de sérieux et explique qu'à son avis, et sans grande marge d'erreur, on peut être sûr que celui-là a été pris la main dans le sac, un flag, comme ils disent, sans doute un plongeur envoyé par les trafiquants pour récupérer des paquets de drogue jetés précipitamment à la mer d'un bateau accosté par une vedette de la gendarmerie maritime. Ça s'est déjà vu. Sans aller jusqu'à faire de la côte et de la région une plaque tournante du grand banditisme, il conclut en appuyant sur le bouton qui commande l'ouverture de la porte vitrée : Vous n'imaginez pas comme il s'en passe, ici.

Non, jusqu'à très récemment, jusqu'à ce qu'on visite sa maison, elle n'imaginait pas. Ce que d'ailleurs elle n'aurait tenté de faire croire à qui que ce soit, qu'il puisse s'en passer de belles dans cette campagne profonde. Elle aurait juré habiter un coin tranquille à l'écart de l'ébullition citadine et de ses turbulences, ce que certains ont coutume d'appeler un havre de paix, et d'autres un trou perdu, pour cette raison précisément que ça ressemble à un enterrement à vie, rien ne s'y passe jamais, à part de temps en temps une poule bécasse, lancée à toutes jambes dans le franchissement d'une route tortueuse et fauchée par un chauffeur ivre qui s'acquitte de sa dette en offrant au fermier furieux une bouteille d'eau-de-vie. Quant à la délinquance juvénile elle se limite à ôter le pot d'échappement d'un scooter pour pétarader en traversant la rue du village, et démarrer sur la roue arrière dans une simulation de rodéo sauvage pour épater deux jeunes filles aux joues roses, écrasées de désir et d'ennui, assises des heures sur un muret au milieu de la place.

Les gendarmes entrants ont salué leur collègue en montrant discrètement du pouce leur prise insolite, reproduisant le geste d'un auto-stoppeur honteux qui n'ose lever le poing et le balance collé contre sa poitrine, y ajoutant en aparté une petite mimique rigolarde : vise un peu le guignol, traduirait l'auteur. Des gouttes d'eau glissent de la combinaison sur le sol à petits carreaux coquille d'œuf, mouchetés de brun. Une combinaison chamarrée comme il se doit pour ce genre d'articles de sport dont la sobriété n'est pas la préoccupation majeure : noire pour le buste, bleu canard pour les membres, et frappée sur le torse d'un grand H, jaune vif, comme si le Fils de l'Homme s'était métamorphosé en émule de Superman. Mais pour sauver quoi : des amphores romaines ? des galions de la fabuleuse armada ? des moules en perdition détachées de leur bouchot ?

L'homme est pieds nus, il tient son jeu de palmes en pattes de canard géant à la main, et sa cagoule flotte sur sa nuque comme un bénitier pour poissons. Le visage encadré d'une barbe de deux ou trois jours, les cheveux blonds coiffés en arrière, mais qui libérés de la capuche hérissonnent un peu et commencent à clairsemer sur les tempes, rappellent quelqu'un à l'auteur qui, pour éviter d'avoir à faire son portrait, ce qu'on ne lui demande pas, aimerait bien proposer une ressemblance avec un acteur américain. Qui ? Oui, peut-être, concédons qu'il y a un peu de ça. Mais qu'est-ce que celui-là viendrait faire en combinaison de plongée dans une gendarmerie de Basse-Normandie ? Autrefois, avec un parachute hâtivement replié dans les bras, venant signaler qu'un camarade de sa compagnie est suspendu à la pointe d'un clocher, et plaidant pour qu'on le décroche, c'était un classique, on avait fini par ne plus s'étonner, à force on avait même fait l'acquisition d'une échelle de pompier plus haute pour descendre le maladroit, mais aujourd'hui ? Cependant, l'âge convient, la fin de la quarantaine qui approche, et l'homme a pour lui d'avoir le ventre plat. Dans sa tenue, à moins qu'elle ne fasse office de corset, il n'a pas grand-chose à cacher.

À peine entré dans le hall il se livre, yeux légèrement plissés, à un inventaire des lieux, détaille les affiches, la Pourquoi pas vous, une autre annonçant une exposition sur les gendarmes de la Belle Époque, une autre, sur fond bleu ciel et frappée des logos officiels, exposant la charte de l'accueil au public, puis les larges panneaux de liège sur lesquels sont punaisés des avis, des consignes, les heures d'ouverture, des emplois du temps, des planches de secourisme, les dessins des gestes qui sauvent, quatre chaises pour faire patienter les visiteurs, pieds en tube jaune canari, assise et dossier de bois moulé gris souris, la table imitant le bois sur laquelle est posée une urne de carton pour les engagements, à moins que ce ne soit la tirelire de la veuve et de l'orphelin. Il finit son tour d'horizon — la vraie raison de sa curiosité pour le hall d'entrée, nous ne sommes pas dupes tout de même — par la longue femme en noir appuyée au comptoir dont il aurait raison de se demander — c'est nous qui interprétons son petit haussement du menton, et de toute manière pour vérifier il faudrait les coller dos à dos — s'il ne lui cède pas quelques centimètres.

Mais elle ne se montre pas disposée à croiser son regard. Passé l'effet de surprise, elle s'est retournée vers le premier gendarme, l'invitant à reprendre son interrogatoire. Du coup l'inspection de la pièce intéresse bien moins le plongeur qui se laisse diriger vers l'autre extrémité du comptoir par la femme gendarme. Mais comme le geste de l'autorité se veut amical, qu'il n'a pas les poignets menottés, on peut penser qu'on n'a pas affaire à un dangereux repris de justice. Tout juste à un voyeur discret.

La gendarmerie est décidément en pleine mutation, c'est le gendarme homme qui, après avoir soulevé une planche amovible et poussé le portillon battant qu'elle dissimulait, s'installe devant le second ordinateur. Ou peut-être s'est-on enfin décidé dans ce corps d'élite à visionner *Don't Look Back,* le documentaire sur la tournée anglaise de Bob Dylan au printemps 1965, et qu'après avoir verni les ongles des apprentis dactylographes de couleurs éclatantes, les cours se déroulent sous le flot musical et la voix nasillarde de *The Freewhelin'* qui regroupe parmi les plus belles chansons du natif de Duluth, Minnesota. Une méthode efficace, on peut remercier le *folk singer,* car rien qu'à sa façon de manier la souris, on comprend que le nouveau gendarme est plus habile que son collègue. Peut-être moins doué aux séances de tir. Et c'est la femme gendarme qui se retire, déclarant qu'il est bientôt six heures, ce que confirme l'horloge murale circulaire à la trotteuse rouge, et qu'elle va rentrer le véhicule dans son garage.

Le plongeur est si près de sa voisine que même sans tendre l'oreille il ne perd pas un mot de ce qu'elle raconte. D'une autre, les propos le retiendraient sans doute moins, l'incommoderaient peut-être. Mais, dès le sas d'entrée, ne lui a pas échappé ce buste de la longue femme en tee-shirt noir, debout contre le comptoir de l'accueil, pivotant de trois quarts pour découvrir ce qui se tramait derrière elle tout en relevant de la main, d'un geste gracieux, une mèche sur son front. Et jusqu'à ce moment, si l'on considère sa tenue, sans doute était-il dans un état d'esprit qui le faisait se prendre pour Job, dit le pauvre Job, dont on oublie en le voyant échoué sur son tas de fumier qu'il a été immensément riche, avant d'être dépouillé de tous ses biens par le maître de la Création, ce qu'il accepte avec le fatalisme qu'on lui connaît (le désarmant « Dieu me l'a donné, Dieu me l'a ôté »).

Dans le cas de son jumeau de malheur, il doit y avoir un peu de ça tout de même. Il faut bien que le sort se soit acharné sur lui pour qu'il se retrouve quasiment aussi nu qu'un enfant au premier jour. Même si on peut penser qu'il se rencontrerait certainement des gens bien intentionnés pour estimer que cette mise à l'épreuve, il ne l'a pas volée. Mais de ce moment où il entrevoit la silhouette sombre se tournant de trois quarts, ce n'est déjà plus le cas. Il n'est pas dit qu'il regrette sa situation. Peut-être pas si mal attentionné, le sort, après tout.

Laissant traîner une oreille, il l'entend raconter sa plainte. Partie quelques jours voir son père — nous avions deviné juste, mais ce n'était pas trop difficile —, à son retour sa maison avait été visitée et aux trois quarts vidée. À son retour, c'est-à-dire précisément quand ? Ce matin. Un ami l'avait déposée devant le portail de la propriété, et était reparti avant qu'elle n'ait constaté le sinistre. Et pourquoi n'avait-elle pas appelé aussitôt la gendarmerie ? La ligne téléphonique avait été arrachée et elle ne possède pas de téléphone portable. Ah bon, note suspicieux l'enquêteur, vous êtes bien la seule. Et puis il lui a fallu remettre un semblant d'ordre.

Une affaire de professionnels, conclut le gardien de la paix, un gang organisé. Ils ont fait entrer le camion dans le parc et à l'abri des hauts murs ont eu tout loisir de procéder au chargement. Avait-elle fait le recensement des pièces manquantes ?

Elle sort de son sac une liste qui selon elle concerne les objets les plus importants, mais d'autres par la suite lui reviendront certainement à l'esprit. Il y a un tableau qu'elle aimerait tout particulièrement récupérer, qui n'a de valeur que pour elle, et facilement repérable, un portrait inachevé de sa grand-mère. Mais le gendarme consultant la liste n'est pas rassurant : Ça ne suffit pas. Pour les tableaux nous avons besoin d'une description minutieuse, si je lis « portrait », c'est comme si vous me disiez « salle à manger » et que je doive deviner votre repas. Et j'aime mieux vous prévenir : ce qu'ils ne peuvent monnayer, ils le font disparaître.

Je trouverais ça dommage pour ma grand-mère, dit-elle.

Vous n'avez pas de pièce d'identité ? Pardon ? Et il fait semblant de chercher des poches à sa combinaison. J'évite de plonger avec mes papiers, dit-il. Ils étaient dans la voiture avec le reste de mes affaires. Je n'ai rien d'autre que ce que j'ai sur le dos. La femme ne peut s'empêcher de tourner un instant la tête dans sa direction. Il en profite un peu, son attention retenue, pour improviser un numéro en demandant à cet instant à son interlocuteur, comme sous le coup d'une impulsion soudaine, s'il ne pourrait pas lui prêter des ciseaux. Le gendarme lui tend ce qu'il a sous la main. Ça ira ? Le Fils de l'Homme fait : Vous n'avez rien d'autre ? devant les ciseaux d'enfant à bouts ronds, et comme l'autre lui explique que c'est ça ou rien, il entreprend de découper péniblement la partie palmée de ses nageoires qu'il avait posées sur le comptoir, dégageant sous les regards des uns et des autres une paire de chaussons en caoutchouc qu'il s'empresse d'enfiler à ses pieds. Au moins, ça m'évitera de marcher comme un canard, marmonne-t-il pour lui-même, mais pas tout à fait. La femme abaisse les yeux vers ses pieds. Il en attend quelque chose, un sourire qui ne vient pas quand elle relève la tête et sans un mot commence à ranger ses papiers dans son sac. Un brin dépité il quémande, pour les palmes découpées qu'il tend au gendarme, une poubelle.

Elle est à présent assise sur un banc au milieu d'un square agrémenté de bacs fleuris devant la gendarmerie, le buste penché en avant, les bras croisés sur son ventre, comme si elle cherchait à se protéger de la fraîcheur de cet entre chien et loup. Le vent ramène ses cheveux sur son visage. À ses côtés son casque rouge. Derrière elle, la petite ville se dépêche de se replier sur elle-même, comme si planait au-dessus des montres on ne sait quel couvre-feu. Un travailleur en bleu de chauffe regagne son domicile, les bras prolongés par deux sacs plastique, une femme martèle de ses talons le trottoir, pressée de récupérer son enfant chez la nourrice, le passage éclair d'une voiture, de loin en loin l'écho solitaire d'un vélomoteur, on a beau savoir que c'est partout pareil, que le soir qui tombe n'est nulle part accueillant, mais tout de même, Seigneur, faites que ça se passe loin d'ici. Elle tourne le dos à ces ultimes soubresauts du crépuscule avant l'assoupissement nocturne. Puis on la voit soudain se redresser, replier ses pieds sous le banc, relever sa mèche sombre. Elle regarde en silence le Fils de l'Homme s'avancer vers elle dans son étrange tenue bleu et noir sur ses chaussons de caoutchouc.

Est-elle restée pour lui ? Mais elle ne sait même pas à qui elle a affaire. Ils l'ont relâché, bien sûr, mais ce qui ne préjuge ni de son honnêteté ni de sa santé mentale, très vraisemblablement parce qu'ils n'avaient pas envie de se compliquer l'existence et que les attendait un incunable à la télévision. Il faudrait qu'elle se lève et manifeste le même désintérêt que dans la gendarmerie pour ses chaussons découpés, car il est maintenant à deux pas et si elle ne bouge pas elle ne pourra plus se dérober. Et lui bien évidemment se précipite sur le malentendu, faisant comme si cette femme avait patienté pour lui, même si, de fait, en se tournant de tous les côtés, on ne voit aucune raison de demeurer dans un lieu aussi sinistre. Mais peut-être a-t-elle donné rendez-vous à quelqu'un, mais oui, à cet ami qui l'a raccompagnée chez elle le matin même, on se retrouve dans le square devant la gendarmerie, c'est le plus simple. Mais lui, affectant d'ignorer qu'elle est là pour un autre : Est-ce moi que vous attendez ? Il ne doute de rien, cet homme. Elle aurait dû se détourner plus tôt et prendre officiellement ses distances en contemplant le massif d'hortensias bleus, au lieu que maintenant la voilà tenue de converser avec le surgi des eaux. Reconnaissons cependant qu'on ne décèle aucune forme d'arrogance dans son ton. Il semble heureux et surpris, et demande simplement à ce qu'on le confirme dans son bonheur du jour. Est-ce moi que vous attendez ?

Et elle : Vous ne trouverez pas de taxi à cette heure. Il n'y en a pas ici. Et lui, faisant semblant d'en chercher un du regard au moment où passe une voiture : À dire vrai je n'y comptais pas. Je n'aurais même pas eu de quoi le régler, ni même l'appeler. Je vais marcher un peu. Je suis presque équipé maintenant — il regarde ses pieds, sans plus de succès auprès d'elle que précédemment. Et il ajoute, ne prenant apparemment pas ombrage de ce second camouflet, ce qui est un bon point pour lui : Ce ne doit pas être très loin.

Une dizaine de kilomètres, dit-elle. Et lui : Pour aller où ? Et elle : Vous n'avez pas dit Sangerville ? Et lui : Je ne sais pas. Et elle, agrippant à pleines mains le bord du banc, le dévisageant la tête à demi penchée comme nous l'avons vue faire devant la biche blessée : Vous ne savez pas quoi ? Où vous allez ? Et lui : Je n'y ai pas mis les pieds depuis tellement d'années. Et elle, se levant, passant tout près de lui, le dépassant effectivement de quelques centimètres. Et lui, craignant peut-être que leur rencontre ne s'achève aussi abruptement, n'en ayant pas envie : J'y ai encore une maison mais, laissant sa phrase en suspens pour ne pas perdre de temps, ayant calculé qu'avec trois mots supplémentaires elle serait peut-être déjà hors de portée de voix. Et elle, s'arrêtant : Je peux peut-être vous renseigner. Sangerville n'est pas si grand. Et lui : C'est de l'histoire trop ancienne pour vous. Et elle, en dépit du fait que cet homme reconnaît devant elle leurs années d'écart, choisissant résolument de se placer de son côté, de se vieillir de dix ans pour le rejoindre : C'est aussi de l'histoire ancienne pour moi, dit-elle. Autrement dit, entre nous ces années ne comptent pas, je les efface d'un souffle, ainsi nous ferons souvenirs communs. Et elle ajoute : Même si j'habite la région depuis peu, j'y passais mes vacances autrefois.

Et lui, intrigué, comme s'il s'apprêtait à lui raconter une histoire : Il y avait autrefois un réparateur de bicyclettes. Et elle, fronçant les sourcils, réfléchissant un instant, soucieuse de réussir ce premier test : À la sortie du bourg sur la route de la mer ? Lui, se contentant de hocher la tête, ne voulant pas risquer de briser ce premier fil ténu entre eux, et elle, poursuivant, décrivant sa vision remontée de l'enfance : Un vieux monsieur mal rasé, un mégot noirci collé sur la lèvre, une casquette de marin pêcheur, la salopette maculée de cambouis, d'où il sortait ses pinces et ses clés comme d'une pochette-surprise. Et lui : Pas si vieux, en fait, il est mort à soixante-six ans. Et elle : Il nous faisait peur, toujours bougon, on avait le sentiment de le déranger quand on lui apportait nos vélos. Et lui, amusé, heureux peut-être aussi de ce premier rappel commun : C'était sa spécialité. On venait de très loin pour vérifier qu'il était aussi désagréable que sa réputation. On peut aussi lui trouver des circonstances atténuantes. Et elle : Ah oui ? Et lui : Sa femme. Et elle, l'interrompant, craignant dans l'instant de s'être trompée sur cet homme : Je vous en prie. Et lui : De quoi ? Et elle : Il n'avait pas l'air si plaisant à vivre. Et lui : Sa femme était à l'étage, dans la chambre au-dessus de l'atelier, elle est restée quinze ans dans le coma.

Alors elle le regarde. Peut-être se dit-elle que c'est cela qui l'a retenue chez lui, une de ces tragédies d'enfance qui fait qu'ensuite l'enfant jamais vraiment grandi se tient toujours sur le bord de sa vie comme à l'extrémité d'un banc, aussi démuni qu'au premier jour, disposé à la première bourrade à laisser sa place. Je ne savais pas, dit-elle.

Et lui : Tout le monde avait fini par l'oublier. Elle avait beau être d'une immobilité parfaite, comme un gisant, elle prenait quand même toute sa place dans la maison. On avait l'impression qu'elle nous suivait partout. Et elle : Je suis désolée. Mais il répond qu'elle n'a pas à l'être, que paradoxalement il avait gardé un bon souvenir de sa grand-mère. Il l'avait toujours connue ainsi. Et comment était-ce arrivé ? Et lui : Sans doute un accident cérébral. Mais il n'en sait pas plus. Il avait pris l'habitude de faire ses devoirs à ses côtés au retour de l'école, de lui raconter sa journée tandis qu'elle respirait imperceptiblement. Et écoutant son récit, il nous faut imaginer ce petit garçon interrompant ses travaux, se relevant de ses cahiers et plaçant un petit miroir devant la bouche de l'éternelle agonisante afin de se rassurer.

Après que le médecin lui avait confié qu'il ne saurait dire si elle entendait, il avait même inventé de lui lire des histoires à haute voix. Il se racontait à lui-même qu'elle devait être fière d'avoir un petit-fils qui lisait aussi bien. La lecture avait duré plusieurs mois jusqu'à ce qu'il décide d'arrêter au beau milieu d'une phrase. Parce qu'il avait compris que ça ne servait à rien ? Non. Parce que l'histoire ne lui plaisait pas ? Non plus, mais si je vous dis pourquoi, vous allez vous moquer. Ce serait dommage pour moi, dit-elle, alors qu'ils avancent tous deux à travers le square, et on jurerait qu'ils reprennent au vol une conversation interrompue quelques jours plus tôt. Ils marchent d'un pas lent, se montrant peu pressés d'arriver à destination. D'ailleurs, au lieu de couper par la pelouse, ce que font la plupart des gens, qui ont désherbé une sente à force d'emprunter ce raccourci, ils suivent l'allée tournoyante comme dans ce film de Jacques Tati,

Mon oncle, sans doute, où un paysagiste, estimant que la ligne droite ne permettrait pas aux visiteurs d'admirer son œuvre, trace un parcours sinueux entre le portail et la maison.

À cause d'un passage qui m'avait beaucoup troublé en le formulant à haute voix. Et elle : Vous lui lisiez le marquis de Sade ? Et lui : Il n'est peut-être même pas encore arrivé jusqu'ici. C'était plutôt une nouvelle comme on en trouvait dans *Bonne Soirée* ou *Les Veillées des chaumières*, avec des patrons pour la couture et des conseils pour épater son mari quand il rentre à la maison, des revues qu'il récupérait chez une voisine, et la phrase c'était quelque chose comme : Il se pencha vers elle et déposa sur ses lèvres un long baiser. Et là, elle a un petit rire gracieux, inattendu, qui se dissimulait sous son air un peu sévère, un rire en embuscade guettant une embellie pour éclairer son visage. Et de ce moment, on ne peut s'empêcher de se dire que ces deux-là se sont peut-être trouvés, qu'on aimerait bien les suivre pour en savoir plus, que c'était sans doute bien lui qu'elle attendait sur son banc, qu'elle avait ressenti que cet homme était singulier, même si sa tenue pouvait y aider, qu'elle avait même éprouvé autre chose et qu'elle voulait en avoir le cœur net.

Comme ils arrivent devant un scooter bleu métallisé, attaché par une lourde chaîne cadenassée à la grille ivoire aux barreaux rectangulaires qui entoure les bâtiments de la gendarmerie, elle lui dit qu'elle n'a que ça à lui proposer, mais que s'il ne fait pas trop le difficile. À moins qu'il ait une autre solution. Mais il n'en a pas et il regarde à nouveau ses chaussons de caoutchouc sans qu'elle ne livre, comme à son habitude, le moindre commentaire, et elle lui explique que là où elle habite, ça dépend de Sangerville, même si c'est à cinq ou six kilomètres du bourg, mais au bourg, elle n'y va jamais, pour la bonne raison qu'il n'y a plus un seul commerce là-bas.

Il pourrait citer ceux qui étaient les piliers de son enfance, le triptyque épicerie, boulangerie, boucherie-charcuterie. Il y a beaucoup fait les courses. Dire le nom de chacun des commerçants, quand il ne pourrait pas en citer un seul de son quartier actuel. Mais à quoi bon. Il se doute bien qu'ils n'ont pas résisté à la roue du temps. On peut même penser qu'il n'a pas envie d'entendre le récit de la fin d'un monde dont il s'est extirpé il y a longtemps, et dont elle ne connaît vraisemblablement pas grand-chose. Trente ans, dit-il, et la voisine s'appelait madame Moineau. Trente ans quoi, et qui est madame Moineau ? Trente ans qu'il n'est pas revenu. Et c'est madame Moineau qui lui passait *Bonne soirée* et *Les Veillées*. Le nom lui dit quelque chose ? Mais non, bien sûr, le nom ne lui dit rien. Il s'est livré à un calcul de tête et apparemment n'en revient pas. Si on donne à la femme au scooter trente-sept ou trente-huit ans, on en déduit qu'elle devait avoir sept ou huit ans quand elle portait son vélo à réparer, et comme elle a dit nous, elle devait être accompagnée de frères, de sœurs ou de cousins.

Si vous acceptez, ce sera l'occasion pour moi de revoir l'atelier de votre grand-père, dit-elle. Dans mon souvenir, c'était un capharnaüm. Et lui : Tout a dû rester en l'état. La dernière fois que j'ai visité l'atelier, c'était pour accompagner la sortie du cercueil. Si pour tout le monde il était désagréable, à moi, il me fichait une paix royale. Avec une moyenne de deux mots par semaine, et je prends la fourchette haute, ça évitait les sermons et les engueulades. Et puis c'était mon Pépé. Je n'avais pas tant de monde autour de moi pour faire le difficile. Peut-être qu'on s'est croisés dans l'atelier et que j'ai réparé votre chambre à air. J'y passais tous mes jours de congé, toutes mes vacances. Mais il doit savoir, d'après ses précédents calculs, que la chose est improbable.

Et la femme dans le coma, c'était votre Mémé ? Décidément, il l'intéresse, cet homme, qu'elle veuille tout connaître de ses origines. Elle, c'était ma grand-mère. Je n'avais pas l'occasion de l'appeler, ni de lui dire bonjour. Au retour de l'école je faisais mes devoirs à côté d'elle, je lui récitais mes leçons. Quand elle est morte, je venais de rentrer pensionnaire au collège. Mon grand-père a mis plus de deux jours à se rendre compte qu'elle ne respirait plus. Et elle : C'est peut-être parce qu'elle avait perdu son compagnon. Moi ? Oui, vous, son lecteur. Et lui : J'y ai pensé depuis. Peut-être qu'elle m'entendait vraiment. Et elle : Dites-vous qu'elle aura cru que le baiser c'était la fin de l'histoire et que tout s'est bien passé. Une fin heureuse, en somme.

On aimerait aussi qu'elle demande pourquoi le petit garçon n'avait qu'une grand-mère comateuse à qui parler. Mais elle se retient. Ça fait déjà beaucoup de souffrance pour un enfant. Elle sort de son sac la clé du cadenas et se penche pour le déverrouiller. Elle retire la lourde chaîne gainée d'un plastique translucide jaunâtre qu'elle glisse dans le coffre aménagé sous le siège, avant de s'informer : Vous n'aurez pas peur ?

Pourquoi aurait-il peur ? Il a à peu près le même pour circuler dans Paris. Elle le regarde comme si soudain l'équation était plus simple à résoudre. Un Parisien en tenue d'homme-grenouille à qui l'on a volé ses affaires, ça devient assez banal, plus compréhensible, on est à peine dans un fait divers. Sans doute profitait-il des ultimes beaux jours pour se livrer à son sport favori. Mais ce qui risque, cette mésaventure, de précipiter son retour, non ?

À dire vrai — et en dépit des apparences, ce n'est pas le rond-point au loin, surmonté d'un soldat américain tirant à lui son parachute déployé à terre, qui retient son attention, encore qu'il vaille à lui seul le détour, qu'il pourrait figurer dans tous les guides touristiques, voire dans les plus importantes manifestations d'art contemporain —, il n'est pas certain qu'il ait envie de retourner à Paris. Et son ton est si pénétré, si réfléchi, qu'elle comprend spontanément qu'il ne s'agit pas d'une parole en l'air. Et vous vivez ici ? s'inquiète-t-il à son tour. Et elle : Je n'ai pas de second casque.

C'est égal, dit-il, enregistrant son désir de couper court à ce genre d'interrogatoire, après tout c'est son droit, sans doute n'a-t-elle pas envie de s'étendre sur la rudesse du climat, l'isolement, la difficulté à nouer des relations en campagne, la psychologie des gens du cru, la qualité de l'air ou les habitudes locales. Qu'elle le véhicule jusqu'à Sangerville n'implique pas qu'ils n'aient plus de secrets l'un pour l'autre. Et lui : Les gendarmes sont couchés et n'ont pas envie de ressortir leur fourgon. Ils nous laisseront tranquilles jusqu'à demain. De toute manière on évitera les excès de vitesse. Et pour le casque je vais remettre ma capuche, ça fera comme. Puis, levant les yeux vers le ciel filandreux où de la bourre grisâtre défile à basse altitude : Ça risque de mal se passer là-haut. Et comme il rabat sa capuche sur la tête, subodorant le résultat esthétiquement peu engageant de l'opération : Vous êtes sûre que vous n'aurez pas honte ? Honte ? dit-elle. Et sans attendre de réponse : Vous aurez de quoi vous changer, une fois sur place ? Sur quoi il la regarde droit dans les yeux, ce dont elle s'inquiète un quart de seconde, et soudain : Bien sûr, les salopettes de Pépé. Le cambouis, ça préserve les fibres, non ?

Elle sourit, soulagée. La beauté de cette femme, il semble qu'elle ait besoin d'un révélateur pour apparaître, mais qu'une fois révélée, on doit avoir du mal à s'en passer. Alors, on y va, dit-elle, tout en glissant la tête dans son casque. Puis elle serre la jugulaire et remonte la fermeture de son blouson jusque sous le menton. Son visage disparaît derrière la visière fumée. Au moment où elle dégage la béquille et passe une jambe de l'autre côté du siège, il découvre qu'elle est pieds nus dans des ballerines vert amande. Il regarde à nouveau ses chaussons. Elle lui fait signe de s'installer et il entend une voix étouffée par le casque lui conseiller de s'agripper aux poignées de chaque côté. Il connaît — même s'il a peu l'occasion d'occuper le siège arrière de son propre scooter. Il comprend cependant qu'il n'est pas question de passer les bras autour de la taille de sa conductrice, ni de se cramponner à elle dans les virages. D'ailleurs il n'en aura pas besoin. Elle descend délicatement du trottoir, se lance sur la chaussée vide sans demander d'efforts exagérés au moteur et contourne bientôt le rond-point où n'en finit pas d'atterrir le sauveur tombé du ciel, ce qui permet d'admirer de plus près le chef-d'œuvre.

Un as, certainement, ce parachutiste, car se poser pile sur le rond-point, c'est un exercice de précision réservé à une élite. La corolle de son parachute, à moitié écrasée, se rendant mollement à la gravité, se compose d'un ciment blanc léger, jeté sur un treillis métallique dont les mailles de fer apparaissent par endroits. Il semble que des morceaux de la pseudo-toile aient été vandalisés, emportés par des trafiquants comme des pierres d'un nouvel Angkor. Visiblement on aime aussi y laisser des messages graffités à la bombe ou à la pointe fine d'un stylo, que les officiers de la voirie s'appliquent à recouvrir d'une peinture blanche, marbrant la corolle de bandes hâtives appliquées au rouleau. Sans doute, ici comme ailleurs, un recueil de rendez-vous, de formules philosophiques définitives comme : la vie n'est pas une vie, de déclarations d'amour ponctuées d'un cœur, et de dénonciations concernant la supposée sexualité de certaines filles du coin.

Le parachutiste, en uniforme couleur bronze et sangles blanches, agrippé à ses ficelles, semble indemne de toute souillure ou déprédation, mais c'est qu'il vient d'être remplacé. L'auteur a découvert un article dans la presse régionale, se désolant que le célèbre parachutiste excite la convoitise des voleurs, et qu'on en soit au cinquième ou sixième, et que le conseil municipal commence à trouver la facture salée. Peut-être que les dérobés traversent clandestinement l'Atlantique pour décorer les pelouses de vétérans du jour J moins quelques heures, quand en pleine nuit ils sautèrent sur les lignes arrière pour préparer le débarquement. À la sortie du rond-point, la conductrice lâche une main de son guidon et à l'intention de son passager pointe du doigt un panneau indiquant Sangerville, 12 kilomètres.

Les quelques automobilistes croisés ne peuvent s'empêcher de marquer leur étonnement à la vue de l'étrange équipage, et l'auteur, si on lui laissait le champ libre, ne se priverait pas de leur prêter une foule de reparties plus ou moins cocasses pour rendre le comique de la situation, mais en fait il n'y eut qu'une seule remarque, et comme souvent, grossière, provenant de quatre garçons avinés roulant dans une épave fumante, et qui ne vaut pas la peine d'être reprise, le passager arrière, cramponné à ses poignées latérales, se refusant à toute polémique. D'ailleurs, pour lui, le plus douloureux, ce fut surtout ce vélomoteur à peine plus rapide qui mit un temps infini à effectuer son dépassement, ce qui permit à son pilote de détailler l'homme à la combinaison sur toutes les coutures.

À la sortie de la petite ville, marquée par une longue enfilade de maisons de plain-pied, de construction récente, à peu près identiques les unes aux autres avec leurs façades crémeuses et leurs toits d'ardoise, mais où chacun a veillé à poser sa touche personnelle en adjoignant une tourelle, un auvent, une fenêtre en arrondi au milieu de la façade, ou plus simplement en suspendant une lanterne marocaine sous le porche d'entrée, un homme dépassant d'une rangée de thuyas dont il égalise les têtes au taille-haie électrique, et bien qu'on n'ait pu entendre ses propos couverts par le bruit de son appareil, a sans doute convoqué son épouse pour jouir du spectacle car une femme accourt le rejoindre au moment même où l'attraction passe sous leur nez.

Mais une fois dépassé cette enfilade de maisons champignons, quand on entre dans la campagne, c'est-à-dire dans le bocage où la route étroite et sinueuse est si peu encombrée que le scooter roule la plupart du temps en son milieu, l'homme à la combinaison doit se dire que les choses n'ont pas beaucoup changé depuis son enfance. C'est ce même paysage vallonné qui avait contrarié l'avancée des débarqués d'Utah Beach, incapables de s'orienter au milieu de ce dédale de chemins engoncés entre les talus et les haies arborées, leurs cartes d'état-major n'étant d'aucun secours face à cette topographie à l'ancienne, progressant à l'aveuglette, tournant en rond, pensant avoir contourné une ligne de front et butant sur elle, craignant à tout moment d'être surpris par une patrouille allemande au détour d'un bois, au point qu'au moindre bruit suspect, pour un buisson agité, ils en arrivaient à se tirer les uns sur les autres, et c'est pourquoi leur progression avait été retardée, incapables de tenir les échéances prévues par le calendrier de l'état-major allié, empêtrés dans ce traquenard néolithique qui avait déjà servi aux paysans soldats pendant les guerres de la chouannerie à tenir tête aux armées républicaines, les chars ne parvenant pas davantage à se faufiler entre les butées de terre, les chenilles dérapant, s'enfonçant, éléphants dans un magasin de porcelaine miné, ce même paysage inchangé qui prive d'horizon avec ses champs enclos de haies où paissent les vaches et où galope parfois un cheval solitaire, ses vergers croulant de fruits rouges et jaunes, ses chaussées souillées devant les fermes.

Et puis il y a cette odeur qui flotte dans l'air, que l'on traverse par nappes, une odeur un peu aigre-douce en cette saison où l'on commence à presser les pommes, et qui ressemble à un formidable compteur à mesurer la nostalgie. Ce qui ne peut le laisser indifférent, le fils prodigue, cette confrontation avec son enfance. Comme un accord lointain dont on comprend que sa résonance renvoie inextricablement à ce que l'on est. Tu es composé de ça, dit cet accord. Et là, il faut le lui reconnaître, l'auteur l'a bien dit dans ses livres : pour savoir qui l'on est, il faut savoir d'où l'on vient. Et d'où l'on vient, c'est non seulement le lieu, l'implantation, là où tout a commencé, c'est : qui m'a fait, de quoi j'ai été nourri, avec quoi se meuble un imaginaire, de quoi se compose mon héritage enfoui, mes rêves, mon sac de larmes, comment j'ai été préparé à donner et à recevoir de l'affection, à faire preuve de courage, à créer de l'inédit.

Et puis, autre figure familière, dont l'auteur a parlé aussi, ce qui était sa manière de placer dans son livre cet entre-deux — c'est-à-dire cet espace entre le ciel et la terre qui dans la philosophie et les religions n'intéresse pas grand monde, comme si c'était plus simple de tout réduire à cette dualité entre la matière et l'esprit comme entre deux crêpes, alors que la question devrait être plutôt comment on passe de l'un à l'autre —, c'est la pluie qui se manifeste avec de plus en plus d'insistance après avoir débuté sagement, qui se fait cinglante à présent, resserre son rideau de perles jusqu'à le rendre presque opaque, épais, comme une vague s'affalant du ciel, l'eau rebondissant et ruisselant sur le revêtement de la chaussée, s'écoulant dans les fossés par les ravines du bitume, au point que dans un virage la roue arrière du scooter manque de chasser. Le pilote ralentit et, de crainte d'avoir à affronter une nouvelle séance d'aquaplaning, prudemment choisit de s'arrêter sous la coupole d'un chêne, à la ramure si dense que dans son orbe la route paraît sèche.

Ils mettent tous deux pied à terre. Elle retire son casque et passe une main dans sa chevelure pour lui rendre son volume, puis retire son blouson qu'elle secoue pour en faire tomber l'eau avant de frissonner et de l'enfiler à nouveau. En général, ça ne dure pas, dit-il tout en basculant sa capuche sur la nuque. Et comme il trouve son commentaire de spécialiste en météo un peu maigre : Vous avez été cambriolée, n'est-ce pas ? À quoi elle répond que vandalisée serait le mot exact. Que tout a été retourné, arraché, les meubles, avant d'être emportés, vidés de ce qu'ils contenaient, de ce qui n'intéressait pas les voleurs. Ce qui fait que le sol était jonché de vêtements, de paperasses et de vaisselle brisée. Et s'ils n'ont pas éventré les matelas c'est qu'ils les ont jugés dignes d'être embarqués. Ils ont même tenté de démonter une cheminée du salon. Ils ont abandonné après avoir fait exploser la tablette de marbre. En fait, la seule chose qu'ils ont ostensiblement dédaignée, c'est son travail. Vexant, commente-t-elle. Et lui : Quel travail ? Et elle, évasive : Pour le dire vite, ça pourrait ressembler au parachutiste du rond-point, mais en plus inspiré, j'espère.

Et lui, saisissant à demi-mot de quoi il retourne : Vous n'avez pas eu affaire à des spécialistes, voilà tout. Il faut être averti pour comprendre ces choses. Elle a un petit haussement d'épaules, quelque chose comme : Je vois bien que vous dites ça pour me faire plaisir, mais ne vous fatiguez pas, je sais à quoi m'en tenir. À ce moment la pluie redouble et la ramure commence à donner des signes de fuite de plus en plus importants. La cataracte qui s'abat tout autour fait un tel raffut qu'ils ont du mal à s'entendre et doivent hausser la voix. Et lui, profitant du vacarme : Vous êtes artiste ? Et elle faisant semblant de réfléchir, hésitant sans doute entre plusieurs formules, puis lâchant sur un mode qui s'essaie à éviter l'autodénigrement, d'une voix forcée : Disons que je cherche.

Mais en dépit d'une volonté de détachement, son ton est si douloureux qu'il regrette de l'avoir amenée dans ces zones sensibles pour elle, et avec beaucoup de délicatesse : Ne vous inquiétez pas, vous trouverez. Et elle le regarde avec étonnement sous son masque de pluie. Est-ce à moi vraiment qu'il s'adresse, mon homme-caoutchouc, ou tient-il des propos en l'air comme il le ferait à une voisine de table dans un repas où ne s'échangent que des banalités convenues ?

Et lui, sur un air d'évidence : Bien sûr que vous trouverez. Et elle : Qu'est-ce qui vous permet de dire ça ? Vous ne savez pas ce que je fais. Et lui : Je le sais. Je cherche aussi. Et vous cherchez quoi, dit-elle ? Comme vous, ce à quoi personne n'a jamais pensé. Il dit qu'il connaît cette impression d'avancer dans le brouillard, d'aboutir à des impasses, d'inventer le fil à couper le beurre, jusqu'à ce moment où tous les éléments que l'on brasse depuis des mois, des années, s'assemblent comme par miracle, et alors tout devient lumineux. La plupart des grandes trouvailles l'ont été par hasard, voir Newton ou Archimède, mais jamais par quelqu'un qui ne cherchait pas. Donc vous découvrirez un jour ce que vous cherchez. Mais il y a une autre chose aussi que je crois savoir. Comme pour les biorythmes, il ne sert à rien de trouver avant l'heure. Mais le moment viendra, il ne peut que venir.

Et après avoir contemplé un moment sa main offerte, comme si elle tentait d'y lire la formule magique qui y serait selon lui inscrite : J'ai parfois le sentiment de perdre mon temps, dit-elle. Et lui, marquant un silence, comme s'il pesait les conséquences de ce qu'il allait dire : Le temps perdu, c'est du temps que l'on met de côté. C'est notre remise. Et comme il s'interrompt et que plus rien ne vient : Vous le croyez vraiment ? Et lui : Je crois surtout que ça ne m'intéresse plus de chercher. Et elle, insistante : Mais de chercher quoi, puisque vous ne le savez pas ? Et lui, avec une moue de dépit, comme s'il hésitait à lâcher une vérité dérangeante : Des formules pour sauver la planète ou la détruire, on ne sait plus très bien, ce sont quasiment les mêmes. Il est temps que je me mette à mon compte, que je cherche pour moi, pour en apprendre sur moi. Je crois que je me suis oublié en cours de route. Puis, après un temps : Vous m'accorderez de voir votre travail ? Et comme son visage se ferme, craignant qu'elle ne joigne quelques larmes aux gouttes qui dévalent sur ses joues : Quand vous le déciderez, dit-il. Je suis certain que j'en apprendrai beaucoup, que ça me sera d'un grand secours.

Et elle, tête baissée, méditative, mais comment pourrais-je lui porter secours quand je ne me secours pas moi-même ? Est-ce parce que je lui ai proposé mon aide ? S'imagine-t-il que j'ai la solution à tous ses problèmes ? Se moque-t-il de moi ? Est-ce une manifestation de sa compassion ? Vos chaussons sont mieux adaptés que les miens, dit-elle. Et découvrant son profil mouillé, ce visage effilé aux pommettes hautes et aux joues tendues, ce nez droit, ces cils où tiennent en équilibre de fines billes de pluie, ses longues paupières baissées, se demandant comme nous ce qu'il pourrait faire pour redonner de la joie à ce masque douloureux : Je peux vous demander votre prénom ?

Tristessa, souffle l'auteur. Mais de qui parle-t-il ? De Tristessa, l'héroïne éponyme d'un court roman de Jack Kerouac, dont il a lu à maintes reprises pour lui-même, à voix haute, des passages, dans ses moments de grande solitude intérieure. Une jeune Indienne sombre des quartiers misérables de Mexico, à la beauté sublime et déglinguée, se prostituant pour s'offrir ses doses de dope, dont l'Américain tombe fou amoureux, s'essayant à l'accompagner dans sa descente aux enfers, n'implorant qu'une chose, qu'elle le remarque, lui accorde un regard, et devant laquelle il a cette phrase bouleversante, la plus bouleversante jamais entendue dans ce dialogue continu depuis la nuit des temps entre l'homme et la femme, partant du plus loin de la solitude et s'élevant vers l'espérance la plus haute, alors qu'il la regarde rajuster sa robe et ses bas sur son corps maigre de junkie qu'il n'a jamais touché : Serais-tu cette sorte d'amie pour moi ?

Des beautés aztèques en Basse-Normandie, hum, l'auteur doit confondre. Mais non, l'auteur ne confond pas. Il sait de quoi il parle. Il a longtemps prétendu que Tristessa était le plus beau roman du monde, et que ce qui fondait son choix qu'il ne cherchait même pas à justifier — des plus beaux romans du monde, il y en a à foison, chacun ayant son roman de cœur, se déclarant prêt à descendre sur le pré pour défendre son titre —, ce qui fondait son choix, c'était sans doute cette seule interrogation, quand le jeune Américain — pas si jeune, au vrai, Kerouac a à cette époque trente-trois ans, et l'alcool et les drogues ont commencé à souffler son beau visage — plante son regard dans les grands yeux sombres de la jeune femme brune dont il est amoureux et qui le repousse sans qu'il en saisisse les raisons — il a plutôt l'habitude que les femmes s'intéressent à lui. Et à travers elle, c'est à l'amour même qu'il pose la question, à cette idée de l'amour qui le sauverait de la damnation terrestre, de cet enchaînement fatal des désirs et de la souffrance, de cette vie d'errance et de misère.

Mais l'objet de son amour, il nous l'a présenté dans un tel état de délabrement physique, n'ayant

que la peau sur les os comme le chaton squelettique et couvert de puces qui partage avec une
petite chienne chihuahua, une poule, un coq et
un pigeon les restes de la maison délabrée où
s'entassent les damnés de la terre sous le regard
de la Vierge de la Guadalupe dans ce quartier
misérable de Mexico, qu'on peut douter de la
rédemption de ces deux descendus en enfer, tant
on peine à imaginer un salut à ce corps décharné
de camée perpétuellement en manque, courant se
prostituer pour s'offrir sa dose de morphine, incapable de nouer correctement la ceinture de son
kimono ou d'ajuster ses bas qui tournent sur sa
jambe, tant ses mains tremblent.

Mais c'est Kerouac qui plonge son regard dans
les grands yeux sombres de sa beauté aztèque, ce
n'est pas l'auteur. Et ce qui nous retient ici, c'est
ce qu'a retenu l'auteur, cette interrogation
muette du regard : Serais-tu cette sorte d'amie
pour moi ? Et ce qui nous retient plus encore c'est
« cette sorte d'amie » qui pourrait presque ressembler à une demande en mariage pathétique par un
dépossédé de tout, trop démuni pour demander à
celle-là de devenir sa femme, son bien, sa propriété, et qui veille à ne pas brusquer l'aimée, la
désirée, la bouleversante, une adresse d'autant
plus délicate qu'elle va précisément à la bouscu-
lée, à la négligée, à l'humiliée : accepterais-tu
de devenir cette sorte d'amie pour moi ? Comme
si l'auteur se méfiait de la langue d'amour qui
s'enivre jusqu'à la nausée de ses extases, s'enroule
dans ses drapés poétiques et ne voit qu'elle
dans son miroir aux alouettes, le minimalisme de
« cette sorte d'amie » symbolisant alors pour lui la
plus haute attente, celle de la femme miraculeuse,

seule en mesure de changer la triste figure de ce monde.

Il a bien entendu comme nous la réponse de la jeune femme sous le chêne en pleurs. Elle a répondu Mariana, veillant même après une brève hésitation à y ajouter son nom, de La Lande, et lui : En un ou deux mots ? Et elle : en trois. Et il lui avait tendu la main : Daniel Donek-Algan, en deux, et comme elle ne se prête que moyennement à ce petit jeu, il se croit obligé de commenter : Mariana, ce n'est pas courant. Et elle, sans doute habituée à ce qu'on s'étonne de la singularité de son prénom, que l'on imagine d'origine étrangère : C'est le prénom d'une héroïne du XVIIe siècle dont mon père est un spécialiste, a-t-elle dit. Je veux dire spécialiste du XVIIe, et plus précisément de la dernière moitié. Enfin était, maintenant il se passionne pour les grottes ornées. Et Daniel fait : Ah, en levant le menton, ce qui ne doit pas, cette explication, lui parler beaucoup.

L'auteur en revanche connaît bien cette Mariana. C'est la religieuse portugaise dont la lecture des lettres faisait pleurer toute la cour de Louis XIV, sauf que Mariana Alcoforado n'était ni religieuse ni portugaise, mais un personnage de fiction créé par un écrivain nommé Guillerargues qui prétendait en être le traducteur, et qui a eu le tort de s'abriter derrière sa créature puisque, grâce à ce subterfuge, personne ne se souvient de son nom, au point que les Portugais eux-mêmes s'attribuent la paternité des lettres de la malheureuse quittée par son amant. Ce qui serait sans conséquence si Mariana n'était par trop doloriste, grisée par son lamento, qui se félicite au fond d'elle-même qu'un si grand abandon la conduise à des cimes qu'elle présume si poétiques : « Considère, mon amour, jusqu'à quel excès tu as manqué de prévoyance, ah, malheureux tu as été trahi », etc., sachant que, dans le langage du temps, mon amour ne s'adresse pas à son chéri mais à l'idée de l'amour, ce qui n'est pas du tout la même chose, comme si elle disait, considère, ma vérité, jusqu'à quel excès tu t'es aveuglée sur ton compte. Alors oui, qu'elle se retire au couvent où croît le pur amour, le désincarné, l'amour de soi dans le regard du divin, au lieu que « serais-tu cette sorte d'amie pour moi ? », serais-tu celle-là qui serait tout pour moi ? Qui ramasserait dans un corps adorable l'apaisement des jours et un labeur enchanté ? On comprend pourquoi l'auteur s'est empressé de souffler Tristessa. Non qu'il fasse de la femme en noir une call-girl héroïnomane en route pour l'enfer, mais c'est cela qu'il guette, cette interrogation dans le regard de l'autre.

D'où l'on peut présumer que, mis à la place de cet homme, dévisageant la longue femme, analysant son beau visage sévère, c'est le genre de question qui lui viendrait à l'esprit. Sans doute espère-t-il secrètement que ces deux-là qu'il vient de croiser feront mentir la loi commune qui ne laisse aucune chance à la rencontre, au mystère de la rencontre, laquelle, il en est certain, ne peut pas être le simple fait du hasard. La coïncidence a trop bon dos pour qu'on lui fasse tout porter. Sur la rencontre, il a son idée : ce sont deux destins qui se dirigent l'un vers l'autre. Alors, un importun, l'auteur avec ses intrusions et ses commentaires ? Une mouche du coche qui saturerait l'espace du vrombissement de ses phrases perpétuelles, empêchant de prêter une oreille attentive aux bruissements des sentiments ? Une espèce d'auguste finissant immanquablement par se prendre sur le nez ses tartes à la crème poétiques ? Ce qui peut bien sûr amuser certains de la galerie qui aiment que le magicien rate ses tours et que de son chapeau s'échappe, à la place des colombes attendues, la perruque qu'il n'a plus sur la tête, mais ce serait lui faire un vilain procès en sincérité. Il tremble bien plus que nous à l'idée que ceux-là puissent se rater, ou, qu'après une étude minutieuse de leurs cas, tous deux en arrivent à la conclusion, devant un auteur navré, que décidément ils n'ont rien à faire ensemble, que c'était une erreur du destin, lequel s'est emmêlé dans ses fiches. Sinon pourquoi aurait-il tant insisté pour glisser sa Tristessa, au risque de se faire rabrouer, alors que la question — serais-tu cette sorte d'ami(e) pour moi — semble, pour nos héros présentés de fraîche date, au moins prématurée ? Qu'il leur laisse le temps de se présenter, de s'apprécier. Ce n'est pas parce que cette femme et son père ont évoqué son avorton qu'il peut s'autoriser à se glisser dans leur histoire et les remplacer par des doubles fantaisistes d'eux-mêmes.

Par exemple, au moment où Daniel se présente devant une maison modeste dans sa tenue de caoutchouc bleu et noir, et frappe discrètement aux carreaux d'une fenêtre derrière laquelle un vieux monsieur dans son fauteuil s'occupe à faire des mots croisés, on entendrait selon l'auteur : Yvonne, c'est Noël. Ce qui nous oblige à imaginer ladite Yvonne, solide septuagénaire s'affairant dans sa cuisine, vêtue d'un sarrau sans manches, rose semé de violettes, les bras replets, la taille bourrelée, la coiffure bouclée, d'un blond flammé sur deux centimètres de racines blanches, déversant une poignée de légumes coupés en dés dans une marmite bouillante, et se faisant répéter : Qu'est-ce que tu dis ? Entendant à nouveau son époux qui élève la voix depuis le salon : Yvonne, c'est Noël, et Yvonne soupirant : Mais qu'est-ce qu'il lui prend ? On est en septembre. Noël, c'est dans trois mois. On a le temps pour les cadeaux. Et l'autre : Puisque je te dis que c'est Noël. Et Yvonne se passant l'avant-bras sur le front pour officiellement essuyer la sueur provoquée par la vapeur montant de la casserole fumante, mais en réalité un geste destiné à montrer son désarroi, et marmonnant d'un air désemparé : Dieu du ciel, c'est l'Alzheimer, nous voilà bien. Et l'autre revenant à la charge : Mais enfin puisque je te dis que c'est Noël. Et Yvonne de guerre lasse, s'essuyant les mains au torchon suspendu à la barre horizontale de la porte du four, abdiquant, se préparant à entrer dans ce monde sans mémoire où bientôt il lui demanderait : Madame, qui êtes-vous, après quarante-cinq ans de mariage.

Et ainsi nous aurions fait connaissance de monsieur et madame Moineau — les parents de substitution de Daniel, qui alimentaient en *Bonne soirée* et *Veillée des chaumières* les séances de lecture à la presque défunte — lesquels, sous la plume de l'auteur, se seraient sans doute métamorphosés en Mésange ou Chardonneret, sachant que ce sont des gens discrets, du genre à lever une main devant leur visage en détournant la tête face à l'objectif, et qu'ils ne se vexeraient pas de conserver derrière ce nom d'emprunt leur anonymat.

Mais peut-être ce leurre romanesque vise-t-il d'abord pour lui à protéger ses favoris de la fureur du monde, tout en gardant les originaux en lieu sûr, dans le trésor de ses pensées.

Car évidemment ce n'est pas Noël (on n'ignore pas que le grossier maquillage des noms à consonance voisine fait partie des règles de la fiction), mais Daniel, et monsieur Moineau lançant de son fauteuil : Yvonne, c'est Daniel, cela veut simplement dire qu'après un instant de stupeur à la vue de cet homme-grenouille frappant aux carreaux de la fenêtre près de laquelle, installé dans un fauteuil, lunettes sur le nez, il fait ses mots mêlés (et non croisés, l'auteur qui en a vendu dans sa jeunesse quand il tenait un kiosque à journaux ne devrait pourtant pas l'ignorer) qui consistent à encadrer des noms et des verbes noyés dans un labyrinthe de lettres, a aussitôt reconnu en cet étrange accoutrement le garçon d'autrefois. Et entendant : Yvonne, c'est Daniel, Yvonne, cette fois, ne se fait pas prier, elle ne pense pas : la tête de mon pauvre Raymond ne tourne plus rond, elle dit : Mon Dieu, Daniel, s'essuie précipitamment les mains à son torchon qu'elle laisse en plan sur la table de la cuisine, et court comme elle peut jusqu'au salon pour être la première à ouvrir la porte au visiteur qu'elle entrevoit à travers les quatre carreaux.

Et Yvonne, étreignant le corps caoutchouteux qui s'encadre dans la porte, oh mon Daniel, comme je suis contente, pourquoi tu nous as laissés si longtemps sans nouvelles. Et monsieur Moineau : Ne commence pas par lui reprocher de ne pas venir, puisqu'il est là. Et Yvonne : Mais qu'est-ce que tu fais en cette tenue, c'est pour nous faire une surprise ? Comme du temps où tu plongeais avec Raymond et les garçons ? Mais, dis-moi, tu n'es pas seul ? Qui je vois derrière toi ? C'est ton épouse ? Tu pourrais nous présenter tout de même, entrez, madame, Daniel, fais-la entrer enfin. Ne la laisse pas dehors. Ne restez pas derrière lui. Vous allez bien rester à dîner, ça tombe bien, j'ai une grande marmite sur le feu, ici il y a toujours de quoi, Daniel vous le dira. Rentrez vite avec ce temps, installez-vous, vous êtes trempés évidemment, venez vous sécher, Daniel, comment s'appelle-t-elle ? Comme elle est gracieuse. Quel est votre prénom ?

Et elle, sur le pas de la porte son casque à la main, n'essayant même pas de s'opposer à la tornade accueillante qui s'efface pour la laisser entrer : Mariana, mais je ne suis pas l'épouse de — un temps — Daniel. Mais qu'est-ce que ça peut bien faire maintenant, la rabroue l'envahissante hôtesse, ce n'est plus comme dans l'ancien temps, maintenant tout le monde s'en fiche, pourvu qu'on s'aime, c'est ça qui compte. Soyez la bienvenue. Et la jeune femme : Je ne vais pas rester, je venais juste. Comment ça, pas rester ? Daniel, qu'est-ce que j'entends, ne me dis pas qu'à peine arrivé tu veux déjà repartir ? Et Daniel : Mais je n'ai pas l'intention de repartir. Et Yvonne : Mais c'est ta femme qui vient de me le dire. Et lui : Mais ce n'est pas ma femme. Et Yvonne : Je le sais, elle m'a tout raconté. Et lui : Tout quoi ? Et Yvonne : Que vous n'êtes pas mariés, mais qu'est-ce que ça peut faire aujourd'hui, tu ne vas pas repartir simplement parce que tu crois que pour nous ç'a une importance, ça n'en a pas, demande à Raymond, n'est-ce pas Raymond que ça nous est bien égal qu'ils ne soient pas mariés, on a évolué nous aussi, on ne se laisse plus bourrer la tête comme autrefois avec les idées des curés. Ils sont tous mariés, maintenant. Il n'y a même plus qu'eux. Alors vous n'allez pas repartir. Et lui : Pourquoi repartir, je viens à peine d'arriver. Et Yvonne, se tournant vers la jeune femme : Alors vous voyez bien, c'est arrangé, vous restez. Et la jeune femme : Lui, oui, mais pas moi, je l'ai juste. Et Yvonne : Taratata, pas de manières avec Yvonne. Et lui : Madame Moineau. Et la vieille dame : Qu'est-ce que j'entends ? Madame Moineau ? Mon petit Daniel, tu me fais de la peine. Comment tu m'appelais autrefois ? Et lui : Tante Yvonne. Et la vieille dame : Tante, c'est parce que tu étais petit. Alors, qu'est-ce qu'on dit ? Et vous aussi, à l'adresse de la jeune femme, pas de chichis, Yvonne pour tout le monde. Et entrez vite vous sécher, on a assez bavardé comme ça. Raymond, sers-leur un petit verre pour les réchauffer, le temps que je baisse le feu dessous la marmite. Daniel, attends-moi, ne commence pas tout de suite, je veux pas perdre une miette de ce que tu vas nous raconter. Mais d'abord, monte te changer, tu ne vas pas rester dans cette tenue.

Et Daniel : Je n'en ai pas d'autres. Et Yvonne : Comment ça pas d'autres ? Et lui : Non, je n'ai que ça. Comme j'avais mon équipement de plongée dans le coffre, je me suis arrêté avec l'intention de piquer une tête pas très loin pour me changer les idées, je me suis garé quasiment sur la plage et, le temps que je remonte à la surface, ma voiture avait disparu, avec toutes mes affaires. Et monsieur Moineau : Avec ta bouteille et le détendeur ? Non, je les ai enfouis sous un buisson quand je suis remonté de la plage. Je n'allais pas marcher avec, mais mon ordinateur de plongée en revanche était dans la boîte à gants. Et Yvonne : On plonge avec un ordinateur maintenant ? Et Daniel : C'est de la taille d'une montre et ça se porte au poignet. Et Yvonne : Et après, qu'est-ce que tu as fait ? Daniel : J'ai fait du stop. Enfin, façon de parler, mais, dans ma tenue, je ne peux pas en vouloir aux automobilistes. C'est le fourgon des gendarmes qui s'est arrêté.

Et Yvonne, se tournant vers la jeune femme, qui hésite à poser son casque rouge sur la desserte près du porte-parapluie : Et de la gendarmerie tu as pu prévenir ta femme pour qu'elle vienne te récupérer ? Et Daniel : Ce n'est pas ma femme. Et Yvonne : Tu nous l'as déjà dit, mais on t'a dit aussi que pour nous ça ne change rien.

Et la jeune femme, se demandant sans doute ce qu'elle fait là, debout au milieu d'un salon de faible hauteur, au plafond et aux poutres apparentes jonquille, murs tapissés d'un petit motif fleuri, encombré d'un buffet aux portes supérieures vitrées où s'entasse la vaisselle des jours de fête, d'un canapé anglais aux lourdes broderies et aux accoudoirs de bois, et de deux fauteuils assortis, d'une table basse en bois ciré, de cadres de photos d'enfants suspendus et posés un peu partout, pressée d'en finir au plus vite avec ce quiproquo : On ne se connaît pas, on s'est rencontrés par hasard à la gendarmerie où je venais également déposer pour un vol. Et Yvonne : Votre voiture aussi, c'est pour ça que vous vous déplacez à moto ? Je n'ai pas de voiture. C'est ma maison qu'on a vidée. Et Yvonne, soudain découragée : Ce n'est pas possible, ici aussi ? On n'est plus en sécurité nulle part. Raymond, fais quelque chose. Et Raymond : C'est plutôt du ressort des gendarmes. Et son épouse : Fais-les asseoir, offre-leur à boire. Mais peut-être préféreriez-vous une tisane ou un grog ?

Et la jeune femme : Je vais vous laisser. Je ne veux pas vous déranger plus longtemps, vous avez beaucoup à vous dire, je crois. Et Yvonne : Dans votre maison sens dessus dessous ? Je parie que vous n'avez même pas de quoi vous faire à manger ? Et pas de cachotterie, hein ? Alors la jeune femme secoue la tête. Vous êtes seule ? On vous attend ? Et sa tête à nouveau a ce petit mouvement de dénégation. Alors restez avec nous pour le dîner. Daniel, sois un peu dégourdi, insiste, dis-lui que ce n'est pas raisonnable, qu'elle ne peut retourner dans une maison qui a les quatre fers en l'air. Je suis sûre qu'ils lui ont vidé son frigo, si même ils lui ont laissé son frigo. Et puis, tout le monde le dit, c'est horrible de savoir que des inconnus ont mis leurs pattes partout, ont tout fouillé, tout souillé. On se sent, oui, sali. Daniel, elle t'a reconduit jusqu'ici, insiste. Et Daniel insistant : Madame Moineau a raison, ce n'est pas raisonnable. Et Yvonne : Daniel, qu'est-ce que j'entends, madame Moineau ? Et Daniel : Yvonne a raison, et j'ajoute que ça nous ferait très plaisir.

Et Yvonne, considérant que l'affaire est entendue : Mariana, asseyez-vous sur le canapé, et toi, grand nigaud, va dans la chambre des garçons, tu trouveras bien quelque chose à enfiler. Ce sont des vieilleries qu'ils n'ont pas voulu emporter, mais je constate encore une fois que j'ai bien fait de ne rien jeter. Allez monte. Ah, attends. Descends aussi un gros pull pour Mariana. Et s'adressant à la jeune femme : Retirez votre blouson, il a beau être en cuir, il est gorgé d'humidité. Passez-le-moi, je vais le mettre à sécher près de la cuisinière. Et la jeune femme s'exécute, comme si elle avait décidé de se laisser porter, de s'abandonner, retire son blouson, qu'elle tend à son hôtesse puis se frotte les bras, avant de prendre place sur le canapé. Le vieux monsieur lui demande ce qu'elle aimerait boire. Elle dit : Et vous ? Et on entend de la cuisine la voix de madame Moineau : Daniel, tu trouves ? La voix empruntant l'escalier de bois situé dans le corridor qui sépare la cuisine du salon pour s'élever jusqu'à l'étage.

Quand l'habitué des lieux redescend il aperçoit sur la table basse une bouteille au col effilé, sans doute un vin de Loire, il se rappelle que monsieur Moineau avait ses préférences, entourée de quatre verres à pied, à larges côtes, qui étaient déjà là autrefois, et qui, par leur sortie exceptionnelle, témoignent que le vieux couple a tenu à donner un caractère solennel à la réception. Tous les regards se portent sur lui, et il écarte les bras pour que tous puissent juger du résultat. Il s'est recoiffé en arrière et s'est débarrassé de ses chaussons découpés au profit d'une paire de savates, et pour l'entre-deux, après avoir détaillé le pantalon gris trop large et le gilet de travail anthracite à fermeture à glissière, c'est toujours mieux que ta tenue de cosmonaute, commente madame Moineau. Tu n'as pas grossi à ce que je vois. Pas comme mes gars. Et pour Mariana ? Et Daniel déplie sous ses yeux un col roulé bleu marine. Au moins ça vous tiendra chaud, dit Yvonne en s'emparant du tricot et invitant la jeune femme à se lever. Laquelle se courbe et tend les bras comme une enfant, sa tête disparaissant un moment avant de ressortir de la masse de laine. Puis elle se passe les mains dans les cheveux et a à nouveau ce geste de se réchauffer les bras, cette fois pour manifester douillettement son contentement, cet envahissement de la chaleur, et elle remercie son habilleuse avant de se rasseoir. Tous les trois la contemplent comme s'ils avaient recueilli une princesse abandonnée.

Et Raymond : J'étais en train de demander à Mariana où elle habitait. Et la jeune femme, éludant, se refusant à être plus précise : À quelques kilomètres d'ici, dans la campagne, et bien vite réorientant la conversation : Je disais à, et elle a ce mouvement de la main en sa direction, comme si cette intimité toute récente était un exercice qui lui coûtait, à Daniel, que je me souvenais d'être venue apporter mon vélo à réparer ici quand j'étais enfant. Et Yvonne : Vous avez connu notre Pierrot ? Oh la la, il n'était pas toujours commode. Une figure, comme on dit. Même mes gars en avaient peur quand ils allaient chercher leur copain pour faire les quatre cents coups ensemble. À sa décharge, il faut avouer qu'il n'a pas eu une vie bien drôle, le pauvre. Et pour toi aussi, ça n'a pas été drôle, hein mon Daniel. Parce que Pierrot, le réparateur de vélos, c'était son grand-père.

La jeune femme fait semblant de s'étonner, et son voisin — si mal fagoté qu'il soit, de bric et de broc, on commence, c'est vrai, à le trouver bel homme — avec lequel elle partage désormais le canapé, confirme le propos, comme s'ils n'avaient pas déjà évoqué ensemble le lien de parenté, une saynète improvisée pour laisser à madame Moineau la primeur de l'information. Mais elle n'a rien remarqué. Madame Moineau est lancée. On ne l'arrêtera plus. Pas envie non plus de la couper, c'est toute une enfance lointaine qui va resurgir soudain à travers son récit. Elle s'interrompra une première fois pour demander à Daniel de faire le service, parce que la main de Raymond tremble un peu, qu'il risque d'en verser à côté, puis une seconde fois, quand elle a craint d'ennuyer la jeune femme, dites-le-moi si je vous ennuie avec mes bavardages, mais on voyait que la jeune femme ne simulait pas, qu'elle était véritablement attentive à cette entreprise de renflouage d'un monde dont elle avait eu écho, qu'elle avait sans doute effleuré, mais pour la compréhension duquel il lui manquait certains éléments.

À plusieurs reprises on l'a sentie désireuse de poser des questions, notamment lorsqu'elle s'est tournée vers Daniel, suite à une remarque au sujet de laquelle elle aurait aimé avoir une précision, un éclaircissement. Madame Moineau venait d'évoquer la mort de sa mère, de ta pauvre mère, mais juste comme une date, un repère chronologique, sans s'attarder. Ensuite par recoupements, elle a pu établir que son compagnon avait perdu sa maman très tôt, sans doute même à un âge où on n'en garde que peu de souvenirs, et qu'en tout état de cause la jeune morte était la fille de la femme plongée quinze ans dans le coma. Ce qui de fait, ces tragédies successives, sans qu'elle ait réussi à établir s'il y avait un lien de cause à effet entre elles, avait de quoi gâter l'humeur du réparateur de vélos.

Mais Daniel n'a pas manifesté. Il n'a pas comme précédemment tourné la tête pour partager un regard avec sa voisine. Il a continué de fixer tante Yvonne, dont elle comprenait qu'elle n'était pas de sa parentèle. Juste un titre affectueux destiné sans doute à compenser les pertes cruelles qui avaient décimé l'univers du jeune orphelin. Elle comprenait aussi que les Moineau avaient été une famille d'accueil pour l'enfant, laissé à son seul grand-père, et n'ayant de conversation qu'avec une quasi-morte. Ni frère ni sœur, un père mystérieusement absent, une mère prématurément défunte, le cercle de tendresse était circonscrit à la tribu de tante Yvonne. Sans doute étaient-ce ses gars qui avaient fait le lien. Et c'était ce petit garçon fait homme à ses côtés sur qui s'était acharné le malheur. Et pourtant il semblait s'en être sorti. Ses vêtements d'emprunt ne pouvaient le dénoncer mais, visible-ment, à ce quelque chose dans son comportement, cette façon qu'il avait eue de ne pas sembler enta-ché par le ridicule de sa situation, il avait fait du chemin depuis. On pouvait sans grand risque le ranger parmi ceux qui n'ont pas chaque matin à se poser la question de leur identité sociale. Quel-qu'un d'arrivé, en somme. Même s'il semblait avoir des doutes sur la destination finale.

Elle aurait aimé lui demander pourquoi il n'était jamais revenu ici depuis ses drames en série, ce qui était sur toutes les lèvres, mais madame Moineau avait fait preuve de beaucoup de délicatesse en n'insistant pas, le plaisir de revoir son enfant d'adoption l'emportant sur le ressentiment de toutes ces années sans nouvelles. Mais pas tout à fait sans nouvelles. À plusieurs reprises l'ex-tante Yvonne avait évoqué des cartes postales d'un pays proche ou lointain, et jamais il n'avait manqué de leur adresser les vœux du Nouvel An. Tout est là, avait-elle dit en pointant du menton le buffet, ce qui signifiait qu'une boîte rangée dans le bahut collectait tous les signes envoyés par le quasi-fils prodigue. Malheureusement tu ne nous dis jamais rien de toi. Tout ce qu'on sait c'est par Christian quand tu l'as hébergé quelques jours à Paris. Ça nous a bien aidés d'ailleurs. Tu nous as tiré une belle épine du pied. À t'entendre tout va toujours très bien. Mais à te voir, on n'en est pas si sûr. Tu aurais fait peur à tout le monde dans ton habit de scaphandrier.

Je n'ai pas eu peur, a glissé la jeune femme, ce que ne releva pas madame Moineau, mais elle fut entendue de son voisin qui, un bref instant, posa sa main sur sa main en signe d'approbation et de gratitude, mais le geste fut si rapide, un simple effleurement, qu'elle n'eut pas même le loisir de la retirer. Cependant madame Moineau avait déjà repris son ruissellement de paroles, sa litanie de personnages dont la plupart ne renvoyaient qu'à un événement phonétique sans visage. Alors, elle étayait le nom par des anecdotes, cherchant en permanence à réveiller la mémoire vacillante de Daniel. Mais si, tu sais bien, celui ou celle qui, et quand elle y parvenait, qu'il acquiesçait, sans qu'on sût si c'était de guerre lasse ou si le film de ses souvenirs se reconstituait, elle s'autorisait en guise de victoire à tremper les lèvres dans son verre. Puis elle reprenait le cours de sa remémoration, prenant de temps en temps son époux à témoin dont elle n'attendait pas vraiment une confirmation de ses propos. C'était une manière d'attester que ce chemin, elle ne l'avait pas parcouru seule, que son vieux complice était toujours là, que n'avait pas fait fuir son flot de paroles. Et avec son accord, le village revivait, les morts sortaient de leurs tombes, et les vieillards avec leurs jambes de vingt ans étaient autant de cœurs à prendre.

Quand vint l'heure de la guerre, où du haut de ses treize ans d'alors elle se proposait de refaire le débarquement, la campagne de Normandie, la percée d'Avranches et le martyre de Falaise, en précisant toutefois que les bombardements avaient par chance épargné pour l'essentiel Sangerville, elle marqua sa troisième pause, pour se blâmer cette fois, mon Dieu, je parle, je parle, j'en oubliais que vous devez avoir faim après toutes ces aventures. Heureusement qu'elle avait tout préparé. Et ils passèrent dans la cuisine. Elle avait bien pensé dresser la table dans le salon, ce qui aurait mieux convenu à ses hôtes de marque, mais il aurait fallu la chercher dans le garage, une table ronde au plateau se repliant qui ne pouvait rester en permanence par manque de place et qu'on installait en poussant les meubles quand la famille était au grand complet.

Le repas dont elle assurait le service la coupa dans son monologue fleuve, remisant la guerre au dessert, et monsieur Moineau en profita pour échanger avec Daniel quelques histoires de plongée. Il avait fondé un club, autrefois, qui avait compté dans ses rangs principalement ses deux fils et son jeune protégé, et il tint absolument à montrer à Mariana, ce qui l'obligea à engager le corps à moitié dans le placard à souvenirs, des chemises en carton soigneusement référencées qu'il déposa sur la table après avoir écarté son assiette. Il fit passer plusieurs photographies et coupures de presse où les jeunes garçons d'une douzaine d'années posaient en maillot de bain auprès de leur mentor, dont on avait oublié qu'il avait été cet homme de quarante ans, aux épaules larges et à la mâchoire carrée. Quand on compare, passant de la photo au vieux monsieur, lunettes aux verres convexes, sourcils aux longs poils blancs remontant en faucille sur le front ou frisottant au milieu d'une broussaille bicolore, touffe sortant du nez, joues de cocker et cou de dindon, on peine à penser qu'il s'agit du même. Le temps n'y va pas de main morte.

Ah voilà, celle-ci. Tu te rappelles Dany ? Sur la photo jaunie découpée dans le journal local, le trio porte sur ses six bras tendus un poisson énorme qui devait mesurer plus de un mètre de long. Sous le titre «Une pêche miraculeuse», le texte commence par : À Sangerville la valeur n'attend pas le nombre des années. La jeune femme maintenant prend sans doute sur elle de se plier aux lois de la bienséance. Les premières photos qui lui avaient attiré un commentaire amusé ou intrigué ont sans doute épuisé sa capacité d'émerveillement, et lassée de s'extasier, ne sachant plus trop quoi dire : C'est vous, là ? Oui, c'était lui, et il fut heureux qu'elle l'ait reconnu, second des trois par la taille. Ce qui, en fait, n'était pas bien difficile à deviner : sur la photo il est le seul à ne pas sourire.

Le voyant penché au-dessus du morceau de journal, madame Moineau s'inquiétait : Dis-moi, mon petit Daniel, tu n'avais pas des lunettes autrefois ? Et lui : Elles étaient dans la voiture avec l'ordinateur portable. Nous nous étions doutés à sa façon de plisser les yeux en rentrant dans la gendarmerie au moment de faire d'un regard le tour du propriétaire qu'il avait quelques problèmes de ce côté, mais l'auteur qui s'y connaît admet qu'il ne s'agit pas d'une grosse myopie, il n'a pas le nez sur la feuille. D'ailleurs Daniel précise que, pour lire, il s'en passe très bien. Pas comme moi, dit madame Yvonne, en récupérant l'une des coupures de presse et sortant de la poche de son sarrau une paire de loupes.

Profitant qu'on l'oublie un peu, la jeune femme égare son esprit par la porte-fenêtre de la cuisine qui donne sur le jardin assombri. Elle feint la surprise devant la nuit tombée puis annonce qu'elle va devoir se retirer, elle a beaucoup à faire là-bas. Et bien sûr madame Moineau se récrie, insistant pour qu'elle dorme ici, elle prendra la chambre des garçons et Daniel dormira sur le canapé, ce ne serait pas la première fois, n'est-ce pas, Daniel ? Mais les mêmes arguments qui l'avaient fait une première fois céder, la maison saccagée, l'absence de matelas, la rémanence des voleurs dans chaque pièce, la perspective de frissonner au moindre craquement, deviennent des gages de tranquillité confrontés à la guerre promise par l'insatiable conteuse et aux classeurs encore enfermés dans le bahut du buffet. Et sommé d'insister à nouveau pour qu'elle prenne possession de la chambre à l'étage, Daniel explique qu'à sa place il éprouverait sans doute le besoin d'être seul pour faire le point. Et comme à sa place il y est un peu, il faut sans doute entendre que le message vaut aussi pour lui.

Ce qui revient à prendre son parti. Elle lui en est immédiatement reconnaissante, ce qu'elle formule ainsi : Et le garage de votre grand-père ?

Je compte bien que vous reviendrez, dit-il.

Serais-tu cette sorte d'amie pour moi ? Ce n'est pas lui qui se pose la question, ni l'auteur qui reviendrait à la charge, mais nous, qui nous la posons pour lui. Ou pour nous, forcément déçus, qui aurions préféré qu'elle choisisse de rester pour la nuit, et nous lui aurions donné ce même conseil aussi. Il ne doit pas être fameux pour le moral de retrouver sa maison dévastée au moment de se coucher. Elle se serait laissé convaincre sans trop de difficultés, aurait feuilleté les derniers classeurs de monsieur Moineau, aurait vu s'éloigner avec soulagement les chars du général Patton, aurait adressé au naufragé volontaire du salon un petit signe de la main du bas de l'escalier avant de grimper à l'étage.

Lui aurait déployé une couverture pour son bivouac nocturne, retapé le coussin lui servant d'oreiller, puis, allongé sur le canapé, les mains croisées sur la poitrine, il aurait guetté les bruits au-dessus de sa tête, les pas de la jeune femme sur le plancher, plus légers et plus vifs que ceux des Moineau, l'écoulement du robinet de la salle d'eau, des bribes de voix, puis, une fois la maison endormie, prêté une oreille au balancement des branches, à la reprise de la pluie, apaisée cette fois, sans véhémence, régulière, au passage d'un train dans le lointain remontant sur Cherbourg, à son ululement saccadé, somnolé d'une heure à l'autre, assisté à l'apparition d'un groupe d'étoiles dans une trouée du ciel par la fenêtre du salon, se levant à l'aube, s'extirpant discrètement de la maisonnette pour arpenter le village endormi où circulent vaporeusement des nappes de brouillard poussées par le vent de la mer, se régalant des senteurs océanes de son enfance, de l'exquise et coupante fraîcheur du petit jour, pensant : tout cela dont je suis fait, qui est inscrit dans ma boîte noire, poussant sa reconnaissance jusqu'à la maison de ses grands-parents au bout de la rue conduisant à la mer, aussi modeste que celle des Moineau, plus petite encore que dans sa mémoire, avec sa façade en pignon, posant son front sur la vitre de la fenêtre de l'atelier, rendue presque opaque par les toiles d'araignée et la poussière, se reculant, levant la tête vers la fenêtre du premier qui a gardé ses rideaux bleus à petits carreaux d'antan, passés par le soleil et les nuits de pleine lune, comme si on avait posé les scellés sur la chambre de l'éternelle agonisante, qu'elle y vive toujours de sa vie microscopique, essayant d'ouvrir la porte qui garde encore au-dessus de la poignée en bec-de-cane les traces de doigts du mécanicien, n'insistant pas, prenant le chemin du retour, ne sachant s'il convient de saluer le chauffeur de la voiture qu'il croise, phares allumés, partant sans doute rejoindre son travail, se glissant sans bruit chez les Moineau pour ne pas risquer de réveiller la princesse endormie, posant prudemment une casserole sur le brûleur de la gazinière, craquant une allumette tirée d'une grosse boîte familiale, enflammant le gaz sifflant qui dégage une odeur oubliée autrefois familière, cherchant la boîte métallique de café dans le placard, inchangée, à la même place, vantant une marque disparue.

Quand il entend qu'on descend l'escalier sur la pointe des pieds, d'un pas précautionneux qui se suspend au craquement d'une marche, il est enfin attablé, le nez dans son bol de café fumant, se préparant à subir un interrogatoire en règle de tante Yvonne, sans doute levée à cette intention, pour ce tête-à-tête matinal, sans témoins, pour apprendre le fin mot de l'histoire, car débarquer en costume d'homme-grenouille, mon petit Daniel, sache que madame Moineau n'est pas née de la dernière pluie, qu'elle aimerait bien en apprendre un peu plus sur les dessous de l'affaire, alors que tu n'as même pas cherché à téléphoner dans la soirée pour informer qui que ce soit de ta mésaventure, demander de l'aide, bien qu'elle te l'ait proposé à plusieurs reprises, ce qui, tu l'avoueras, est pour le moins suspect, la première chose que l'on fait en pareil cas, et même si elle ne s'est jamais retrouvée dans cette situation (c'est-à-dire madame Moineau en femme-grenouille), c'est de prévenir ses proches, pas de proches, petit Daniel ? à quoi elle flaire derrière tant de mystères et de cachotteries, une affaire de femmes, et d'ailleurs pour la femme, n'allons pas chercher bien loin, même si apparemment ils sont restés sagement dans leur coin tous les deux, pas de va-et-vient au cours de la nuit entre le canapé et la chambre des garçons, elle s'en serait rendu compte, elle ne dort que d'un œil, et lui, le regard dirigé vers l'encadrement sans porte de la cuisine, se préparant au choc, à l'interrogatoire en règle, triturant des réponses approximatives, acceptables, mais pas le choc attendu en fait, un autre, plus terrassant, comme une apparition, parce qu'elle aurait fait irruption dans sa tenue noire de la veille, les paupières un peu gonflées, les cheveux en désordre que sa main ne se donne même pas la peine d'arranger, ou juste pour la forme, souriante, lâchant : Bien dormi ? ses pommettes hautes lui donnant, trouve-t-il, une touche asiatique, et il serait resté un moment en arrêt, son bol entre les mains, médusé, d'autant plus émerveillé qu'il s'apprêtait à accueillir la robe de chambre informe de tante Yvonne, esquissant un sourire en retour, bredouillant : Plutôt bien, et vous ? troublé au-delà du raisonnable, basculant instantanément dans une autre dimension qui est celle de la déroute amoureuse où les mots n'ont pas le même sens, ni les gestes la même signification, et c'est alors que nous lui aurions soufflé comme à un comédien oublieux de son texte : Serais-tu cette sorte d'amie pour moi ?

C'est-à-dire que nous l'aurions forcé à s'interroger. Et qu'il ne nous dise pas que ce n'est pas sa préoccupation, qu'il n'est pas en manque au point de se jeter à la tête de la première venue. Mais Daniel, tu ne comprends pas. Pour nous elle n'est justement pas la première venue. Ou alors, tu prends l'expression à la lettre, mais nous espérons bien qu'à ton âge, elle n'est pas la première, nous ne te ferons pas cette injure, alors disons, puisque tu veux jouer à l'esprit fort : la dernière venue. Celle qui plie le temps, le ramasse, en devient la dépositaire, à qui l'on confie avec le geste d'un marchand de tapis ce déroulé de nos années, où tout est dessiné, comme sur un codex, des heurs et malheurs d'une existence, de ses espoirs de rencontre, de la rencontre, de sorte que le temps à venir se trouve en elle, comme dans son bahut les souvenirs de monsieur Moineau. Et ne nous dis pas qu'elle se confond avec toutes les femmes que tu as connues. Pas elle. Elle n'est pas du genre qui se croise à tous les coins de rue. N'écoutons pas ceux qui, plaçant leur propre médiocrité comme mètre étalon, voudraient que tous soient leurs semblables. Bien sûr que l'exception, ça existe, et le don, qui l'un comme l'autre dérogent au sens commun et heurtent cette idée admise que tout se vaut, d'un homme comme tous les hommes, d'une femme comme toutes les femmes, et bla-bla-bla. N'y serais-tu pas sensible qu'effectivement tu pourrais passer ton chemin. C'est déjà une preuve de talent que de les remarquer.

Mais peut-être ne l'as-tu pas. Alors oublie tout, nous ne t'avons rien soufflé. Elle n'est pas cette sorte d'amie pour toi. Pourtant on ne nous ôtera pas de la tête, après vous avoir suivis tous les deux perchés sur le deux-roues circulant au milieu des petites routes vallonnées de la Manche, que vous aviez passé tacitement un pacte, par lequel vous adressiez une sorte de pied de nez au reste du monde, même si le monde se réduisait à quelques voitures croisées et à un couple curieux se pressant par-dessus la haie de son jardin pour voir défiler à petite vitesse l'étrange équipage. Quand les choses vont bien, on ne se retrouve pas à affronter ce genre de situation. On ne fait pas non plus ce genre d'offre de convoyer un inconnu sur son porte-bagages, qui plus est déguisé à faire honte, et si oui, l'autre décline l'offre poliment, en se disant qu'il se présentera forcément un dénouement plus conforme à l'idée qu'on se fait des convenances, et que sans doute cette femme est un brin perturbée au point de ne se poser aucune question sur son accoutrement, alors que tout individu sensé le penserait échappé d'un asile d'aliénés.

Ce qui veut dire, que le hasard qui vous a réunis, dont vous n'avez pas discuté, auquel vous n'avez pas essayé de résister, adoptant immédiatement la solution incongrue qu'il vous offrait — mais pour nous, le hasard est un mot commode qui cache une démission de la raison face à ce qui lui échappe — a bien fait les choses.

Perdre tout jusqu'à n'avoir plus que cette seconde peau de caoutchouc sur le dos, on sait que la vie parfois est facétieuse, surprenante, mais n'en pas paraître affecté — et madame Moineau avait bien raison de remarquer qu'un autre à ta place aurait passé mille appels téléphoniques affolés — ça peut aussi vouloir dire qu'on s'est préparé à ce dépouillement, qu'on l'a presque appelé de ses vœux, qu'on ne supportait plus ce cuir d'avant qui agit comme une cuirasse, et nous fait traverser la vie avec une indifférence à soi et aux autres qu'on prend pour de la force, de la hauteur de vue, et qui n'est que le plus sûr moyen de ne rien éprouver, autrement dit de s'ennuyer. Cette peau de caoutchouc, serait-ce la manifestation d'une sorte de mue ? D'où l'on conclut que ça n'allait pas fort, avant, n'est-ce pas ?

Le danger, dans cet état d'une chair à nu, privée soudain de sa carapace, c'est une hypersensibilité et un manque de discernement. On tend tellement à trouver sa nouvelle condition normale qu'on pense que ce sont les autres qui déraillent, les bien vêtus, et l'on s'allie aux épaves qui passent à la dérive. Mais deux épaves, vous deux, n'exagérons rien, ça ne cadre pas du tout avec ce qu'on a vu. Ce qui nous intrigue, c'est que n'importe qui à ta place, au moment d'entrer dans la gendarmerie aurait essayé de plaisanter, de faire le malin devant elle pour se dédouaner d'une tenue aussi ridicule. Toi, non. À part ce petit regard insistant sur tes chaussons découpés. Et tu as bien fait, car sur le peu qu'on sait d'elle, en amuseur de fin de banquet, jamais elle ne t'aurait proposé son vélo-pousse.

Ça n'a pas échappé à l'auteur, non plus, cette reconnaissance mutuelle de vos deux personnes — même si nous devons nous méfier de sa propension à jouer les marieurs. Lors de votre rencontre fictive du petit matin dans la cuisine, pendant qu'on essayait de te souffler à l'oreille : Serais-tu cette sorte d'amie pour moi, il cherchait à caser un minuscule poème japonais dont il prétend qu'il s'est imposé spontanément à son esprit à la vue de ton ébahissement devant l'apparition — mais c'est ta faute aussi, parce qu'il a entendu que tu trouvais à cette femme aux pommettes hautes et aux yeux noirs une touche asiatique. Et ce poème d'un nommé Iso dit ceci : Ma femme elle-même / a l'air en visite / ce matin de printemps. Et comme l'a répété madame Moineau, ça ne nous dérange pas que ce ne soit pas ta femme, ni d'ailleurs que la période de l'année coïncide ici, à Sangerville, avec le début de l'automne (au cours de ta promenade matinale tu as admiré, tapissant un mur de pierres sèches, une flamboyante coulée de vigne vierge, comme si des spots rouges l'éclairaient de l'intérieur), mais de fait on comprend ce qu'il a ressenti. On imagine cet homme lointain sur son île lointaine, pareillement surpris, pareillement émerveillé, suspendant son bol de thé alors que la femme le rejoint dans la pièce ouverte où, assis en tailleur, il contemple le jour naissant qui saupoudre de poussières dorées son jardin miniature.

C'est bien elle, mais son visage exprime un je-ne-sais-quoi que je ne lui connaissais pas, comme s'il avait été balayé par un éventail de lumière, et sa fine silhouette à la taille soulignée par la large ceinture de son kimono semble, oui, presque flotter, comme si tout portait à s'élever, à se déployer sous le grand souffle du printemps, comme si ce retour des beaux jours, cette promesse des fleurs s'accompagnaient d'une manière de renaissance. Tu n'y étais pas, mais le père du fond de sa grotte en avait longuement parlé à la jeune femme alors que, sa lampe au bout de son bras tendu, il lui détaillait le panneau admirable que nous avions sous les yeux, d'une biche blessée au flanc et entreprenant de cicatriser à coups de langue sa plaie.

Imagine, disait-il, ce que représentait pour eux l'avènement du printemps. Ce sol désolé, stérile, pendant les longs mois sombres où peu à peu les ressources accumulées s'épuisaient, où le froid consumait les dernières réserves de graisse sous la peau, ce sol noir pareil à un squelette décharné qui soudain comme par enchantement se couvre de fleurs, la terre qu'on disait moribonde qui se refait une foudroyante santé. Et quelle merveille, ces collines mauves, ces prairies jaune d'or, ces arbres roses. Comment ne pas prêter une oreille attentive à cette rumeur arc-en-ciel des beaux jours ? Comment n'être pas tenté d'apprendre le langage des fleurs ? On l'a oublié aujourd'hui où le geste est machinal, commandé par le catalogue des bonnes manières, mais ce sont les hommes de Neandertal qui les premiers ont inventé d'offrir des fleurs. Oui, à leurs défunts. On a retrouvé des corps couverts de pétales sous leur sépulture de pierre. Ce rituel, ce n'est pas un ultime hommage à la beauté du monde, ce n'est pas non plus une fleur que l'on ferait au disparu, il convient d'y voir l'expression d'une théologie appliquée. Car ce surgissement du printemps, cette éclosion colorée, après le désastre de l'hiver, leur avait donné une formidable idée. Pour ceux-là, qu'on range avec les cancres tout au fond de la classe des sapiens, à côté des lourds en esprit, la promesse des fleurs, c'était cette folle intuition que la mort ne passerait pas l'hiver. Après l'hiver, le printemps, après la mort, la renaissance. Ce que disent les fleurs ? Qu'il faut y croire, ma petite fille.

Alors, mon petit Daniel, dis-moi tout, dis tout à tante Yvonne. Car bien sûr, c'est la silhouette replète de madame Moineau enveloppée dans son peignoir décoloré qui surgit dans l'encadrement sans porte de la cuisine, la coiffure solidement permanentée n'ayant apparemment pas souffert de sa nuit sur l'oreiller. Au pas lourd, hésitant, écrasant lentement les marches de l'escalier, on ne pouvait déjà pas se tromper. Et d'ailleurs la jeune femme n'étant pas restée, le choix se limitait entre monsieur et madame. Madame ayant toujours été matinale : Tu n'as pas fermé l'œil, je m'en doutais. Je ne sais pas pourquoi tu as choisi de passer la nuit sur le canapé alors que tu avais la chambre des garçons. Et lui : Je me suis promené dans le village ce matin. Et elle, ayant déjà ouvert et refermé dix portes de placard, provoquant chaque fois le claquement métallique des aimants : Tu appelles Sangerville un village, maintenant ? On voit que tu es devenu un homme de la ville. Tu as tout oublié à ce point ? Alors dis-nous, et par cet emploi du pluriel, madame Moineau semble nous convoquer, nous autoriser à tendre l'oreille, à recueillir avec elle les confidences du naufragé, qu'est-ce qui

92

t'amène dans notre village ? Est-ce que tu venais nous rendre visite ? Ne me dis pas que tu aurais piqué une tête à deux pas et repris la route de retour sans venir nous dire bonjour. Ça, je ne peux pas le croire. Ce serait le pompon. Rassure-moi, mon petit Daniel.

Il dit : Vous savez bien que. Et elle : Tu reprendras du café ? Je ne veux pas être indiscrète, mais il y a quand même quelque chose qui me tarabuste. Christian nous avait rapporté des photos de son passage chez toi, tu te rappelles ? D'ailleurs il en avait été enchanté, tu l'avais emmené dans un grand restaurant, il n'a pas oublié, même s'il a bien senti qu'il n'avait pas les manières, et comment chez toi, c'était moderne et bien aménagé, mais sur les photos j'ai bien remarqué que ta femme ne ressemblait pas à ta femme.

Et Daniel : Ce n'est pas ma femme. Et madame Moineau : Laquelle ? Celle-là ? Tu n'as peut-être pas fait attention mais hier je me suis dépêchée avant de passer à table de faire disparaître la photo pour ne pas faire d'histoire. Et elle sort du tiroir du buffet de la cuisine un encadrement d'un bleu délavé, décoré dans l'angle supérieur droit d'un dauphin blanc bondissant, qu'elle tend à son invité en lui pointant la femme blonde aux longs cheveux brossés en arrière qui pose à ses côtés, d'ailleurs tu as un peu vieilli, mais ne me dis pas que c'est elle. Et lui : Qui elle ? Et madame Moineau : Mariana. Et lui : Évidemment non, puisque jusqu'à hier je ne la connaissais pas. Et madame Moineau : Donc tu la connais, c'est bien ce que je disais. Tu peux tout me dire, ça ne sortira pas d'ici. Mais sortir d'ici, pour aller où ? Informer les colonies d'oiseaux de la baie des Veys que les amours de Daniel ne ressemblent pas à la vie sentimentale de madame Moineau?

Pourquoi ne l'appelles-tu pas? demande-t-elle, revenant à la charge. Ça peut sans doute s'arranger. Et lui: Arranger quoi? Et elle: Eh bien, avec Raymond aussi on s'est disputés, tu te rappelles? Non, dit-il, dans mon souvenir, c'est la maison de la bonne humeur. C'est vrai? Oh, ça me touche que tu me dises ça, mon petit Daniel. Faut dire que, si on compare avec ce que tu vivais, c'est sûr, c'était plus joyeux ici. Et il regarde cette femme ôter ses lunettes et essuyer deux larmes avec sa serviette à damier qu'elle pose ensuite à plat sur la table et lisse de sa main, avant de la replier méticuleusement, ménageant un temps de silence inhabituel pour elle. Il n'y a rien à arranger, dit-il. C'est une histoire qui s'achève.

Allons, allons, ce qui a été sera, ce ne sont pas des broutilles d'amoureux qui vont tout remettre en question. Et lui: En fait de broutilles, elle est partie en emportant absolument tout ce qu'il y avait dans l'appartement. Et madame Moineau: Les beaux meubles de Christian? Et lui: Les douilles, les patères, les suspensions. Elle a juste négligé d'arracher la moquette. Et elle: Elle veut ouvrir un magasin ou quoi? Et lui: D'une certaine manière, c'est plutôt drôle. Et elle: Drôle, tu en as de bonnes. Et c'est parce que tu n'avais plus de chez-toi que tu as pensé à venir nous voir? Je suis heureuse, mon petit Daniel, que dans ton chagrin tu aies choisi tes vieux Moineau. On fera ce qu'on peut, tu sais bien. Et lui: Je ne crois pas avoir du chagrin. Et elle: Tu ne l'aimais plus? Mais qu'est-ce que tu lui avais fait pour qu'elle invente une vengeance pareille. Tout emporter, il faut en avoir gros sur le cœur. Elle t'a quand même laissé ta combinaison de plongée à ce que j'ai vu. C'est bien une vengeance de femme. Depuis le début je le sentais, mon intuition féminine, qu'il y avait une autre femme là-dessous, c'est Mariana, n'est-ce pas ?

Et lui, regardant la vieille dame, obligé pour lui prêter une intuition féminine de lui rendre ses vingt ou trente ans : Non, pas Mariana, que je ne connais pas. Et elle : Taratata. Et lui : Une autre. Et elle, s'étranglant : Une troisième ? Et elle est passée où celle-là ? Et lui : À son travail, j'imagine. Et il raconte, sans toutefois entrer dans les détails pour ne pas effrayer madame Moineau, comment rentrant d'un week-end prétendument de plongée, il avait retrouvé son appartement vide.

Les détails, c'est l'auteur qui les invente. Daniel qu'il appelle Noël (on se rappelle le soi-disant : Yvonne, c'est Noël, de monsieur Moineau) aurait prétexté une sortie avec des fous de plongée comme lui et, pour maquiller son mensonge, aurait déposé sa combinaison dans un tonneau rempli d'eau, dans lequel il aurait immergé des moules et du goémon qu'il se serait procurés à la poissonnerie du coin, pour qu'ainsi infusée elle s'imprègne d'une forte odeur de marée et de varech, afin de créer à son retour l'illusion de quarante-huit heures en eau profonde, quand il les aurait passées avec une collègue de travail, quelque part dans les terres. Daniel confirme à madame Moineau sa liaison, mais évidemment pas ce subterfuge idiot, d'ailleurs totalement inutile. Comme les deux clandestins avaient prévu de s'aimer au bord de la mer, il avait en réalité emporté sa combinaison comme chaque fois qu'une occasion se présente d'admirer les fonds marins, et peut-être aimait-elle aussi se baigner jusque dans l'arrière-saison.

Mais sur cette femme, on ne sait rien. On aimerait pourtant voir à quoi elle ressemble. Peut-être une femme sincèrement amoureuse de cet homme qu'elle a croisé pendant des mois dans les couloirs en espérant attirer son attention, entrant dans son bureau, des dossiers serrés dans les bras comme une invitation à les remplacer. Qui a dû inventer des subterfuges auprès de sa famille pour gagner ce week-end d'amour. Mais lui visiblement ne partage pas les mêmes sentiments. Ou peut-être las d'une liaison ancienne dont il ne savait trop comment se défaire, qu'il avait engagée par vanité, ou parce que cette femme est réellement séduisante, ou parce que son insistance amoureuse avait fini par le toucher. De toute manière, c'est d'elle aussi sans doute qu'il se cache. L'occasion aurait été trop belle de lui faire signe. Viens au plus vite, ma chérie, je suis libre désormais. S'il ne tient pas à dévoiler sa présence, s'il choisit délibérément de faire le mort, c'est que tout cet entourage lui pèse, qu'il n'y trouve pas son compte, ce qui sous-entend aussi qu'il sait qu'il n'y aura personne pour s'en inquiéter, que la femme mystérieuse le traitera de lâche encore une fois, se montrant incapable d'assumer ses choix, c'est-à-dire le choix qu'il devrait faire d'elle, car elle, elle ne pense pas une seconde que ses atermoiements ne sont qu'une manière embarrassée et délicate de taire qu'il n'a pas envie qu'elle laisse mari et enfants pour le rejoindre, qu'il n'y tient pas à ce point, que même ces petits week-ends arrachés à coups de mensonges ne valent pas le désagrément d'avoir à mentir.

Mais il le lui dirait ainsi qu'elle lui arracherait les yeux. Cet homme a trop fait semblant, a trop cherché contre sa nature profonde à donner le change. Sans doute une vieille dette, un prix qu'il se sentait devoir payer. Jusqu'à ce point où il estime n'avoir plus rien à rembourser. Il ne veut plus entendre parler de rien, ne veut plus voir personne. On peut même douter que, sans le vol de sa voiture, il se serait arrêté à Sangerville, trop certain d'avoir à affronter la tornade Yvonne dont on peut voir qu'elle ne correspond pas à l'idée qu'on se fait de la retraite. Qu'il ait éprouvé la nécessité d'un ressourcement, de remonter jusqu'à la bifurcation qui l'a vu prendre cette route qu'il n'a plus envie de suivre, la chose semble vraisemblable. Mais un hôtel dans la région aurait fait l'affaire, une chambre anonyme, lui permettant de s'extirper en catimini du brouhaha de sa vie pour tendre une oreille à ses voix intérieures.

Quoi qu'il en soit, dans son récit à la bonne dame Moineau, pas d'effet comique de l'amant volage revenant à la maison en se pinçant le nez et offrant à l'épouse bafouée une combinaison croupissante de conchyliculteur comme preuve de sa bonne foi, se répétant son petit numéro devant la porte d'entrée avant de presser la sonnette, laquelle demeurant silencieuse, ce qui l'étonne un peu mais pas au point d'envisager un scénario catastrophe, il n'a d'autre ressource que d'introduire la clé dans la serrure et, son petit numéro ruiné, de déposer par terre son consommé de fruits de mer.

De là, on peut reprendre le cours normal de la version du principal intéressé, expliquant à madame Moineau qu'une fois dans l'appartement plongé dans la pénombre, éclairé par les seuls réverbères de la rue, il avait eu la surprise de constater que l'interrupteur ne parvenait pas à faire la lumière. Alors il s'était avancé dans l'entrée, avait appelé doucement, puis d'une voix plus forte qui avait étrangement résonné, essayé en vain les autres commutateurs, et devant l'évidence d'un bug, d'un quoi? demande madame Moineau, qu'est-ce que les cambrioleurs ont encore inventé, d'un problème, traduit Daniel, de quelque chose qui ne va pas, c'est le moins qu'on puisse dire, avait commenté la vieille dame, il avait rouvert et bloqué la porte d'entrée pour bénéficier de la lumière du palier, pensé que le compteur avait peut-être disjoncté, ou qu'on l'avait volontairement coupé, et coupé il l'était, mais il avait eu beau presser le bouton vert, rien n'avait jailli. Alors il avait poussé la porte à deux battants du salon dont les deux fenêtres donnent sur la rue, et la lumière des lampadaires projetant l'encadrement déformé des ouvertures au plafond avait suffi à éclairer le désastre.

La grande pièce rectangulaire était nue, vidée de tous ses meubles dont la moquette écrasée avait conservé les empreintes, de ses tableaux dont on percevait la trace plus claire sur les murs blancs. À la place des appliques pendaient des fils électriques dont on avait soigneusement enrubanné les extrémités afin d'éviter un contact malvenu. Et ainsi de pièce en pièce, à la lueur blafarde de la rue, la même désolation, ce même silence amplifié où résonnaient, comme les grincements d'une maison hantée, les poignées de porte, les serrures, ses propres pas. Un éternuement fit même trembler les murs. Il eut à ce moment la claire conscience que quelque chose était terminé, qu'un pan entier de sa vie avait été emporté dans le déménagement, tout ce qu'il avait entassé pendant des années — conformément à l'idée qu'il se faisait, ou qu'on se faisait pour lui, de sa fonction, de l'idée de la réussite —, et pas seulement les meubles et les tableaux, s'était évanoui, comme si rien n'avait existé. Juste un rêve, ni bon ni mauvais, dont il semblait se réveiller. Et savez-vous à qui j'ai pensé ? À nous, dit madame Moineau, suspendue à son récit. À ma grand-mère, dit Daniel, allongée sur son lit avec sa minuscule ration de liquide passant dans le tuyau de la perfusion. On aurait pu l'installer au milieu de ce grand vide, pour elle, ça n'aurait pas fait de différence.

Mais il avait beau s'y être préparé, quand il fit l'inventaire des placards, ce fut tout de même un choc de les voir débarrassés de leur contenu, de ne pas découvrir dans celui qui était réservé à ses affaires les piles de chemises, de pulls, de sous-vêtements, les déménageurs avaient bien fait les choses, ne laissez rien, leur avait recommandé la maîtresse des lieux, pas un cintre dans la penderie, pas un sachet antimites sur les étagères, pas une biscotte dans la cuisine, pas un tube de dentifrice dans la salle de bains, pas une patère dans l'entrée, pas un store aux fenêtres, pas un livre dans la chambre, pas un papier dans le bureau. Et ils avaient scrupuleusement respecté les consignes.

Et alors ? s'inquiète madame Moineau. Alors il avait eu la tentation d'appeler sa femme, non pour se répandre en invectives, mais pour vérifier que ce numéro d'illusionniste, ce formidable escamotage — comme si un magicien de première grandeur s'était amusé à recouvrir d'un voile noir l'appartement meublé, puis de tirer d'un coup sec sur le tissu, toute la salle ne pouvant se retenir de pousser un ah stupéfait devant le même appartement tout à fait vide — n'était pas le résultat d'un changement de dimension, d'un court-circuit spatio-temporel, ou d'une altération de son esprit. Ce déménagement à la cloche de bois avait dû demander une longue préparation, un sens impeccable de l'organisation. Il ne la connaissait pas ainsi. Peut-être avait-elle été aidée, conseillée, ou peut-être ne la connaissait-il pas. Il se rappelait le moment de son départ l'avant-veille. Elle prenait son bain. Il lui avait dit, en espérant qu'elle ne s'aviserait pas de le faire changer d'avis : Tu es sûre que ça ne t'ennuie pas (qu'il la laisse tout le week-end) ? Et elle, enfoncée dans la mousse jusqu'aux épaules : Avec tout ce que j'ai à faire, je ne risque pas de m'ennuyer. Il ne pouvait pas prétendre qu'elle l'ait pris au dépourvu.

Il avait composé le numéro sur son mobile, et interrompu aussitôt la sonnerie. Elle ne répondrait pas, et puis à quoi bon. Elle avait certainement fait le pari qu'il ne pousserait pas plus loin son enquête, qu'il n'irait pas la harceler, ni ses proches. En quoi, elle ne se trompait pas. Tu devrais réessayer, dit madame Moineau. Peut-être qu'elle s'est ravisée depuis, qu'elle regrette. C'est très bien comme ça, dit-il. Au moins on sort des faux-semblants. Tu ne l'aimais plus ? On a identifié madame Moineau, qui, n'obtenant pour toute réponse qu'un haussement d'épaules, insiste un peu : À sa place — mais elle a raison cette fois d'en rester là car madame Moineau dans un bain de mousse, c'est autre chose. Elle entend alors que c'était sa vie, à lui, qui ne l'intéressait plus beaucoup, qu'il la trouvait saumâtre, qu'il se demandait pourquoi il faisait les choses, et bien, mais en spectateur désintéressé de lui-même. C'était cela, sa vie ?

Et avec tout ça tu n'avais même pas mangé, s'inquiète-t-elle soudain. Il était redescendu avaler un kebab. Un quoi ? un sandwich grec, ou turc ou arabe, ou ce qu'on veut pourvu qu'il y ait de la viande grillée dans un chausson de pain, oui, un hamburger, si on veut. À cette heure, un dimanche soir, il n'y pas grand-chose d'ouvert. Puis il avait marché sans but. Les rues étaient désertes, et il avait entamé la conversation avec un clochard assis sur un banc, les pieds enfilés dans un sac de couchage remonté jusqu'à la ceinture, disposé sans doute à y passer la nuit. Et qu'est-ce que vous vous êtes dit ? J'espère que tu ne lui as pas raconté que toi et lui vous étiez dans la même situation. Ç'aurait été du toupet. Non, dit-il, mais à sa façon il m'a aidé. Il n'en dira pas plus.

L'auteur a son interprétation, qui en profite évidemment pour combler les manques du récit, comme un restaurateur de fresque endommagée. En s'appuyant d'ailleurs sur la remarque indignée de madame Moineau, il imagine que Noël (pour lui le double de Daniel) aurait été apostrophé par un clochard qui, de son banc, lui aurait mendié une cigarette. Après avoir eu la tentation de passer son chemin, il se serait ravisé, aurait sorti son paquet, quelque peu inquiet devant la saleté des doigts de son nouveau camarade. Et comme il s'apprête à poursuivre sa marche : Et du feu, si c'est pas trop te demander. Et plutôt que de tendre son briquet il avait préféré faire jaillir la flamme sous le nez bourgeonnant qui s'avançait au-dessus pour s'y chauffer. Merci bien, avait dit le clochard, en lançant sa fumée au ciel avec délectation. Et devant cet air béat dans ce visage mangé par une barbe grisonnante, aux paupières gonflées, ce geste ample, plein d'élégance, décrivant une arabesque dans l'espace, avant d'aspirer une nouvelle bouffée, Noël avait eu envie de goûter à ce plaisir immédiat, de partager un moment de sa nouvelle solitude avec le plus démuni parmi les démunis, lequel semblait avoir une idée assez précise du bonheur que l'on peut tirer de presque rien : Je peux en griller une avec vous ? Et le clochard, affectant de se pousser un peu pour faire de la place sur son banc : Je t'en prie. Ce n'est pas si souvent que j'ai des invités.

Et Noël, après un temps de silence où ils avaient tous deux contemplé la fumée qu'ils soufflaient devant eux : Je peux vous demander comment on en arrive là ?

Dans la débine tu veux dire ?

Oui enfin, sur ce banc.

Pour toi je ne sais pas, mais pour moi ça n'a pas été bien compliqué. Un soir tu rentres chez toi et tu vois que ta femme s'est tirée. Je dis tu, mais c'est une façon de parler. Déjà que je picolais pas mal avant, ça n'a pas arrangé les choses, tu t'en doutes. J'allais plus bosser, on m'a fichu dehors et, de fil en aiguille, voilà. Tu n'imagines pas la vitesse à laquelle ça dégringole. On n'a pas le temps de se retourner que déjà on est dans la rue à demander une pièce aux passants. Y en a que ça gêne, mais pas moi. Donne qui veut. Et toi ?

Quoi, moi ?

T'as pas l'air d'avoir trop le moral.

Non, ça va très bien.

Tu fanfaronnes, mais je n'ai jamais vu des gens

comme il faut avoir le moral et discuter le bout de gras avec une cloche. Tu penses bien que je n'ai pas de conseils à te donner, ça la ficherait mal. Mais je sais une chose : tout ce que je t'ai raconté sur ma femme, l'alcool, la débine, c'est authentique, mais la vérité vraie, celle que j'arrivais pas à me dire en face, c'est que je m'ennuyais dans ma vie. J'en avais marre de faire le mariole, de faire semblant de m'accrocher. Au bout d'un moment t'as plus envie de te forcer, plus envie de jouer. Et quand l'occasion se présente, tu décroches vite fait. Pose-toi la question de toi à toi.

Vous dormez là ?

Si les bleus me laissent tranquille, oui.

Les bleus ?

Les gugusses spécialisés dans la collecte des déchets dans mon genre, qui t'envoient à Nanterre prendre des douches forcées.

Puis Noël se serait levé et, offrant briquet et paquet de cigarettes à son compagnon d'infortune : Tenez, en cas d'insomnie. Et le clochard : C'est pas de refus. Et si t'as encore envie de parler, ne te gêne pas, tu sais où me trouver.

Mais il est peu probable que la scène se soit passée de cette façon. D'abord l'auteur n'y était pas. Et puis on retrouve cet épisode quasiment à l'identique dans un de ses précédents livres où un jeune communard fugitif, n'ayant pu sauver de la semaine sanglante qui mit fin à l'insurrection parisienne, que sa vie, est interpellé sur un causse des Cévennes par un vagabond trimardeur qui lui demande s'il n'aurait pas quelque chose à manger, et de la même façon ils se retrouvent à fumer ensemble et à échanger sur leur condition en tentant de deviner comment l'autre en est arrivé là.

La similitude est d'autant plus troublante que, pour qui connaît les références de l'auteur, on entend derrière les propos du clochard et du vagabond le timbre et les intonations de Griffe d'Ours, un vieux trappeur sosie de Tolstoï, qui dans le film éponyme conseille un Jeremiah Johnson débutant — Tu m'as l'air bien hâbleur, pèlerin, pour un qui meurt de faim (à rapprocher de : Tu fanfaronnes mais j'ai jamais vu des gens comme il faut avoir le moral et discuter le bout de gras avec une cloche) — tout en se moquant de sa maladresse, alors que l'apprenti trappeur affronte la dure réalité des montagnes Rocheuses, ne parvenant pas à se saisir des truites qui pourtant pullulent dans la rivière, ratant les daims qu'il ajuste de son fusil Hawkins mais de calibre 25 quand il lui en faudrait un de 50, commettant l'erreur de débutant d'allumer, après plusieurs tentatives infructueuses, un pauvre feu sous un arbre, dont la chaleur montante fait fondre la neige accumulée sur les branches, qui tombe et l'écrase, autant d'imprévus fâcheux auxquels sa vie d'avant, la vie des villes, la vie des plaines, la vie de l'armée peut-être si l'on en croit son pantalon gris-bleu à bande jaune, ne l'avait pas préparé.

Griffe d'Ours est comme le trimardeur et le clochard, une sorte d'initiateur bienveillant, sans être complaisant, qui prépare le novice à sa nouvelle existence. Une sorte de juge aussi, ou de gardien, sinon des enfers, du moins d'un autre monde, qui met en garde le postulant. Et on se rappelle le vieux trappeur, agitant son doigt levé et prévenant d'un air professoral son disciple disposé à recevoir sa première leçon : Tu vas avoir du travail.

D'ailleurs le lendemain matin, toujours selon l'auteur, après que le pseudo-Daniel eut passé la nuit dans l'appartement dénudé, allongé sur sa combinaison de plongée qui lui faisait un mince matelas de mousse, la tête posée sur son sac de voyage en guise d'oreiller, il avait retrouvé le clochard sur son même banc, qui lui avait lancé : Bien dormi ? alors qu'il revenait de la boulangerie un pochon de papier de soie à la main, qu'il avait tendu après l'avoir ouvert à son nouvel ami. Vous en voulez ? Et le clochard : La dernière fois que j'ai mangé un croissant ça remonte à tellement loin. Et il fallait lire une certaine réticence sur le visage du donateur voyant la main crasseuse plonger dans le petit sac en papier de soie. Et à ce moment son portable sonnant il aurait regardé le numéro de son correspondant et interrompu la communication, s'attirant ce commentaire : Ça te dit plus rien, hein ?

Puis posant son appareil sur le banc il aurait pris place à côté de son pouilleux ami, ce qui était la plus claire des réponses. Ils auraient philosophé un moment en avalant les croissants, puis le pseudo-Daniel aurait roulé entre ses mains le sac de papier, se serait levé pour chercher une poubelle avant de disparaître dans la foule en se retournant pour adresser un petit signe de la main à son compagnon de banc. Son portable oublié aurait alors sonné, dont se serait saisi le clochard, après avoir vainement essayé de retrouver son propriétaire parmi la foule des gens pressés. Il aurait hésité, appuyé sur une touche verte, collé maladroitement l'appareil à son oreille sous l'œil outragé d'une passante : Non, ce n'est pas Noël, mais ça m'étonnerait qu'il vienne travailler aujourd'hui. Pour demain je ne peux pas vous dire, mais il n'avait pas l'air dans son assiette. À mon avis je dois être son seul ami. Je n'y manquerai pas. Au revoir.

Ce qui a priori, cette interprétation, ne colle pas avec la version livrée à madame Moineau. Comme elle s'étonnait qu'il n'ait pas ses numéros en tête, Daniel avait répondu que son téléphone lui avait été volé en même temps que sa voiture. Mais il peut aussi avoir inventé ce mensonge sur-le-champ pour couper court aux soupçons de la vieille dame qui n'aurait pas manqué de s'étouffer s'il lui avait confié l'avoir volontairement laissé sur un banc. En revanche, confirmant que le dialogue a été, du moins en partie, emprunté, « ça ne te dit plus rien » est une citation littérale de Griffe d'Ours qui l'utilise à l'imparfait puisque Jeremiah qu'il reçoit dans sa cabane d'altitude à demi enlisée dans la neige, a déjà rompu avec son ancienne vie. Ça te disait plus rien, hein ? Sous-entendu la vie telle qu'on la mène en bas, dans la vallée. Et que nous connaissons.

Pourquoi auraient-ils habité sous terre ? Ce n'était ni des taupes ni des marmottes. Pour se protéger des intempéries ? Il suffit d'un auvent, d'un abri sous roche. De plus, une grotte est un cul-de-sac. S'y enfoncer, c'est se couper de toute possibilité de retraite, de fuite, c'est risquer de tomber nez à nez sur un charognard ou un ours. Or les ours sont des animaux terrifiants. Pas bonhommes, du tout. Pas comme celui que tu serrais dans tes bras quand tu étais petite, comment l'appelais-tu déjà ?

Lewis et Clark, lors de leur fameuse expédition à travers les Rocheuses pour ouvrir une voie terrestre entre le Mississippi et le Pacifique, racontent dans leurs journaux la terreur que leur provoquait la rencontre des grizzlis. On est en 1805, et les armes à feu sont encore primitives, qui se chargent par la gueule et ne tirent qu'un coup, mais vingt décharges des chasseurs ne parvenaient pas à les arrêter. Pas d'autre solution que de grimper en catastrophe dans un arbre ou de sauter dans une pirogue, bien qu'on en ait vu plonger pour continuer leur poursuite rageuse. J'ai idée que les traces de griffes contre les parois, ces sillons verticaux entaillant la roche quand les ours s'étirent de toute leur hauteur comme de gros matous, au sortir de leur longue hibernation, ont été pleines d'enseignement pour les hommes du paléolithique. Ils y ont vu une sorte de code secret. L'animal communiquait ainsi avec la terre matricielle qui l'avait accueilli pendant ses longs mois de sommeil léthargique. Il signait ainsi son retour à la vie. Ils y ont vu une sorte d'ex-voto, c'est-à-dire de reconnaissance, de gratitude envers la terre mère qui avait aidé l'animal à traverser sans encombre, dans son sein, cette mort de l'hiver. Les hommes ont fait de même en appliquant par milliers leurs mains sur les parois. Ils ont invoqué la génitrice pour qu'elle leur accorde cette force terrifiante de l'ours et sa faculté à émerger des ténèbres. J'ai idée que l'écriture s'invente là, dans ces marques griffues. Écrire, c'est d'abord imposer sa patte.

Les déménageurs ont ironiquement installé l'ourson sur la tablette de la cheminée de sa chambre, son corps de paille écroulé sur lui-même, privé de ses yeux de verre arrachés il y a si longtemps qu'elle ne se souvient même plus de leur couleur. On imagine deux billes de verre à l'iris marron. Un fil noir en V évasé au bout de son museau dessine un sourire ironique, qui lui a peut-être permis d'échapper à la vindicte des cambrioleurs, lesquels ne craignaient rien de ce témoin aveugle, et ses oreilles pendent à demi arrachées, qui portent les stigmates des morsures d'enfant afin de lutter contre les fantômes de la nuit. Il a toujours sa blouse grise délavée à petit col rouge d'écolier modèle, dont on se demande comment elle a réussi à traverser les années, mais ses jambes sont squelettiques, comme des jambes de vieillard vidées de leurs muscles. La peluche fripée, rêche, revenue du tourniquet des lave-linge, n'a plus rien de sa floconneuse douceur d'origine alors qu'elle s'en saisit mélancoliquement avant de la redéposer sur la tablette. Peut-être est-ce de la part des cambrioleurs une forme de délicatesse. Peut-être gardent-ils en eux, en dépit d'un sens moral perturbé, le caractère sacré de l'enfance.

Alors qu'il évoquait la phobie des ours, l'image du doudou de sa petite fille s'était imposée à l'homme de la grotte, mais comment s'appelait-il déjà, et elle ne l'avait pas interrompu pour lui dire, enfin papa, ce n'est pas possible que tu ne t'en souviennes pas, fais un effort, tu me l'as si souvent glissé dans mes bras refermés sur ma poitrine, après m'avoir lu pour la énième fois les aventures de Boucle d'or et de ses trois ours emboîtables comme des poupées russes, quand tu te penchais sur moi pour m'embrasser et me souhaiter de beaux rêves, et à ma demande d'embrasser aussi mon fétiche, vraiment, son nom ne te revient pas? Mais il avait poursuivi son songe souterrain, ce dialogue avec les anciens morts magdaléniens ou aurignaciens, passant d'un bond formidable par-dessus les siens pour retomber à vingt ou trente mille ans en arrière.

Face au cataclysme de sa maison dépouillée, souillée, elle erre d'une pièce à l'autre, sa tasse de thé à la main, soulevant un vêtement à terre, cherchant un fauteuil, une chaise où le déposer et n'en trouvant pas le laissant retomber au sol, puis le reprenant et l'accrochant à la poignée d'une fenêtre. Parfois elle pose sa tasse, bien décidée à se lancer dans un vaste rangement, à remettre dans un placard son contenu qui n'a pas intéressé les pilleurs, des boîtes de chaussures, des flacons de nettoyants, des piles de torchons et de draps hâtivement sortis de leurs étagères dans l'espoir sans doute qu'ils dissimuleraient des liasses de billets ou des louis d'or, puis elle s'empare d'un grand sac plastique qu'elle remplit de tout ce qui traîne et qu'elle finit par abandonner, ventru, contre un mur, sans que son travail semble avoir profité à l'amélioration de l'état des lieux. Impression de vider la mer à la petite cuiller. Alors elle retourne à la cuisine se faire chauffer une autre théière. Par chance on a dédaigné sa collection de thés, même si une première boîte a été retournée, son contenu dispersé dans l'évier, mais on n'a pas insisté — vraisemblablement des amateurs de café.

Elle n'a pas dormi ou si peu, de ce sommeil qui n'en finit pas de se demander s'il dort, ses traits se sont creusés qui dessinent des lunes sombres sous ses yeux. Le sommier improvisé, une banquette scellée contre un mur, encastrée dans l'embrasure d'une large fenêtre et sur laquelle elle avait disposé des coussins avant de s'enrouler dans un drap, au retour de l'accueillante demeure au nom d'oiseau, ne lui a offert qu'une pauvre couche guère plus confortable que le banc du clochard de l'auteur.

Comme l'avait prévenue madame Moineau, elle n'a cessé d'être aux aguets, de frissonner au moindre craquement dans les boiseries, au grincement d'une branche dans le parc, au pas furtif d'un petit animal déplaçant le gravier de l'allée. La voyant si épuisée, si perdue, on se dit qu'il eût mieux valu qu'elle reste et affronte le bavardage de la vieille dame plutôt que cette solitude apeurée quand elle avait débarqué, à la nuit tombée, au milieu du grand désordre de sa demeure, laissant la lanterne extérieure sur le perron allumée pour manifester sa présence, traversant les salles dévastées, finissant par s'asseoir à même le sol, les bras autour de ses jambes repliées, la tête renversée contre le mur, tout se bousculant sans doute dans ses pensées, le cambriolage, son avenir, l'homme-grenouille, l'étrange dîner chez les Moineau.

S'y sentait-elle déplacée ou espérait-elle en s'esquivant retrouver cet homme qui l'avait raccompagnée le matin même et laissée devant la porte de sa propriété ? Monsieur Moineau lui avait tendu le combiné après qu'elle eut avoué ne pas avoir de portable : Si vous avez quelqu'un à prévenir, je vous en prie, faites-moi plaisir, n'hésitez pas, et elle avait fait non de la tête — pour éviter à toute la maisonnée d'avoir à faire semblant de ne pas chercher à guetter sa conversation ? Elle aurait toujours eu la ressource de la cabine téléphonique, sur la petite place, devant la mairie. Qu'elle se retrouve seule parce qu'elle n'aurait pas réussi à joindre cet homme, on peut légitimement en douter.

Plutôt, ne l'a-t-elle pas souhaité, pas envie de mêler son accompagnateur à ses affaires, ou pas assez amoureuse, ou, plus cruellement, savait-elle pertinemment qu'il n'était pas disponible. Auquel cas, avec une forte probabilité il s'agit d'une liaison adultère, d'un homme qui pousserait des cris indignés si elle s'avisait de le déranger dans sa paisible vie de famille à l'heure du souper. Qui était-ce, mon chéri ? s'inquiéterait l'épouse voyant revenir son mari, le front soucieux et la mine courroucée. Et lui : Mon sous-directeur, un crétin qui n'est pas fichu de se dépatouiller tout seul, je lui avais pourtant fait jurer de ne me déranger sous aucun prétexte, sauf extrême urgence, ce qui n'est pas le cas, le moins qu'on puisse dire. Comprenons : Mariana dépouillée n'est pas une urgence. Nous souhaitons pour elle qu'elle se débarrasse au plus vite de ce fat et goujat personnage.

Maintenant elle passe de pièce en pièce, un carnet à la main, et, comme le lui a suggéré le gendarme, note les tableaux disparus qui ont laissé leur encadrement de poussière sur les murs dont certains reçoivent le soleil de la matinée après qu'il a dissipé les bancs de brouillard, et qu'elle décrit plus ou moins brièvement, selon l'intérêt qu'elle leur porte, ou leur valeur supposée. On lit — et on comprend que l'histoire de la peinture lui est familière : « Paysage de campagne à la manière de Corot (signé d'un peintre local dont j'ai oublié le nom mais qui est au musée de Bayeux) —, Bouquet de camélias sur une desserte posé près d'un bocal à poissons rouges sur fond de tapisserie bleue à bandes vertes, larges touches, manière postimpressionniste (anonyme) — Série de six gravures rehaussées de couleurs représentant des scènes de chasse à courre dans le style anglais, chevaux sautant par-dessus une haie, cavalier retenant d'une main son chapeau, sur une autre il a mordu la poussière et lève un bras pour rappeler sa monture qui s'enfuit, plusieurs chiens coursant le cerf, piqueurs entourant l'animal à terre, et une dernière où les hommes d'équipage ramènent la meute tandis qu'à l'arrière on aperçoit le groupe des cavaliers — Portrait en pied d'un ancêtre, en gentilhomme campagnard, coiffé d'un tricorne, son fusil passé en bandoulière dans le dos, posant avec son chien, un épagneul, toile écaillée, mauvaise facture du XVIIIe, plaque de cuivre sur l'encadrement doré du tableau sur laquelle on lit : Honoré de La Lande, baron de la Houssière — Cinq petits tableaux représentant des fruits, des fleurs, des tables dressées à la manière hollandaise mais approximative — Quatre toiles d'un peintre nommé Marcel Fischer. L'une représente le manoir vu de l'entrée de la propriété, la deuxième une régate dans la baie de Cherbourg, la troisième un intérieur qui pourrait faire penser à Vuillard et la quatrième, la plus intéressante à mes yeux, un tableau en cours d'exécution, le portrait en buste d'une femme d'une trentaine d'années (ma grand-mère), daté du 31 octobre 1930 (la date est inscrite au dos de la toile, mais n'est pas de la main du peintre, sans doute rajoutée postérieurement, d'ailleurs le tableau n'est pas signé mais aucun doute sur son attribution).

« Seul le visage est achevé ainsi que la chair du décolleté, dont le col est simplement esquissé par un trait violet, mais qui descend très profond, plus bas que les seins, dévoilant une fine poitrine qui accueille en son sillon un long collier de perles noué à son extrémité (volé également comme l'ensemble des bijoux hérités de ma grand-mère), cheveux foncés, coupe garçonne, légèrement crantée, grands yeux en amande fixant le peintre, pommettes hautes, air abandonné. Le fond n'a pas été travaillé à l'exception d'un rosier grimpant dont une fleur au bout de sa tige s'incline sur l'épaule de la femme qui se tient assise, le dos bien droit. La rose est dessinée et tachetée de plusieurs tons de rouge, comme si le peintre avait procédé à des essais de couleur cherchant à faire écho à la carnation des lèvres du modèle. Au second plan, quelques coups de crayon rapides esquissent une fenêtre de la serre à l'arrière de la maison. Mais rien ne dit que les séances de pose aient eu lieu là-bas. Si l'on considère la date inscrite au dos du tableau, la floraison du rosier paraît bien tardive. Il s'agit donc d'une composition, à moins de penser que les séances de pose se sont étalées de mai à octobre. Fischer dont on retrouve quelques tableaux chez des particuliers, peints dans l'entre-deux-guerres — on perd ensuite sa trace — avait l'habitude de travailler une matière à l'huile très épaisse qui dans cet état d'inachèvement donne sur le blanc de la toile une impression de relief, ainsi les lèvres de la femme, la naissance des seins. »

Et à cette fidèle description rédigée de mémoire, comme pour elle-même, on comprend que la jeune femme a dû passer de longues heures à contempler cet inachevé de sa grand-mère pour qu'il se soit ainsi gravé en elle. On comprend aussi que c'est la perte de ce tableau qui la chagrine.

Et elle poursuit méthodiquement son enregistrement des absents. Parfois devant un crochet orphelin planté dans le mur elle n'insiste pas, passe outre, comme si certains cadres pouvaient demeurer où ils étaient, elle ne remuerait pas ciel et terre pour remettre la main dessus. Devant d'autres clous elle note à la sauvette, sans y attacher d'importance : arquebuse, yatagan, pistolets, sabre, fusil, toute une panoplie d'armes anciennes qui devait rendre ce lieu, un bureau, aussi accueillant qu'un arsenal. Les livres anciens qui ornaient la grande bibliothèque du salon ont aussi disparu en même temps que le meuble qui, arraché, a emporté avec lui une partie de la tapisserie, dont des lambeaux pendent comme des langues de feu de la Pentecôte. Un bref commentaire nous apprend qu'ils valent surtout par leurs reliures, ce qui n'a pas échappé aux parvenus de la cambriole que le contenu intéresse moins. Ils ont d'ailleurs négligé sa bibliothèque personnelle qui occupe quelques étagères dans sa chambre du premier, tout au bout du couloir, en tournant à main gauche en haut du grand escalier.

Au milieu de sa détresse de la veille elle avait connu ce seul réconfort de découvrir qu'on n'avait pas touché à la garde rapprochée de ses auteurs favoris et de ses livres de jeunesse, ceux qui l'ont fidèlement suivie à travers ses déménagements. Après avoir noté la disparition des cadres de sa chambre, des sanguines qui ont peut-être fait illusion devant des néophytes, dessinées à l'âge de douze et treize ans quand elle prenait des cours (nous reviennent les propos de son père : Tu dessines toujours ? je revois les dessins que tu faisais à l'académie, incroyables, je t'appelais ma petite Raphaëlle, j'étais certain de ton génie artistique — à quoi elle avait haussé les épaules), elle parcourt du doigt les livres de l'étagère consacrée à la poésie comme on le fait un par un avec les barreaux d'une grille. Elle sort un ouvrage, l'ouvre au hasard, avec cette idée sans doute qu'elle tombera sur une parole de réconfort, une phrase sémaphore pour éclairer des jours meilleurs. Elle lit des yeux, puis semble arrêtée par un passage, et on voit ses lèvres bouger, puis elle corne la page et referme l'ouvrage qu'elle glisse sur l'étagère.

Son visage, le temps de la lecture, s'est attendri. On aurait aimé récupérer dans une batée les mots sortant en silence de sa bouche. Quelqu'un connaît-il cet art de lire sur les lèvres ? De déchiffrer ce livre de chair ? On se rappelle que le cinéma muet ne l'était pas pour tout le monde. Il suffisait qu'il y ait dans la salle un sourd pour l'entendre seul s'esclaffer au moment d'une scène tragique, quand l'héroïne les yeux révulsés, entrant en agonie, dictant ses dernières volontés, réglait en réalité son compte à son partenaire penché sur elle en le traitant de tous les noms d'oiseau. Même Chaplin, qui attendit dix ans avant de réaliser son premier film parlant, profitait d'être devant la caméra pour continuer de donner des consignes à ses techniciens et aux acteurs. Mais ici, il semble que le message ait été brouillé. Mais un poème d'amour, certainement. On a entendu : cœur ignorant, je l'aime, et avec certitude le dernier vers : Sa tête s'endort dans mes mains.

Pourquoi a-t-elle pris soin de marquer cette page ? Souhaite-t-elle y revenir ? A-t-elle fait un vœu ? Quelle tête s'imagine-t-elle endormie entre ses mains ? Pense-t-elle à lui ?

Incapable de se fixer longtemps à la même tâche, elle a ensuite regagné le rez-de-chaussée, a saisi son blouson accroché à la poignée du battant fixe de la porte d'entrée, glissé son carnet dans sa poche, descendu la volée de marches du perron tout en fixant au loin la porte du parc au bout de l'allée cavalière. Attend-elle une visite ? La redouterait-elle ? Elle bifurque en coupant à travers le pré vers les bâtiments de plain-pied qui autrefois tenaient lieu de communs, aux larges ouvertures encadrées de briques, en cintre surbaissé, pouvant accueillir les voitures hippomobiles. Quand elle fait glisser en les écartant avec difficulté les deux panneaux du lourd portail de bois, elle marque un temps d'arrêt, comme si elle hésitait devant la réalité de la scène. Et il y a de quoi.

Pour le peu qu'on entrevoit, on se dit que les pilleurs n'y sont pas allés de main morte. Le sol paraît jonché de pièces de plâtre, comme si une bande d'iconoclastes exaltés s'était acharnée sur des statues, les avait mutilées, pilées. On reconnaît des membres brisés, bras, jambes, mollets, mains, pieds, des torses mutilés, une moitié de tête coupée à hauteur du nez, des morceaux qu'il conviendrait de recoller entre eux pour retrouver le corps entier, on est effaré, on se dit : Mon Dieu quelle horreur, l'œuvre d'une vie anéantie, comment a-t-on pu faire une chose pareille, comment s'en remet-on ? On l'entend encore confier, narquoise, à Daniel que la seule chose que les voleurs avaient dédaignée, c'était son travail. Vexant, avait-elle même ajouté. Mais le dédaigner à ce point, il fallait vraiment que les œuvres fussent dérangeantes, insupportables, accusatrices, odieuses.

Que les pilleurs aient estimé ne rien pouvoir en tirer, on peut les comprendre. Il n'est pas toujours évident, lors de la visite d'une exposition d'art contemporain, de distinguer un carton rempli de produits d'entretien, oublié par la femme de ménage, d'une création d'artiste. Tous les cambrioleurs ne sont pas commissaires-priseurs, ils n'ont pas tous la fibre du collectionneur pour qui l'achat de pièces de quasi-inconnus est également une forme de placement, à quoi plus tard, regardant monter les cotes, ils jugeront leur flair, leur capacité à pressentir avant tout le monde, à échapper aux diktats de la modernité, avec sa caste d'inquisiteurs et de critiques accusateurs. Mais de là à s'acharner comme ils l'ont fait. Quitte à manifester leur désapprobation devant certaines formes d'expression artistique, ils auraient pu commencer par les ronds-points. Le sol ressemble à un champ de bataille où se seraient affrontées deux armées de plâtre jusqu'à l'anéantissement complet. C'est une volonté de massacre délibéré, qui renvoie à la fureur byzantine du temps de la querelle des images ou aux coupeurs de têtes des statues pieuses de la Révolution.

Devant ce spectacle de mort, par quel miracle tient-elle encore debout ? À sa place, nous serions effondrés, piqûres de camphre, injection de litres de café, massage cardiaque, assistance respiratoire, soutien psychologique, séances d'hypnose, intraveineuses, propos incohérents, alcoolisme, saut à l'élastique, électrochocs, agressions physiques, hurlements à la lune. Comme elle demeure immobile à contempler le désastre, ne pouvant même pas concevoir ce qui la traverse sans nous sentir fléchir sous un coup de massue, nous guettons sa réaction. Étrangement, elle ne se précipite pas, comme le ferait une armée de secouristes, pour ramasser un à un les morceaux et tenter courageusement de les assembler, de leur redonner leur forme originelle, d'effacer toute trace du traumatisme comme après une marée noire, une inondation, une pluie de cendres. Il semble plutôt qu'elle cherche à comprendre ce qu'elle a sous les yeux, à déchiffrer ce langage de craie broyée au sol. Interprète-t-elle la destruction de son ouvrage comme un signe du ciel, un coup de force du destin, la main d'un dieu vengeur s'abattant sur des œuvres impies, ce qui l'obligerait à s'interroger sur son éventuel fourvoiement artistique, le sens de son engagement, sur sa nécessité profonde ? Autrement dit, cette semonce, cela vaut-il vraiment la peine de s'acharner dans cette voie ? de rajouter de la désolation à la désolation ?

On se rappelle sa réponse sibylline à son père dans la grotte sacrée, qui l'interrogeait sur son travail, quand nous ne savions pas alors en quoi ce travail consistait. Vicié, avait-elle dit. Mais ce « vicié » pouvait s'adapter à n'importe quel emploi salarié, ennuyeux, médiocre, quand on doit subir les vexations d'un supérieur hiérarchique, les ambitions rivales et les coups tordus des collègues, les comportements de courtisans, les intrigues de bureau, la pauvreté d'esprit du milieu, l'inintérêt des tâches demandées, le simulacre d'enthousiasme pour soutenir le plan de relance de la râpe à fromage du haut Doubs fabriquée au cœur des montagnes du Sichuan.

Mais maintenant que nous l'avons entrevu, ce travail brisé, sorti de ses mains, de sa réflexion, de quelle sentence sans appel chargeait-elle ce « vicié » lâché abruptement, n'appelant pas de commentaire ? Car c'est bien à ce travail qu'il s'appliquait. Tout nous le dit, son ton désabusé, son peu de révolte devant la scène du carnage. C'est bien elle qui a lancé la formule du doux maître à penser devant les splendeurs magdaléniennes, éblouie par la beauté du geste qui n'en finit pas d'être lancé depuis vingt mille ans contre la paroi, par la grâce des sujets cavalcadant sur ce miroir de pierre, disant l'unité profonde du monde entre création, créateurs et créatures, comme si l'ensemble ne pouvait se concevoir en dehors d'un acte d'amour. Et devant cette démonstration flagrante, brutalement renvoyée à sa propre démarche, se demandant, et moi, et mon ouvrage à

cette aune, et livrant son verdict fatal, sans nuance :
Vicié, avait-elle conclu.

Manque d'amour, vraiment ? Rien à donner ?
Ce qui implique, quand l'amour fait défaut, le
simulacre, le coup monté, l'intrigue, le geste calculé, soupesé, destiné à faire mouche, de celui qui
va mettre en scène sa reconnaissance, maquiller
son imposture en posture d'artiste, ce qui veut
dire repérer ses proies, le plus souvent consen-
tantes, aliénées à la rumeur, ce qui veut dire la
volonté de s'imposer avant même que de s'expo-
ser, et de soi à soi le soupçon de forfaiture pour
un acte de si peu de foi. Est-ce à dire qu'elle n'est
que celle-là trop empressée à mettre son nom au
bas de quelque chose qui ressemble vaguement à
l'idée que les temps se font de la création, de précipiter cette chose, ces blocs de temps sculpté,
sur un socle pour en recueillir une poignée de
paillettes en se souciant davantage du qu'en-dira-
t-on que de la nature du présent ?

Mais au vrai, importe peu ce que dit la chose
exposée. Nous sommes priés de ne pas lui poser de
questions. Comme un enfant, on l'interdit de parole.
Le géniteur répond à sa place par un discours aux
relents de précieuses surannées, redondant, jargon-
nant, s'enivrant de lui-même, moulant du vide, suffisamment obscur pour donner place à la stupeur
du doute, qui pourvoira à combler la pauvreté de
l'affaire, sa maigre substance, l'absence de dons, qui
dit écoutez-moi et surtout ne regardez pas. Seul
compte ce que vous allez entendre. Fermez les yeux.
L'art est ce que je dis. Séance de subornation des
esprits pour qui cherche à entrer dans le cercle des
initiés du geste créateur, au regard desquels seule

compte la formule magique qui y donne accès. Peu importe l'œuvre.

Après être restée un moment à contempler l'étendue du désastre, la longue femme en noir livre sa réponse. Elle s'empare des poignées du portail et les rapproche l'une de l'autre. Nous n'en verrons pas davantage. Maintenant, elle tourne le dos à cet autodafé, appuyée contre la porte. Peut-être tomberait-elle si quelqu'un s'avisait de rouvrir brutalement les lourds panneaux. Pense-t-elle à mettre des scellés comme on condamne une tombe ? Un éclat de soleil lui fait cligner des yeux, que renvoient les rétroviseurs de son deux-roues rangé au pied du perron, lequel semble patiemment l'attendre depuis la veille au soir. On la voit alors de ses mains croisées derrière son dos déclencher soudain un petit effet de catapulte qui la remet en mouvement. Elle se dirige vers le miroitement lumineux, comme si, par ce clin d'œil solaire, elle choisissait de s'en remettre à sa monture.

Ce qui évoque pour l'auteur le cheval qui passe devant la porte de sa cabane où Jeremiah a veillé durant plusieurs jours et plusieurs nuits sa femme indienne, Cygne, et le jeune garçon muet, qu'il a nommé Caleb et que lui avait confié la femme folle, tous deux massacrés par les Crows en représailles de la violation de leur cimetière. Il avait, avec Cygne et Caleb, lui l'avide de solitude, reconstitué en dépit de lui une famille par raccroc mais qui marchait bien, faisait même plaisir à voir. Peu avant le drame on les avait vus improviser à trois une sorte de partie de hockey avec une boule et des crosses grossièrement taillées, qui s'était achevée par une étreinte des trois corps s'empilant joyeusement l'un sur l'autre. Et puis tout s'était écroulé de ce bonheur paisible.

Après des heures et des heures de veille, l'apparition du cheval dans le bleu de l'aube avait incité l'endeuillé à reprendre du service, lui faisant comprendre qu'il en avait fini avec sa cérémonie funèbre au chevet de ses morts amoureusement disposés sous une épaisse fourrure, qu'il était temps maintenant pour lui de regagner le monde des vivants, de passer à la prochaine étape qui, dans ce cadre et cette vie, ne pouvait être que la vengeance, même si au final il va en revenir. Ainsi, toujours selon l'auteur, que des images se télescopent, renvoient à d'autres images, n'implique pas qu'il n'y ait qu'une seule source indéfiniment recopiée. Si l'on suit son raisonnement, à savoir que le scooter devant le perron évoque par une simple association de son imaginaire le cheval cognant du sabot devant la cabane martyre des Rocheuses, il n'y aurait donc pas de raison de mettre en doute la scène du banc qu'on a soupçonnée être un décalque de la rencontre entre Jeremiah et le vieux trappeur. Ainsi serait avéré l'échange entre Daniel et le clochard.

L'auteur profite même du trouble provoqué par sa remarque pour pousser plus loin son avantage. Il signale que, dans son premier livre, il racontait comment sa vieille tante bigote recollait les morceaux d'une statuette en plâtre de sainte Anne qui s'était brisée en tombant. Est-ce que pour autant il remet en cause la mise au pilon des sculptures dans l'atelier de la Houssière sous prétexte que ce ne serait qu'un emprunt défiguré à son texte primitif ? C'est comme s'il se permettait d'insinuer que l'artiste Mariana ne serait en fait qu'une doublure de la vieille institutrice de son roman. Entendu, faisons-lui ce crédit. Il arrive que des images se rejoignent et tissent une sorte d'imaginaire du réel. Ce qui pour autant ne le remet pas en cause.

Tout de noir vêtue, son casque rouge passé au poignet comme un sac à main, redonnant du gonflant à ses cheveux de ce geste qui nous est familier maintenant, elle sourit à l'homme en salopette, qui la découvre par l'embrasure de la fenêtre ouverte, les bras enserrant un carton rempli d'un bric-à-brac qu'il s'apprêtait à sortir de la pièce. Et nous nous réjouissons de ce sourire qui semble avoir repoussé les visions d'effroi de son atelier ravagé. Et, tout en souriant, elle s'inquiète : Je n'arrive peut-être pas au bon moment. Mais lui, lui retournant son sourire, restant un instant à la contempler, son carton toujours dans les bras d'où dépasse la partie supérieure d'une pompe à vélo, comme s'il souhaitait lui faire offrande de tout le lot : Forcément un bon moment, dit-il, visiblement touché de retrouver son héroïne de la veille.

Vue de la pénombre de l'atelier aux poutres noircies où sont toujours suspendus des cadres à l'ancienne, des roues de bicyclette, des chambres à air dégonflées, des chaînes de vélo, l'apparition dans le rectangle de la fenêtre ressemble à un tableau vivant, son casque la faisant rejoindre à travers le temps une de ses ancêtres fictives, peut-être camarade de combat de Jeanne, ou complice de la rougissante Aimée de Spens, la vierge Aimée, qui préféra offrir sa pudeur aux regards des Bleus plutôt que de leur livrer le chevalier Des Touches. Elle pourrait ainsi poser dans la galerie des portraits volés dont on n'apercevait que l'encadrement poussiéreux dans sa grande demeure, on lui attribuerait sur le cartouche de cuivre une appellation glorieuse, quelque chose comme comtesse Mariana de La Lande de la Brande de La Bruyère du Buisson, même si les subtilités des titres nobiliaires qui changent en cours de route, en fonction de la place dans la fratrie, des décès, des mariages, nous échappent totalement, et peut-être est-il possible d'avoir un baron parmi ses ancêtres, d'en descendre en ligne directe et de devoir se contenter d'un simple nom tronçonné en trois parties pour peu qu'on n'appartienne pas à la branche aînée, ce qui n'a aucune espèce d'importance, simplement ce portrait de femme au heaume rouge nous renvoie au tableau de l'aïeul décrit par ses soins, celui qu'elle compose dans l'encadrement de la fenêtre se transformant en une sorte de tableau à l'ancienne modernisé, customisé, comme si on peignait un Moïse en baskets présentant à son peuple les tables de la Loi sur deux écrans d'ordinateur.

Et d'ailleurs en ce qui concerne l'ancienneté de la famille, on peut être au moins certain d'une chose, le château, comme l'appellent les gendarmes, n'a certainement pas connu la guerre de Cent Ans, pas plus qu'il n'a hébergé la belle Aimée de Spens. Il fait plutôt résidence de parvenus que bâtisse d'antique noblesse. On le datera sans risque de se tromper de la seconde moitié du XIXe. De semblables, il s'en rencontre partout.

Alors, est-ce que ça ressemble à votre souvenir d'enfant ? s'inquiète l'homme aux bras toujours chargés, décrivant de la tête un mouvement de gauche à droite comme s'il suivait la courbe du soleil, par lequel il invite la visiteuse à un coup d'œil panoramique de l'atelier. D'ordinaire c'est le genre d'endroit qui rétrécit avec le temps. Et après un instant de réflexion, comme s'il prenait soudainement conscience de l'exiguïté du lieu : Déjà qu'il n'est pas bien grand. Et elle, inclinant son corps par l'embrasure pour un rapide coup d'œil à l'intérieur : Je peux entrer ? Et lui : Vous ferez attention à ne pas vous frotter contre les murs, l'établi et les vestiges divers, mais vous êtes la bienvenue. Et au moment où elle passe le seuil de la porte aux quatre vitres rendues quasiment opaques par l'accumulation de poussière et de graisse, il sort avec son carton et on assiste à un petit ballet des deux corps se frôlant, à un pas de deux sur la marche de pierre, où l'un s'efface tandis que l'autre se retire.

En dépit d'un léger trouble partagé par les deux danseurs malhabiles, et encore, peut-être est-ce nous qui interprétons, ils font en tout cas comme si ni l'un ni l'autre n'avaient pensé à profiter de la situation. Ç'aurait été prématuré, bien sûr, mais ils auraient pu s'arrêter sur la margelle du seuil, faire durer ce face-à-face, lui ayant si peu de place pour se faufiler que dans un moment de sidération il se serait penché par-dessus son carton pour essayer de l'embrasser. Cette femme a largement de quoi le retenir. Mais ne confondons pas, ne nous montons pas la tête, gardons les yeux bien en face. Racontons-nous qu'il est en convalescence, qu'il ne va pas se précipiter dans une nouvelle histoire, laissons-le souffler, et qu'elle, elle est là en pèlerinage, venue se recueillir sur l'un des reposoirs de sa jeunesse. La réparation de sa bicyclette a certainement représenté beaucoup pour elle, puisqu'en être privée c'était se priver d'une relative autonomie, être condamnée à l'atmosphère pesante du château, on comprend très bien dès lors que cet homme bougon ait pu passer dans ces conditions pour un sauveur, et cet atelier pour l'antichambre de la liberté. N'allons pas imaginer qu'elle aurait fait tout ce chemin pour lui.

Sur quoi les avis divergent. Une femme, disent les femmes qui en savent évidemment plus long, ne fait pas tout ce chemin pour se pâmer devant des pièces de vélos désossés. Quand une femme fait tout ce chemin et qu'au bout du chemin elle tombe sur un homme qui ressemble qui plus est à un acteur américain (elles rejoignent sur ce point l'auteur et madame Moineau) que toutes s'accordent à trouver séduisant, il est bien normal qu'elle se prenne soudain d'une vive passion pour les dynamos ou les rayons de bicyclette. Elles ne feraient pas autrement. Et les unes et les autres d'évoquer leur attrait subit, au fil des rencontres et des coups de foudre, pour le scooter des neiges, le parapente, la nourriture macrobiotique, le cinéma kirghiz, l'élevage des truites sans arêtes, la course en sac Vuitton, le badminton aquatique, le chamanisme de Nouvelle-Guinée, et autres passions incontrôlées depuis qu'elles s'incarnaient dans la figure de l'amant. Mais enfin, répondent les hommes, quand une femme regarde amoureusement une chambre à air, c'est qu'elle est amoureuse de la chambre à air, non ?

Pas changé, dit-elle, et maintenant les rôles sont inversés, lui à l'extérieur, après s'être débarrassé de son bric-à-brac qui est allé grossir une montagne de rebuts sur le trottoir, qu'il va devoir bien vite évacuer sous peine de bloquer la rue, les mains en appui sur le dormant de la fenêtre, prenant la pose pour un portrait moins protocolaire, plus photographique que pictural, elle, se fondant dans la pénombre, dont on ne perçoit que la tache blanche du visage, et qui pivote sur elle-même pour faire le tour de ses souvenirs.

Elle dit qu'elle reconnaît sans peine l'atelier ombreux où régnait jadis la silhouette inquiétante du maître des lieux, affublé de son éternelle salopette bleu marine, patinée par le cambouis, des pinces et des tournevis dépassant toujours de ses poches, et d'ailleurs, il me semble que c'est la sienne que vous lui avez empruntée, n'est-ce pas ? et lui, confirmant d'une petite mimique comique en agitant une moustache imaginaire à la Chaplin, ajoutant cette précision, qu'il risquait cependant d'attraper froid aux chevilles, reproduisant ce même mouvement de la tête que lorsqu'il était chaussé de palmes dans la gendarmerie, invitant à regarder ses pieds, ce qui implique de le croire sur parole car elle n'a pas une vision radioscopique qui lui permettrait de voir à travers l'allège de la fenêtre, puis tous deux se mettent rêveusement en pause quelques secondes, imaginant le grand-père penché sur son établi, son mégot collé à la lèvre lançant des volutes grises au-dessus de sa tête.

Je me souviens dit-elle, alors qu'elle fait l'inventaire des divers objets abandonnés sur la planche massive posée sur des tréteaux d'acier, comme si le maître des lieux s'était subitement absenté, laissant tout en l'état, comptant bien vite revenir, qu'il fallait l'appeler plusieurs fois, tousser, cogner contre la vitre, avant qu'il daigne se retourner, alors qu'elle patientait, les mains agrippant le guidon de son vélo raplapla. Et comme si elle exhumait des fragments enfouis de sa mémoire, elle soulève une à une les pièces dispersées sur l'établi pour les placer dans la maigre lumière de la fenêtre, et les soumettre à l'acquiescement du petit-fils : des écrous papillons, des pédales, des câbles de frein, des poignées, des selles, des dynamos, des petites sacoches de secours pour crevaison.

Et le petit-fils ajoute : Il ne faut pas lui en vouloir. La vérité, c'est qu'il était à peu près sourd. Mais il préférait qu'on l'accuse d'être bougon et impoli plutôt que d'avouer son handicap. Il avait tellement pris l'habitude du silence avec sa femme perpétuellement endormie, que ses oreilles avaient fini par se replier, se fermer au reste du monde. Comme on échangeait peu, ça ne me gênait pas beaucoup. Ça me permettait de parler à ma grand-mère, de lui réciter mes leçons, de lui lire des histoires, sans qu'il me prenne pour un esprit dérangé conversant tout seul. Je ne crois pas qu'il l'ait jamais su. Il dormait au rez-de-chaussée.

Peut-être est-ce dû à l'apparition, mais il semble plutôt détendu pour quelqu'un qui n'a à se mettre sur le dos que des vêtements d'emprunt. Trouve-t-elle, elle aussi, qu'il a quelque chose de cet acteur américain ? Ce qui est sûr, c'est qu'elle le regarde avec une certaine insistance. Les femmes ont peut-être raison. N'aurait-elle d'intérêt que pour l'atelier de réparation de cycles et ses souvenirs de jeunesse, elle lui aurait suggéré de continuer son travail d'assainissement, ne vous gênez pas pour moi, continuez votre ménage, faites comme si je n'étais pas là. Et d'ailleurs la question qu'elle lui adresse, intriguée, intrigante peut-être, ne va pas du tout dans ce sens d'un désintérêt pour la personne, à moins qu'elle n'ait des vues sur la maison du réparateur de cycles, hypothèse assez improbable quand on possède une propriété comme la sienne à quelques kilomètres. Alors quand elle lui demande : Est-ce en prévision d'une installation ? Les bras toujours en appui sur le bord de la fenêtre, il baisse la tête, et comme s'il se livrait à lui-même cet aveu : C'est encore un peu confus, dit-il. Et à cet instant on le sent au bord de la confidence. Puis, la dévisageant à nouveau en clignant des yeux pour mieux l'apercevoir dans la pénombre, retrouvant son sourire : Ça vous intéresserait de visiter ? Ça ne prendra pas longtemps. C'est minuscule.

J'ai tout mon temps, dit-elle.

Il dormait là. Et elle, découvrant ce galetas installé sous l'escalier pentu, presque une échelle de meunier, conduisant à l'étage : Là ? Et nous sommes aussi surpris que la longue femme qui a dû se baisser légèrement en franchissant la petite porte de communication entre l'atelier et la maison proprement dite quand il l'a invitée à entrer dans son enfance — il l'avait prévenue de faire attention à bien se baisser, celui qui avait percé le mur s'était fondé sur sa petite taille, et comme il s'écartait pour qu'elle passe devant lui, il s'était légèrement hissé sur la pointe des pieds pour juger de leur différence de hauteur, qu'il estimait à deux ou trois centimètres en sa faveur à elle, mais une fois ses calculs faits, les yeux posés sur le col de cygne de sa visiteuse, à son sourire on comprend que ça l'amuse plutôt cet écart, ou peut-être est-il simplement heureux qu'elle ait accepté son invitation, ce qui se comprend aussi —, mais comme elle, nous manifestons le même étonnement en découvrant l'étroit matelas glissé sous les contremarches, et on ne parierait pas que sous la couverture il n'y ait pas un sac grossier rempli de son sur un pauvre châssis de bois, posé sur quatre pieds d'angle. Oui là, dit-il. Même après la mort de ma grand-mère il n'a pas voulu reprendre sa chambre.

Et on regarde médusé cette sorte de niche qui prend la moitié du couloir d'entrée, comme une cabane d'enfant, que le réparateur de cycles avait aménagée en y groupant quelques objets personnels, une petite lampe à pince d'un bleu layette et à abat-jour conique en métal, à cheval sur une ampoule, de travers, comme un béret de guingois sur la tête d'un ivrogne, et suspendu à un clou planté dans une contremarche, un crucifix sulpicien où le supplicié lève des yeux implorants vers le ciel, puis, punaisée au mur, la photo découpée dans un journal de son petit-fils et des Moineau exhibant un fier poisson, vous la connaissez, je crois, dit-il, et posés sur la couverture de laine écrue, ce qui dit que de son poste de sous-marinier, le réparateur avait un œil sur le Tour du monde, ou du moins de France : de vieux numéros du *Miroir du cyclisme*. Et il allait de son lit à la cuisine, de la cuisine à son atelier, de sorte que sa vie se parcourait en quelques mètres, dit le petit-fils.

Et la femme tourne son regard vers cet homme aux abords de la cinquantaine. Il a beau porter une salopette douteuse qui lui découvre les chevilles, par-dessus une chemise d'un gris terne à petits carreaux, tout en lui, ses manières, cette façon d'être qui ne s'embarrasse pas de savoir si, quel que soit le lieu, il est à sa place ou non, dit qu'il n'appartient pas à la cohorte des battus de la vie, et c'est comme si nous lisions dans ses pensées : Pourtant il vient de là. Il a vécu cette enfance-là. Comment n'est-on pas écrasé par celle-là ? Comment s'arrache-t-on à cette mort qui plane de tous les côtés, à tous les étages ? Comment passe-t-on d'une vie à l'autre ? Par quel bond prodigieux ? Est-ce qu'on s'en sort vraiment ? Est-ce qu'on n'est pas condamné à un faux-semblant à vie pour donner le change ? Et pour les courses, Pépé n'avait pas à se déplacer, ajoute-t-il, c'était ma spécialité. Ce qui me faisait une sortie, et je m'arrêtais au retour chez les Moineau.

De son lit de camp il aurait presque pu se faire chauffer son café du matin en tendant le bras. En trois pas il pouvait tourner le bouton de la petite gazinière en tôle émaillée bleu perlé à deux feux noircis posée sur un meuble sans porte dans lequel il rangeait sa batterie de cuisine et son épicerie, ce qui tenait sur deux étagères. Vous avez compris qu'on vivait avec peu, dit-il, et, montrant quatre assiettes empilées, qu'on ne voyait pas beaucoup de monde. Et pour être très précis, personne. Et il s'aperçoit qu'elle le regarde avec insistance, et comme s'il avait lu dans ses pensées, ce qui témoigne d'une forme de confiance : Non seulement on en revient, mais vous voyez, on y revient aussi. Et elle, reposant sa question : Vous comptez vous y installer ? Et lui : Si je vous sais à proximité, ça m'est déjà plus facile de l'envisager.

Ce qui évidemment amène un petit chaud-froid entre eux, un petit moment de stupeur que la femme évacue en détournant la tête. Et l'homme à la salopette de Pépé doit se dire que peut-être il est allé trop loin. Est-ce qu'elle ne va pas couper court à sa visite ? Et pourtant il lui reste tout le premier étage à explorer, la chambre de l'éternelle agonisante à la tapisserie fleurie, au lit refait légèrement creusé en son milieu, même si cette ride de vie ne devait pas peser bien lourd, avec sa petite table en guise de chevet, sur laquelle le jeune garçon faisait ses devoirs, avec sa lampe à l'abat-jour tulipe en pâte de verre, la photo de mariage dans un cadre doré, et on aimerait la saisir pour l'étudier de plus près, cette photo, voir à quoi ressemblait le vieux monsieur bougon quand il était amoureux de la jeune femme pleine de vie, en veillant à ne pas faire tomber la petite photo d'identité glissée dans l'angle inférieur, représentant une jeune fille souriante, la maman de Daniel, sans doute, la prématurée disparue, et, contiguë à la chambre, de sorte que pour y accéder il fallait passer par cette sorte de morgue, une pièce mansardée qui, dans sa partie basse, ne permet pas de se tenir debout, où l'on trouve aussi un lit à une place, je dormais là, dira Daniel, je laissais toujours la porte ouverte pour, de mon oreiller, garder un œil sur ma grand-mère et sur ses perfusions.

Et elle, apparemment indifférente à la remarque de son guide qui envisagerait volontiers de s'installer ici maintenant qu'il la sait à proximité (mais, plus avisées, les femmes avancent qu'il est possible qu'elle veille, par ce ton détaché, à ne pas ostensiblement s'en réjouir — ah bon, disent les hommes, c'est comme pour la chambre à air ?), et elle : On peut y vivre, puisque j'y vis.

La Houssière ? (Rien qu'à sa façon de s'étrangler à moitié en posant la main à plat sur sa poitrine, sans qu'on ait besoin de remonter jusqu'à son visage, on n'a pas à s'interroger longtemps sur qui parle. Mais avant, c'était au gendarme de s'étonner. Mais qu'est-ce qu'ils ont tous avec la Houssière ?) Je me disais bien aussi, on voit que c'est une femme qui a de la classe. Ce qui, un tel jugement, ne peut venir que d'une connaisseuse. Et où a-t-elle appris à identifier aussi sûrement les signes d'une si haute tenue ? Ma mère a travaillé au château quand elle était jeune, avant son mariage. Comme lingère. On l'avait placée là à l'âge de douze ans, mais ne t'indigne pas, c'était une promotion à l'époque. Travailler au château, c'était quand même mieux que rester à la ferme à garder les animaux. D'ailleurs quand elle en parlait, le roi n'était pas son cousin. Il fallait voir comme. Et preuve à l'appui, madame Moineau saisit sa tasse à deux doigts par l'anse et sirote délicatement son café en digne héritière.

Toutes les broderies que tu vois dans la maison, c'est elle. Mais après son mariage, mon père, qui était — elle baisse la voix — communiste, n'a plus voulu qu'elle y retourne. Il disait que c'était de la vermine capitaliste. Il avait ses idées, mais je crois qu'il était surtout jaloux comme un tigre. Je me suis même demandé si maman dans sa jeunesse n'avait pas, enfin, c'est une supposition. Ce qui expliquerait. Mais tu l'as connu, mon père, mon petit Daniel ? Je m'en souviens vaguement, dit Daniel, j'ai dû l'accompagner deux ou trois fois à la pêche. Ah, la pêche, soupire madame Moineau. À la fin il avait mis de l'eau dans son vin. Mais les gens du château, pour lui, c'était exploiteurs et compagnie. Note bien qu'il n'avait pas tout à fait tort quand il les accusait. La suite lui a donné raison, mais attention, je ne dis pas que ta femme est comme eux, c'est de l'histoire ancienne.

Et Daniel : Ce n'est pas ma femme. Et madame Moineau : Eh bien réfléchis-y, c'est une femme bien. Elle a beaucoup, comment dire ? De classe, dit Daniel. Parfaitement, confirme madame Moineau. On voit qu'elle a reçu une bonne éducation. Ma mère m'a souvent raconté comment c'était là-bas. Tous les jours nappe brodée, porcelaine, cristaux, service en gants blancs, changement de draps, tableaux époussetés. On menait grand train à cette époque. Figure-toi qu'ils parlaient anglais devant elle quand ils n'avaient pas envie qu'elle comprenne. Ce qui ne les a pas empêchés, note bien.

Empêchés de quoi, dit Daniel. Comment ? Tu ne sais pas ? Qu'est-ce que je ne saurais pas ? Eh bien, le père de ta femme ? Qu'est-ce qu'il a mon beau-père ? Il a été tué, laisse tomber brutalement madame Moineau. Et Daniel : Mais il vit toujours. Mariana lui rendait visite quand on a cambriolé sa maison. Son château, tu veux dire, eh bien, ça m'étonnerait qu'il soit en bonne santé après tout ce qu'il s'est pris, cet homme-là. Pris quoi ? Des balles, et regardant par-dessus ses verres de lunettes, des balles de résistants, si tu vois ce que je veux dire. Et là, on sent que madame Moineau commence à être à son affaire. Elle a bien ferré son sujet, elle va pouvoir reprendre tout depuis le début, Sarajevo, Verdun, l'armistice, le traité de Versailles, Hitler, la drôle de guerre, la traversée éclair des armées allemandes à travers le pays, l'armistice, Vichy.

Mais d'abord, comment tu sais qu'elle habite à la Houssière, elle te l'a dit ? Quand je lui ai demandé, puisque nous étions désormais voisins, si elle accepterait l'idée que je la revoie — j'avais deviné juste, dit madame Moineau, tu as bien fait, c'est quelqu'un de bien, même si, et puis elle a certainement des relations —, elle a hésité et puis elle a sorti un crayon de sa poche et sur un bout de papier a inscrit son adresse et son numéro de téléphone, quand il sera rebranché a-t-elle précisé. Sur quoi je lui ai dit que je saurais sans doute le réparer, si elle le souhaitait.

Tu vois bien que ce n'est pas franc du collier, cette histoire. J'ai bien remarqué comme hier soir elle a fait sa cachottière. Si elle avait dit où elle habitait, Raymond, tu le connais, toujours le cœur sur la main, n'aurait pas demandé mieux que de la raccompagner. Et Daniel : Je croyais qu'on avait retiré son permis à monsieur Moineau. Et madame : On le lui a, mon Raymond n'a pas toujours été fâché avec la bouteille, mais il n'allait pas à son âge se lancer à reprendre des leçons et tout le tintouin, au milieu des petits jeunes. Tu imagines les remarques. Du coup on a donné notre vieille Simca à Jean-René, notre plus jeune, et depuis nous roulons dans une voiture sans permis. C'est très pratique, très confortable, et ça nous suffit bien.

Et Daniel : Elle n'avait pas besoin que Raymond la raccompagne puisqu'elle avait son scooter. Et madame Moineau : Ç'aurait été une occasion pour toi de faire le galant. Tu les aurais suivis sur son vélomoteur, tu aurais remis un peu d'ordre dans son capharnaüm, la pauvre, et tu serais revenu avec Raymond. Mais s'il n'a pas proposé ses services, c'est que Raymond a suffisamment d'instinct pour comprendre qu'il valait mieux ne pas insister. C'est comme ça qu'elle a filé à l'anglaise sur sa motocyclette. D'ailleurs, je sais très bien pourquoi elle fait sa mystérieuse. J'ai ma petite idée. En fait, je croyais qu'il n'y avait plus personne là-bas. Autrefois, ils y étaient tous les étés, mais il y a au moins plus de vingt ans qu'on ne les a plus vus. Et je n'avais pas entendu dire qu'il y avait à nouveau quelqu'un au château. Il faut qu'elle soit discrète, ta femme. C'est une qualité, note bien. Mais je crois savoir pourquoi.

Pourquoi, demande Daniel.

Parce que la Houssière, ça sent le soufre. Et Daniel : On y fait des orgies ? Madame Moineau devenue pivoine se lève prestement pour dissimuler sa gêne sous prétexte de rincer sa tasse qu'elle pose ensuite à l'envers sur l'égouttoir de l'évier : Oh, Daniel, ne dis pas des choses pareilles. Si ma mère t'entendait. Et lui : Alors qu'est-ce qui sent le soufre ? Et elle : Après tout, autant que tu saches, si tu dois rentrer dans la famille. C'est son père. Et lui : Le criblé de balles dont j'ai cru comprendre qu'il étudiait la peinture dans les grottes ? Et madame Moineau : Il n'étudie rien du tout, puisqu'il est mort, je te dis. Liquidé. À la Libération.

Et Daniel : S'il est mort en quarante-quatre, à moins qu'il ait congelé ses paillettes, il a peu de chances d'être le père de Mariana. Congelé quoi ? interroge madame Moineau. Et puis elle n'a peut-être rien à voir avec cette famille, c'est peut-être une locataire. Et madame Moineau : Une locataire qui passait ses vacances ici, venait faire réparer son vélo chez toi ? Tu confonds avec une chambre d'hôte. Pas le genre de la Houssière. C'est vrai que pour être son père, si je calcule bien, ça fait un peu juste, mais, huit et je retiens cinq, pourquoi pas son grand-père. Comment s'appelait-il déjà ? Tu lui en parleras, mine de rien.

Et qu'est-ce qu'il avait fait pour qu'on l'exécute ? s'inquiète Daniel. Et madame Moineau : Ce qu'il avait fait ? Il était à Vichy et tu me demandes ce qu'il avait fait ? Mais toutes les saloperies du monde, mon petit Daniel. Et puis la Houssière, tu veux savoir ce que c'était pendant la guerre ? Je te le donne en mille. Et Daniel : Le siège de la Kommandantur. Et madame Moineau déconfite : Comment as-tu deviné ? Et lui : Les plus belles demeures étaient pour l'occupant. Ensuite les Américains y ont installé leurs Q.G. Et madame Moineau : Tu sais ça, aussi ? Et Daniel : Mais là, on ne demandait pas leur avis aux propriétaires. C'est vrai, en convient madame Moineau, avant d'ajouter, histoire de ne pas perdre la main, qu'il n'y a pas de fumée sans feu. Ce que j'en sais, ce n'est pas joli-joli. Et comme son interlocuteur ne la relance pas sur cette pourtant cruciale question du beau, préférant se retirer dans ses pensées : Et maintenant, qu'est-ce que tu comptes faire, mon petit Daniel ? Tu vas rester un peu avec nous ? Je ne voudrais pas me mêler de ce qui me regarde, mais j'ai le sentiment que ça te remettrait dans ton assiette. Et d'abord est-ce que tu as prévenu quelqu'un que tu étais ici ?

Et Daniel : Il n'y a que vous à le savoir. Et elle. Et il se lève, remercie Yvonne — elle a insisté, il n'y a plus de madame Moineau qui vaille, mais elle a aussi commenté, en le dévisageant de la tête aux pieds : Tu es quand même drôlement attifé, il va falloir que tu trouves autre chose à te mettre, tu as l'air d'un bohémien — pour son café. Il va y penser, mais avant il a beaucoup à faire. Traversant le salon il est arrêté par monsieur Moineau qui lui tend un dossier : Tiens, j'ai préparé ça pour toi. Il soulève la couverture. À l'intérieur, des articles de journaux. Il remercie et, au moment de sortir, la voix impérative d'Yvonne : Pour ce soir, qu'est-ce qui te ferait plaisir ?

Dehors, un vent de mer tranchant pousse les premières feuilles tombées à travers la placette meublée d'un banc de pierre et d'une poubelle métallique vert forêt en forme de corolle. Il frissonne et s'engage d'un pas pressé dans la ruelle qui coupe à travers le village, passant derrière l'église à la massive tour carrée. Devant l'ancien atelier de réparation de cycles, un tumulus de déchets sur le trottoir attend de rejoindre la décharge municipale, mais monsieur Moineau expliquera que ça ne se passe pas comme ça aujourd'hui. La commune, en pointe dans ce domaine, impose le tri sélectif, il devra mettre d'un côté cartons et papiers, de l'autre toute la ferraille, et bien tenir à l'écart les produits toxiques, vieux bidons de peinture, dissolvant, graisse, qui partiront à l'occasion d'une collecte spéciale, mais qu'il ne s'en fasse pas, notre

Raymond a bricolé une attache remorque derrière sa voiturette et, à l'aide d'une petite carriole, il proposera à Daniel de faire la navette jusqu'à la déchetterie, car c'est ainsi qu'on l'appelle désormais.

Mais c'est vrai que l'atelier est dégagé, balayé, que plus rien ne traîne, et sur l'établi trône, retourné sur sa selle et son guidon, un vélo au cadre rouge en cours de remontage auquel il manque la roue avant. Sa première intention en entrant dans la pièce était sans doute de poursuivre son travail de restauration, mais il se contente de tourner manuellement les pédales pour vérifier le bon fonctionnement du pignon arrière, et laisse la roue tourner dont le cliquetis agonise lentement, avant de passer dans la partie habitation.

À peine franchie la porte de communication, il reste en arrêt, comme interloqué par la détresse du lieu, posant un regard presque douloureux sur la casemate du grand-père nichée sous l'escalier, s'attardant à détailler le pauvre galetas, cette vie de si peu de joie, de si peu de tout, d'autant de maigres riens. Il s'avance avec précaution dans le couloir étroit carrelé de mosaïques brisées, s'assied sur la paillasse en veillant à ne pas se cogner la tête contre le dessous des marches, et le temps pourrait l'ensevelir sous la poudre d'or qui tombe de l'imposte, on le retrouverait des siècles plus tard, momifié, les épaules lasses, les avant-bras en appui sur ses cuisses, le regard fixant toujours la cuisine et ses accessoires de musée, la boîte à sel, le moulin à café manuel, la boîte d'allumettes familiale, sur une étagère au-dessus de l'évier. Puis, comme au retour d'une rêverie assombrie, il se saisit du dossier que lui a remis monsieur Moineau.

Et pour ce qui s'y trouve, pour ce parcours tragique qui l'attend, nous aurions envie de rameuter la belle à la rescousse, qu'elle l'accompagne dans l'effeuillage de ses plus vilaines cicatrices, qu'elle ne le laisse pas seul face à ces plombs mortels qui criblent sa mémoire et lestent son corps. Elle pourrait d'une main dans les cheveux l'aider à passer le cap du chagrin, d'un bras autour de ses épaules le ramener au bel aujourd'hui qu'elle lui présenterait comme la plus éclatante victoire sur les forces du malheur. Elle lui glisserait dans le creux de l'oreille, avant d'y déposer un baiser, nous avons beaucoup à faire, mon amour, pour eux qui n'ont pas eu toutes ces bonnes cartes que nous avons dans nos mains, et qui pourtant nous ont permis de nous rencontrer, pour nous qui avons du bonheur à construire, ce qui seul donnera un semblant de sens à cette accumulation de détresse. Avec cette manne d'amour dans le creux de son oreille, il lui serait possible d'affronter les visages de la mort. Mais nous sommes d'intarissables rêveurs. Daniel est seul sur sa banquette de bourre.

Ce que disent les articles découpés ? Un simple rectangle de papier a la douleur de nous faire part de la disparition brutale à l'âge de vingt-huit ans d'Odile Donek, fille de monsieur et madame Algan, réparateur de cycles à Sangerville, enlevée à l'affection des siens, et notamment de son petit Daniel. Un autre, illustré d'une carcasse de voiture écrasée contre un arbre, qu'on pourrait penser une compression artistique encastrée dans le tronc, un greffon industriel sur l'espèce végétale, et portant en médaillon un jeune homme vêtu d'un maillot de football au col en V, relate l'épouvantable accident qui a coûté la vie à Ladislav Donek, ancien joueur de talent passé par Brest, Le Havre et Abbeville, qui avait dû abandonner prématurément une carrière prometteuse suite à une double fracture du tibia, consécutive, on s'en souvient, à un tacle d'une grande violence. Il semblerait que cet accident soit imputable à une soirée trop arrosée, comme nous avons malheureusement trop souvent à le déplorer dans ces colonnes. Puis on détaille la brillante carrière de Ladislav, orphelin de guerre, qui avait trouvé refuge dans notre région, et s'était fait remarquer par ses talents de footballeur qui lui valurent d'être retenu dans l'équipe de France amateurs.

Un autre relate un cas extraordinaire à Sangerville : une femme dans le coma depuis douze ans. Suite à la mort prématurée de sa fille, et alors qu'elle avait en garde le petit garçon de celle-ci, madame Algan a sombré dans un coma dont elle n'est pas sortie depuis maintenant douze ans. Alimentée par une perfusion, elle respire normalement, sans assistance, et le médecin parle d'un miracle de la survie. Entend-elle ? Le médecin ne saurait l'affirmer même si on peut percevoir de faibles mouvements oculaires sous ses paupières fermées. Ce qui pourrait dénoter une forme de conscience, bien que l'encéphalogramme ait conclu à une absence d'activité cérébrale. Mais tout est possible, conclut-il.

Puis d'autres articles : les exploits des petits pêcheurs et de leur mentor, le club de plongée et son programme de sorties en mer, les résultats du baccalauréat où le nom de Daniel Donek-Algan, section C, reçu avec la mention très bien, est souligné d'un trait rouge, une photographie d'un groupe de chercheurs sur le site de La Hague, dont les noms sont légendés, si bien que c'est un cercle au crayon qui, dans le flou de la mauvaise impression du journal, entoure le visage difficilement identifiable de l'ancien compagnon de plongée de monsieur Moineau, un entrefilet annonçant le décès dans sa soixante-quinzième année de Pierre Algan, où il n'est pas fait mention de sa profession, sans doute n'exerçait-il plus, ou continuait-il mais avec si peu de commandes qu'on avait fini par l'oublier. Et pour la mort de sa femme, deux ans auparavant, on ne mentionnait déjà plus qu'elle avait été un cas extraordinaire qui lui avait valu les honneurs de la presse régionale. Morte, son interminable coma n'avait plus rien de miraculeux. Elle n'avait droit qu'au strict nécessaire : l'annonce de sa disparition et le chagrin de son époux et de son petit-fils. Ni fleurs ni couronnes.

Il referme la chemise cartonnée et la poussière d'or continue de poudrer son dos alors qu'il se courbe, les coudes en appui sur ses cuisses, les mains croisées entre les genoux. Passé un moment, il a une contraction des épaules qui indique que le froid commence à se faire sentir. À l'extrémité du petit couloir qui abrite la casemate du grand-père sous l'escalier, il ouvre la porte d'un placard, en stratifié blanc rendu grisâtre avec le temps, dans lequel il choisit un col roulé lie-de-vin, qu'il renifle avant de l'enfiler par-dessus sa combinaison à bretelles. Sans doute la maille renferme-t-elle l'odeur de sa pauvre jeunesse. À l'intérieur de la porte est fixé un miroir. Mécaniquement il se passe la main dans les cheveux dérangés par le vent et le passage du col roulé, puis se frotte les joues où la barbe des premiers jours commence à se faire drue. Inutile qu'il regarde derrière la porte si ne se cache un autre que lui, il est cet homme-là qui ne semble pas le convaincre.

Et puis la remarque peu amène de madame Moineau sur sa tenue. Est-ce qu'il voit dans sa mise présente se dessiner en filigrane la figure du vieux réparateur de cycles ? Ce qui n'empêche pas le groupe des femmes de le juger séduisant et bien sûr le débat fait rage autour de sa ressemblance supposée, mais certaines, les plus tendres, lui trouvent surtout un air profondément triste, et pour l'en guérir le prendraient volontiers dans leurs bras. Mais qu'elles ne s'en mêlent pas surtout. Pas comme l'auteur qui, dans un précédent ouvrage, faisait les entremetteurs entre la plus belle ornithologue du monde et un communard fugitif.

Il a certainement joué gros en décidant sur un coup de tête de rompre avec tout ce qui faisait sa vie jusque-là, même si on ne peut l'accuser d'avoir prémédité le déménagement brutal de son appartement. Envoyer tout promener, partir, c'est une idée qui traverse tout un chacun, mais que peu mettent en pratique, considérant ce moment d'égarement comme une soupape nécessaire aux pensées pernicieuses, puis on se ressaisit et tout rentre dans l'ordre, les sentiments confinés dans un coin raisonnable de l'esprit, moins sensible aux variations du cœur. Mais quand on considère sérieusement cette proposition, rompre, changer de vie, quand on se lance et qu'on coupe les ponts, ensuite, qu'est-ce qu'on fait ? Lui-même ne doit pas trop savoir. Ces pans entiers de son enfance mélancolique qui s'abattent sur lui, c'est comme une pierre tombale qu'il lui faut maintenant soulever pour qu'elle ne l'ensevelisse pas vivant.

Il revient à l'auteur, mais il a oublié d'où il tenait cette information, qu'une femme du XVIIIe siècle avait inventé de placer au-dessus de sa sépulture une clochette dont le cordon serait lié à son poignet, au cas où elle changerait d'avis, que, morte, ça ne lui plaise pas tant que ça, qu'elle puisse ainsi se signaler au gardien des ombres pour qu'il la ramène parmi les vivants. Il va falloir lui sonner la cloche, à notre Daniel, qui revient s'allonger sur le galetas de son grand-père. On s'inquiète pour lui quand il se recroqueville en chien du fusil sur la couverture, la tête posée sur ses mains, le regard tourné vers la pauvre cuisine. On le sent glisser sur la pente du renoncement. Il est face à sa vérité. Absolument seul. Il remue encore la tête jusqu'à ce que la position lui convienne, puis il ferme les yeux pour un long entretien avec ses fantômes.

Sur la carte dépliée tant bien que mal sur le canapé du salon dont elle épouse l'assise, le doigt de monsieur Moineau suit une ligne bordée de vert, puis bifurque en remontant vers le haut du dossier : Tu fais deux ou trois kilomètres dans les terres, et c'est là, tu vois, ce petit rectangle qui indique une belle demeure. La propriété est entourée de hauts murs et on voit le toit du château qui dépasse. Et Daniel : Comment se fait-il que je ne le connaisse pas ? Je ne me rappelle pas être jamais passé par là. Et monsieur Moineau : On n'en parlait pas. Et puis il n'y avait personne. Sauf l'été. Et encore, sur la fin. Tu ne veux vraiment pas que je te conduise ? Et Daniel : Je peux emporter la carte ? Et monsieur Moineau après avoir accompagné son compagnon jusque sur le pas de la porte, découvrant appuyée contre le mur de sa maison une bicyclette de bric et de broc, sans garde-boue ni phare, équipée d'une seule poignée de frein, les deux roues ne faisant visiblement pas la paire, la roue avant au pneu plus large, blanc, aux dessins profondément crantés, au lieu que le pneu arrière, plus fin, est couleur brique : Je ne te tire pas mon chapeau. Tu as beau être supercalé en équations et en bombes atomiques, s'il voit ça, ton grand-père doit se retourner dans sa tombe.

Et Daniel : J'ai composé avec les moyens du bord. Les chambres à air étaient tellement cuites que lorsque je les plongeais dans la bassine d'eau après les avoir gonflées, on aurait dit un vrai jacuzzi. Et monsieur Moineau : Tu comptes aller loin avec ça ? J'espère jusqu'à la Houssière, dit Daniel. Elle va être impressionnée, c'est certain, commente admiratif monsieur Moineau, qui remarque que son ancien camarade de plongée s'est coupé en se rasant.

Le matin l'a surpris dans la même position, sur la paillasse du grand-père. Quand il a ouvert les yeux, il a semblé étonné en découvrant la cuisine envahie par le jour naissant, comme s'il lui avait fallu quelques secondes avant de reprendre ses esprits. Sans doute, après un rapide bilan, s'est-il contraint à réagir, car après avoir passé la main sur ses joues, il s'est remis sur pied. Il a grimpé à l'étage et ouvert la porte coulissante d'une minuscule salle d'eau, un réduit sombre, sans imposte, sentant l'humidité, aux murs tavelés de moisissure — lavabo de la taille d'un lave-mains, robinets entartrés, miroir suspendu par une chaînette à un clou, pomme de douche branlante à laquelle est suspendue comme un pendu la combinaison de plongée au-dessus d'un bac rudimentaire, constitué d'un caillebotis de bois sur un sol de ciment incliné percé d'une bonde —, qu'il s'était bien gardé de montrer à sa visiteuse.

Mais découvrant ce qu'on peine à appeler une salle d'eau, on comprend sa pudeur à montrer l'extrême dénuement de son enfance. Il s'était lavé et rasé à l'eau froide, dans la pénombre, faute de courant, avec un savon racorni et un coupe-chou aussi dangereux qu'un sabre d'abordage. Puis il avait repris ses travaux d'assainissement, avant de s'inviter chez ses vieux amis pour prendre un café et passer quelques coups de fil pratiques, notamment à sa banque pour signaler la disparition de sa carte bancaire — madame Moineau : Mon petit Daniel, on n'a pas des mille et des cents mais n'hésite pas, tu sais que tu peux compter sur nous —, à EDF pour qu'un agent vienne lui rétablir le courant et à la gendarmerie pour venir aux nouvelles. Non, on n'avait toujours rien retrouvé.

Et monsieur Moineau, sur le pas de la porte, après s'être lamenté devant l'ersatz de bicyclette, pointant du menton l'allure générale de son ex-protégé, avec son chandail lie-de-vin passé par-dessus la salopette douteuse : Tu es sûr que tu ne veux pas enfiler quelque chose de plus seyant ? On n'entre pas là-bas comme dans une écurie. Et l'on comprend que pour le vieil homme rien n'a changé depuis que le châtelain de jadis était regardé par la population comme la plus haute expression d'un art de vivre. Et Daniel, glissant la carte routière repliée dans la poche marsupiale de sa salopette sous son pull : Je longe les marais, c'est ça ? Puis il enfourche sa bicyclette du troisième type et profite de la pente devant la maison pour s'élancer. Et monsieur Moineau, les mains en porte-voix, à présent que la distance grandit entre eux : Transmets-lui notre bonjour. Elle sera toujours la bienvenue. À quoi l'on se dit, ou que le vieil homme n'a pas été insensible aux charmes de la motocycliste, ou que madame Moineau a réussi à le convaincre qu'il y avait anguille sous roche : Mais enfin Raymond, ça se voit comme le nez au milieu de la figure.

Mais sur ce qu'on en sait, ça ne s'est pas vu beaucoup, en fait. Pas de quoi se raconter une histoire. Pour nous il ne s'est rien passé lors de la visite guidée de la maison du réparateur de cycles par son petit-fils. Ça ne nous aurait pas échappé, tout de même. Hormis ce pas de deux sur le seuil de l'atelier, s'accompagnant d'une vapeur confuse, à partir de quoi il serait prématuré d'envisager une sortie de mairie sous un déluge de riz, pas grand-chose à se mettre sous la dent. Et pour ce qui est de se cacher, de se soustraire à notre vigilance pour s'offrir un peu d'intimité, il aurait fallu qu'ils soient habiles. À part la penderie où un homme debout aurait bien du mal à tenir, il n'y a pas un recoin à l'abri de nos indiscrétions. La salle d'eau ? Il n'a même pas osé la lui montrer. Tout ce que l'on peut affirmer, c'est qu'elle est venue retrouver cet homme et que tous deux ont semblé faire un tour de leur enfance. Quand le tour a été fini, elle s'est excusée, il lui fallait repartir. Il a dit qu'il espérait qu'il y aurait une autre fois et l'a raccompagnée jusqu'à son scooter. Alors elle lui a tendu la main.

Peut-être que les deux mains sont restées un peu trop longtemps accrochées l'une à l'autre, et, pour la pression, nous ne saurions en juger, mais ce fut l'affaire de quelques secondes. Puis elle a enfilé son casque écarlate et la descendante d'Aimée, notre amazone rougissante, avec cette souplesse de conduite dont nous la savons capable, a fait demi-tour au milieu de la rue, une jambe tendue dans l'intérieur du virage pour parer à une glissade, avant de s'éloigner. A-t-elle surveillé la silhouette de l'homme en tenue de travail qui s'amenuisait dans son rétroviseur ? Auquel cas elle l'aura vu, planté sur le trottoir, yeux plissés, attendant qu'elle disparaisse par la route des marais pour reprendre, tête basse, ses activités.

Ce qui est bien peu et ne permet pas de tirer des plans sur notre comète d'amour. Pas de baisers croustillants dans le couloir du premier, alors qu'il l'avait précédée dans l'escalier pentu aux marches étroites et s'était retourné pour lui prendre la main au moment de franchir les derniers degrés. Le tournant est dangereux, avait-il dit. Pas même ces légers effleurements où le temps soudain se met en marche lente, au point qu'il paraît vouloir s'arrêter. Mais non, fausse alerte, il reprend sa course. La maison n'étant pas le palais de la Houssière, on pourrait même inventer de sa part à elle une sorte de curiosité un peu malsaine, comment vit-on chez ces gens-là, mon Dieu, on se croirait dans un tableau des frères Le Nain, et c'est dans ces conditions qu'ils se reproduisent ? Mais ce serait une autre, qui n'aurait certainement pas proposé à cet homme en habit de grenouille de le transporter sur son scooter. Car, on ne se trompe pas, elle l'a reconnu, cet homme en son improbable tenue, elle s'est arrêtée sur lui, on n'a pas rêvé, c'est bien elle qui l'a attendu assise sur le banc du square à la sortie de la gendarmerie. En quoi rien ne l'obligeait, ni à se transformer en taxi-brousse.

Et sans doute dans le même temps se demandait-elle pourquoi elle agissait ainsi. Qu'est-ce qu'il te prend. Si tu te voyais. Tu n'as plus l'âge des engouements adolescents. Te rends-tu compte de ce que tu es en train de faire ? Qu'est-ce qu'il va en penser ? Que tu es capable de te jeter sur le premier homme qui passe ? Ou, plus grave, qu'il s'imagine que tu l'intéresses et se conduise comme en terrain conquis ? Mais qu'est-ce qu'il croit ? A-t-elle choisi directement de l'attendre, ou est-ce après s'être ravisée ? Elle serait alors revenue sur ses pas qui la conduisaient jusqu'à son scooter, pour s'asseoir face à l'entrée de la gendarmerie et guetter sa sortie, comme si elle s'était dit qu'il lui fallait en avoir le cœur net, que ce qui lui avait traversé l'esprit alors qu'il se tenait près d'elle appuyé au comptoir à répondre aux questions du gendarme, méritait une vérification. Et qu'est-ce qui a pu lui traverser l'esprit, sinon, pour nous, que peut-être cet homme déraisonnable était à sa mesure ? Ce qu'elle n'a sans doute pas formulé de la sorte, elle ne se tient pas en si haute estime, plutôt quelque chose de plus intuitif. Par exemple : il n'a pas l'air d'appartenir au tout-venant des forcenés de la réussite sociale, ni aux endimanchés du contentement de soi, ni à cette espèce de rogues revanchards qui ne considèrent les autres qu'à l'aune du pouvoir qu'ils exercent sur eux.

Qu'au cours de cette visite elle ait lancé un pont entre lui et son enfance, sans doute. Sans doute éprouve-t-elle le besoin de renouer quelques fils, et cet homme revenant après tant d'années lui fournit l'occasion de tenter de faire un peu de lumière sur les ombres de sa mémoire, elle-même d'après le peu que l'on sait ayant entrepris une démarche voisine, étant installée depuis une date récente dans ce coin humide, mais pour nous il se joue autre chose, qui est de l'ordre du mystère. Mystère de la rencontre, s'entend. Et pour qu'il soit, ce mystère implique une forme d'abandon, que l'esprit ne lutte plus. La femme n'est pas repoussée par cette mise trompeuse d'une seconde peau de caoutchouc, elle y voit au contraire un signe d'indépendance et de force, et l'homme accepte dans son costume de carnaval l'invitation de la belle et le ridicule qu'ils encourent de ce voyage à deux juchés sur si peu de place. C'est-à-dire que ne compte plus sur l'échelle des vanités et des convenances le quant-à-soi derrière lequel on abrite ses faiblesses et ses petits mensonges. Tout s'effondre des préventions que l'on s'obstine à placer en avant comme un bouclier pour n'avoir pas à se montrer tel que l'on est.

Ce que le reclus du château de Montaigne, évoquant son amitié avec La Boétie, traduisait ainsi, et il faut y entendre un renoncement complet de l'intellect, une démission de nos critères raisonnés : Parce que c'était lui, parce que c'était moi, de sorte que l'on comprend que l'amitié n'est pas interchangeable, et encore moins l'amour, qu'un homme ne vaut pas pour tous les hommes, ni une femme pour toutes les femmes, et que ce miracle de la rencontre existe, qu'il est un miracle principalement parce que le tout-venant du monde le rend incertain, douteux, qui se contente d'agréments à la petite semaine, d'arrangements paresseux, un homme, celui-là ou un autre, une femme, celle-là ou une autre, marions-les, ça fera l'affaire. Ce qui ne vaut pas, on en est sûr, pour ces deux-là qui attendent autre chose qu'un état précédent de leur vie ne leur offrait pas. Et qui pour cela cherchent. Forcément ailleurs. Quoi ? Ils prétendraient n'en rien savoir. Mais ils le savent sans le crier sur les toits, sans oser peut-être se le dire, et nous aussi, nous le savons, on ne cherche qu'une chose, l'absolu de la rencontre.

Et lui, après avoir feuilleté le catalogue de ses souffrances et affronté son tête-à-tête nocturne avec les fantômes de son enfance, s'est levé de son lit de misère, sa décision arrêtée de la rejoindre, coûte que coûte, une nécessité immédiate, impérieuse, se raccrochant au souvenir d'un regard, à l'interprétation d'un mot, ou à ce quart de seconde excédentaire de sa main dans sa main au moment de la séparation de la veille, cette pression des doigts un rien trop appuyée qu'il a cru déceler au dynamomètre de ses émotions. Mais cela, lui seul est en mesure de l'évaluer.

Et si nous interprétons ainsi son lever, c'est qu'il faut voir maintenant cet homme pédaler contre le vent tandis qu'il longe les marais, les cheveux tirés en arrière, le visage contracté, peu habitué à cet effort solitaire qui parfois l'oblige à zigzaguer, les jambières de son pantalon battant telles des oriflammes, son chandail gonflé comme un parachute dans son dos, se dressant sur ses pédales face à une bourrasque, mâchoire serrée ou bouche ouverte, tandis que les rafales inclinent les touffes de callunes sur la lande et que mouettes et goélands s'amusent à dévaler le ciel à une vitesse vertigineuse. Il ne voit rien du paysage, de ses landes salées, hybrides de terre et de mer, il l'a tellement parcouru dans son enfance qu'il le connaît les yeux fermés. Cet effort qu'il s'impose, c'est pour elle, il est Lancelot, le chevalier à la charrette prêt à tout pour conquérir le cœur de sa dame, à tous les efforts, à tous les sacrifices, à toutes les humiliations, comme de chevaucher cette rosse en aussi piètre vêture. Pourquoi la quête de l'être aimé a-t-elle plus de prix quand elle coupe littéralement le souffle ? Peut-être tout simplement parce que l'amour n'est pas sans prix, qu'il est le graal de nos vies. Et on sait après quoi court cet homme.

Il s'arrête pour sortir la carte de sa poche ventrale et faire le point. En butte aux caprices du vent qui entend la disperser dans les airs, il entreprend de la déplier en se retournant pour faire de son dos un rempart, puis de la réduire à cette portion de routes et de territoire qu'il investit de sa pédalée laborieuse. Il se livre à un semblant de reconnaissance en orientant sa carte du mieux qu'il le peut au milieu des bourrasques, puis repart, et on le voit quelques centaines de mètres plus loin tendre le bras gauche, se retourner pour vérifier qu'aucune voiture ne le suit et s'engager sur une route plus étroite, bordée de hauts talus dominés par des arbres de haut jet, qui le protègent de la fureur des éléments et l'autorisent à souffler sans pour autant qu'il mette à nouveau pied à terre.

Il faut voir comment au contraire, profitant de cette accalmie, il relance sa bicyclette, au point qu'on croirait que sa vie en dépend. Et peut-être après tout. Sa vie est encore devant lui mais pas à perte de vue. Pas comme à vingt ou trente ans. Normalement les gens de son âge ne se livrent pas à ce genre d'extravagance adolescente. Ils ont pour la plupart renoncé depuis longtemps, et n'attendent rien d'autre que les quelques années à passer qui vont les dispenser par la suite de travailler. Renoncé à quoi ? À l'imprévu, à la rencontre, à l'inédit, à l'impensable, à l'imprévisible, à l'inattendu, au lieu que lui se conduit comme s'il cherchait à renouer le fil interrompu de ce baiser romanesque au chevet de l'agonisante, comme s'il cherchait cette oasis d'amour au milieu d'un océan de détresse, quand, de sa chambre sous les toits, il gardait un œil par la porte ouverte sur les restes fantômes d'une vie sous perfusion, comme s'il n'avait plus de temps à perdre.

Les gouttes, de plus en plus pressantes, qui laissent des impacts sombres sur le bitume, l'obligent encore à forcer l'allure, et on le surprend à lever la tête vers les nuages pour tenter d'interpréter l'humeur du ciel. Lequel n'est pas engageant, et s'il avait consulté comme nous les prévisions météo il aurait emprunté un capuchon à monsieur Moineau, ou enfilé sa combinaison de plongée. Pour ce milieu d'après-midi, on annonçait un nuage noir se vidant de son eau au-dessus de la région. Et lorsqu'il aperçoit par-dessus le mur d'enceinte le toit d'ardoise agrémenté de fenêtres mansardées de ce qui ne peut être que la Houssière, pour se protéger de la pluie qui gagne en intensité il met prudemment pied à terre sous un orme, sur le côté gauche de la route. Il se tient a une dizaine de mètres du portail vert de la propriété, mains sur le guidon, à l'arrêt, et il hésite à avancer en poussant son vélo.

Sans doute se demande-t-il s'il a bien fait de venir. Comment va-t-elle le prendre ? Mal, sans doute : qui vous a donné l'autorisation de venir, au nom de quoi, qu'avez-vous cru, qu'espérez-vous ? Appuyant la barre horizontale du cadre contre sa cuisse il plaque ses cheveux mouillés en arrière, se passe les mains sur le visage pour en chasser les gouttes, fixant toujours le portail, remarquant l'interphone sur le pilier gauche, n'osant s'en approcher, craignant qu'il ne soit aussi équipé d'une caméra et qu'en le découvrant sur le petit écran installé près de la porte d'entrée, dégoulinant comme un noyé, elle choisisse de faire la sourde oreille ou appelle les gendarmes qui trouveraient qu'évidemment ils l'avaient bien dit, cet homme était suspect. Et maintenant vous avez vu l'état de sa bicyclette ? Avec plusieurs vélos volés on en fabrique un pour maquiller son forfait, c'est bien connu. Embarquez-moi tout ça.

Alors qu'il hésite à s'approcher, un battant du portail s'ouvre de l'intérieur, puis l'autre. Et quelques longues secondes plus tard, en sort une berline puissante, d'un modèle récent, carrosserie gris métallisé, ce qui parle bien sûr pour son conducteur, un coq sportif sans doute, mais le mouvement des essuie-glaces et les reflets du ciel et des arbres sur le pare-brise l'empêchent de voir à quoi il ressemble. Il regrette de n'avoir pas ses lunettes mais aucun doute, il s'agit d'un homme. Et instantanément il ressent une contraction au niveau du cœur, comme une interruption brutale du flux sanguin. Un pincement, dit la formule, et pour le pincement, il suffit de voir sa tête. Mais enfin quoi, qu'est-ce qu'il s'imaginait, que cette femme-là vivait recluse comme une nonne, seins écrasés, ceinture de cilice autour de la taille, et grandes lèvres verrouillées ? Qu'elle n'attendait que lui pour jeter sa robe prétexte aux orties ?

Il se rappelle sans doute ce mystérieux ami qui l'avait reconduite chez elle le matin de son retour. En espérant que cet ami et celui-ci ne fassent qu'un, qu'elle ne grave pas sur le bois de son lit, comme les pilotes de guerre sur la carlingue de leur avion, un petit cœur pour chaque homme qu'elle reçoit. Et comme le bois de lit ne suffit plus, toute la chambre tapissée de cœurs, et puis, faute de place, obligée de changer de chambre.

La berline en reprenant la route qui conduit au littoral lui passant sous le nez, il a fait celui qui s'abritait sous l'orme et attendait la fin de l'averse, évitant de croiser le regard du pilote qui lui ne s'est pas fait prier pour le dévisager. Au vu de la mise du cycliste, pas une seconde il n'a dû imaginer un rival potentiel, concluant sociologiquement à une nouvelle variété de vagabond, le cyclo-clochard. Ce n'est pas lui qui irait dessiner une frise de cœurs sur la tapisserie de la belle.

Daniel, lui, n'a pas bougé, ne s'est pas retourné pour ne pas attirer l'attention, ne pas paraître celui qui attend son tour. Il a quand même repéré au passage que l'homme portait une cravate sous son blazer. Ce qui logiquement devrait lui remonter le moral. A priori, au jugé, un homme aussi convenu ne colle pas avec notre amazone rougissante. Installé, poseur, charmant peut-être et partout à son aise, mais si Mariana est ce qu'elle est que nous croyons, il ne devrait pas faire le poids. Même si on ne sait pas à quoi ressemblait notre Daniel avant qu'il ne se change en réparateur de vélos. La même chose, peut-être. Du moins a-t-il pris ses distances avec cette vie-là et ne semble pas pressé d'y revenir.

Pour l'instant, c'est partagé entre désappointement et désarroi qu'il voit se refermer sur ses espoirs un vantail du portail après l'autre. D'où il se tient, il ne peut voir la personne qui de l'intérieur les manipule. Tout juste peut-il en déduire que le portail ne se commande pas électriquement. Et se précipiter pour se glisser au dernier moment entre les deux battants avant qu'ils n'opposent leur muraille de fer à ses aspirations, au risque de rester coincé avec son vélo qui heurterait avec fracas les portes métalliques, d'ajouter le ridicule à la confusion, il préfère renoncer. Il enfourche sa bicyclette, et se prépare à s'en retourner. Il jette un dernier regard sur le portail. Les deux vantaux ne s'entendent pas comme il faudrait, on dirait. De l'autre côté on s'acharne à pousser la porte. Quelque chose coince. Un battant s'ouvre et la belle en personne se penche pour tenter de résoudre cet obstacle imprévu.

Il la regarde sans oser bouger, les pieds à terre de chaque côté du cadre de la bicyclette, tandis qu'elle dégage des feuilles ou des cailloux qui auraient pu se nicher dans la mortaise de béton d'où semble provenir la difficulté. Puis elle se relève, se frottant les mains l'une contre l'autre pour les débarrasser sommairement des impuretés, pressée d'en finir. Contrairement aux jours précédents, elle porte une robe noire largement échancrée, qui ne va pas tarder sous l'averse à lui coller à la peau. Et comme elle s'apprête à refermer à nouveau le battant récalcitrant, elle jette un coup d'œil en direction du littoral, peut-être en maudissant — cas de figure qui simplifierait tout pour nous — le chauffeur de la berline qui, décidément, n'est jamais là quand elle en aurait besoin.

C'est alors qu'elle le voit, imbibé de pluie dans sa tenue d'ouvrier aux jambières trop courtes, à cheval sur son étrange coursier réduit à l'essentiel : un cadre, deux roues, un guidon, une selle, un frein, la fixant douloureusement, guettant sa réaction, la redoutant emportée, furieuse, qui vous rend si hardi, se préparant à des balbutiements contrits, une reddition en rase campagne de ses sentiments, lesquels sont si neufs, si fragiles, si chahutés par tout ce qui lui tombe dessus depuis quelques jours, qu'ils ne résisteraient pas longtemps à un emportement de la belle, éclateraient en plein vol comme une bulle de savon et retomberaient en larmes.

Elle demeure en arrêt, hésitante, essayant sans doute de remettre de l'ordre dans son esprit, ne sachant peut-être pas encore à ce moment quelle attitude adopter : outrée ou conciliante, amicale ou furibonde. Mais qu'est-ce qu'il fait là, celui-là ? En est-elle heureuse, dépitée, indifférente, ressent-elle le fameux pincement ? Quant à courir se jeter dans ses bras, même nous qui aimons bien aller vite en besogne, nous n'y pensons pas. Trop tôt. On n'y croirait pas. Ceci, on le réserve pour la fin d'un film, par exemple, les dernières images enchantées qui nous font nous lever de nos fauteuils le cœur tressautant, comme si nous portions autour de nos cous un chapelet de bras aimants. Le ferait-elle qu'on lui demanderait de reprendre sa place près du portail. Vous n'y êtes pas du tout. Quel est cet emportement ? On recommence.

Mais une bonne nouvelle, cependant. Si elle ne se précipite pas, du moins a-t-elle choisi de ne pas s'en retourner en claquant la porte derrière elle en une fin de non-recevoir, et on entendrait ses pas contrariés s'éloigner à vive allure sur les graviers de l'allée cavalière, le laissant en plan, stupéfait, ahuri, désappointé sur sa bicyclette enfourchée. Mais il est trop tard déjà pour cette volte. À présent, c'est à elle d'improviser. Ces quelques secondes de stupeur en trop l'obligent à affronter une situation inédite. Ce sont celles à quoi il se raccroche. Elles lui ont sauvé la mise en évitant à son orgueil l'humiliation, à son cœur l'abattement, et à sa vie l'infinie tristesse, qu'aurait entraînés, avec le portail se refermant sur elle, la mort de ses illusions.

Dès lors, après ces secondes suspendues, elle ne peut qu'avancer vers lui dans sa longue robe noire, dont l'échancrure qui s'ouvre comme un estuaire prend sa source entre ses seins. Est-ce pour la camoufler ou est-ce le froid de la pluie qui la fait frissonner? Elle serre ses bras autour d'elle. Lui ne bouge pas, toujours à califourchon sur sa bicyclette, les pieds faisant office de béquilles, il la laisse venir à lui, craignant encore qu'elle prenne sur elle de lui expliquer qu'il n'a rien à faire ici, que c'est son territoire, qu'il a franchi un périmètre interdit. Cette robe échancrée qui épouse son corps filiforme, il ne peut s'empêcher de penser qu'il y a peu elle avait dû s'ouvrir pour accueillir l'homme à la berline, ses doigts, bouton par bouton, dégageant la chair fine de ses seins discrets — et peut-être à ce moment notre cycliste éberlué se souvient-il de l'orage d'une robe qui s'abat, de l'éclair d'un corps qui se fend. Et cet orage, il lui faut le faire taire, l'expédier au plus loin de ses pensées, qu'il aille crever ailleurs, au-dessus de la berline maudite, pour la noyer sous un déluge. Dans le même temps il lui reprocherait même, à cet homme fuyant, ce presque geste de répudiation, car comment peut-on s'arracher à un corps aussi adorable, l'abandonner sous la pluie sous si peu de tissu?

Mais elle est trop proche maintenant pour qu'il se laisse aller à ses noires pensées, une femme se présente à lui dans sa fragile tenue, l'eau du ciel commence à plaquer ses cheveux sombres, à rougir ses pommettes hautes, les gouttes à glisser jusqu'à son menton, à s'y suspendre, et à cette distance il est mieux à même de lire dans ses yeux. Et ce qu'il lit le rassure. Il n'y décèle pas trace de colère ni d'agacement. Plutôt un saisissement, une interrogation que nous, nous demanderait-on notre avis, nous traduirions bien sûr par : Serait-il cette sorte d'ami pour moi ? Mais n'allons pas trop vite, goûtons avec eux cette indécision lumineuse, plutôt quelque chose comme : qui est-il, cet homme bizarrement accoutré que je ne peux m'empêcher de regarder à deux fois ? Que m'apporte-t-il, lui qui n'a plus rien sur le dos, que dans ses mains le cœur à nu de son enfance meurtrie ?

Elle est devant lui, le fixant de ses yeux sombres soulignés d'un trait noir, posant les mains sur le guidon à présent, comme une prise de possession, une manière de l'arrêter dans sa course, redressant machinalement la roue dans l'axe du cadre, comme pour le mettre sur le droit chemin qui mène à elle. Il y a si peu de distance entre eux maintenant qu'ils sentent le souffle de l'autre comme une brise tiède sous le froid de l'averse. Ce qui ne manque pas de nous réconforter. Car, nous l'avons tous expérimenté : on ne peut soutenir aussi longuement un regard, si ce n'est pour la bonne cause, qui ne peut être que la cause de l'amour. Impossible autrement. Le regard ne triche pas. Si ne rôde ce sentiment qui nous amène à l'inédit, à sortir des convenances, bien vite on se détourne, on fixe le ciel, les arbres, ses chaussures, on passe rapidement sur le visage de l'autre, on s'y arrête un instant, mais bien vite on en est chassé par une espèce de gêne, on cherche à nouveau l'inspiration dans la voiture qui passe, dans cette feuille virevoltante qui signe en tombant son arrêt de mort.

Regarder intensément l'autre, c'est l'aimer. Il y a la haine aussi, bien sûr, qui vrille sa victime du rayon mortel de ses yeux, la haine ne dételle jamais. Mais pas ici, tout de même. Ici, c'est flagrant, voyez : quelle délectable stupeur.

Et puis des reproches seraient partis de beaucoup plus loin. Lancés du portail : que faites-vous
là ? Vous vous croyez où ? Retournez d'où vous
venez, de Paris ou du fond de l'eau, mais ne
remettez plus jamais vos ridicules chaussons de
caoutchouc ici. Ils semblent indifférents à la pluie
qui s'acharne sur eux, n'éprouvent pas le besoin
d'une parole. Plus un coin de leur esprit qui ne
soit affecté à cette contemplation mutuelle à n'en
pas perdre une miette, gommant tout ce qui n'est
pas eux, escamotant la route, le ciel, les arbres, le
mur de la propriété, le monde se réduisant à cette
droite parfaite qui relie leurs regards. Leurs
visages se rapprochent encore, ils avancent tous
deux leurs bouches, mais en fait non, pas lui qui
demeure figé, c'est une illusion d'optique, comme
ces trains qui donnent l'impression de démarrer
alors qu'ils restent à quai, il suffit d'aligner son
profil sur l'écorce d'un arbre derrière lui, comme
on le fait d'un panneau indicateur sur un wagon,
et on voit qu'il n'a pas bougé, c'est elle qui prudemment présente ses lèvres, hésitant encore,
non pas à l'embrasser — ils n'ont aucun doute sur
l'intention de l'autre, n'envisage pas une seconde
que l'autre pourrait se dérober à cette promesse
de félicité —, mais à interrompre ce temps de
pause après lequel plus rien ne sera comme
avant.

Car, de ce moment où ils s'embrasseront, ils
passeront dans un autre ordre, où par exemple le
pas de deux sur le seuil de l'atelier n'aura plus
cours, il posera son carton et la prendra tout simplement par la taille pour la plus tendre étreinte.
C'en sera fini de ce trouble à n'en pas savoir ce
qu'il en est vraiment pour l'autre, ce qu'il ressent.

Et cette question lancinante de tous les soupirants : est-ce que pour lui il en est de même ? De l'extérieur, ça tombe sous le sens. Aucun doute, les deux partis éprouvent la même chose. Même ravissement, même tremblement, même interrogation : qu'est-ce qu'il m'arrive ? Bientôt lorsque les quelques centimètres qui me séparent de lui, qui me séparent d'elle, seront comblés, j'aurai changé de vie, je me serai engagé dans une nouvelle voie, dont je ne sais rien sinon que le porche qui en marque l'entrée est une des portes du paradis ou un de ces trompe-l'œil de théâtre qui donnent sur un mur. En revanche, que je me dérobe à ce baiser et je renouerai instantanément avec ce qui immanquablement m'attend et que je connais jusqu'à la nausée : la répétition des jours identiques à eux-mêmes, ce semis de grisaille sur mes pensées, et le renoncement qui peu à peu s'accommode de ces tristes motifs de ma vie.

Du bout d'un doigt elle caresse lentement la cicatrice du matin au-dessus de la lèvre du maladroit qui demeure pétrifié, attendant la douce et terrible sentence. Puis elle encadre de ses mains le visage de l'homme. Ainsi la tête prise délicatement dans cet étau d'amour il ne pourra au dernier moment ni la détourner ni la baisser. Mais précaution inutile. Comme s'il avait l'intention de lutter, de se défaire de ce serre-joint de tendresse. Il se laisse porter, les yeux grands ouverts sur la révélation, et ce qu'ils se disent nous l'entendons : est-ce que nous faisons bien ? Pourquoi nous ? Qu'est-ce que c'est que cette force qui nous pousse l'un vers l'autre ? Maintenant il est trop tard pour se dérober, elle peut baisser ses paupières, elle est si proche à présent qu'à l'aveugle elle ne ratera pas sa cible. Mais à peine a-t-il le temps de goûter à ce frôlement, à cette pression légère de ses lèvres sur sa cicatrice, à cette goutte de pluie emportée sur sa langue à elle, qu'il la voit déjà s'éloigner en courant sous l'averse, et refermer sans se retourner le portail derrière elle.

Crois-en mon expérience, dit madame Moineau. Mais l'expérience amoureuse de madame Moineau. Comme si elle était juchée sur le dôme d'un panthéon d'amants. Elle qui parle toujours de son Raymond, ce qui est toujours bouleversant à entendre. Même si, à les voir tous deux aujourd'hui, on peine à imaginer que l'amour emprunte le chemin de ces corps four-bus. Mais il s'agit sans doute d'autre chose qui nous échappe. Et du coup, peut-être que cette expérience unique en apprend plus sur la relation amou-reuse qu'une accumulation comptable et forcenée. Et après tout, si elle a couvé aussi longtemps en elle un tel sentiment, sans doute a-t-elle eu tout loisir de le disséquer dans tous les sens, et en sait-elle plus long que nous. Alors qu'est-ce qu'elle dit, l'expérience de madame Moineau ? Elle dit ceci à notre Daniel qui ne sait plus à quel saint se vouer après être rentré imbibé comme une éponge de son envolée à la Houssière, filant tout droit chez ses vieux amis, appuyant sans précaution son vélo contre le mur qui, du coup, adopte une perspective tordue, à moitié écroulé, la roue avant à l'équerre : Crois-en mon expérience, il n'y a pas de fumée sans feu.

Bon, ravalons notre déception et ne perdons pas

de vue que cette femme n'a vraisemblablement connu que son Raymond, qu'elle sait forcément comment garder longtemps un Raymond, mais que pour ces jeux de l'amour, sa grille interprétative est peut-être limitée. N'empêche qu'on espérait d'elle un rai de lumière sur ce baiser volé. La parole éclairante qui soudain défait comme ces cordes magiques les nœuds les plus compliqués. Après quoi on repart le cœur léger, confiant en ses choix, avec cette impression que le ciel s'est dégagé et que, derrière les nuées, voici l'embellie.

Au lieu que là, on pourrait imaginer tout aussi bien : crois-en mon expérience, on n'attrape pas des mouches avec du vinaigre, ou, crois-en mon expérience, un tien vaut mieux que deux tu l'auras, ou encore, crois-en mon expérience, le diable a toujours un pied en paradis (qui doit être une invention de madame Moineau car on ne retrouve l'expression nulle part). Ou bien, mais ce serait une autre confidente, ce passage de la page cornée : Elle se penche sur moi / Le cœur ignorant / Pour voir si je l'aime / (*inaudible*) / Sous les nuages de ses paupières / Sa tête s'endort dans mes mains. Et on se dit que le ci-nommé Daniel a déjà beaucoup de chance : une belle s'avançant vers lui sous la pluie et sans un mot lui donnant un baiser. Qu'il prenne et remercie la femme, le ciel, et le gigantesque complot qui l'a conduit à cette heure précise à la Houssière et a empêché, par un bouchon de feuilles, que le portail se referme du premier coup. À lui maintenant de se demander quel est son mérite, et ce qu'il attend vraiment.

Et sur ce point, on peut faire confiance à notre Yvonne qui se chargera de lui tirer les vers du nez.

Pas de fumée sans feu, a-t-elle dit. Le baiser serait donc fumant ? Oui, on peut l'entendre ainsi, mais fumée de quel feu que même la pluie ne réussit à éteindre ? Et d'ailleurs madame Moineau, à qui n'a pas échappé la mine déconfite de son petit Daniel, continue : Pour tout te dire, j'étais persuadée qu'il y avait déjà eu quelque chose entre vous. Rien qu'à sa façon de s'intéresser aux coupures de presse que Raymond lui montrait où vous posiez tous les quatre. C'est toi qu'elle cherchait à retrouver. Mes garçons, elle s'en fichait comme de l'an quarante. Il est où mon chéri que je n'ai pas connu sous une toise si basse ? Elle t'écoutait, te regardait. Je ne dirais pas que c'était un regard amoureux. Non. Plutôt un regard intrigué. À la réflexion, maintenant que tu m'en as appris davantage, je crois qu'elle cherchait à en savoir plus.

Si tu veux mon avis — comme si madame Moineau allait attendre la permission avant de le donner —, elle ne demanderait pas mieux que tu l'intéresses. Maintenant, elle a peut-être besoin de faire le ménage. Elle ne t'a peut-être pas attendu. Et madame Moineau adresse un sourire supposé en dire long. Et nous pensons bien sûr à la berline quittant la Houssière, à cet homme quelques instants plus tôt renouant précipitamment sa cravate avant d'enfiler sa veste. Et Mariana, ne cherchant pas à le retenir, reboutonnant sa robe, s'arrêtant à mi-poitrine, répondant négligemment : oui, je penserai à prendre un portable, oui c'est ridicule de s'obstiner, oui, ce serait plus pratique, oui quand tu pourras, pensant : tu n'es pas venu quand j'avais besoin de toi, et serais-tu venu que ce n'était pas toi que j'attendais. Et nous, feignant l'innocence : Qui attendait-elle, alors ? Et elle : J'ai mon idée, mais j'ai besoin d'en savoir plus, donnant ainsi raison à madame Moineau.

Monte te sécher, dit Yvonne, on dirait un chat mouillé. Et lui : La fusillade, ça s'est passé ici ? Et elle : Quelle fusillade ? Il n'y a pas eu de combats chez nous. Une des rares communes dans le coin à n'avoir pas trop souffert. Les Allemands étaient dans les blockhaus et les chefs dans le château, comme des coqs en pâte, c'est partout pareil. D'ailleurs ceux-là ont été les premiers à décamper. Et lui : Cet homme du château qu'on a fusillé. Et elle : Le père de ton amie ? Et lui : Non, pas son père. Et elle : On ne l'a pas fusillé. Et lui : Vous m'aviez dit pourtant. Et elle : On lui a tiré dessus, enfin c'est ce qu'on prétend. Maintenant va savoir ce qui s'est réellement passé. Tu penses bien qu'ils ne s'en sont pas vantés. Et lui : Vantés de quoi ? Et elle : De se l'être coulée douce à Vichy avec Pétain et compagnie. Et lui : Qu'est-ce qu'il faisait là-bas ? Et elle : D'après toi ? Ce n'était pas pour lui friser la moustache. Il était secrétaire d'État de quelque chose, ou peut-être même ministre.

Et lui : Et avant, il était quoi ? Et elle : Avant la guerre, tu veux dire ? Quand il n'était pas à fricoter avec les Fritz ? Il était, qu'est-ce qu'il était, pas grand-chose. Député, je crois bien. Mais tu peux demander à ton amie. Elle doit savoir, elle. En tout cas, si c'est son père, elle n'a pas de quoi en être fière. Et lui : Ce n'est pas son père. Son père passe son temps à étudier les peintures dans les grottes. Et elle : Tu veux dire à Lascaux ? Et lui : Des grottes décorées, il y en a des centaines, on en découvre toujours. Et elle : Quelle idée. Enfin, là-dessus tu en sais plus long que moi. Autrefois tu t'intéressais à plein de choses. Je me souviens de madame Géraud la bibliothécaire qui m'avait dit qu'elle ne savait plus quoi te donner tellement tu dévorais ses rayons. Est-ce que tu lis toujours autant ? Tu sais que Raymond a au moins une dizaine de livres sur la guerre. Si tu veux, ne te gêne pas.

Et lui : Mariana dit qu'elle passait ses vacances au château quand elle était enfant. Et elle : Moi, ce que je sais, c'est qu'après la guerre, il n'y avait plus personne. On a mis un drap dessus, comme sur un meuble. Ça valait mieux. Il n'y a pas que le père de ton amie qui avait des choses à se reprocher. Certains et certaines ne se sont pas ennuyés là-bas pendant quatre ans. Ils ne sont plus là aujourd'hui pour en parler, mais on en connaît qui en ont bien profité. Si tu voulais une bonne table, tu n'avais qu'à faire risette aux Allemands. Note bien, que nous ici on n'a manqué de rien. Avec les fermes et tout. On se débrouillait toujours. Mais on ne buvait pas du champagne à la louche, c'est sûr.

Je dois y aller, dit-il. Où ça ? dit madame Moineau. Tu es trempé comme une soupe. Et lui : Récupérer ma bouteille de plongée. Et elle : Ça ne peut pas attendre le retour de Raymond ? Il te conduira. Et lui, regardant par la porte vitrée : Le temps s'est levé, je préfère ne pas tarder, c'est assez loin. Et elle : Ici, le temps, ça ne veut jamais rien dire. Ça se lève, ça se couche. Mais je vois bien que tu es tout retourné. Va, on t'attend pour le dîner. Ne nous fais pas faux bond, cette fois. Tu ne peux pas sauter les repas comme ça. Tu vas être maigre comme un coucou. À côté de mes gars, tu fais peur.

Il est repassé par la maison du grand-père, a revêtu les habits empruntés d'un des fils Moineau, enfilé par-dessus un capuchon de caoutchouc ver-dâtre, comme on en trouvait dans son enfance sur le chemin de l'école, et s'est remis en selle. Cette fois il ne se précipite pas. Il ne lutte pas contre les éléments, ne se hisse pas sur les pédales quand la pente et le vent l'obligent à un effort plus grand, ne se laisse même pas emporter dans les descentes, gardant prudemment la main sur le frein, progres-sant rêveusement, n'hésitant pas à mettre pied à terre dans les passages les plus rudes. À quoi l'on comprend que la bouteille de plongée a moins d'attrait que la longue femme brune.

Parvenu à la mer, il fait plusieurs haltes et pousse son vélo en regardant l'eau grise perpétuellement instable, les crêtes neigeuses des déferlantes, l'écra-sement des rouleaux sur la côte. Il suit le vol criard des oiseaux, leurs ballets aériens, leur science des courants, aspire goulûment la fraîcheur de l'air en offrant sa tête au vent, comme s'il se livrait à des essais en soufflerie, se saoule de la puissante rumeur des vagues. Après quelques kilomètres il suspend sa divagation et commence l'inspection minutieuse de la bande de sable bordée de buissons bas qui longe la chaussée. Il s'agit pour lui maintenant de retrou-ver l'endroit où il s'est arrêté quelques jours plus tôt.

Au gendarme il a raconté que son intention pre-mière n'avait pas été de plonger, qu'il avait garé sa voiture sur la partie herbeuse de la plage avec l'idée de simplement ouvrir ses vitres et de humer les embruns, puis il était sorti faire quelques pas jusqu'à l'eau, avait joué à ne pas se laisser attraper par la vague mourante, puis s'était déchaussé, et comme il n'avait pas trouvé l'eau si froide il était revenu vers sa voiture enfiler sa combinaison. Et bien sûr il avait laissé le coffre ouvert et les clés sur le tableau de bord. Mais c'était peut-être une version destinée à vaincre les soupçons d'un gendarme peu enclin à prendre pour argent comptant les propos d'un scaphandrier de passage. Cette baignade impromptue justifiant la négligence dont il aurait fait preuve.

Mais de là, de cette course insouciante vers la mer, l'auteur avait imaginé le double submersible de Daniel évoluant longuement à l'horizontale au-dessus des fonds, consciemment ou inconsciemment désireux de retrouver le liquide maternel à l'occasion de son retour aux sources, de s'immerger dans une sorte de coma sensoriel ponctué du vacarme intérieur de sa respiration sous assistance après le tumulte des derniers jours, se livrant délibérément à un brouillage sonore pour assourdir ses démêlés conjugaux et extraconjugaux, se couper des rumeurs, des mêmes histoires à répétition, de l'ennui d'une vie convenue, rejoindre par ce corps en marge de l'existence le cinéma intérieur de sa grand-mère, entrer dans les ruminations flottantes de l'éternelle endormie, être sans être, se laissant dériver, ne donnant que mollement des coups de palmes, animal marin doté d'une protubérance dorsale jaune, et repérable à son sillage de bulles, poursuivant un songe éveillé au-dessus des algues vertes, piquant soudain vers le fond à la vue d'un objet brillant ou couvert de coquillages, s'en saisissant, le retournant dans tous les sens puis le relâchant, l'objet retrouvant au bout d'une chute lente son lit de sable, soulevant à sa réception une couronne gracieuse, le curieux mammifère ondulant, reprenant son inspection nonchalante derrière son masque de verre, parfois virant à angle droit pour un poisson entraperçu, revivant en une remémoration spontanée les sensations de la chasse enfantine, puis reprenant sa progression somnambulique, inscrivant dans la lumière crépusculaire sous-marine un sentiment d'errance, comme si les forces de vie avaient été laissées sur le sable, pliées dans un sac de plage, puis, après un temps indéfini, choisissant de remonter à la surface, et, au moment où la tête encapuchonnée de noir émerge de l'eau, il aperçoit deux individus s'engouffrant dans la voiture laissée sur le rivage, démarrant violemment en marche arrière, les roues patinant dans le sable, et le nageur levant un bras hors de l'eau, poussant un cri inaudible, se rappelant que sa bouche est bâillonnée, retirant précipitamment l'embout qui lui apporte l'oxygène, et se mettant à hurler, comme si son cri allait stopper le moteur comme il aurait brisé net un verre de cristal.

Ce qui bien sûr ne fait qu'accentuer la précipitation des voleurs qui, une fois désensablés rejoignent la route et la voiture d'un complice, et après une volte rapide en travers de la chaussée s'éloignent à vive allure, laissant le plongeur dépité regagner le rivage en poussant l'eau de ses jambes.

Peut-être la scène s'est-elle passée ainsi que l'imagine l'auteur, mais si Daniel avait entraperçu les pillards, le gendarme n'aurait pas manqué de lui demander un signalement. Et lui : J'avais mon masque, et je n'ai pas une vue parfaite, et le gendarme insistant : Donc on vous emprunte votre voiture sous vos yeux et vous ne trouvez rien à dire sur ses occupants. Une voiture télécommandée, peut-être. À moins que devant un représentant de l'ordre il ait choisi de se taire, de cacher la vérité, pas envie de jouer les délateurs, d'être responsable d'une vie brisée par un enfermement de plusieurs mois pour le détournement misérable d'un tas de tôle, ou interprétant cet épisode de sa vie comme une suite logique à ce dépouillement progressif qui, après son appartement, sa vie sentimentale et son travail, ne lui laissait plus sur le dos pour tout costume de ville qu'un attirail de plongée.

Nous aurions été quelques-uns à penser : Allons, tout est bien, les choses vont leur train, selon leur logique et en faisant preuve d'un humour certain. Bravo pour cet enchaînement parfaitement minuté de catastrophes. Si je n'avais un reste de pudeur j'offrirais à qui en veut mon ultime possession, mon épiderme de mousse, et je m'en irais nu comme Adam chassé du jardin d'Éden. Car maintenant que tu en as fini avec les simulacres de ta vie, qu'as-tu encore à perdre ? Tu ne vas plus pouvoir t'éviter longtemps, esquiver ce face-à-face avec tes aspirations défuntes et tes rêves secrets. Alors toi seul, toi dépouillé de tous tes artifices, toi sans autre identité que ce qu'a imprimé ta mémoire, toi réduit à cette seconde peau de caoutchouc, qu'est-ce que ça donne, hein ? Est-ce que même ça existe ? Est-ce que toi, réduit à rien, ça tient le coup ?

« Avec cette sorte de courage qu'il faut pour être rien, rien que rien », cite l'auteur, persuadé d'apporter un éclairage définitif. Si on veut, et c'est vrai que cette ascèse ultime est la plus redoutable des épreuves de vérité pour peu qu'on s'interroge sur soi, qu'elle est proche de la brûlure, mais avec cette différence que le courage ici, ce ne fut pas d'arriver à ce rien, tout s'est fait malgré lui, même s'il a profité de l'occasion pour procéder à une révision radicale de son existence. Non, le courage, c'est maintenant. Qu'est-ce qu'on fait de ce rien ? C'est à lui désormais qu'il appartient d'apporter une réponse.

Et, revenant à cette voiture escamotée, peut-être aussi a-t-il pensé avoir longuement dérivé et, émergeant très loin de son point de plongée, n'a-t-il pas été surpris outre mesure de ne plus retrouver son véhicule. La côte étant parsemée des mêmes plages et des mêmes criques, il n'est pas facile de les identifier au premier coup d'œil.

De nouveau sur les lieux présumés du vol, il comptait sans doute retrouver les traces de pneu dans le sable, l'empreinte creusée par le patinage express, mais il a beau inspecter les passages conduisant à la plage, la pluie et le vent ont tout balayé. Il hésite, paraît avoir trouvé. Il laisse tomber sans ménagement son vélo, écarte les buissons, soulève des bouchons d'algues amenés par la marée, se redresse, tente à nouveau de faire le point, de solliciter son souvenir, de reconnaître en ce rocher le siège qui lui a permis d'enfiler sa combinaison, et, comme il ne trouve rien, décide de pousser plus loin, jusqu'à la crique prochaine où il recommence son travail de fouille.

On le voit aller vers la mer puis traverser à nouveau la plage, comme s'il cherchait à solliciter ce phénomène de remémoration quand il suffit de refaire les mêmes gestes à rebours pour que leur cause nous revienne. On le sent hésiter sur son orientation d'alors. Est-il sorti de l'eau en droite ligne ? A-t-il obliqué vers la gauche ? La droite ? Il tente un nouveau tour d'horizon en se hissant sur un block-haus enfoui dans le sable dont la masse de béton s'incline vers le rivage comme en signe de reddition.

On imagine les hommes qui s'y entassaient, qui virent fondre sur eux à l'horizon du 6 juin un mur d'acier surlignant la surface de la mer et d'où s'échappaient des torchères de feu et de fumée, le saisissement, les appels éructés, les casques enfilés à la va-vite, les jugulaires pendantes, les cris, les bras qui arment précipitamment les canons, et cette longue attente jusqu'à ce que les barges délivrent dans un mètre d'eau leurs contingents de chair, cent trente mille hommes, une grande ville à entasser sur quelques kilomètres de sable, et tous ces morts qui attendent leur tour, rien que pour la plage d'Omaha, deux mille Américains à retirer du monde, ce qui doit bien faire au moins deux mille tirs de mitrailleuses, la main tétanisée à force de presser la détente, la journée s'annonce éprouvante, pas de temps à perdre avec tout ce travail qui les attend, on fera les comptes plus tard, qui donneront de leur côté ceci : deux cent mille Allemands et assimilés sur lesquels la Normandie refermera sa terre généreuse.

Dressé sur son monument aux morts comme la figure décrochée d'un calvaire, Daniel, les mains sur les hanches, pivote sur lui-même, cligne des yeux, essaie de faire le point, s'interroge, puis redescend de son belvédère d'un bond sur le sable — cet homme est toujours leste — et entreprend de fouiller une nouvelle ligne de buissons comme s'il cherchait une aiguille dans une botte de foin, mais toujours bredouille, revenant sur la route, essayant cette fois de se repérer côté campagne, mais les moissons sont faites, les champs arasés, et le bocage ressemble au bocage. Comment différencier une haie de ses semblables ? Ce qui est sûr c'est qu'il n'avait pas parcouru une grande distance quand il a été ramassé par le fourgon des gendarmes après avoir décidé de marcher en tendant le pouce dans l'espoir d'arrêter un automobiliste.

Pieds nus ou chaussé de palmes, quand il lui apparut que ses voûtes plantaires n'étaient pas préparées à cet exercice évoquant le jugement de Dieu où l'on demandait à l'accusé de franchir un lit de braises, il n'a pas pu s'éloigner de beaucoup de son lieu de plongée. Comme la route s'écarte du littoral sur une longue portion, coupant une avancée péninsulaire des terres dans la mer, il remonte sur sa bicyclette et progresse lentement, le regard toujours aux aguets, et soudain il s'arrête sur le bas-côté, couche précipitamment son vélo sur la bande herbeuse et descend jusqu'à mi-cuisse dans le fossé, profond à cet endroit, au pied d'un talus planté d'arbres.

On se demande déjà comment sa bouteille de plongée a pu franchir la route, quel formidable lanceur de poids l'a propulsée de la plage lointaine dans le fossé, lorsque toujours à demi enlisé, après s'être penché, il remonte au bout de ses bras tendus, l'observant longuement, hochant légèrement la tête en signe d'approbation, le tenant à l'horizontale, presque au niveau de l'asphalte, de sorte qu'on ne peut juger de ce qu'il représente même si on perçoit des traînées de couleurs, un tableau, dont un côté du cadre s'est désolidarisé et balle, qui s'est sans doute détaché au moment de la réception brutale de l'œuvre dans le creux du fossé, ce qui dit que le tableau a vraisemblablement été, non pas déposé, mais lancé par la vitre baissée plutôt que d'une voiture — il ne serait pas passé par la portière — d'un camion roulant. Mais on n'en verra pas davantage.

Comme s'il voulait camoufler son forfait, Daniel retire sa cape de caoutchouc et en enveloppe avec précaution la toile. Sans doute pour la protéger de la pluie qui à nouveau menace, mais pas seulement, ses gestes donnent l'impression qu'il manipule un objet rare, qu'il cherche à le couvrir, presque à le vêtir. Ainsi en sacrifiant son vêtement de pluie, il choisit de protéger sa découverte plutôt que sa personne. Et tant pis si madame Moineau le tance à nouveau sur ses airs de chat mouillé. Il faut que l'œuvre soit d'un grand prix.

On sait qu'on retrouve fréquemment du côté d'Arles des tableaux de Van Gogh qui bouchent les trous des poulaillers depuis plus d'un siècle pour empêcher le renard de se faufiler, mais ici ce serait une première. Ce n'est quand même pas non plus un morceau inédit de la tapisserie de Bayeux attendant depuis dix siècles dans le fossé, un portrait brodé d'Édith au col de cygne. Nous devrons patienter avant qu'il nous présente son chef-d'œuvre inconnu.

Sa bouteille de plongée qu'il cherchait si frénétiquement dans les buissons, de ce moment on dirait qu'elle lui est sortie de l'esprit. Comme si elle n'avait été qu'un prétexte, que le but ait été autre et qu'il s'en retourne avec le plan d'une concession riche de promesses sous son bras. Sans doute serait-il même étonné qu'on lui rappelle la raison de son pèlerinage méticuleux. Et votre bonbonne ? Que les éléments gardent son équipement, que sa bouteille d'acier jaune rejoigne la masse des obus perdus pendant les semaines qui suivirent le débarquement et qui resurgissent sous le socle d'une charrue ou d'une pelleteuse. Il n'a plus besoin d'assistance respiratoire désormais. Il remonte sur sa bicyclette qu'il place dans la direction du retour, tenant le guidon d'une seule main et son trésor calé sous son bras gauche, refaisant le trajet en sens inverse sans plus se préoccuper du littoral et de ses buissons ployant sous le vent.

Il fixe la route devant lui, le buste raidi par le port du tableau, s'appliquant à bien garder sa droite, à ne pas trop zigzaguer, à prendre prudemment les virages. Tout nous montre qu'il veille à ne pas mettre en péril son précieux chargement, de même qu'il avait pris soin de le protéger en l'enveloppant, et au lieu de grimacer, lorsqu'une bourrasque le surprend de plein fouet à la sortie d'un virage, on pourrait presque avancer qu'il sourit.

2

Il est au milieu du grand salon désert, contemplant en silence l'étendue du sinistre, essayant peut-être de restituer le tableau qui occupait ce cadre plus clair sur la tapisserie, d'évaluer l'emplacement d'une desserte, le piétement d'une table, puis il tourne la tête vers la fenêtre où le cataclysme de l'hiver s'est chargé de dépouiller les arbres, dont la ramure noire, squelettique, est traversée par une lumière blanche, qui pourrait presque annoncer la neige, mais ici, mieux vaut ne pas rêver, à deux pas de la mer, les flocons ont moins de chance d'atteindre le sol qu'un lâcher de parachutistes pris sous le feu d'une défense antiaérienne, mais nous l'avons immédiatement reconnu, sans l'ombre d'un doute, même si sa silhouette nous surprend, droite, élancée, comme si les retrouvailles avec le château lui imposaient de renouer avec la posture d'antan, d'adopter spontanément la rigidité arrogante des ancêtres, cette raideur du dos qui a traversé les siècles et à quoi on reconnaît le maître, quand le valet avance courbé, ne sait même plus se redresser, n'en voit même plus l'intérêt puisqu'il lui faudra dans quelques pas de nouveau s'incliner.

Il est enveloppé d'une lourde canadienne en peau retournée couleur chamois et à col fourré. Et s'il ne l'ôte pas, c'est que la chaleur du rez-de-chaussée ne dépasse pas de beaucoup la température extérieure. Inchauffable, a plaidé sa grande petite fille, à moins de disposer d'une centrale thermique à demeure, dont elle n'a pas les moyens. Et lui : Je sais que tu refuseras, mais sache tout de même que je peux t'aider. Ça va bien, répond-elle. Et lui : Autrefois, quand j'étais enfant, les cheminées ronflaient jour et nuit. Il y avait un employé de maison dont l'unique tâche était de les alimenter en permanence. Et, à la belle saison, il coupait, entassait le bois et replantait. Ta grand-mère était très frileuse.

De même ses traits nous semblent moins marqués que dans la grotte, où un éclairage rasant creusait son visage, détourait comme aux rayons X sa boîte crânienne, lui donnant un aspect spectral. La peau est blanche, presque diaphane, comme ses cheveux résiduels, mais s'il passe tout son temps emmuré à contempler les fresques de jadis qui reposent depuis vingt mille ans dans leurs bunkers naturels, on comprend qu'il finisse par s'apparenter à ces chauves-souris qui volettent dans les couloirs souterrains, et qui ont le corps albinos à force de ne jamais croiser la lumière du jour. Mais ainsi il paraît moins vieux, moins aux portes de la mort, au lieu que nous l'avions perçu, lors de notre première rencontre, comme une chandelle à la flamme vacillante, n'ayant plus qu'une mince hauteur de cire à proposer à la lumière, ce qui n'avait pas manqué de nous inquiéter.

Sa taille nous surprend aussi. Il nous souvenait de ce geste gracieux et tendre de sa fille s'accoudant sur son épaule, mais sans doute qu'à ce moment il occupait une partie déclive du sol. Il est largement aussi grand qu'elle, même si présentement elle est assise à même le plancher, appuyée contre la cloison, ayant enfermé ses jambes repliées dans les pans boutonnés d'un caban de toile marine trop grand pour elle. Elle l'observe. Leurs regards évitent de se croiser. Depuis combien de temps n'est-il pas revenu à la Houssière ? Il pourrait faire semblant de réfléchir, s'étonner que le temps ait passé aussi vite, mais il coupe court : Longtemps, dit-il.

Et elle : Je me souviens de nos dernières vacances ici. Vous aviez passé tout l'été à vous faire des scènes, maman et toi, du matin au soir, et la nuit encore, je vous entendais. Soudain, pour un oui ou pour un non, un rosier trop grimpant, une tomate trop mûre, une fenêtre mal fermée, c'était une explosion de reproches, d'invectives. Votre scénario était toujours le même. Maman hurlait et toi tu prenais la pose du martyr. Tu essayais de me prendre à témoin de ton infortune, d'un air de me dire : tu témoigneras que je n'ai rien fait, que c'est elle qui a commencé, que je ne peux pas faire un pas, pas dire un mot, sans qu'elle me tombe dessus. Mais je n'avais pas envie de prendre parti, même si j'avais horreur de l'entendre crier. Heureusement que j'avais mon vélo. J'ai visité récemment l'atelier du réparateur de Sangerville. Rien n'avait changé. Comme un voyage dans le temps.

Mais il ne relève pas, ne cherche pas à en apprendre davantage sur les souffrances de la petite fille. Comment va ta maman ? s'informe-t-il. Et sa fille : Tu pourrais le lui demander toi-même, si tu veux, j'ai son adresse électronique. Et lui : Je ne crois pas que ça plairait à son Américain. J'ai l'impression qu'il ne m'aimait pas beaucoup. Et elle : Il n'était pas là pour t'aimer. On attend de lui qu'il aime sa femme et il semble qu'il le fasse bien. Et lui, accusant le coup, se remémorant peut-être son dernier été, n'osant plus se glisser dans la peau de l'homme torturé par une mégère hystérique, manifestant sa contrariété en regardant soudain ses souliers, de lourdes chaussures de montagne que le parquet en chevrons aux lames de bois obscurcies par le temps, rend incongrues : Et avec toi, il était comment ? Et elle : Elle a ouvert un magasin de décoration d'intérieur à Baltimore. Et lui : Oui, elle aimait beaucoup chiner quand elle venait ici. Et elle : Non, pas une boutique d'antiquités, un atelier de décoration. Elle a eu un papier élogieux dans le *Vogue* américain et depuis on commence à la réclamer un peu partout. Dernièrement, c'était une actrice d'une série à succès, mais comme je ne regarde pas la télévision, son nom ne me disait rien.

Et lui : Je n'ai pas compris pourquoi tu étais revenue ici. De New York à la Houssière, ça fait une sacrée marche. Et comme la réponse ne vient pas il se tourne vers elle, toujours emballée dans son caban, ce qui la fait ressembler à une petite hutte difforme d'où sortirait par la cheminée centrale une tête chargée d'observer le temps qu'il fait ou de surveiller les alentours, et cet homme, à ce moment, comme s'il redécouvrait sa fille en cette longue femme repliée, ce qui se dit parfois à l'aide d'une formule un peu ampoulée, la chair de ma chair, laquelle dit pourtant bien ce sentiment presque tératologique d'un corps sorti d'un autre corps, et lui, rompant alors avec la verticale, laissant aller ses épaules, ne trouvant plus aucune justification à conserver cette sorte de garde-à-vous militaire quand il n'y a pas de guerre à mener, d'une voix presque repentante : Pardonne-moi, ça ne regarde que toi. J'imagine que tu avais tes raisons. Et elle, venant à sa rescousse, n'ayant visiblement pas envie de poursuivre ce petit affrontement sans cause ressuscitant de vieilles histoires de jadis : J'ai fait beaucoup d'allers-retours. Je ne me suis jamais sentie chez moi, là-bas.

Et il pourrait lui renvoyer : Et ici ? Mais il sait bien que ça ne servirait à rien, qu'elle est trop avisée, ou trop désespérée peut-être, pour attendre d'un lieu qu'il la sauve, il n'y a que les enfants pour le penser. Alors il rebondit sur l'atelier du réparateur de cycles. J'imagine qu'il est mort depuis longtemps, il n'était déjà pas tout jeune si je me souviens bien. Et elle : C'est son petit-fils qui m'a ouvert la maison. Et lui : Ah, il a repris l'affaire ? Et elle, d'un ton assuré, comme si elle revendiquait une gloire qu'elle ne devait qu'à elle, qu'à cette intuition qu'elle avait eue d'attendre à la sortie de la gendarmerie cet homme bizarrement accoutré : Non, lui il cherche. Et le vieil homme, ne sachant comment interpréter le propos de sa fille, ou faisant peut-être semblant de ne pas comprendre : Mais ma chérie, toi aussi tu cherches, tout le monde cherche, et même moi à mon âge. Et elle, jouant sur l'ambiguïté de sa formulation : Mais tout le monde ne cherche pas dans les nuages. Savourant déjà son effet, l'image de cet homme affairé à remonter un pédalier se transformant soudain en une sorte de Prospéro communiquant avec les éléments.

Et lui, après être resté un moment sans rien dire en laissant filer la fumée de la cigarette qu'il vient d'allumer, comme pour laisser le temps à l'information de faire son chemin : Un doux rêveur, j'imagine.

Et elle, à qui n'a pas échappé la critique moqueuse qui sous-entend : encore un bon à rien qui vivra à tes crochets, et elle : Avec un nuage il pourrait aussi bien pulvériser une ville. Et lui, feignant l'étonnement : Si c'est le cas, il travaille certainement pour l'armée, tu devrais surveiller tes relations. Et elle, pensant sans doute : décidément toujours pareil, rien ne change, éloignés l'un de l'autre, on se persuade qu'on trouvera enfin les mots qu'un père et sa fille rêvent d'échanger, et aux premières retrouvailles, c'est la même incompréhension. Il est sûr que la communication passe mieux avec les parents quand ils ne sont plus là. Sans aller jusqu'à avancer qu'un bon parent est un parent mort, disons que ça évite les disputes et les déceptions.

Mais à dire vrai, on ne peut en vouloir au père de marquer une certaine forme de scepticisme. Nous non plus, nous ne sommes pas certains d'avoir bien compris les explications que Daniel avait tenté de faire passer à sa belle amie, un soir au restaurant. Que les nuages soient des monstres surpuissants, tonnerre, éclairs, tornades, pluies torrentielles, jusque-là on suit. Les nuages sont évidemment pleins de ressources, qu'il serait stupide de ne pas exploiter. On solliciterait notre avis, on approuverait en hochant la tête. Or, toujours selon Daniel, la tendance actuelle pour l'avenir énergétique — et là, il a fallu s'accrocher un peu — ce serait plutôt de s'inspirer du soleil qui passe son temps dans son cœur surchauffé à fusionner des noyaux légers pour former des noyaux plus lourds. Ce qui s'accompagne d'une débauche de kilowatts, et effectivement éclaire bien, puisque même à cent cinquante millions de kilomètres de distance, on y voit comme en plein jour. Jusque-là tout va bien. Mais ici, sur terre, quand on joue à fondre deux noyaux en un — Daniel avec ses mains avait mimé la fusion comme s'il amalgamait deux boules de pâte —, on obtient la bombe H. H comme Hiroshima ? Non, H comme hydrogène, à Hiroshima, c'était une bombe A.

A comme atomique ? Mais l'homme de sciences poursuit sa démonstration. À Hiroshima, c'était une bombe à fission. Au lieu de les fondre, ça consiste à casser les noyaux, et il donne du poing sur la table écrasant un atome de plutonium aussi facilement qu'une croûte de pain, ce qui fait aussi des dégâts, non pas sur la table où un serveur s'est déjà empressé de faire le ménage avec une sorte de couteau, d'un geste élégant faisant aussitôt disparaître les miettes dans une serviette, mais dans les premiers jours d'août sur deux villes japonaises, tirées au hasard.

De toute manière A ou H, fission ou fusion, si chaque fois que l'on cherche à faire jaillir la lumière, on doit déclencher une déflagration nucléaire, l'avenir n'est pas pour demain. On imagine le témoignage de l'homme irradié : Je rentrais chez moi et, au moment d'appuyer sur l'interrupteur de mon salon, j'ai vu à la place de l'ampoule une boule de feu surmontée bientôt d'un gigantesque champignon blanc.

D'où l'idée de nos chercheurs. Plutôt que de prendre pour modèle le soleil en essayant de le comprimer dans une cuve en béton, ce qui pour l'instant et pour longtemps se heurte à des problèmes techniques insurmontables, à de telles températures tout fond, sans compter des coûts faramineux, il serait moins onéreux et moins dangereux de s'inspirer des nuages, de recomposer avec de la vapeur d'eau congelée de formidables machines à produire à la demande des éclairs et des tornades, voire de la pluie tant qu'on y est — là, c'est nous qui suggérons, étant donné les propos alarmistes sur le réchauffement, un peu de pluie à volonté serait la bienvenue. Et certains saisissant les avantages d'une telle invention en profitent pour passer commande, l'un d'un petit nuage pour arroser ma pelouse, un autre pour laver ma voiture, un autre encore pour remplir ma piscine, et enfin un tout petit dernier pour me rafraîchir au sommet d'un col à bicyclette, après une montée haletante sous l'implacable soleil d'été. On projette son rayon laser à la verticale et, au milieu d'un ciel cobalt, apparaît une pomme de douche. Et l'idée, si nous avons compris de quoi il retourne, nous paraît séduisante, bien sûr.

Mais Mariana devant le peu d'intérêt montré par son père a renoncé à pousser plus avant les mérites de son ami. Comme il était question du ciel, le vieil homme a saisi l'occasion pour demander à sa fille : Au fait, que penses-tu du parachutiste du rond-point, lui suggérant, et semble-t-il sans malice, de proposer une de ses œuvres. Ce qui ne la plaçait pas bien haut sur le podium de la reconnaissance. Et comblant bien vite le silence malaisé qui s'est installé, sans doute pour tenter d'effacer sa malencontreuse suggestion : C'est vrai qu'on aurait dû y penser plus tôt. Je n'ai jamais compris comment des gouttelettes minuscules pouvaient se charger d'une énergie aussi considérable.

Et elle, notant au passage la bonne volonté affichée du vieil homme, désireuse de revenir très vite à son inventeur favori, se dépêchant de ressortir un argumentaire appris sans doute par cœur faute d'y entendre tout à fait : Le but de l'opération serait de reproduire la carte moléculaire en trois dimensions du nuage, un puzzle formidable de milliards de milliards de pièces, de repérer tous les jeux de force en présence, et in fine de les maîtriser pour apprendre à alimenter sa chaudière avec le feu du ciel enfermé dans un cumulus de salle de bains. Ou quelque chose dans le genre. Mais c'est ce qu'elle a retenu et qui n'a peut-être qu'un lointain rapport avec la version scientifique.

Pour nous, sur le papier on ne peut qu'applaudir, plutôt le cumulus que le champignon atomique, mais comme il a été aussi question de la puissance des tornades capables de soulever une ville de terre, ou une centrale nucléaire ou un porte-avions ou un troupeau de baleines, nous ne sommes pas loin de partager le point de vue du père de Mariana. Ne nous emballons pas en criant à la potion miracle. D'autant moins que pour l'instant il ne s'agirait que d'une hypothèse. Et d'ailleurs peut-être n'en apprendrons-nous jamais davantage sur la question puisque Daniel, notre source unique, aurait confié à la jeune femme qu'il se retirait du projet. Définitivement ? avait-elle demandé. Oui, ça ne l'amusait plus, et puis, après un temps : Si ça l'avait jamais amusé. Et comme la pluie à ce moment redoublait d'intensité sur la verrière du restaurant donnant sur la plage : Les nuages se débrouillent très bien tout seuls, avait-il dit en pointant du doigt le vacarme au-dessus de leurs têtes.

Les premiers essais, c'était un ami à lui, Marco, qui s'en chargeait, son meilleur ami, en fait. Sans doute sans cet ami aurait-il même lâché bien plus tôt. Mais il était venu le chercher pour participer à cette aventure et ne voulait pas l'abandonner à présent que le projet le lassait. Et non seulement, le projet, mais, comment dire — et il baisse les yeux vers son assiette de coquillages — sa vie.

Ce qui les avait rapprochés quand ils faisaient ensemble leurs études, c'est qu'au milieu des cerveaux bien faits de la jeunesse dorée ils étaient les seuls à venir d'un milieu qu'eux-mêmes n'osaient même pas qualifier de modeste tellement l'appellation leur semblait socialement trop ambitieuse. En ce qui le concernait, la jeune femme savait à peu près à quoi s'en tenir, son enfance dans la maison du réparateur de cycles sourd et quasi muet, la grand-mère perpétuellement endormie, la mère morte et le père envolé, ce qui, mon tout, pèse déjà bien lourd sur les épaules d'un jeune garçon, mais Marco venait de plus loin encore. Lui n'avait eu que sa mère, à demi illettrée, vivant d'expédients sur lesquels il restait évasif. Ils avaient vécu tous les deux dans une caravane abandonnée au bord d'une décharge publique que leur louait un ferrailleur qui passait de temps en temps et se payait peut-être en nature. Et savez-vous comment il s'en est sorti ?

Et bien sûr Mariana n'avait aucun moyen de le savoir, mais c'était une manière de la préparer à accueillir cet ami, à porter un regard bienveillant sur lui. Eh bien, il avait appris que la bibliothèque de la commune — on est dans la grande banlieue parisienne — organisait un concours de nouvelles. Il avait écrit une vingtaine de pages — en gros, son histoire — et remporté le premier prix. On s'était alors aperçu que ce garçon de neuf ans n'avait jamais été scolarisé et avait appris à lire et écrire seul puisque sa mère n'était même pas en état de l'aider. Et comme Mariana nous avons marqué notre étonnement. Et lui : Pas croyable, n'est-ce pas ? Ils sont plus nombreux qu'on le pense à passer à travers les mailles du filet. Et si les failles du système valent pour l'éducation, on peut en déduire qu'elles valent aussi pour la santé, l'alimentation, les loisirs. La pauvreté est tellement passe-partout qu'on pourrait presque penser que c'est une fable, une sorte de peur ancestrale sans cesse réactivée, utilisée comme un repoussoir, comme les histoires de loup racontées aux enfants, mais qu'en réalité elle n'existe pas plus que les loups en liberté, et que les mendiants des rues ont été réintroduits dans nos cités comme des ours slovènes dans les Pyrénées.

Si on ne la voit pas, c'est que la pauvreté n'a pas une aussi haute opinion d'elle-même qu'elle ait envie de s'exhiber. Aurait-on un formidable aimant pour attirer la misère, elle surgirait de partout comme de la limaille de fer. Si le ciel avait ce pouvoir — bienheureux les pauvres —, ce serait une ascension permanente.

Beaucoup plus tard, quand les deux garçons devenus étudiants avaient dû subvenir à leurs besoins, comme les mathématiques étaient leur domaine, qu'ils en usaient comme d'autres jonglent avec huit massues et trois chaises, plutôt que faire la plonge, laver les carreaux ou glisser des rondelles de cornichon dans des hamburgers, ils avaient mis au point des martingales pour jouer au PMU. Chaque jour ils allaient sur les champs de courses à tour de rôle. C'est ainsi, en se montrant plus assidus à Auteuil, Vincennes et Chantilly que sur les bancs d'une grande école, qu'ils avaient financé leurs études. Avec les chevaux. Vraiment ? dit le père. Oui. Daniel — Pardon ? dit le père — il se prénomme Daniel, dit la femme à la petite hutte en toile de caban, Daniel lui avait expliqué que la forme des pur-sang, leurs performances, leur provenance, leur écurie, leur entraîneur, leur pedigree n'avaient aucune espèce d'importance. Leurs pronostics étaient le résultat de purs calculs de probabilité qui n'avaient rien à voir avec les arguments traditionnels d'un parieur débattant longuement devant un demi de bière, le *Paris-Turf* ouvert sur le bar, des mérites comparés de Fleur de Laitue et de Plaie du Soir. À un moment donné, le dossard 5 par exemple, quel que soit celui qui le porte, doit finir par gagner dans la septième. Couplé à une grosse cote, les gains pouvaient être très importants. Et l'âge du jockey ? s'inquiète le père, décidément peu enclin à accorder son onction à ce joueur étrange.

Mais sa remarque vaguement goguenarde tombe à plat, ne récoltant qu'un haussement de sourcils de la grande petite fille. Elle a compris que la pointe d'agacement que son père ne parvenait pas à masquer visait cet homme insaisissable, paré des vertus d'un magicien, parlant la langue des nuages et lisant sur le poteau d'affichage les gagnants du lendemain comme une diseuse de bonne aventure un avenir doré dans les lignes de la main. Peut-être n'est-elle pas mécontente de cette réaction pincée, comme si son père avait instantanément perçu un rival en ce charlatan, lequel avait réussi son plus beau tour de passe-passe en empochant le cœur époustouflant de sa fille, et pas seulement le cœur, car autant d'empressement à dévoiler les manigances douteuses de son parieur, c'était sans doute une façon pour elle d'avouer qu'elle avait rencontré un homme à sa mesure, et son père, qui n'était pas le plus mal placé pour connaître les aspirations et les mérites de sa revenue d'Amérique, l'avait deviné. Ce qui l'obligerait à se retirer.

Nous, nous aurions demandé des précisions, sur la martingale faramineuse d'abord, ce qui peut toujours servir en cas de fins de mois difficiles, d'autant plus que ce genre d'extra hasardeux, quand on y a recours, se traduit d'ordinaire par la mise sous séquestre de la dernière chemise, mais aussi sur les nuages, histoire de mieux saisir les mécanismes et les enjeux de ce qui allait forcément un jour nous retomber sur la tête, car on ne se fait pas d'illusions, on n'a plus rien de bon à attendre de ce côté, les apprentis sorciers dans leurs laboratoires sont depuis longtemps dépassés par leurs trouvailles, même s'il avait laissé entendre que ses recherches relevaient quasiment du secret défense, en précisant cependant qu'il était vraisemblable qu'elles ne mèneraient à rien. Et qu'est-ce qui lui faisait dire ça ? avait demandé son invitée qui avait enfilé sa robe de pluie, profondément échancrée, et on voyait bien que, comme à nous, une partie de la démonstration lui échappait, bien qu'elle ne quittât pas des yeux son informateur par-dessus la table de ce restaurant du bord de mer où il l'avait invitée après avoir récupéré sa voiture, laquelle avait été retrouvée par les gendarmes sur un parking, mais dans quel état (le gendarme : Mieux vaut vous prévenir, ils ont fait du stock-car sur le parking de l'hypermarché, vous vous débrouillerez avec votre assureur pour les autres voitures esquintées).

Mais davantage que la maîtrise des forces titanesques stockées au cœur de ces immenses réservoirs flottant dans le ciel, lui importait cet homme qu'elle fixait avec intensité, comme si elle essayait de lire en lui, d'y chercher la réponse à la lancinante question : serait-il cette sorte d'ami pour moi ? tandis que la pluie battait contre les vitres de la grande verrière en terrasse.

Parce qu'un nuage, ça bouge tout le temps, avait-il répondu, et qu'à l'intérieur les relations entre molécules sont pour le moins orageuses. Éclairant, avait-elle répliqué, et tous deux avaient souri en se dévisageant. Mais alors, pourquoi s'acharnait-il ? Parce que ce genre de travaux débouche généralement sur d'autres applications. Par exemple son ami Marco s'exerçait à faire parler les poteries antiques. Et on avait vu le beau visage de l'amoureuse s'illuminer. Vraiment ? Oui, oui, ce n'était pas une blague. Le même avait déjà réussi à faire sortir des murs de la chambre d'une pyramide des fresques éblouissantes qui n'apparaissaient absolument pas à l'œil nu, et dont certains archéologues doutaient même de l'existence, ce qui leur avait permis d'échafauder des hypothèses, certains prétendant que les peintures avaient été sciemment effacées parce que le défunt n'avait plus la cote, d'autres que la pyramide était inachevée, ou qu'on avait renoncé à inhumer son destinataire pour une raison à définir, d'autres encore, grisés par leur audace, qu'on était peut-être en présence d'une nouvelle religion qui condamnait les images, et déjà on commençait à s'étriper. Mais Marco les avait tous mis d'accord en faisant surgir du blanc de la muraille une barque des morts.

Il soumettait à présent au sérum de vérité de ses rayons laser et de ses logiciels, les poteries grecques et les amphores romaines qu'il récupérait on ne savait trop par quelle filière, dans l'espoir qu'elles lui livrent la voix du potier. La voix de qui ? La voix de l'homme qui, il y a deux mille ou deux mille cinq cents ans, avait réalisé la poterie. Mais c'est de la science-fiction, avait-elle dit, d'ailleurs ça lui rappelait une nouvelle de Bradbury qu'elle avait lue autrefois, des voix emprisonnées dans une grotte, mais ils pourraient vérifier, le livre compte parmi ses favoris, dédaignés par les frères Rapetout. Et lui : Non, pas de la science-fiction, pas plus que le premier enregistrement d'une voix sur les premiers cylindres de cire. Ici, c'est l'argile qui remplace la cire et imprime les turbulences créées à sa surface par l'onde sonore au moment où le vase s'élève en tournoyant entre les mains de l'artisan. Que cet homme ait alors parlé, et il est vraisemblable que, comme sur les premiers rouleaux de Charles Cros ou d'Edison, ses propos aient été enregistrés, et pas seulement ses propos, également les bruits de l'atelier, la rumeur du village, le silence aussi quand l'œil de l'artisan se pose avec satisfaction sur le vase achevé. Et qu'est-ce qu'elles nous livrent, ces poteries phonographiques ?

Pour l'instant, pas grand-chose, mais on entendait un grésillement, une sorte de raclement, peut-être le ronflement même du tour du potier, de son système d'entraînement. Ce qui est déjà de bon augure. Sur une surface plane, la question évidemment serait réglée, mais le mur ne défilant pas, l'ensemble de la parole se concentre en un point, produisant un écrasement des impacts au même endroit, un effet d'empilement. Mais comme pour les neuf villes superposées de Troie, on devait selon Marco pouvoir dégager les mots un à un. Il pensait même que sa méthode pourrait fonctionner pour les dessins du paléolithique gravés sur une surface molle, argileuse, peut-être même aussi pour les fresques aux lignes soufflées à travers le fût d'un os. Dans le grand silence de la grotte, le son serait plus pur, pas de bruits parasites, on discernerait comme un battement d'ailes les quelques mots murmurés par les hommes au travail, se félicitant entre eux du museau réussi d'un aurochs ou de la crinière flottante d'un cheval. La pierre de Rosette qui nous permettrait de déchiffrer leur langue se cache sans doute dans l'épaisseur des pigments.

Et cette fois, c'est l'homme debout au milieu du salon désert qui tend l'oreille. Au prix d'une volte idéologique qui le transforme soudain en farouche défenseur des crédits de recherches à des fins militaires, il est tout disposé à inviter le fameux Marco dans sa caverne fantôme. Il pourrait s'y livrer à ses expériences en toute tranquillité. On ne viendrait pas le déranger, et nul besoin d'autorisation, d'attendre l'avis généralement défavorable d'une commission qui s'inquiéterait qu'une telle intrusion ne perturbe l'équilibre biologique du lieu, ne modifie le taux d'hygrométrie, la température ambiante, au

risque de voir se développer des bactéries, et pro-
liférer des mousses vertes. La grotte est connue
de lui seul. Il en fait ce qu'il veut. C'est lui qui
délivre les autorisations et, se tournant vers sa
fille toujours assise à même le sol, les jambes
repliées sous son caban marine, tu es la seule
jusqu'à présent à l'avoir visitée. Tu n'as rien dit,
n'est-ce pas ?

Et elle fait non de la tête, comme si c'était un
secret entre eux. Elle l'a évoquée bien sûr devant
Daniel, mais en restant floue sur la localisation
de la merveille souterraine. Son père exigera simplement de ce Marco d'attendre qu'il ait disparu
avant de publier ses travaux. D'ici là, il ne veut
pas être dérangé. Il n'a pas fini de scruter l'écho
de ces voix lointaines, il n'en a pas fini avec la
biche léchant la plaie à son flanc, avec ce qu'il
appelle le sanglier arverne dans un couloir parce
qu'il ressemble aux enseignes gauloises, avec le
délicieux cabri qui scrute l'horizon, en se haussant du col, les pattes avant appuyées sur un
rocher, avec le poney rouge, avec la créature
hybride qui dit que l'homme, après s'être glissé
dans la peau de l'animal, a tellement appris de
lui, qu'il tente de s'en extirper, d'avancer seul,
sans le secours des forces extérieures, dépouillé
de ces artifices, et il y réussira si bien, prendra
tellement confiance en lui que bientôt il sera ce
menhir triomphant, sommaire et sans grâce.

Il est le Noé de cette arche d'outre-monde. Il protège sa faune et la sauve des intempéries média-
tiques. À peine la découverte serait-elle rendue
publique, on ne voudrait plus de lui. Non seulement il serait chassé comme un imposteur, mais
on le traînerait en justice, on lui interdirait à vie

l'entrée de sa grotte. L'ouverture serait verrouillée, commenceraient les palabres interminables à la recherche des heureux propriétaires en surface dormant depuis des siècles au-dessus des caves murées du plus beau musée du monde, les uns et les autres s'étripant devant les tribunaux pour posséder non pas la beauté, mais ses droits de reproduction.

À chaque nouvelle découverte d'une grotte ornée, au ministère, le mot d'ordre est de garder l'information secrète, de se préserver de toute fuite à la presse. Sinon, c'est le branle-bas de combat, et l'obligation de lever une ligne budgétaire pour entamer des travaux de protection. Porte blindée, appareils de mesure. Gérer le flux des demandes provenant du monde entier pour obtenir des *Ausweise*. Sans oublier les imbroglios juridiques. Pour un peu le ministère recommanderait de reboucher, voire de combler la cavité, et qu'on n'en parle plus avant dix mille ans.

Mais tu fais pareil, non ?

C'est-à-dire ? dit le père. Eh bien, toi aussi, tu te refuses à dévoiler ta découverte, tu réagis comme les gens du patrimoine. Et lui : Je veux qu'on me laisse tranquille, je ne veux pas qu'on interrompe mon tête-à-tête avec la beauté. Je n'en prive personne puisque la visite en serait de toute manière interdite, sinon pour une poignée de privilégiés se battant pour faire partie des heureux élus et se dépêcher de publier un ouvrage de référence. Et toi, ça ne t'intéresse pas ? l'interrompt sa fille. Et lui : Quoi donc ? Et elle : Tu aurais de quoi écrire, je suppose ? Et lui, venant s'asseoir près d'elle, les lourdes chaussures résonnant sur le parquet dans le grand salon désert, puis s'adossant au mur et se laissant doucement glisser jusqu'au sol, adoptant la même position, mais ayant plus de mal à ramener ses jambes et à les enserrer de ses bras : Si je publiais un livre sans révéler l'endroit, et de toute façon il serait posthume, il y aurait des milliers d'exaltés venus du monde entier qui passeraient la région au peigne fin, se faufileraient dans le moindre trou de souris, feraient sauter des collines au canon à eau comme des chercheurs d'or, miteraient le sous-sol. Des radiesthésistes, des sourciers, des mages, des marabouts, des prospecteurs, des sismologues. Je veux que ma gracieuse biche continue de soigner sa plaie en paix.

On a découvert récemment que la salive avait des propriétés antiseptiques puissantes. Eh bien, eux savaient. Ils n'ont pas eu besoin de passer leur crachat au microscope électronique. Ils ont observé un jour le comportement d'un animal blessé. Les animaux, ce sont leurs maîtres en savoir-vivre. Ils ont tout à en apprendre. Ils les pistent bien sûr pour les chasser, mais aussi pour s'imprégner de leur science de la nature. Ils en attendent tout. Les animaux sont si vaillants, ils courent si vite, ils font preuve d'une telle vitalité, d'une telle force, d'une telle puissance sexuelle, d'une telle résistance, comme si pour eux les rudes conditions climatiques et d'approvisionnement ne comptaient pas. Comment l'homme apeuré, affamé, frigorifié, dont les enfants ne survivaient qu'au compte-gouttes, comment ce dernier de la Création, le plus faible, le moins apte à survivre, aurait-il pris sur lui de se représenter sur les parois ? Bien sûr qu'il n'a rien à faire au milieu des princes de ce monde glaciaire. On ne peint que les puissants. Imagine-t-on Le Brun portraiturant son valet à côté de Louis XIV ?

Quand l'homme va se mettre en scène, c'est qu'il aura le clair sentiment que son heure est venue, qu'il se sera affirmé comme le grand chef de la Création, et ce sera l'arrogante statue-menhir, l'homme dressé, inaltérable, indestructible, et ce qui dit par-dessus tout combien il mène la guerre au monde, c'est Carnac, ces alignements sur neuf, onze ou treize rangs, cette armée en marche, parfaitement disciplinée, avec à sa tête, au centre d'un cercle de pierres, la plus haute statue, celle du commandant qui emmène tout son monde, du plus grand au plus petit en direction du couchant, à la poursuite du soleil au moment où il disparaît à l'horizon, comme s'il voulait le traquer jusque dans ses repères nocturnes, lui faire rendre gorge, percer son secret qui le voit renaître chaque matin à l'opposé, et au final prendre sa place. Là s'invente le Roi-Soleil. Carnac, c'est la terreur. Dès lors c'en est fini des représentations animales, les animaux ont été décrochés des cimaises, ils disparaissent de l'échelle des vertus, l'homme les a matés. De puissances tutélaires ils dégringolent au rang de subalternes, de faire-valoir. Ils n'ont plus le droit d'accompagner les morts, de leur faire une garde d'honneur dans leur traversée des ténèbres. Rien sur les parois des monuments funéraires néolithiques, ou de manière évocatrice, stylisée, métonymique. L'animal domestiqué, réduit à de simples cornes de bœuf, est juste bon à fournir de la viande sur pied ou à tirer l'araire. Plus rien ne subsiste de sa magie ancestrale, que les magdaléniens s'efforçaient de capter sur la paroi des grottes. Écrasée, la gent animale, balayée, sortie de la Création par les nouveaux maîtres.

Mais sur l'art et le pouvoir, tu en sais plus long que moi, ma chérie. Parle-moi de toi. Dis-moi où tu en es. Ça marchait plutôt bien pour toi, là-bas. Tu m'avais envoyé de beaux articles. Tu commençais à avoir une certaine cote, d'après ce que je lisais. Alors pourquoi es-tu revenue? Je pourrais te dire encore une fois que ça ne me regarde pas, mais ça me regarde. Et ça qui me regarde et qui m'interroge, c'est ce que je t'ai passé, qui ne t'a peut-être pas aidée, mais qui t'a conduite dans cette voie. Toute petite, je savais déjà que tu ne serais pas pharmacienne, avocate ou médecin. C'est fou le don que tu avais. Peut-être que je ne me serais pas intéressé à ce point aux peintures rupestres si je n'avais pas été témoin de cet extraordinaire coup de crayon qui te faisait dessiner du matin au soir. J'ai toujours gardé tes cahiers d'enfant. Tu as su dessiner avant d'écrire. Je les ai souvent emportés dans ma grotte. Je les ai confrontés aux formes que j'avais sous les yeux. Cette exubérance à la fois grave et joyeuse, ce trait libre et souverain, je ne peux pas m'empêcher de penser que vous puisez, toi et eux, à la même source poétique, et que cette source, c'est l'esprit d'enfance.

Pourquoi tu n'as jamais rien dit, dit-elle, et elle couche sa tête sur l'épaule de son père. Et lui: De quoi parles-tu? Et, comme le père, nous essayons d'interpréter le sens de sa question. Qu'aurait-elle voulu entendre, que son père aurait tu? Quelle parole l'aurait aidée et qu'il n'a pas formulée? On aurait aimé aussi qu'elle réponde à la question de son père. Pourquoi a-t-elle choisi de prendre le chemin du retour alors que nous apprenons

que son travail était en voie de reconnaissance ?
Mais elle préfère revenir à la grotte : Pourquoi l'as-tu gardée pour toi seul. Et lui : Je t'ai
répondu, ma chérie. Et elle : Alors je repose ma
question autrement. Et ne me ressors pas le coup
de la sidération devant la beauté des fresques. La
beauté, on la croise partout. Pas seulement sous
terre. Sous terre, c'est le domaine des morts.
Pourquoi tu t'es enterré vivant ?

Et il paraît surpris, marque son étonnement
d'un plissé du front, et, sans qu'il bouge la tête, on
le voit aussi tenter un regard en coin vers sa fille.
Comme s'il n'avait jamais envisagé sa vie sous cet
angle. Alors de quoi est-il mort ? Il m'arrive de
retourner à l'air libre, dit-il, il m'arrive de venir te
voir. Et elle : Parce que je t'ai supplié. Et lui : Mais
je suis venu. Et elle, redressant la tête : La première
fois que je t'ai accompagné dans la grotte, je crois
que j'ai eu la plus grande peur de ma vie. J'avais
peur de finir emmurée.

Et lui : Le marquis de Saint-Leu raconte dans ses
Mémoires que lorsque ses paysans le conduisirent
dans cet endroit pour lui montrer leur découverte
alors qu'ils étaient venus récupérer un de leurs
chiens qui s'était engouffré à la poursuite d'un
lapin dans un trou, il avait craint en franchissant
ce passage où l'on doit progresser presque à quatre
pattes que ses gens l'entraînassent dans un coupe-
gorge. Et de n'en pas ressortir vivant. Façon de dire
son angoisse de spéléo débutant car ce n'étaient ni
des coupe-jarrets ni des brigands. Juste des paysans à lui qui n'auraient eu aucun profit à le truci-
der. Sinon de graves désagréments pour eux. Et
puis, parvenu dans la grande salle que tu connais,
quand il a promené sa torche le long des parois, il a

d'abord cru qu'il s'agissait d'un abri, d'une planque, que les bergers avaient décoré en attendant que le calme revienne à l'extérieur. C'était courant.

Quand les armées déboulaient, quelles qu'elles fussent, il valait mieux ne pas se trouver sur leur passage. Les soldats prenaient tout, la nourriture, les animaux, les femmes, enrôlaient parfois de force les hommes, et le plus souvent les massacraient. Alors les paysans avaient pris l'habitude de s'aménager des cachettes. Comme Anne Frank et sa famille.

Si devant les peintures il pense d'abord à des paysans occupant leur temps à enjoliver leur résidence temporaire pendant qu'on s'égorge tout autour, c'est qu'il juge les fresques grossières, les animaux mal dessinés, mal proportionnés. « On reconnaît sans peine que nous n'avons pas affaire à des mains artistes, note-t-il. Sans compter des représentations tout à fait grotesques », et là, il fait allusion aux aurochs et aux bisons. Il y a dans un couloir deux mammouths qui se font face, front contre front, mais je ne crois pas qu'il les ait remarqués. Ils sont pratiquement effacés et ça m'a pris des mois avant de les découvrir. Le marquis ne s'est pas attardé. Il n'aurait pas accordé plus d'importance à sa découverte — pour lui, c'était du gribouillage produit par des rustres — si quelques mois plus tard — il appartient à cette caste des aristocrates lettrés se piquant d'un savoir scientifique, et en cela il annonce bien son siècle —, si quelques mois plus tard il n'avait assisté au compte rendu à l'Académie des sciences, par Fontenelle, du mémoire de Scheuchzer, un médecin naturaliste suisse du XVIIIᵉ, qui avance que les ammonites et autres fossiles de coquillages et de poissons, découverts en montagne, sont la preuve du déluge.

Scheuchzer, comme beaucoup de savants protestants, avait pour souci d'éviter la scission entre la religion et la raison, et il mettait toute son énergie à prouver la véracité du texte biblique. Et ce qu'il dit dans son mémoire ? Que le chapitre sur le Déluge non seulement n'est pas incompatible avec la science, mais qu'il vient à son secours. Comme il est écrit dans la Genèse, une pluie de quarante jours a bien submergé la terre, de sorte que l'eau en se retirant a laissé des dépôts que l'on retrouve dans des lieux où l'on n'imagine pas un chapeau chinois ou une palourde ramper jusque-là. Ce qui explique qu'il n'y a pas si longtemps un des astronautes américains ayant marché sur la Lune ait monté une expédition pour retrouver les restes de l'arche de Noé au sommet du mont Ararat. Sans doute le dernier diluvianiste — c'est ainsi qu'on appelait au XVIIIe les tenants, nombreux, de la thèse du Déluge.

Cela dit, les lunaires sont presque tous devenus fous. Mais du coup le marquis s'est souvenu de la grotte. Ces animaux peints sur les parois, il s'est dit, mais bon Dieu, mais c'est bien sûr, ce sont les animaux rescapés du Déluge, ce qui explique que certains soient encore mal dégrossis, pas finis. Même si on est encore très loin d'une théorie de l'évolution des espèces, en bon propriétaire terrien féru de progrès, il savait comment par croisements améliorer les races. Mais tout en étant ouvert aux idées de son siècle, le marquis n'était pas un libertin. Il reste un fond religieux en lui. Ainsi il ne prétend pas que Noé se soit réfugié là avec sa ménagerie, après avoir amarré son bateau à l'entrée de la grotte, dessinant ses animaux pour occuper le temps pendant cet intermède pluvieux, mais il ne remet pas en cause le récit biblique. Pour lui le Déluge est un événement historique qu'il fait remonter à cinq cents ans avant J.-C.

Pour arriver à cette datation il se fie à la construction de l'Acropole. Si on a choisi un lieu aussi élevé pour édifier le Parthénon, c'est évidemment parce que la peur d'un nouveau cataclysme était encore dans toutes les mémoires et qu'on a veillé à le placer dans une zone non inondable, hors d'eau, en somme.

Mais il ne prend quand même pas le texte biblique à la lettre. S'il admet la réalité du Déluge, pour lui Noé et sa petite bande ne furent pas les seuls survivants. Un peu partout des gens se mirent à l'abri, comme ici, emportant avec eux ce qu'ils avaient de plus cher et de plus transportable, savoir les animaux. La rusticité des peintures, dont il admet en toute logique qu'elles remontent à plus de deux mille ans, ne pouvant se comparer avec l'élégance de la statuaire grecque, il en conclut qu'il s'agit bien de gribouillis de bouviers, et n'y attache donc pas plus d'importance.

C'est quand je travaillais sur Saint-Simon que j'ai appris l'existence des Mémoires manuscrits du marquis de Saint-Leu. J'ai pu les consulter. Ils sont toujours dans la famille. On y trouvait de sa main le plan de l'entrée de la grotte qui était située alors sur ses terres. J'ai d'abord recopié les passages qui m'intéressaient pour ma thèse. Elle traitait de ce délitement du régime à la fin du règne de Louis XIV. Cette longue agonie où tout le royaume mourait lentement avec le prince. De sorte que ce sont toutes ces forces contenues, empêchées de vivre, qui vont exploser à la Régence et donner ensuite naissance à la philosophie des Lumières. Les lumières, c'est ce qui s'oppose aux ténèbres. Et le marquis avait vécu quelque temps dans cette cour enténébrée.

Il raconte comment tout y était empreint de noirceur, que ce qui dictait les règles d'austérité, c'était la peur de la damnation éternelle, et que plus personne devant ce monarque crépusculaire à la mâchoire à demi arrachée ne se souvenait du jeune roi qui jadis éblouissait l'Europe par ses fêtes et ses exploits de danseur.

Mais, au moment de rendre le manuscrit que personne n'avait jamais consulté, j'ai fait quelque chose d'incroyable. J'ai arraché la page où Saint-Leu avait non seulement procédé à un relevé de la grotte mais dessiné à la plume son environnement, quatre ou cinq petits croquis très habiles qui m'ont permis de localiser l'endroit. Aujourd'hui encore je ne sais pas pourquoi j'ai arraché cette page. Je ne m'intéressais pas à la préhistoire, alors. Et ce n'était pas dans l'idée de m'approprier une découverte. En tout cas ça ne m'a pas traversé l'esprit. Peut-être qu'inconsciemment, et ça me vient simplement maintenant en t'en parlant, j'ai rejoué la scène de la découverte de Lascaux par les quatre jeunes gens. Je me rappelle encore leurs noms : Marcel Ravidat, Jacques Marsal, Simon Coencas et Georges Agniel. J'avais neuf ans. Tu remarqueras qu'on sort toujours la découverte de Lascaux de son contexte, qu'on en fait un événement hors du temps, mais c'était au tout début de la guerre, tout juste trois mois après l'armistice et la débâcle de juin quarante. Je ne sais pas si l'événement aurait eu un tel retentissement en d'autres circonstances. Montignac était en zone libre. Vichy, qui avait toutes les clés de la censure en main, avait toutes les bonnes raisons de ne pas s'opposer à la divulgation de la découverte qui s'est répandue comme une traînée de poudre. Certainement la seule nouvelle heureuse depuis des mois.

Elle arrive aussi au moment où le gouvernement de Pétain s'apprête dans quelques semaines à édicter ses premières lois raciales contre les Juifs. Lascaux, c'est aussi le premier morceau du territoire qui n'a pas connu la défaite, vierge de toute souillure, un endroit racialement pur pour un nouveau départ. Le symbole d'un cœur éternel toujours battant dans le corps exsangue du vieux pays. Et puis si deux des garçons étaient de Montignac, on présentait les deux autres comme des Parisiens en vacances. Vacances, façon de parler, bien sûr. Mais en somme, à eux quatre, ils réunifiaient le pays. Le symbole était d'autant plus parlant que la ligne de démarcation passait tout près, qui laissait la partie ouest de la Dordogne dans la zone occupée. Trop jeunes pour avoir participé à la défaite, ils représentaient aussi cette innocence, ce renouveau, cette débrouillardise, comme en écho à cet appel à la jeunesse lancé par le vieillard de Verdun.

Or ce sont les jeunes gens de cet âge qui avaient quinze ans en quarante qui dans trois ou quatre ans prendraient le maquis, ou s'engageraient dans la milice. Et dans les alentours même de Lascaux. On s'est beaucoup entre-tués en Dordogne. Tu remarqueras qu'on ne nous a jamais montré de photos d'officiers allemands visitant la grotte. Je ne crois pas non plus que Pétain ou Laval y soient jamais venus, même si Vichy s'est empressé de classer la grotte parmi les monuments historiques dès la fin de l'année quarante. Lascaux a tout de suite été préservé de la guerre et de la politique. C'est d'autant plus étrange que la préhistoire avait été un enjeu entre Français et Allemands, une guerre menée par d'autres moyens. À qui aurait le squelette le plus ancien, le plus développé, le match Neandertal contre Cro-Magnon etc. Juste avant la Première Guerre mondiale on avait ainsi accusé l'Allemagne de chercher à s'approprier le magnifique saumon gravé de l'abri du poisson aux Eyzies, alors que ses découvreurs avaient commencé à le détacher de la paroi — on voit les marques — et qu'ils ont été à deux doigts de le vendre aux Américains. Comme si Lascaux et ses beautés avaient désamorcé le conflit. Un tel zoom arrière, loin des turbulences, ça mettait tout le monde d'accord.

Mais je ne peux m'empêcher de penser que cette salle souterraine qui évoque les chambres mortuaires décorées des tumulus et des pyramides, au moment où le vieillard sénile faisait don de son corps au pays, je ne peux m'empêcher de penser qu'on a choisi inconsciemment d'en faire le tombeau de la nation.

Mais, comme je te l'ai dit, je n'ai pas pensé une seconde à Lascaux en lisant le manuscrit du marquis. Et pourtant on y retrouve, comme à Lascaux, le même récit du chien qui se faufile dans une cavité et qui conduit à la découverte — les bergers et les bouviers, qui ne devaient pas être bien vieux, remplaçant les jeunes gens. Mais que je n'aie pas été fichu de faire le lien entre les deux me paraît aujourd'hui impensable. Ça crevait les yeux pourtant. Peut-être que j'avançais à l'aveugle, les bras tendus. Ce qui m'a traversé plus ou moins l'esprit en arrachant la page — et de ça je me souviens comme si c'était hier —, c'est que je prenais possession d'une cache secrète, connue de moi seul.

Et Mariana : Et qu'est-ce que tu avais à cacher ? Et le vieil homme : Je serais vraiment très heureux de le connaître, ton — il hésite un moment — dompteur de nuages. Et elle, baissant la tête, d'une voix au bord des larmes, et nous avons le cœur tordu pour elle : Je ne crois pas que ce sera possible. Et lui : Pourquoi ? Il a quelque chose contre l'art rupestre ? Et elle, fixant douloureusement les arbres dénudés du parc à travers la porte-fenêtre : Avec lui, c'est fini. Et lui, posant une main sur l'épaule de sa fille, puis se relevant et se dépliant avec peine : Si tu voulais bien, j'aimerais que tu me présentes ton travail, ma chérie.

Ils ont ce même geste tous deux en descendant la volée de marches de la gentilhommière de relever au même moment le col de sa canadienne pour lui, de son caban pour elle, et de le maintenir fermement serré dans la pince des doigts de la main. On devine bien que c'est la température extérieure qui les a conduits à cette façon jumelle de se défendre de la gifle du froid, mais nous ne pouvons oublier que nous sommes devant un père et sa fille, et quand on voit ce qu'ils partagent, cette même silhouette, ce même long visage, on se dit que ce qui passe de l'un à l'autre, ce qui descend de l'un à l'autre, ce même répertoire de gestes stockés dans nos cellules, c'est littéralement notre patrimoine, ce qui nous permet d'accueillir l'autre en soi. Ainsi une partie de l'autre ne meurt pas. Quelque chose survivra, comme cette main agrippée à un col de manteau. Quand cet homme ne sera plus, il continuera de se manifester dans le corps de sa fille. Et ce n'est pas lui dans elle, c'est elle qui est composée d'une part de lui. Et lui, c'est une façon de parler, il est aussi un composite et quand on se rappelle les propos sans nuances de madame Moineau sur son père à lui — Il était à Vichy et tu me demandes ce qu'il avait fait ? Mais toutes les saloperies du monde, mon petit Daniel — on se demande ce qui a bien pu passer de celui-là, le peu ragoûtant, qui se diluerait encore dans le corps de sa petite-fille.

Ils n'y sont pour rien, tous les deux, grelottant de froid et marchant la silhouette droite et d'un même pas vers les communs de brique où Mariana a installé son atelier, mais ils doivent ressentir en eux cette tache au poumon, ce point douloureux quand on pousse au plus fort, au plus profond, la respiration. Comment vit-on avec cette ombre damnée attachée à ses pieds ? Une ombre insolvable, qui condamne à éviter la lumière pour ne pas sentir son insinuante présence, et donc peut-être à se retrancher au fond d'une grotte, à s'enterrer vivant, a même suggéré la longue femme. Peut-être. Mais le père a dit aussi que sa page arrachée, il l'avait mise de côté, comme on camoufle son forfait et avait fini par l'oublier. Ce n'est que bien plus tard, alors que l'ennui d'enseigner lui pesait, qu'en triant ses papiers, au moment de se séparer de sa femme, il était retombé sur la fameuse carte, et qu'il avait relu le passage recopié par ses soins où le marquis faisait part de sa découverte et de son interprétation diluvianiste.

Qu'est-ce qu'elle te reprochait ? avait demandé la jeune femme. Hein ? avait fait le père. Et elle, revenant à la charge, car nous sentons qu'elle a besoin de la réponse pour avancer dans sa vie à elle, dans

le désert de sa vie, du moins ce que nous en percevons et qui, de fait, nous donne une impression
de solitude, de retrait plus ou moins volontaire du
monde, d'autant plus surprenant que ce n'est pas
l'insuccès de ses travaux qui l'a conduite là, puisque
nous savons, dixit son père, que ça commençait à
bien marcher pour elle, là-bas, en Amérique. Même
si elle a pu en rajouter un peu pour le rassurer ou
se hausser dans son estime. Rien ne dit après tout
que les coupures de presse envoyées n'aient pas été
découpées dans le *Nowhere Post* ou le *Neverland
News*.

On peut se vanter d'une exposition aux États-
Unis qui peut avoir eu lieu dans un patelin de l'Ari-
zona, et à New York dans un garage au fond d'une
impasse du Bronx. Nous n'y étions pas pour témoigner de l'importance de l'événement. Mais en dépit
des sceptiques et des spécialistes du dénigrement
systématique, faisons-lui ce crédit. Admettons, on
commençait là-bas à s'intéresser à son travail. Ce
n'est pas une situation d'échec qui l'a ramenée en
France. Ce n'est pas non plus une visée stratégique,
escomptant qu'après l'Amérique tout lui serait plus
facile et que, auréolée de sa gloire naissante, il lui
serait un jeu d'enfant de s'imposer sur le marché
de l'art de la vieille Europe. Si telle avait été son
intention, elle ne serait pas allée s'enterrer dans un
trou, fût-il agrémenté d'une belle demeure. Décidément on s'enterre beaucoup dans la famille de La
Lande. Lui dans un hypogée, elle dans un mausolée. Mais ce qui revient au même. Il n'y a pas que
cette façon de refermer son col qui leur est semblable.

Car si l'on considère ce retour — Pourquoi es-tu
revenue ? lui a demandé son père à qui semble

échapper aussi les motivations profondes de sa fille —, et que son retour ne signe pas la fin de sa vocation artistique, il est manifeste qu'elle ne fait pas montre d'une farouche détermination pour s'imposer, ni qu'elle s'en donne les moyens. Ce n'est pas en demeurant enfermée dans sa demeure qu'elle va faire découvrir son travail. Il est vrai aussi que les vandales, en saccageant son atelier, ont peut-être ruiné des années de création. Pourtant elle ne s'en est jamais plainte. Comme si leur geste ravageur lui avait épargné le sac de son œuvre. Alors, pourquoi s'enterrer vivant ? Peut-être se posait-elle d'abord la question à elle-même, tant il est vrai qu'on ne parle que pour soi. Car sur ce qu'on en sait, tout en admettant que c'est un milieu fermé où il n'est pas besoin d'avoir cent mille lecteurs pour vivre de sa renommée, que quelques collectionneurs suffisent, il ne semble pas qu'elle ait effectué une percée notable dans le milieu de l'art contemporain.

Quand, sous le chêne qui les abritait, elle n'avait eu à indiquer à son homme-grenouille — qui se montrait désireux d'admirer ses travaux — que cette exposition dans le showroom d'un couturier chinois ou tibétain, son ton dépréciatif, cette façon désabusée de présenter l'événement disaient à la fois sa souffrance d'être si maltraitée et une forme de détachement, voire d'agacement. Comme si elle n'y croyait plus, et moins en ses réalisations qu'en son désir de création, ce qu'on aurait pu traduire par : toutes ces années pour en arriver là, quelle plaisanterie, n'est-ce pas ? On ne devrait pas avoir le droit de se tromper sur soi et ses talents à ce point. Mais peut-être ressentait-elle d'autant plus douloureusement la modestie du lieu qu'elle avait été accueillie ailleurs en des endroits plus courus. Sans doute à quoi elle s'exposait en choisissant de repartir de zéro. Et comme elle n'avait que ce point d'ancrage au milieu des vaches et des pommiers, qu'il lui fournissait une belle demeure et de vastes locaux pour son atelier et ses œuvres, et que ce lieu de plus était chargé de ses souvenirs d'enfance comme une maison de vacances, d'outre-Atlantique, oui, on peut comprendre que son installation à la Houssière ait pu passer pour une évidente solution.

Mais peut-être en attendait-elle aussi des réponses, comme à cette question : Qu'est-ce qu'elle te reprochait ? a-t-elle demandé à son père. Et elle, on a compris qu'il ne pouvait s'agir que de sa mère, la décoratrice de Baltimore, ayant épousé en secondes noces un Américain attentionné. Une question de petite fille qui veut comprendre pourquoi ses parents l'ont écartelée entre deux lieux, deux vies, deux affections quand jusque-là ils ne faisaient qu'un à ses yeux. Ou question de femme, qui s'inquiète de ce ferment de mésentente semé au cœur de son enfance qui condamnerait toutes ses rencontres amoureuses à connaître le même triste sort.

Et lui : Elle s'imaginait que toutes les étudiantes tournaient autour de moi. Elle en devenait folle. Elle lisait leurs mémoires de maîtrise pour vérifier si elles n'avaient pas glissé des mots doux à l'intérieur. C'est ce qu'elle avait fait, elle. Et Mariana, s'éclairant d'un large sourire à faire trois fois le tour de la tête, comme si enfin elle pouvait coller un peu de merveilleux au récit de son enfance : C'est vrai ? Vous ne me l'aviez jamais dit. Et lui,

souriant à son tour d'un petit air entendu, se projetant loin en arrière, dans ces balbutiements de
l'amour où tout était encore possible du bonheur à
deux : C'était plus qu'un mot. La moitié de son
mémoire était une longue lettre de plus de cent
pages. Un vrai roman. Où elle se racontait — elle
vivait seule alors dans une chambre de bonne,
ayant coupé tous ses liens avec sa famille —, disait
ce que je représentais pour elle, comment elle avait
été foudroyée la première fois qu'elle était entrée
dans l'amphi, comment elle avait choisi pour son
mémoire de travailler sur Honoré d'Urfé pour parler du sentiment amoureux avec moi.

Elle avait découvert, je ne sais trop comment,
qu'en 1624 ou dans ces eaux-là, en Allemagne, des
dames et des seigneurs avaient créé une Académie
des vrais amants, c'était l'intitulé de l'Académie
— et le titre de son mémoire —, pour vivre les
amours de *L'Astrée* sous les traits de ses personnages. J'avais trouvé son sujet tout à fait passionnant. On se voyait régulièrement pour discuter de
certains points, et je ne m'apercevais de rien. Par
bien des côtés j'ai un cerveau néandertalien. Je la
trouvais très savante, très curieuse, très vive, très
séduisante aussi, mais comme j'avais vingt ans de
plus qu'elle et que j'étais marié, je préférais ne pas
tout mélanger. Et sa fille : Et ta première femme ?
Et lui : Elle était universitaire comme moi. On avait
décidé qu'on n'aurait pas d'enfants. Enfin elle, surtout, qui voulait se consacrer entièrement à la
recherche. Elle avait des théories féministes très
avancées. Je ne sais pas ce qui se serait passé s'il n'y
avait pas eu 68. Rien sans doute. Mais c'est arrivé
un beau mois de mai, et c'est comme ça qu'entre
deux A.G. je me suis retrouvé dans sa chambre de

bonne, qui était joliment décorée. Et que tu es arrivée, ma chérie. Et que j'en ai été très heureux.

Et Mariana : Le mémoire, je pourrais le lire ? Et son père : Peut-être ta mère l'a-t-elle conservé. Mais j'en doute. Quand elle est partie elle a fait un grand ménage. Elle ne voulait plus entendre parler de moi. Et puis elle n'aimait pas trop le mentionner. Je lui avais attribué bien sûr une mention très bien. Et le fruit des amours de mai, marquant son étonnement : Mention très bien pour une lettre d'amour ? Et son père : Elle était très belle. Je l'avais même encouragée à en faire un roman. Quant aux validations, 68 n'a pas été la période la plus rigoureuse que j'aie connue. Mais du coup elle était toujours gênée de parler de sa maîtrise et de son mémoire quand on lui demandait con cursus. Elle évacuait bien vite, disant que ça ne l'avait menée à rien de s'intéresser à des vieilleries — et quand c'était après une scène, je ne pouvais m'empêcher de penser que la vieillerie en question, c'était moi.

Et Mariana : À moi, elle a toujours dit que la différence d'âge n'avait pas été un problème pour elle. D'ailleurs Peter n'est pas beaucoup plus jeune que toi.

Peter, fait le père ? Ah oui, c'est vrai, Peter. Et il s'en tient là, se retenant sans doute de faire un commentaire sur son remplaçant. Et puis, pour clore le chapitre : Lire *L'Astrée* à vingt-deux ans, c'était un sacré exploit. On n'en rencontrait pas beaucoup des comme elle.

Ils sont maintenant devant le portail à double panneau coulissant après avoir traversé frileusement le pré semé par endroits de plaques de givre qui s'étiolent peu à peu sous la lumière blanche.

Leurs paroles s'accompagnent d'une nuée volatile, flocons vaporeux qui sortent de leur bouche. Ainsi nous voyons qu'ils continuent d'échanger malgré le froid qui comprime les mâchoires, enserre le front d'un étau glacé. Leurs silhouettes longilignes sont les seules à animer ce paysage figé, avec le vol d'un corbeau dont le cri rauque les amène à lever la tête au moment où elle agrippe les poignées. Il veut qu'elle le laisse faire, se souvenant sans doute de l'effort que demande l'ouverture des deux vantaux, mais elle lui dit qu'elle a l'habitude. Ce qui est aussi sa manière de signifier qu'on entre dans son domaine. Et elle reproduit ce même geste qui consiste comme avec un extenseur à écarter les lourds panneaux.

Et lui : Tu devrais mettre une chaîne et un cadenas. On en mettait un autrefois. Et elle : J'ai bien vu que ça n'intéressait pas grand monde. Formulé de ce même ton désabusé qui tente de se convaincre qu'il n'y a plus d'illusions à se faire, plus rien à attendre, comme un moyen aussi de s'épargner par anticipation les critiques, les commentaires, de s'y préparer en lançant : tout ça n'est pas grave — une boule de sanglot retenue dans la gorge. Et une fois les panneaux ouverts qui laissent entrer la clarté glacée dans la grande salle, nous découvrons la même scène de désolation, ces membres de plâtre disséminés sur le sol de béton, ces têtes coupées, amputées d'une moitié de visage, ces corps disloqués. Et nous sommes encore une fois affligés pour elle devant ce saccage, cet acharnement à détruire l'œuvre d'une vie. Qu'avaient-elles de si provocant, ces statues recomposées, qui avait conduit à cet acte de sauvagerie ? Que les cambrioleurs n'aient pas souhaité les emporter, on peut comprendre leurs raisons, et d'abord, hors de tout jugement esthétique, si tant est qu'ils en aient eu un, qu'ils aient douté de pouvoir les écouler, mais pourquoi, leur forfait commis, au lieu de filer au plus vite, s'être attardé à les mettre en pièces, au risque que les coups de masse, la chute des morceaux de plâtre n'attirent l'attention, même si la propriété est assez isolée pour qu'il n'y ait pas à craindre d'alerter les voisins ?

Nous attendons de son père une réaction, un visage décomposé, un mot plein de colère, une parole de consolation, mais non. Il se contente de parcourir du regard l'ensemble du carnage. Ne hochant pas la tête, ne manifestant rien qui puisse ressembler à cette impossibilité de tout commentaire face à l'innommable, à ce sifflet coupé, à ce sans voix. Il semble plutôt intrigué. Il observe sa fille qui à présent serpente au milieu des débris, en déplace quelques-uns, les positionne autrement, et prenant un bras, une des rares pièces intactes, au bout duquel la main a les doigts curieusement tendus et serrés, ainsi qu'on en représente parfois sur des panneaux indicateurs, elle entreprend, après l'avoir posé sur une sorte d'établi dans le fond de la pièce, calé contre le mur sous l'alignement des impostes qui diffusent une lumière diaphane à travers le verre cathédrale, de le scier partiellement à hauteur du poignet à l'aide d'une scie à métaux, c'est-à-dire cette lame finement dentée formant avec l'armature qui la maintient tendue un rectangle allongé, et, une fois l'entaille suffisamment profonde, de détacher la main en la brisant d'un coup sec, comme on le fait des embouts cisaillés d'une ampoule médicamenteuse. Est-ce à dire que les vandales ne sont pas allés assez loin dans leur fureur exterminatrice ? Qu'il lui faille finir le travail, comme si elle avait définitivement adopté le point de vue de ses tortionnaires, qu'elle les juge artistiquement compétents, et qu'elle estime à présent qu'ils ne se sont pas montrés assez sévères avec sa création ?

Nous comprenons sa déception et comment, dans certaines circonstances, on en vient à abonder dans le sens de ses détracteurs, ainsi dans les procès staliniens certains parfaitement innocents donnaient raison à l'homme qui les envoyait à la mort, mais rappelons tout de même que cet avis brutal a été émis par des déménageurs à la sauvette et qu'on ne peut se fier complètement à leur verdict. Quand bien même ils tiendraient une rubrique artistique dans un grand quotidien, on ne saurait tout à fait exclure qu'ils puissent être des imbéciles. Nous comprenons sa déception, mais nous trouvons qu'elle en fait un peu trop. Comme cette façon d'arranger cette main coupée au milieu des débris, de glisser le bras manchot sous une tête défigurée, et puis de prendre du recul en sortant de ce champ de bataille en réduction avant d'y revenir pour déplacer de quelques centimètres un autre morceau de plâtre inidentifiable. On dirait qu'elle se pique au jeu, qu'elle a décidé contre mauvaise fortune bon cœur de composer avec ce nouvel état des lieux. En cela vraiment artiste. Nous ne doutons pas d'elle, nous.

Entre les morceaux épars on aperçoit, parce que la lumière tombant des impostes s'y reflète, illuminant un chemin de lucioles, des coulées de verre pilé, comme on en trouve sur les routes après un accident, lorsque le pare-brise a volé en éclats.

Nous ne nous rappelons pas les avoir remarqués lors de notre première entrevue. Mais notre étonnement et notre indignation étaient tels que nous ne nous sommes pas attardés à analyser les débris du sinistre comme des experts envoyés sur place par la compagnie d'assurances pour estimer l'étendue des dégâts.

L'homme s'est appuyé contre le mur passé à la chaux et regarde faire sa fille qui continue de déplacer et d'arranger certaines pièces au sol. Comme il montre une pièce du bras et s'apprête à formuler un avis, elle lui demande d'attendre encore un peu. Elle sort du champ de bataille et s'approche d'une manivelle fixée au mur, dont on comprend, en suivant la corde à l'oblique qu'elle se propose de dérouler, qu'elle est reliée à un cadre métallique qui surplombe les morceaux épars et auquel sont fixés des spots. Là non plus, nous n'avions rien remarqué. Sans doute le dispositif était-il remonté jusqu'au plafond, mais on se dit qu'à la place des vandales qui n'ont rien négligé dans la grande maison, on aurait emporté les ampoules de couleur rouge qui nous évoquent, émergeant du calice noir des spots, des fleurs écloses. Peut-être ne les avaient-ils pas vues, eux non plus, tout occupés à passer leur fureur à concasser les statues.

Nous nous étonnons tout de même du comportement des deux présents qui gardent le silence, ne se lamentent pas, ne commentent pas, quand nous aurions aimé que devant cet holocauste artistique le père prenne sa fille dans ses bras, trouve les mots qui consolent, ouvrent sur une nouvelle et enthousiasmante aventure, lui redonne espoir et confiance, évoque les fabuleuses peintures de son empire souterrain, le travail de ses lointains ancêtres, à elle, qui devaient passer aussi par les mêmes interrogations, les mêmes désappointements. Au lieu que nous le voyons ne pas perdre une miette des gestes et des pas de sa fille, évoluant au milieu des décombres de sa création, et entreprenant d'abaisser le cadre métallique en tournant lentement la manivelle pour ne pas déséquilibrer l'ensemble de l'édifice, qu'il ne bascule pas d'un côté ou de l'autre comme ces stores vénitiens qui ne manquent jamais de former un éventail ouvert en travers de la fenêtre, mais demeure bien à l'horizontale.

Quand le cadre métallique est parvenu à un mètre cinquante à peu près au-dessus du sol, elle stabilise l'ensemble et bloque la manivelle. Puis elle se dirige vers un groupe d'interrupteurs fixés sur une planchette qui pend au bout d'une gaine plastifiée et en presse successivement plusieurs.

Et la lumière instantanément se fait aussi pour nous, éclairant notre confusion et notre honte, tandis que les spots rouges éclairent les paillettes de verre d'un éclat rubis, dessinant une rivière de sang miroitante entre les membres dispersés, s'évasant jusqu'à former de petites flaques, sertissant de plomb en fusion ces corps martyrisés, figures disloquées d'un vitrail violemment projetées à terre par le souffle d'une explosion. Et comme nous observons le père, peut-être imagine-t-il les animaux verticaux de son bestiaire enchanté ayant glissé de la paroi à la suite d'un cataclysme et se désagrégeant sur le sol. Un faisceau blanc pénètre dans l'orbite béante d'une face défigurée, comme une lance solaire qui littéralement crèverait les yeux. Ça et là des taches colorées, jaunes, vertes et bleues, dessinent un parterre de fleurs sous lequel reposent déjà les restes d'une vie, comme si la nature bienveillante avait déjà commencé son travail d'absorption, transformant le processus de décomposition des chairs en beauté printanière. Et nous sommes saisis, doublement bouleversés par les reliefs de ce plateau tragique et par notre aveuglement. Car nous n'avions rien vu. Peut-être même n'avions-nous pas voulu voir. Les vandales n'y étaient pour rien, qui n'avaient évidemment pas de temps à perdre à se livrer à une sauvage critique artistique. Ce qu'on avait sous les yeux, c'était l'œuvre en cours. Oh, honte sur nous.

Il n'est évidemment jamais facile de reconnaître ses erreurs et ses fautes de jugement, et en l'occurrence, faute de goût, faute d'appréciation, faute d'attention, et pour ce bilan désolant on peut se traiter de tous les noms, mais le plus grave pour nous, ce n'est pas l'étalage de notre bêtise, c'est le manque de considération dans lequel nous l'avons tenue, c'est qu'en dépit de nos affirmations cela revient à dire que nous n'étions pas disposés à croire en elle. Pas une seconde il ne nous est venu à l'esprit que ce carnage avait pu être voulu par elle, être l'expression la plus élevée de son imaginaire, la saisie par ses capteurs personnels d'un écho grinçant du monde. Nous étions disposés à la plaindre, et notre compassion lui était acquise avant même qu'elle n'ouvre les portes de son domaine, parce que la compassion n'est pas le sentiment le plus désagréable appliqué à une certaine idée de soi, on s'émeut sur soi-même, mais pas à la suivre dans le cheminement de son esprit.

Ce qui revient à dire que nous étions loin en

arrière, de bonne composition sans doute, tout disposés à l'accompagner dans l'accomplissement de
ses amours, ce qui nous arrange bien, nous fait
vivre heureusement par procuration sans avoir à
prendre le risque du choix, du trouble et de l'engagement, mais que pour l'essentiel nous la laissions
bien seule. Nous ne voulions pas la voir dans toute
sa dimension. Quelle condescendance. Il nous faudra la regarder autrement maintenant. Ne plus la
prendre pour une grande petite fille. D'ailleurs son
père ne s'y trompe pas, lui. Il ne fait pas l'amal-
game.

Elle le regarde promener avec intensité son
regard sur la composition au sol. Il s'attarde sur
un détail, passe à un autre, revient, balaie
l'ensemble, tente de déchiffrer la calligraphie brisée du message de sa fille. La main crispée sur le
dernier interrupteur, immobile, elle attend un
mot, un signe, et on discerne une forme d'inquiétude dans sa façon de le fixer. Comme si elle attendait la sentence. Il lève les yeux vers elle, leurs
regards se croisent. Il s'avance vers sa fille femme,
en contournant son grand œuvre, et la prend dans
ses bras. Après un temps elle se laisse aller à cette
étreinte, rassurée sans doute sur l'appréciation
paternelle. Et ils demeurent ainsi un moment tous
les deux, caban et canadienne enlacés. Puis il
s'écarte d'elle, et nous l'entendons murmurer :
C'est magnifique, ma chérie. Et après un temps :
Et toi qui te voyais en avorton. Et elle : Je t'avais
dit ça ? Et lui : Oui, et maintenant je vois que tu
avais raison. L'avorton de ton histoire est un
artiste, et tu es une grande artiste. Entre la grotte
et toi j'ai l'impression de servir de chaînon. Je me
vois bras écartés reliant par-dessus vingt mille ans

ce que le monde a de meilleur, faisant passer un même courant de pensée, l'esprit créateur qui souffle au-dessus de la création. Tu ne pouvais pas me faire un plus beau cadeau. Tout est justifié. Toutes ces années passées à contempler la beauté, et la merveille était à mes côtés, procédait de moi.

Pourquoi je m'enterrais vivant ? Peut-être pour te laisser toute la surface, ma chérie. Mais c'est beaucoup plus violent là-haut à ce que je vois. Il s'en passe de belles. Pas la même beauté. Tu as toi ce courage d'arpenter ce perpétuel champ de bataille, de le prendre à bras le corps, de l'immobiliser pour un arrêt sur image. Dans les tréfonds, on ne perçoit même pas les échos de la bataille, tout est étouffé, tout est calme. Pas même la terre qui tremble sous les explosions. On est juste confronté à ce précipité de beauté et d'humanité. En philosophie on appelle ça l'ataraxie. Oui, tu es une femme courageuse, ma chérie. Mais ne t'oublie pas. Il y a aussi un temps pour vivre. D'ailleurs il est l'heure de déjeuner. Je t'emmène. Et tandis qu'elle manipule les interrupteurs un à un, on le voit absorbé par ce spectacle inversé des spots qui en s'éteignant rendent les morceaux de plâtre à leur blancheur de glace.

Comme ils s'apprêtent à quitter l'atelier après qu'elle a vérifié d'un dernier regard circulaire que tout était bien en ordre et le cadre métallique correctement remonté : Maintenant tu vas tout me raconter, dit-il.

De nouveau ce geste jumeau de la main qui enserre le col, tandis qu'ils retraversent à rebours la prairie semée de plaques blanches, mais cette fois il semble que le froid n'y est pour rien, même si la température campe bien en dessous de zéro, et quand le vent s'en mêle, ils s'arrêtent tous deux, comme pour laisser passer la vague cinglante du vent, sans essayer de lutter contre ce front de glace, et donc cette main tenant lieu de cache-col, plutôt une revendication mutuelle, un signe de reconnaissance désormais, qui dit que depuis quelques minutes, ces deux-là se sont peut-être enfin rejoints, et qu'en n'importe quelle circonstance il leur suffira de reproduire ce même geste pour revivre cet éblouissement d'une matinée d'hiver. Et puis s'y ajoute soudain ce bras à elle se refermant comme une croche autour de son bras à lui.

Ils s'avancent ainsi vers le vieux camping-car Volkswagen, rangé dans l'allée cavalière, à la carrosserie carmin ceinturée d'une jupe de poussière, coiffé d'un toit relevable grisâtre, et aux vitres latérales arrière tendues d'une toile couleur sable. L'aspect antédiluvien du véhicule, échoué sur les rives d'une rêverie népalaise, se trouve confirmé par les pare-chocs chromés qui font remonter sa fabrication à longtemps, et il n'est pas besoin d'être fin spécialiste pour comprendre qu'il doit à l'acharnement thérapeutique de son propriétaire de n'avoir pas déjà rejoint ces amoncellements de carcasses sur lesquels veille un croque-mort ferrailleur. Le pare-brise est nappé d'une pellicule de givre et le vieil homme, après avoir testé avec son ongle la résistance de la couche de glace, fait coulisser la porte latérale de sa camionnette et extirpe d'un coffre à outils un flacon d'antigel dont il vaporise la vitre.

D'un coup d'œil nous avons entraperçu le bric-à-brac entreposé dans l'étroit habitacle : un sac de couchage bleu qui a perdu le gonflant de sa jeunesse, une pelle verte à manche court comme en utilisent les légionnaires pour bâtir leurs châteaux de sable, un réchaud butagaz souillé par quelques cuissons débordantes, une casserole suspendue à un crochet, des piles de vêtements pliés, un jerricane en plastique translucide jaunâtre, des livres — on a reconnu sur la couverture de l'un d'eux la frise des petits chevaux à l'estompe de la grotte Chauvet —, des cartes routières, un ordinateur portable, les batteries et la baladeuse déjà remarquées à l'intérieur de la grotte et qui lui servent à éclairer les fresques, une paire de bottes en caoutchouc aux semelles boueuses, une poche en synthétique noir qui ressemble à une vessie de malade, à laquelle est fixé un tuyau d'arrosage, et qui serait, selon certains, une douche solaire, qu'on remplit d'eau, suspend à une branche et qui fonctionne principalement au moment des fortes températures quand on aspire plutôt à se glisser sous une cascade bien fraîche.

Mais tel quel le fourgon semble avoir réponse à tout, être préparé pour survivre quelque temps à la fin du monde. Il suffit au propriétaire de plonger dans ce capharnaüm pour en rapporter la clé à resserrer la fuite des jours.

Tandis que son père s'affaire à dégivrer le pare-brise, la jeune femme s'est penchée à l'intérieur du véhicule. Elle est restée un moment, le haut du corps engagé dans l'ouverture, ne manifestant aucune intention de monter à bord et d'y mettre bon ordre, plutôt comme un touriste curieux passant la tête par la fenêtre d'un habitat exotique en adobe ou en paille. Sans doute ne partage-t-elle pas notre point de vue sur le matériel de survie et l'usage de la poche noire qui n'est peut-être tout simplement qu'un sac-poubelle. Ce qu'elle doit voir, elle, c'est que, plus rien ne le retenant, cet homme s'est laissé dériver sur son embarcation de fortune, s'organisant en conséquence, comme un naufragé volontaire. Ce camping-car, c'est sa grotte ambulante, son arche sur la mer des tempêtes. Quand se risquera-t-il à tendre la main au-dehors pour découvrir en ramenant sa paume sèche que le déluge est bien fini ? Elle voit aussi — du moins c'est nous qui voyons — qu'il n'y a pas de place dans son radeau de survie pour recueillir un autre naufragé.

Mais que sait-elle de lui ? Qu'est-ce que sa mère lui a raconté de leurs années communes ? Qu'il était invivable, associable, renfermé, désagréable, grognon ? Qu'il n'avait jamais une attention délicate — un bouquet de fleurs, un bijou, une invitation au restaurant —, jamais un geste tendre, jamais ces mots doux, si niais soient-ils, mais à faire fondre ? Qu'il se fichait de tout ce qui n'était pas ses centres d'intérêt : Saint-Simon qu'elle avait fini par détester à l'égal d'une rivale, et maintenant sa nouvelle marotte, la préhistoire ? Qu'elle s'était lassée de l'inonder de lettres d'amour, glissées parmi les factures du foyer, ou au milieu des copies de ses étudiantes ? Qu'elle avait cessé de crier du jour où ses cris avaient attiré cet Américain qui s'était porté à son secours, et que sans ce jour J elle serait peut-être encore à hurler son désespoir ? Mais c'était il y a longtemps. Il y a prescription aujourd'hui.

Et depuis ? Une autre femme avait-elle accompagné quelque temps le taciturne avant de renoncer à son tour ? Combien s'étaient relayées à son chevet, chacune persuadée que, contrairement aux précédentes, elle saurait le ramener à la vie ? Ce qui est sûr c'est que dans ce pêle-mêle on peine à décoler un élément qui trahirait une touche féminine : un sèche-cheveux, un tube de crème, un magazine livrant des recettes de beauté ou des menus pimentés pour relancer son couple, des fils blonds sur le dossier du siège, ou simplement le petit miroir du pare-soleil rabattu le temps de se rajouter une couche de rouge sur les lèvres.

Ou l'envolée n'a-t-elle jamais été remplacée ? Était-ce l'ambition de sa fille, à son retour des Amériques, émue par la grande solitude de cet homme, que de prendre la place vacante ? Pourquoi es-tu revenue, lui a-t-il demandé. Elle ne pourra nier, quand bien même elle s'en défendrait, qu'en retraversant l'Atlantique elle s'est rapprochée de lui. Un choix délibéré ? Mais que veut dire choisir quand on sait à quel point on est le jouet de tout un trafic d'influences sur lesquelles on n'a pas grand pouvoir. Que choisit-on quand on est assujetti à ce qui nous fait et nous a fait ? On ne choisit que ce que nous sommes. Ce qui demande déjà un sacré bout de chemin avant d'y arriver à peu près.

Mais soit. Admettons qu'elle ait vraiment décidé de revenir et de s'installer dans la demeure familiale, même si elle n'était pour elle qu'une maison de vacances, même si les souvenirs de ses séjours lointains sont entachés des disputes continuelles entre ses parents, même si elle maintiendrait sans doute qu'elle a fait ce choix pour d'évidentes raisons pratiques et financières. Un atelier d'artiste, quand on connaît les prix de l'immobilier parisien, elle aurait été folle de ne pas profiter de l'occasion que lui offrait la Houssière. Mais nous savons aussi qu'elle a appelé son père à son secours et que son père est venu.

Ne reste pas debout, dit-il, installe-toi, tu seras au moins à l'abri du vent, et elle a obéi comme une petite fille, prenant place sur le siège avant de la camionnette après l'avoir débarrassé du reste d'un sandwich dans sa gaine de papier cristal acheté dans une station-service et d'une petite bouteille d'eau à demi vidée. De l'intérieur elle le regarde fignoler avec application le nettoyage du pare-brise sur lequel il passe maintenant un de ces chiffons doux qui imite la peau de chamois. L'effet combiné du froid et de l'effort l'entoure d'un nuage vaporeux. C'est un vieux monsieur qui se bat avec le temps, avec le froid qui le cerne, avec son maigre sursis, et qui à sa manière se refuse à baisser les bras. Lui vient-il à l'esprit qu'il lui faudra bientôt s'en séparer ? Qu'un jour prochain il ne sera plus au bout du fil pour recueillir son appel ? Qu'alors elle ne pourra plus le surprendre au milieu de son bestiaire enchanté, ni le convoquer pour lui montrer ses réalisations ? Que deviendront-elles, ces dernières, privées de son œil expert habitué à se confronter aux plus éclatantes marques de la beauté ?

Se remémore-t-elle quand elle le voit s'activer derrière le pare-brise, ses mèches blanches éclairées comme des filaments dans la lumière coupante de l'hiver, qu'il lui a toujours paru vieux, au point qu'elle exigeait qu'à la sortie de l'école il l'attende au coin de la rue plutôt que devant le portail, ce qu'exigent toutes les petites filles quand elles grandissent et s'aperçoivent que leurs parents ne s'accordent plus avec leur époustouflante jeunesse ? Quel âge avait-il à sa naissance ? D'après nos calculs il ne devait pas être loin de la quarantaine.

Mais il faut se méfier, ne pas négliger le fait que c'est peut-être l'auteur qui s'invite dans ses pensées. Il a été celui-là qui avait presque le double de l'âge de certains pères à la sortie de l'école. Et s'il ne l'avait pas remarqué, on le lui fit savoir. Sans que l'aveu s'accompagnât d'une perte d'affection, pas une seconde il n'en a douté, mais le ton était ferme et joyeux, qui disait simplement qu'on passait à autre chose. De là il est enclin à considérer qu'il en est de même pour tout le monde. Or Mariana a confié au vieil homme que la différence d'âge n'avait pas été un problème pour sa mère. Peut-être que, petite fille, ce ne fut pas non plus un problème pour elle, qu'elle était fière de glisser sa main d'enfant dans la main de cet homme, après lui avoir confié son cartable, et de s'éloigner en bavardant sous le regard qu'elle jugeait envieux des autres élèves.

On peut aussi considérer que le portrait assez désagréable qu'il est fait de cet homme, l'auteur l'emprunte aux critiques qu'on a pu lui adresser dans des circonstances voisines. Sur lesquelles il n'était pas forcément d'accord, mais son avis n'était pas souhaité. D'ailleurs cet homme censé ne s'intéresser à rien d'autre qu'à lui-même, à peine le camping-car a-t-il franchi le portail de la propriété — c'est Mariana qui l'a refermé : Tu ne sauras pas t'y prendre, a-t-elle dit, il n'est plus aussi docile qu'autrefois, ce qui était aussi une manière d'éviter une manipulation pénible à son père, laquelle nécessite une certaine force quand on la vit poser un pied sur un panneau pour bien fermer l'autre en tirant la poignée vers elle —, à peine le camping-car a-t-il franchi le portail de la propriété qu'il lance à sa passagère dont le profil s'est découpé dans son champ de vision au moment de vérifier si aucune voiture ne venait sur sa gauche : Avorton, je veux bien, mais très jolie femme. Ce qui nous vaut un magnifique sourire de la flattée.

Et puis aussitôt il revient sur la vaste composition de sa fille, manifestant encore son admiration, son intérêt, cherchant à en connaître la genèse, à se renseigner sur les étapes de son élaboration. Et d'abord : considère-t-elle comme achevé ce qu'elle nous a montré ? Si elle ne détruit pas tout, ça ne devrait pas bouger beaucoup, dit-elle. Et lui : Mais, mon amour, tu ne pourras pas détruire ce que j'ai vu. C'est trop tard, ça existe déjà. Tu as déblayé un espace au sol, tu l'as aménagé, révélé, animé, et ce nouvel espace a élargi notre vision du monde. Par toi le monde s'est agrandi. Il n'est plus tout à fait comme avant. Une œuvre d'art, c'est comme un lien informatique. Cliquez et vous entrez dans une autre dimension, qui est constitutive de la précédente. Ce que tu m'as montré occupe maintenant une place aussi importante que le blockhaus sur cette plage. On aura beau le dynamiter on n'effacera jamais ce qui s'est passé, des hommes débarquant des barges et se lançant sous un déluge de feu à l'assaut d'un mur de béton, et s'ils n'avaient qu'une vague conscience de ce qui se jouait alors, à Auschwitz on savait.

Ce que j'ai vu de ton travail, que tu le veuilles ou non, ce n'est plus négociable. Le monde désormais est sommé de faire avec. Même si pour l'instant nous ne sommes que deux à le savoir. Est-ce que tu comptes donner un titre à ton tableau ? Je sais que tableau n'est pas le bon mot, mais je n'arrive pas à parler d'installation. L'installation, il faut la laisser aux plombiers et aux électriciens. Ils font ça très bien.

Et elle, manifestant un certain embarras : Je ne sais pas encore. Je cherche. Et lui : Tu trouveras. Il le faut. On a déjà tellement de « Sans titre », tous ces alignements d'œuvres simplement numérotées. Comme si l'artiste nous refilait sa patate chaude et se refusait au moindre commentaire. Mais pourquoi nous sollicite-t-il si c'est pour aussitôt nous laisser tomber ? J'ai le sentiment qu'à travers le titre l'artiste me parle, qu'il m'invite à m'arrêter, à dialoguer avec lui, qu'il me livre une clé de sa pensée. Par « Sans titre », j'entends qu'il n'a rien à en dire. Et du coup rien à entendre, voire rien à voir. De ce que j'ai vu tout à l'heure, tout est à voir, à dire, à entendre.

Et qu'est-ce que tu entends ? demande-t-elle. Et lui, la dévisageant un instant, sourcils froncés, puis fixant de nouveau la route : Ce que j'entends ? Et elle, après avoir marqué un long temps de pause, d'une voix murmurée qui peine à couvrir le bruit du moteur, ce qui contraint le vieil homme à pencher son oreille vers elle et à lui demander de répéter, et elle, s'exécutant et haussant le ton au prix d'un visible effort : Tu ne m'as jamais raconté. Et lui : Avec ta mère ? C'est une histoire triste et désolante comme il y en a beaucoup, d'un couple qui se déchire, mais vois au final comme ce fut une chance pour ta mère. Et elle : Non, avant. Et lui, à nouveau se tournant vers elle : Tu veux dire avant ta mère, avant ma première femme, avant la Sorbonne ? Et ne guettant même pas son approbation il hoche la tête, comme s'il lui signifiait que cette fois ils parlaient bien de la même chose. Puis ils roulent un moment en silence.

Le chauffage à l'intérieur du véhicule les oblige à frotter régulièrement le pare-brise du dos de la main pour dessiner des cercles de clarté au milieu de la buée. Comme ils longent la mer, il baisse sa vitre par laquelle s'engouffre un air glacé et le sifflement du vent, puis la remonte en frissonnant et, comme si cette oxygénation brutale avait libéré le flot d'images qui se télescopaient dans ses pensées, sortant d'une longue réflexion : Cette violence faite aux individus, on n'a vraiment pas gagné au change avec le temps. Ma gracieuse biche blessée fait pâle figure à côté des carnages à grande échelle. Si j'en crois les articles que tu m'as envoyés, il y a longtemps que tu travailles à partir de moulages de corps, n'est-ce pas ?

Et elle : J'aurais pu continuer longtemps, c'était devenu ma marque de fabrique, jusqu'à ce que je m'aperçoive que c'était juste une forme de paresse, une signature, mais non pas la signature au bas de l'œuvre comme autrefois *Georges de La Tour fecit*, là, c'est la signature qui vaut pour l'œuvre. L'œuvre n'a rien d'autre à dire que c'est untel qui l'a faite. Cet endroit où l'art rejoint le tout-venant des people, de ceux qui n'ont rien d'autre à proposer qu'eux-mêmes, rien d'autre à dire que regardez-moi. Un regard qui est aussitôt englouti, comme la lumière dans un trou noir, qui ne ricoche même pas sur le monde. Tu me demandais pourquoi je suis revenue. Je suis revenue parce que de moi à moi, je ne m'y retrouvais pas. Je ne me voyais pas faire comme ceux qui se spécialisent dans les épin-gles à nourrice, et en dessinent toute leur vie, de toutes les tailles, de toutes les couleurs, sur tous les supports.

Et lui : Devant mes vieux artistes j'ai compris ce que signifiait la grotte pour eux. Tu fais la même chose. Ton retour dans cet atelier, c'est ta descente dans les tréfonds, loin des rumeurs et des simulacres du monde. Et au fond, il y a tou-jours ce même composé d'amour et de souf-france. Et de là quelque chose s'élève, que tu mets en forme, comme un chant. On pourra dis-cuter à l'infini de la mort de l'art, il en sera tou-jours comme ça. Il se trouvera toujours des sensibilités pour donner une forme à ce qui nous traverse et qu'elles ressentent plus profondément que d'autres. C'est ce que j'ai appris dans ce long tête-à-tête avec ma ménagerie souterraine. Il se trouvera toujours des gens pour faire ce voyage jusque dans les abysses du monde et en ramener de la beauté. Tu fais partie de ceux-là, ma chérie. Tu le paies d'un lourd tribut qui est ta solitude, et que je vois, quoique tu t'en défendes, mais tu peux avoir confiance. Devant ton tableau mon regard a, oui, ricoché, et tu as deviné jusqu'où, n'est-ce pas ?

Et elle, reprenant au vol cette invitation, sans précaution oratoire, comme si aucun doute ne pouvait subsister sur les pensées de l'autre : Tu avais quel âge en août quarante-quatre ?

Et lui, soulagé peut-être d'avoir été compris à mots couverts : Je venais d'avoir treize ans. Mais je n'ai pas grand souvenir de ce qui s'est passé. Quand je suis sorti du coma j'étais dans un lit d'hôpital avec des perfusions plein les bras. Je ne comprenais absolument pas ce que je faisais là, sinon que j'avais mal partout, que je portais une minerve, que j'avais une jambe en suspension, un pansement sur le front, des ecchymoses sur les bras, un bandage autour du thorax et plusieurs côtes cassées. Comme je leur demandais des explications, les infirmières répliquaient qu'il ne fallait pas que je m'agite. C'est seulement le lendemain, quand on a pensé que j'étais sans doute sorti d'affaire, en mesure de tenir le choc, qu'un médecin est venu me raconter que j'avais été victime d'un accident de voiture. On m'avait récupéré inanimé à l'intérieur de la carrosserie sur le siège arrière. Malheureusement mes parents n'avaient pas eu autant de chance que moi. On n'avait rien pu faire pour eux. Mon père était mort sur le coup, et ma mère dans le véhicule qui nous conduisait à l'hôpital. Elle est donc morte à côté de moi, en profitant de mon sommeil.

Et sa fille : Ce n'était pas un accident.

Et lui : Qu'est-ce que tu racontes ?

Et elle : Ce n'était pas un accident.

Et lui, visage fermé : Qui te l'a dit ?

Et elle, comme si elle lâchait une preuve irréfutable : Madame Moineau.

Le vieil homme fixe la route droit devant lui, conduisant lentement, avec prudence, par crainte des plaques de verglas qui pourrait subsister ici ou là, dans le creux d'un virage où ne se pose jamais le soleil. Même si on le sent plongé dans ses pensées, absorbé par la remarque de sa fille — et nous, nous demandant : sait-il ? ne sait-il pas ? Va-t-il lâcher le morceau qui l'étouffe depuis soixante ans ou continuer à se murer dans son silence de tombe ? —, on devine que cette façon de conduire lui est habituelle, comme de passer les vitesses sans brusquer le moteur, qui ne donne jamais l'impression de forcer. Ce qui expliquerait la longévité de son arche vétuste. Après être passé devant plusieurs restaurants du bord de mer, fermés pour cause d'hiver, il oblique vers l'intérieur des terres. Au milieu d'une longue ligne droite il avise une aire de parking où stationnent plusieurs semi-remorques. Si on ne veut pas jouer au héron de la fable, il ne faudra pas être trop difficile. Il commence à se faire tard, dit-il. Elle répond que ça ira très bien, que ce sera mieux que de grignoter n'importe quoi, n'importe quand, comme elle le fait la plupart du temps. Et son père glisse un regard inquiet sur sa fille avant d'engager son petit camping-car entre deux mastodontes à l'arrêt.

Et toujours, quand ils quittent la voiture, ce même geste de la main qui serre les cols relevés, d'autant que le froid, alors qu'ils sortent de l'habitacle surchauffé, les prend littéralement à la gorge. Il tombe sur la campagne une lumière magnétique qui donne aux arbres dénudés un aspect presque minéral et transforme le parking givré en un lac de mercure. À nouveau la jeune femme accroche le bras de son père tandis qu'ils se dirigent vers ce caravansérail moderne dont la façade jaune orangé est éclairée même en ce début d'après-midi par cinq lampadaires destinés à signaler de loin aux chauffeurs routiers et aux voyageurs de commerce ce relais des Quatre-Vents. On peut imaginer qu'à la tombée de la nuit ils dessinent une bulle de lumière, comme une invitation lancée aux solitaires des routes à se serrer ensemble autour de la chaleur d'un foyer.

Quand le couple entre dans la grande salle du restaurant, trois hommes assis sur des tabourets de bar et occupés à jouer aux dés se retournent et les dévisagent avec l'air de se demander si ces deux-là ne se sont pas trompés d'endroit. Et c'est vrai que leur haute silhouette élégante détonne au milieu des modèles plus volumineux du lieu. Lui dans sa canadienne en peau de mouton retournée, jean bleu à revers (personne pour lui coudre un ourlet, sans doute), ses lourdes chaussures de marche aux pieds, le visage émacié du vieil Ingmar Bergman, elle, dont les cheveux ont poussé, adoucissant son beau visage austère, et quand elle déboutonne son caban noir, découvrant son long cou pris dans un col roulé, portant ce même pantalon fuseau qui affine encore sa ligne. Pas des habitués, ont noté au premier coup d'œil les hommes peu pressés de remonter dans leur camion et de retrouver la solitude.

Mais on pourrait à ceux-là, les habitués, retourner le compliment. Eux-mêmes ne ressemblent pas non plus à l'idée qu'on se fait d'un routier. L'un est chaussé de bottes mexicaines, coiffé d'un chapeau de cow-boy et a adopté la queue de cheval. Il a également le ventre imposant de celui à qui il ne faut pas promettre le buffet à volonté, et sur lequel son petit gilet à franges indiennes sans manches n'a aucune chance de jamais se refermer. Un autre, les favoris rejoignant la moustache, ce qui lui donne un air de conspirateur sorti tout droit des complots du général Alcazar, porte en dépit du froid polaire, à même la peau, un tee-shirt blanc dévoilant ses biceps et frappé d'une inscription Ground Zero, sans qu'on sache s'il se sent en mesure d'abattre les tours jumelles d'un seul de ses poings puissants, ou s'il s'estime à ce niveau. Le troisième, bonnet de marin enfoncé jusqu'aux sourcils, chemise de bûcheron à carreaux bleus et noirs, anneaux dorés à l'oreille, appelle Monique qui doit être la patronne pour lui signaler qu'elle a du monde. Puis tous trois, estimant que les arrivants ne présentent pas un grand danger pour l'équilibre sociologique du lieu, se reprennent à lancer les dés sur la piste avec le sentiment du devoir accompli.

Sur quoi Monique arrive, chevelure frisottée, teinture auburn maison, traits anguleux, et indique d'une voix de fumeuse aux nouveaux venus qu'ils peuvent s'installer où ils veulent — en désignant la salle aux trois quarts vide à cette heure —, se servir eux-mêmes en entrées — en pointant le buffet surchargé de saladiers —, et choisir sur l'ardoise, posée sur le chevalet, le plat du jour.

Étonnant tout ce que certains parviennent à empiler dans la petite coupelle de porcelaine blanche qui recueille les diverses salades de l'entrée, réalisant une pièce montée de carottes râpées, rémoulade de céleri, tomates en tranches, betterave et choux rouge, grains de maïs, concombres, lentilles, champignons à la grecque, qu'ils parviennent encore à chapeauter d'un œuf dur et d'une tranche de terrine de poisson aux rayures multicolores — des poissons exotiques, sans doute. Le plus dur étant de regagner la table sans étaler sur le sol le précieux amoncellement. Et le vieil homme admiratif devant cette performance, se penchant vers sa fille : Une véritable œuvre d'art — alors que tous deux se contentent de deux ou trois feuilles de salade verte. Et enchaînant comme si cette parenthèse de silence ouverte dans le camping-car n'avait été pour lui qu'un long examen de conscience dont il livrait à présent les conclusions : C'est de l'histoire ancienne maintenant. Elle est devenue presque irréelle avec le temps. J'ai même du mal à penser qu'elle m'ait autant empoisonné l'existence.

De ce moment, nous n'avons eu qu'à faire preuve de patience. Il était acquis qu'il acceptait enfin de se confier, que toute résistance était désormais inutile, que bientôt il n'aurait plus rien à cacher. Il fallait juste veiller à ne pas le brusquer. Entre les pauses, entre deux bouchées, des images remontaient dans le désordre, qu'il commentait plus ou moins brièvement avant de replonger dans sa remémoration douloureuse au-dessus de son assiette. La grande fille écoutait sans rien dire, suspendant sa mastication quand à un moment donné il semblait vouloir reprendre le fil de son récit, se préparant à coller dans son album blanc des pans entiers de sa mémoire souterraine.

Tous les jours on recevait des messages de mort. Mon père avait une collection de petits cercueils sur son bureau. Il fanfaronnait. Il disait qu'ils faisaient d'excellents rangements pour ses crayons et ses cartes de visite.

Et puis : Je m'ennuyais ferme à Vichy. Tout ce que j'avais trouvé pour me distraire, c'était de dessiner les voitures. Non, je n'étais pas doué comme toi. Je crois me souvenir que Pétain avait une Delahaye.

Et puis : Les hôtels avaient beau être nombreux, on manquait de place. On était les uns sur les autres. Les dossiers étaient entassés dans la baignoire.

Et puis : Les jours précédant notre départ, j'avais vu mon père remplir une pleine sacoche de billets pour faciliter notre passage et étudier les cartes. Il avait demandé à ma mère de stocker dans des valises plusieurs jours de nourriture. Pas question de s'arrêter dans une auberge, c'est ce qui avait perdu Louis XVI, soi-disant. Et évidemment mon père était plus malin, il avait su tirer les leçons de l'Histoire. On ne peut pas dire que sur ce plan non plus il ait fait preuve d'une grande sagacité.

Et puis : Si on avait réussi à s'enfuir, je serais peut-être du côté de la Terre de Feu à traquer les dessins laissés par les Araucans.

Et puis : Il (son père) avait des avis définitifs sur tout. Il pérorait tout le temps. Tout était de la faute des Anglo-bolcheviques et des forces judéo-maçonniques. Je l'entends encore, quelques jours après le débarquement, nous faire un cours de géostratégie : les Allemands avaient laissé exprès les Alliés débarquer pour rééditer le coup de Dunkerque, c'est-à-dire, les refouler jusqu'au rivage, les couper de toute retraite et les anéantir jusqu'au dernier avec les armes terrifiantes qu'ils développaient dans leurs laboratoires, les V1, les V2, et peut-être même un lâcher de bombes atomiques sur Omaha Beach. Il était tellement persuadé de la finesse de ses analyses que du coup on a été parmi les derniers à partir.

Et sur sa mère : Je ne l'ai jamais entendue exprimer une opinion. Comme mon père ne la lui demandait pas, elle avait pris elle aussi l'habitude de se taire. Comment peut-on à ce point nier sa vie, passer à côté, ne rien en faire, c'est la vraie question. Même si à cette époque il était difficile pour une femme d'assumer la responsabilité d'une séparation. Elle n'avait pas de biens personnels, pas de travail. Elle n'était pas du même milieu social. Je ne sais pas dans quelles circonstances mes parents se sont rencontrés, je n'ai eu personne pour me renseigner, mais visiblement c'était une mésalliance.

Et puis : Elle faisait son service minimum de mère, sachant qu'elle a toujours eu des employés de maison à son service, et que c'était mon père bien entendu qui leur donnait des ordres. Il était capable d'expliquer à une repasseuse comment tenir son fer, après lui avoir fait subir un sermon sur l'effondrement des valeurs qui expliquait l'état de délabrement du pays. Autrement dit, c'était la pauvre fille qui par un faux pli à sa manche de chemise était responsable de la débâcle de quarante.

Et puis : Ce portrait, jamais je ne l'ai vue épanouie comme ça. Dans mon souvenir elle ne sourit jamais, et elle fait beaucoup plus vieille, comme si elle s'était fanée très tôt, et que le peintre ait dû stopper son travail, le laissant inachevé, tellement après plusieurs séances elle ne ressemblait plus à la jeune femme du début. J'ose croire qu'au moment où elle posait elle était plus heureuse. C'est moi qui ai retrouvé le tableau dans un des grands placards du grenier, après la guerre, la première fois que je suis revenu à la Houssière, et qui l'ai accroché dans le salon. Je ne le connaissais pas. Il était caché sous une pile de vieilles couvertures.

Et puis, alors que la conversation a sans doute dévié : Quand on reprend leurs articles vingt ans ou cent ans, ou cent cinquante après, les critiques sont toujours ridicules, ils sont les éternels dindons de cette farce artistique ou littéraire qui les érige en commissaires politiques, les contraint à sortir le plus grand nombre d'idioties à la ligne, à se couvrir de ridicule à la face des siècles. Mais on ne se souvient jamais d'eux. Ils ne laissent aucune trace du mal qu'ils font. Un biographe les ressuscite le temps d'un commentaire goguenard, avant de les replonger dans leur anonymat.

Et puis : Quelques années plus tard je suis retourné sur les lieux. J'ai fait le tour des gendarmeries, mais les gendarmes qui me recevaient étaient pour la plupart déjà là sous Vichy et n'avaient aucune envie de remuer le passé pour les raisons qu'on imagine. Comme j'insistais, on a fini par me diriger vers un homme susceptible de me renseigner, un ancien maquisard. Il n'était pas ravi de me voir. Il faisait un curieux métier. Mais lequel déjà ?

Et puis : Ça me revient, mireur d'œufs, ce qui consiste à examiner les œufs en transparence à la lumière pour déceler s'ils sont fécondés ou non. Et tu sais comment on les reconnaît ?

Non, et nous serions vraiment désireux de le savoir. L'œuf fécondé est plus sombre.

Mais ils doivent aussi répondre à Monique qui, son carnet de commande à la main et sa cigarette aux lèvres, s'applique à noter deux « plats du jour » après avoir décliné tout ce qu'il manquait sur sa carte. Ils sont les derniers à présent dans la grande salle du restaurant. L'homme à la pièce montée a fait deux bouchées de son repas et les joueurs de dés ont déserté le bar. Par la baie vitrée on les voit se diriger vers leurs poids lourds, grimper dans leur cabine et quitter le parking l'un après l'autre, les masses des semi-remorques formant une gigantesque chenille processionnaire.

Et à nouveau la remontée des images : D'après lui (le mireur), la traction n'avait même pas ralenti quand de loin ils lui avaient fait signe de s'arrêter. Alors les hommes avaient tiré. Il ne m'a pas précisé s'ils avaient cherché à atteindre les pneus ou le chauffeur, il n'y avait certainement pas que des fines gâchettes parmi eux, pas forcément tous à jeun non plus, mais le fait est que, suite à la fusillade, la voiture a fait une embardée et a percuté un arbre.

Et puis : Ils ont certainement commencé par se servir avant de se préoccuper du sort des survivants. Si ça se trouve le mireur portait un pantalon de mon père. Il craignait peut-être que je vienne le récupérer.

Et elle : Pourquoi ne m'as-tu jamais rien dit ?

Et lui : Oh, ma chérie, ç'a tellement été difficile pour moi. Peut-être que les fils de héros ont du mal à passer après leur père, et qu'ils peinent dans son ombre à se faire une place au soleil, mais au moins ils n'ont pas de raison de raser les murs. Ils peuvent se montrer légitimement fiers. Au lieu qu'ici. Tu as vu la réaction de cette madame Moineau ? Vous, vos bergers et vos chiens. On ne t'épargne guère.

Je pensais tout simplement que ce n'était pas un cadeau à te faire. L'après-guerre a duré longtemps. L'après-guerre c'est toujours ce sas où s'entassent les survivants. L'après-guerre s'achève quand disparaît avec eux la mémoire vive. L'après-guerre finira avec moi. Après, elle perdra son pouvoir de dissuasion pour devenir un sujet d'étude, une histoire à raconter, ce qui va du ragot à la mythologie en passant par la fiction. Je viens de lire récemment que les Allemands avaient lancé un avis de recherche contre un des médecins d'Auschwitz ou de Mauthausen, peut-être même un collaborateur de Menguele, en tout cas un de ceux qui s'amusaient à trépaner sans anesthésie pour faire progresser la science, grâce à ce réservoir fantastique de cobayes humains. Il a quatre-vingt-treize ans aujourd'hui. C'est louable, mais on aurait pu s'en préoccuper avant. Des gens comme lui, il y en avait des milliers qui ont repris tranquillement leur vie après Nuremberg. Certains ont été condamnés par les tribunaux allemands de l'époque à des peines qui s'étalaient entre un et cinq ans de prison, mais pour l'essentiel ils n'ont même pas été inquiétés.

Le bon docteur, qui dans les années cinquante faisait tirer la langue aux enfants et les rassurait en leur tapotant la tête, avait été celui-là qui se livrait sur des enfants semblables, dix ans plus tôt, aux expériences les plus horribles. Quand on sait que, de toute façon, là-bas comme ici, c'étaient à quelques éléments près les mêmes magistrats qui étaient en poste pendant la guerre, les accusés ne risquaient pas grand-chose. C'est comme mes gendarmes qui ne voulaient rien savoir. Ce qui explique pourquoi il a fallu si longtemps avant que la vérité se fasse. Personne n'avait intérêt à la vérité.

Et puis, parlant du procès Papon : Je voulais le voir, cet homme. J'y suis allé avec mon sac d'infamie sur le dos. Je voulais le lui jeter au visage. Je voulais voir le vieillard un genou à terre. Je voulais voir mon père repentant. Mais lui toujours vindicatif, se posant en victime expiatoire, contestant, argumentant, ne cédant sur rien. Comme mon père, en somme.

Et puis : Un jour il m'est venu comme une évidence que mon sentiment de culpabilité, c'était celui du survivant. Je me sentais coupable de n'avoir pas péri avec mes parents dans cet accident d'août quarante-quatre. D'une certaine manière j'avais été acquitté par une sorte de jugement de Dieu qui me laissait en vie uniquement pour témoigner de l'opprobre.

Je crois avoir lu tous les livres importants parus sur le sujet depuis l'ouvrage de Paxton jusqu'à aujourd'hui. Imagine qu'une littérature surabondante te parle de quatre années de ton enfance. Certaines photographies me remettaient en mémoire des personnages que j'avais croisés là-bas, et qui n'avaient pas eu le temps de vieillir, que je retrouvais tels que je les avais connus. Une sorte de temps immobile, figé dans l'azote liquide. Quatre ans de ma vie disséqués, éclairés, dilatés jusqu'à englober l'histoire du monde. Je pouvais laisser mon Saint-Simon, d'autres me parlaient de cette tragi-comédie du pouvoir. Et plus j'en apprenais, plus je m'enfonçais sous terre. Non par honte, pour me dérober aux regards des juges, même si un fils n'est pas responsable des fautes de son père — ce qui n'est déjà pas facile pour soi à faire passer, car bien sûr qu'on se sent quelque part coupable, tenu par l'impitoyable code génétique : moi c'est quand même lui et lui c'est quand même moi — mais par un désintérêt croissant pour les actions humaines, cette perte de confiance en l'homme quand on découvre que la lâcheté est la chose au monde la mieux partagée.

Je me retirais sur la pointe des pieds. Et plus je m'enfonçais plus je croisais l'inaltérable, la beauté. Pourquoi remonter ? Pour affronter la cruauté et la laideur ? Et toi pendant ce temps tu avais mieux à faire, tu avais ta vie à vivre. Il n'est pas facile de se lancer, de se trouver, de trouver sa voie. C'est déjà une course à handicap. Je n'allais pas en plus te river à la cheville un tel boulet. Il me fallait faire barrage à la malédiction, faire de mon silence une retenue à cette eau sale. Je gardais pour moi seul ma chaux vive.

Mais ces soixante années pour faire passer l'impassable, on les a prélevées directement sur mon capital de vie. Pendant tout ce temps j'ai avancé courbé parce que mon père avait été de ceux-là. Et même s'il n'a pas travaillé au commissariat aux Affaires juives aux côtés de Vallat ou Darquier de Pellepoix, il était avec ces gens-là. Je les ai vus à sa table. Et je sais qu'il pensait comme eux, et que le débat tournait essentiellement autour de la seule question humanitaire de l'époque : fallait-il séparer les enfants de leurs parents ou les faire partir ensemble dans les convois. N'oubliez pas les enfants, lançait Brasillach dans *Je suis partout* qui était la grande lecture de mon père. Et si Brasillach a payé, parce qu'il fut jugé à chaud, la justice de France valait celle d'Allemagne. Vallat, l'homme qui a mis en place la politique antisémite de Vichy, a fait en tout et pour tout deux ans de prison.

Si mon père était passé au travers de cette justice populaire, il aurait bien vite retrouvé sa place dans le conseil d'administration d'une grande banque ou sur les bancs de l'Assemblée. Je n'avais vraiment pas envie de t'encombrer avec ce genre de fardeau. Et puis tu étais loin. Tu semblais décidée à faire ta vie aux États-Unis. Je me disais : au moins là-bas, elle échappe à cette ascendance lourde. À pays neuf, mémoire neuve. C'est pour cette raison que lorsque tu m'as appris que tu revenais, j'ai eu peur. Comme si notre part maudite avait fini par te dénicher de l'autre côté de l'Atlantique, comme si tu revenais sur les lieux de son crime. Et qu'est-ce que j'ai vu, ce matin ? Que tu savais, et que tu étais revenue pour me libérer. Et pourtant je me souviens de notre conversation dans la grotte et de ton mot pour parler de ton travail, qui m'avait alerté. Tu avais dit, j'ai retenu la phrase : Est vicié ce qui est fait sans amour. J'y ai beaucoup repensé depuis devant ma biche blessée. Tu savais, toi.

Et elle, non elle ne savait pas. C'est un ami qui lui a ouvert les yeux.

Et lui : L'ami des nuages ?

Et elle, fixant tristement les taches solaires de sa crème brûlée : L'ami des nuages.

Et lui, désolé, affectueux, complice : Tu es sûre que c'est vraiment fini entre vous ?

3

Il s'était présenté devant le portail métallique vert de la propriété, son tableau enveloppé sous le bras, après avoir déposé son vélo de cirque contre le mur d'enceinte. Mais cette fois il avait pris soin d'envelopper avec beaucoup d'attention son présent, dans une pièce de tissu qui était peut-être à l'origine un rideau, ou un coupon que sa grand-mère n'avait pas eu le temps de transformer en robe fleurie avant de sombrer dans son long sommeil, et qu'il avait savamment ficelé. Ce qui sous-entend qu'il était repassé par la maison du réparateur de cycles, et que nous ne sommes pas le jour de sa trouvaille. Il a attendu, s'est peut-être abîmé des heures dans la contemplation du tableau placé sous l'éclairage de l'imposte de l'entrée, assis sur son galetas, le tableau tenu à bout de bras sous la pâle lumière oblique, dont on ne sait toujours pas ce qu'il représente, il aurait pourtant suffi qu'il nous le retourne. Puis, ayant considéré qu'il provenait sans doute de la collection dérobée de sa nouvelle amie, il a pris la décision de lui porter lui-même son offrande. D'où son emballage précieux.

D'ailleurs lui aussi s'est fait plus élégant. Ce qui prouve qu'il a dû piocher intentionnellement dans la penderie des garçons de madame Moineau ce qu'il y avait de plus seyant parmi les restes des affaires du dimanche, au lieu que la première fois il s'était contenté du tout-venant, empilant sur lui de quoi se couvrir et résister à la fraîcheur du soir. On croit entendre madame Moineau sortant de sa cuisine en s'essuyant les mains au torchon passé à sa ceinture et découvrant son protégé au pied de l'escalier, vêtu d'un blouson de daim clair par-dessus une chemise blanche, ses cheveux bien coiffés en arrière : Ah, là d'accord, au moins tu ressembles à quelque chose, tu vaux deux sous de plus. Sans mettre en question le coup d'œil de notre Yvonne, on hésiterait cependant à le faire passer pour un parangon de la mode masculine. Sa tenue fait encore très jour de marché. Mais on perçoit sa volonté de se présenter au mieux de ses possibilités présentes.

Il a appuyé sur la sonnette fixée contre le pilier du portail et attend devant la petite grille de l'interphone de donner son nom. Il se passe une main dans les cheveux, sur ses joues rasées de frais, hésite entre ouvrir et fermer son col de chemise — il le ferme —, essaie de tirer sur ses bas de pantalon qui remontent un peu sur ses chaussettes blanches — souvenir de communion peut-être de son ami d'enfance. Comme rien ne se passe il presse de nouveau le bouton, colle l'oreille contre le portail, comme s'il cherchait à capter un bruit de pas dans l'allée, et, rien ne se produisant, montre des signes d'impatience au point d'envisager une troisième tentative puis de se raviser. Il pose alors délicatement son tableau enveloppé bien à plat sur le sol. Puis il reprend son vélo, l'appuie solidement contre le mur, en teste la résistance en faisant pression sur la selle et le gui-don, et, rassuré, grimpe sur son cadre pour tenter de jeter un œil par-dessus la clôture en se hissant à la force de ses bras.

On connaît l'auteur. Le vélo ne manquerait pas de se dérober et son Noël aurait le choix entre s'étaler de tout son long et se relever en se tenant les côtes, ou rester suspendu au mur de pierre. Il est certain qu'on frémit à le regarder faire son numéro d'équilibriste. Il a la tête passée par-dessus le faîte du mur qui heureusement n'est pas hérissé de tessons de verre, et s'attarde à chercher une présence à travers les arbres du parc. Si elle n'est absente, on suppose que la propriétaire du lieu est peut-être dans son atelier à réparer les dégâts provoqués par les vandales — nous sommes encore dans notre ignorance première qui nous avait fait attribuer ces corps disloqués au geste rageur de contempteurs de l'art contem-porain — et qu'elle n'entend pas la sonnerie du portail. Nous prions secrètement qu'elle soit seule. Pas envie de voir sortir en trombe la berline de l'homme à la cravate, venu l'assurer que bien-tôt il va quitter sa femme, qu'il faut lui laisser un peu de temps, parce qu'elle est fragile, qu'il craint sa réaction, qu'il lui faut la préparer progressive-ment à son départ — et elle : Progressivement ? Ça veut dire quoi ? À la saint-glinglin ? Que tu commences par lui dire que peut-être, un jour, mais ce n'est pas pour tout de suite, ne t'inquiète pas, ma chérie, il faudrait éventuellement penser à ce que chacun prenne un peu plus d'autonomie par rapport à l'autre, et ce pour ton bien, parce que je crains d'être un handicap pour toi plus qu'un atout, que tu as tes talents à faire valoir, et que je ne veux pas te faire de l'ombre, étant donné ma position de directeur des services de merde ?

Qu'on l'écarte celui-là. Si l'auteur avait un quelconque pouvoir sur le réel, on lui demanderait de faire quelque chose, pas forcément de cisailler la barre de direction, mais juste de verser du sucre dans le réservoir de la berline qui ainsi resterait au garage. Après avoir vainement tenté de la faire démarrer en dégageant une fumée âcre qui l'obligerait à se replier en toussant auprès de son épouse, notre homme lui demanderait de le conduire à son travail dans leur seconde voiture, et elle se récriant : Mais j'ai les enfants à déposer à l'école. Eh bien on les déposera plus tôt, vite qu'ils se lèvent sans tarder, pour une fois, pour une fois, insiste-t-il de l'air de celui qui a l'habitude de se débrouiller tout seul, de ne jamais rien demander, ah et puis, un ultime service, qu'elle passe prévenir le garagiste.

Et là nous serions tranquilles, on ne le reverrait pas de sitôt à la Houssière, d'autant que l'auteur, par la bouche du garagiste lui expliquerait qu'il n'a pas la machine à désucrer dans son atelier, qu'il faut compter au moins deux mois, le temps de la faire venir de Corée via Detroit et Sochaux. Deux mois de répit pendant lesquels nos amants auraient le temps de se rencontrer, et Mariana de se rendre compte que son abruti des services ne pèse pas lourd dans son cœur, car celui-là n'est pas le genre d'homme à remonter en catastrophe un vélo avec des bouts de ficelle pour se précipiter vers sa belle, encore moins à embarquer sur la charrette d'infamie.

Sa fuite calamiteuse, quand nous l'avons aperçu la première fois sortant par ce même portail, laissant notre amie sous la pluie dans sa robe noire au col échancré, parle pour lui. C'est comme s'il nous avait présenté son C.V. C'est un homme qui a choisi les signes et les ors ou plutôt, à son niveau, les bronzes du pouvoir, et qui ne mettrait pas en péril sa situation par amour. Ces gens ont un clapet de sécurité qui s'abat aussitôt qu'ils risquent d'écorner l'image qu'ils se font d'eux-mêmes. Mais qu'est-ce que notre Mariana fiche avec un type pareil ? L'excès de solitude qui ferait qu'on se rabattrait sur n'importe qui ? Pas seulement, disent les femmes. Cherchez plutôt à savoir ce que ce monsieur représente pour elle, ce qu'il lui fait miroiter. Ce qu'il lui apporte aussi. Peut-être l'a-t-il sincèrement aidée au moment de son retour en France, où elle ne devait pas connaître grand monde, ne savait vers qui se tourner. À quoi les hommes répondent : aider une jolie femme, c'est louable mais ça ne mérite pas trois cents jours d'indulgence.

L'estrade improvisée n'a pas eu besoin des facéties de l'auteur. Au moment où Daniel, bien Daniel et non Noël, se laissait glisser le long du mur pour reposer les pieds sur le cadre métallique, la roue avant a pivoté à quatre-vingt-dix degrés et le vélo n'a plus supporté qu'on le touche. Il a dérapé, et l'équilibriste, ne parvenant pas à maîtriser sa chute n'a eu d'autre solution que d'atterrir sur les rayons de la roue arrière, et de passer au travers, et une fois le pied bloqué dans ce collet métallique, il est parti à la renverse, est tombé sur le dos, sa tête heurtant la chaussée, la poignée du guidon propulsée par cet effet de catapulte lui percutant le menton.

Quand il rouvre les yeux, l'apparition lui parle : Ça va, vous n'avez rien ? Elle tente d'ôter le linceul de la bicyclette du corps de l'accidenté, mais ne parvient pas à dégager le pied pris dans cette chausse-trape. Elle suspend sa tentative quand elle voit une grimace silencieuse se dessiner sur le visage du fildeférriste. Et elle s'inquiète : Mais comment est-ce arrivé ? Et lui : J'ai dû mal resserrer les papillons. Et elle, tandis qu'il tente de s'asseoir en se massant l'arrière du crâne : C'est bien vous qui avez sonné ? Et lui : Comme je pensais que vous étiez absente je remontais sur mon vélo. Et elle : Mais comment avez-vous fait votre compte ? Et lui : Je me suis pris pour Kevin Costner dans *Silverado* quand il saute sur son cheval.

Et à ce moment, poussant plus loin l'identification, peut-être pour ajouter une touche de vérité à son propos, il a ce même petit sourire en coin que l'acteur américain. Mais même en se prenant pour le roi du rodéo, l'explication semble peu convaincante. Les deux mains solidement arrimées aux poignées du guidon, si l'on bondit sur la selle, le plus grand risque est de mal calculer son élan et soit de s'écraser sur la barre horizontale du cadre, soit de s'étaler de l'autre côté. Ou, après cet échec humiliant, aurait-il piétiné de rage son vélo pour le punir avec la conséquence que l'on sait ?

Dans un film enjoué de Vicente Minnelli, Gregory Peck qui joue un chroniqueur sportif à la vie intellectuelle assez sommaire, raconte ainsi à Lauren Bacall, qui évolue dans le milieu plus sophistiqué de la mode, d'où le titre du film, *Designing Woman*, un mensonge invraisemblable qu'elle feint de croire tout en connaissant la vérité, parce que ce n'est pas grave puisque, au final, tout s'arrange et qu'ils s'aiment, et elle lui dit en lui caressant le front, alors qu'il sort d'une bagarre émérite et qu'il est vautré à moitié sonné au milieu des poubelles de New York : Mais bien sûr, mon chéri, je te crois.

Et elle, qui a sorti un mouchoir de papier de la poche de son jean, avec lequel elle absorbe le filet de sang qui coule de sa lèvre supérieure ouverte par la poignée de frein : Vous êtes sûr que vous n'avez rien ? Et lui, se relevant à grand-peine, en appui sur les coudes, montrant de la main le tableau enveloppé qui repose dans l'herbe : J'ai quelque chose pour vous. Et comme elle hésite à le laisser, il insiste : Allez-y, je crois qu'il vous revient de toute manière. Et se penchant au-dessus des rayons, les tordant un à un afin de dégager délicatement son pied de ce brodequin d'épines, comme elle prend encore des nouvelles de sa santé : Ne vous en faites pas pour moi, on appelle ça le supplice de la roue, mais c'est très supportable.

Mais à peine s'est-il remis debout qu'il commence à déchanter. Et c'est à cloche-pied qu'il la rejoint tandis qu'elle s'applique à défaire les nœuds qui maintiennent le tissu à fleurs plutôt que de faire glisser la ficelle jusqu'à l'angle du cadre et ainsi la dégager, comme si elle ne voulait pas brusquer le plaisir de la découverte. La ficelle est à terre qui ressemble au convoi onduleux que forment bout à bout les chenilles procession-naires, et Mariana dévêt le tableau de son voile fleuri. Elle est accroupie, il semble qu'elle ait à peine pris le temps de contempler la toile que déjà elle lève vers lui des yeux pleins de larmes. Puis elle se redresse, s'approche de lui dont le pied handicapé repose sur la pointe, demeure un instant à le dévisager, puis se laisse aller contre lui, glisse sa tête sur son épaule, enserre sa poitrine, et lui qui se retenait de faire le moindre geste qui aurait pu rompre ce charme, comme s'il craignait à nouveau que l'apparition disparaisse derrière son portail sitôt donné son baiser, referme enfin ses bras sur elle.

Ils demeurent longtemps enlacés au bord de la route, immobiles comme des statues de rond-point tandis que le conducteur haut perché d'un tracteur se retient de les dévisager, et une fois passé son chemin se retourne en feignant de vérifier le contenu de sa remorque de pommes.

Peut-être pourrions-nous en profiter pour le voir enfin, ce tableau beau à pleurer ? Il est appuyé contre le mur d'enceinte, légèrement incliné. Et immédiatement, en ce portrait inachevé, nous reconnaissons la description du tableau de sa grand-mère, telle que nous l'avait livrée Mariana après que les gendarmes lui avaient commandé un inventaire exhaustif et détaillé des objets volés. Et ce qui nous frappe, c'est la ressemblance avec sa petite-fille. Même long visage, mêmes cheveux noirs, mêmes yeux sombres. On comprend pourquoi Daniel n'a pas hésité sur l'attribution du tableau et qu'aussitôt il a remis à plus tard la recherche sous les taillis de la plage de sa bouteille de plongée. Il est rentré bien vite dans sa maison-atelier, s'est assis sur sa paillasse, et s'est abîmé dans la contemplation du portrait éclairé par l'imposte et posé contre le mur de la cuisine. Ou suspendu à un clou puisqu'on peut voir que le cadre qui était disloqué dans le fossé est à nouveau reformé. Ce qui veut dire que le tableau a sans doute fait un passage sur l'établi du réparateur bougon et que le petit-fils l'a minutieusement rafistolé.

Profitant de la cordelette attachée au dos du cadre consolidé, il a pu avoir l'idée de planter une pointe dans le mur illuminé par les rayons du soir et d'y accrocher le tableau. Il a vu alors les couleurs briller de tout leur éclat, incendiant le mur, faisant surgir le visage de la femme sur le fond chaulé, comme une vision mystique, effet d'apparition accentué par l'inachèvement même du tableau, comme si des couleurs n'étaient pas parvenues à traverser l'épaisseur du mur, ou s'étaient évanouies, avaient passé, au cours de ce voyage dans le temps et l'espace. Exposition pour lui seul, le temps d'un soir, tête-à-tête silencieux au cours duquel il s'imprègne du mystère de la rencontre et de ses conditions nécessaires.

Outre l'inachèvement dont on peut suivre l'évolution, puisque l'ensemble du tableau est largement dessiné, en attente de recevoir les touches de couleur, ce qui nous frappe d'emblée dans les parties réalisées c'est la matière empâtée et la palette vive. Sans doute l'artiste a-t-il subi avec un temps de retard l'influence du fauvisme, et qu'il s'en est tenu là. Car visiblement il aime ses modèles et n'entend pas se priver de la représentation du monde et de ses créatures au profit de conceptions abstraites. Il nous étonnerait que poursuivant ses recherches il en soit arrivé à coller des confettis sur une grossière toile de jute. D'ailleurs si l'on se souvient du catalogue rédigé de mémoire par Mariana des œuvres disparues, il y avait trois autres toiles qui lui étaient attribuées et qui témoignaient de sa familiarité avec la famille puisque l'une d'elles représentait la Houssière vue de l'allée cavalière.

Ce qui rend plus inexplicable ce tableau laissé en suspens. Comme si sa réalisation avait été brutalement interrompue par un séisme familial, un ordre du chef de maison, ou un coup de tête de l'artiste. Mais quelque chose s'est passé, qui a eu pour conséquence que la vie du tableau s'est arrêtée. Peut-être qu'à Pompéi, en coulant du plâtre dans une cavité on aurait obtenu le moulage d'un homme, bras levé, et tenant dans la main un pinceau figé par le flot de lave à quelques centimètres de la toile. Mais pas de volcan en Basse-Normandie.

Il y a ainsi un magnifique dessin de sainte Barbe par Jan Van Eyck que l'on peut voir au Musée royal d'Anvers. Normalement, à cette date, l'immense maître Jan avait encore de belles années devant lui, de sorte qu'on ne sait pas pourquoi il a suspendu son geste alors qu'il avait commencé, tout autour de la tour gothique dressée derrière la sainte, à peindre le ciel en gris-bleu au-dessus de flammèches saumonées. Mais pour le reste il n'a pas osé toucher à l'extraordinaire délicatesse de son dessin qui relève de l'art des dentellières de Bruges, comme s'il craignait de noyer dans la couleur une découpe aussi raffinée du monde.

Mais ici on peut douter que cet inachèvement soit volontaire, c'est-à-dire que le tableau tel que nous le voyons exprime la volonté de son auteur. Devant ce portrait de femme dont la mise, la coiffure, la silhouette effilée nous ramènent à l'entre-deux-guerres, on pense à Van Dongen bien sûr, bien que les couleurs soient plus amorties et la pose moins sensuelle, mais aussi à Jawlewsky, qui a d'ailleurs peint une jeune fille au bouquet de roses. Mais la jeune fille de Jawlewsky serre vraiment un bouquet de fleurs dans ses bras, comme un immense cœur rouge qui exsuderait de sa poitrine, au lieu qu'ici le peintre a délibérément choisi de faire poser son modèle au pied d'un rosier.

Ce qui rend la chose improbable, c'est que le peu d'éléments dont nous disposons en arrière-plan, comme cette porte-fenêtre dessinée à grands traits, à droite du modèle, indiquerait que nous sommes plutôt dans un intérieur et on imagine mal une plate-bande courant le long des plinthes. Et s'agirait-il d'une serre, il conviendrait d'agrandir la verrière. Autrement dit, ce rosier extraordinaire n'a pas été apporté là par un bon vent ou un oiseau horticulteur, ce rosier nous parle.

Il nous revient qu'on peut admirer dans l'église des Dominicains à Colmar une Vierge au buisson de roses, œuvre d'une grâce inouïe de Martin Schongauer, un artiste rhénan pour lequel Michel-Ange soi-même manifestait une grande estime et dont la renommée avait incité le jeune Dürer à entreprendre un voyage à pied pour bénéficier des conseils du maître, mais quand il parvint enfin à Colmar, en provenance de Nuremberg, le beau Martin venait de mourir au milieu de sa quarantaine. Comme nous avons bien retenu que le peintre de notre tableau s'appelait Marcel Fischer, son nom pourrait indiquer une origine alsacienne. Auquel cas, exécutant sous le ciel nuageux du Cotentin ce portrait de femme il est possible qu'il ait gardé en mémoire la pose délicate de la femme à la pyramidale robe rouge sur fond d'or qui tient son bébé haut dans les bras. Mais, au lieu de le couver amoureusement des yeux, en maman fière de son rejeton, elle lui tourne la tête, comme si elle voulait nous montrer qu'elle en avait fini avec son travail, sa mission — offrir le Sauveur au monde —, ou se préparait déjà à la séparation tragique du vendredi saint.

Chez Schongauer le buisson pousse en espalier derrière la Vierge à l'enfant. Il ne doit pas gêner l'évolution des anges dont les robes composent un baldaquin bleu outremer au-dessus de la tête de la jeune maman et dans lesquelles pourraient se prendre les épines, contrariant leur ballet aérien. Pas d'anges ici mais un dais de roses. Fischer, le peut-être « pays » de Martin, a choisi de libérer les fleurs de leur treillis. Elles s'inclinent tout autour du visage de la femme et formeraient une traîne rouge, comme une quasi-citation de la robe de la Vierge au buisson, si toutes les fleurs avaient reçu leurs touches d'incarnat. Le rosier est parfaitement dessiné au crayon pourpre, mais une seule rose est achevée. Penchée sur l'épaule de la femme elle semble lui glisser à l'oreille un doux message embaumé. C'est une caresse, un baiser de pétales. Le baiser de la rose qui dépose sa marque sur les lèvres et remonte vite, ni vu ni connu, reprendre sa place dans son buisson. Ce qui nous rappelle le baiser furtif de Mariana sous la pluie. Serions-nous devant un portrait à l'eau de rose ?

Le visage a été longuement travaillé. On le voit à l'abondance des touches de pinceau. On comprend que c'est lui qui retient toute l'attention du peintre, autour duquel le monde est convoqué pour une simple figuration. La carnation est d'un rose tendre sous la coiffe noire aux reflets bleus. Et le peintre a utilisé le même rouge pour les lèvres et la rose. Comme si la fleur avait laissé un peu de sa couleur sur la bouche de l'aimée, le temps d'un baiser, avant de lui murmurer les mots les plus tendres dans le creux de l'oreille. Manière de suggérer que l'amour a été consommé ? Le peintre serait-il amoureux de son modèle ?

Les grands yeux sombres de la femme, ourlés d'un trait charbonneux qui les enchâsse dans le visage, soulignés de deux touches vertes au-dessus des pommettes, le fixent avec confiance, je lis que je suis belle dans votre regard, que vous ne m'abîmerez pas. Le nez est étroit, ce que dit l'arête constituée d'un mince fil orangé, et deux petites parenthèses vertes dessinent les ailes des narines. Si l'on renverse de haut en bas le tableau, le visage et le rosier nous renvoient à la composition pyramidale de la Vierge au buisson, dont le sommet serait le menton pointu et la base l'abondante floraison garance. Est-ce une Vierge dans l'esprit de l'artiste ? C'est-à-dire, pare-t-il cette femme de l'éternelle virginité de l'amour ? Son dos droit, dont on ne sait s'il est soutenu par un dossier, laisserait penser qu'elle n'est pas prête à s'abandonner. Des années et des années de réprimandes, tiens-toi droite, l'ont sans doute définitivement corsetée, à moins qu'après un compréhensible laisser-aller pendant un temps de pause, elle se soit déjà ressaisie.

Et puis il y a tout de même cette invitation au plaisir, ce col profondément échancré, cet estuaire d'amour, qui nous rappelle la robe de sa petite-fille le jour de la pluie et du baiser volé. Ont-ils choisi ensemble dans sa penderie, le peintre et le modèle, la tenue que nous lui voyons ? Une robe, certainement, au tissu fluide, mais dont seul le col porte la trace du pinceau, les épaules étant suggérées, de sorte que la nudité de la femme est contrainte par ces deux bandes violettes en V resserré qui nous conduisent à la naissance des seins à travers ce delta de chair. Il semble que tout le désir s'y engouffre. Comme pour baliser cette voie royale, un collier, dont les perles sont autant de ponctuations, de stations où poser un baiser, vient mourir dans le doux sillon entre les seins faiblement gonflés, deux légers dômes qu'une paume de main suffirait à recueillir.

Le collier trop long est raccourci par un nœud qui est pour le peintre l'enjeu de reflets sur la nacre où jouent toutes les couleurs de l'arc-en-ciel. Ce nœud est comme un talisman, et on ne peut s'empêcher de penser que celui qui le dénouerait aurait accès aux portes du paradis. Le décolleté s'ouvrirait, libérant les dômes de douceur et un sexe de glaïeul sous une pluie de pétales de roses.

Mais les amants ont dénoué leur étreinte et remballent le tableau dans sa robe fleurie, nous obligeant à clore notre examen. Vous pourrez marcher? dit-elle. Et ils entrent tous deux dans la propriété, au petit pas de l'éclopé que la belle soutient en passant tendrement un bras dans son dos.

Nous les avons vus s'éloigner dans l'allée cavalière où tombent paresseusement les premières feuilles jaunies des platanes dont les branches se rejoignent au-dessus d'eux, obscurcissant leur chemin, de telle sorte que leurs deux silhouettes sombres se découpant sur l'arche de clarté à la sortie de ce tunnel végétal se fondent dans un noir et blanc mémorable, se superposant avec la dernière image d'un film ancien, lorsque l'homme chapeauté d'un melon, à la veste étroite et au pantalon trop large, l'éternel chemineau à la démarche chaloupée et à la canne en bambou tournoyante, emporte la jeune orpheline sanglée dans un élégant tailleur vers un horizon de collines embrumées, assoupies dans un demi-sommeil ouaté, que le soleil levant qui allonge l'ombre des vagabonds derrière eux va bientôt couronner de ses rayons. Ils viennent de se réveiller au fond d'un fossé et, après quelques larmes et les mots consolants de l'homme qui refuse la mécanisation du monde et des cœurs, le beau visage de la jeune femme s'est illuminé d'un sourire conquérant et ils s'avancent tous deux bravement, se tenant la main au-dessus de la ligne blanche de la route asphaltée qui leur sert de conduite.

Sans doute pour ménager le pied souffrant du cycliste malchanceux, ou le bras de sa secouriste, qui le soutient, ils s'accordent de multiples pauses, si bien que l'allée sombre qui mène à la gentilhommière semble retenir le moment de les relâcher à la lumière du jour, comme un final qui prendrait son temps, n'aurait pas envie de voir le mot fin s'abaisser comme une herse, à laquelle nous nous accrocherions dans l'espoir de suivre jusqu'à ce qu'elle s'évanouisse à nos yeux cette pérégrination amoureuse, avant de nous en retourner tristement dans la geôle de nos foyers. À chaque pause, ils n'ont qu'un quart de tour à effectuer pour se retrouver dans les bras l'un de l'autre. Chaque fois, le tableau glissé sous le bras de la jeune femme est descendu d'un cran, prenant appui contre sa jambe, la rendant libre d'étreindre son compagnon, de lui saisir à nouveau le visage entre les mains, mais pas question à présent de partir en courant, de laisser son boiteux interdit dans l'ombre de l'allée jonchée de feuilles d'automne tandis qu'elle se précipiterait vers la lumière, comme si après le mot fin, cette promesse d'une vie à deux, suggérée par les deux vagabonds main dans la main marchant vers leur destin ensoleillé, n'était qu'un leurre de cinéma et n'avait pas résisté au dernier clap du réalisateur.

Elle s'attarde à le dévisager avant de l'embrasser longuement. Puis ils reprennent leur marche précautionneuse, le tableau changeant parfois de porteur, ce qui oblige à replacer l'enveloppe fleurie qui se défait faute qu'ils aient renoué la ficelle qui la retenait, mais on voit qu'ils n'ont pas encore réglé leur position de flâneurs enlacés, ils cherchent la meilleure formule, celle qui règle les pas, qui rend la démarche siamoise. Les bras hésitent, passent d'une épaule à la taille, parfois ils alternent, d'autres fois ce sont les deux bras qui enserrent les hanches de l'autre, ou juste une main posée sur la nuque, et il y a ce pied gauche invalide qui fait tanguer le couple, l'empêche d'adopter ce pas assuré du chemineau et de sa compagne filant vers les collines de l'aube. Et c'est une nouvelle pause, les étapes se faisant de plus en plus courtes à mesure que la marche se fait de plus en plus claudicante, les stations de plus en plus longues. Peut-être s'est-elle inquiétée devant une grimace de l'homme, car on a vu la haute silhouette féminine se pencher, la main de l'homme prenant appui sur son dos pour conserver son équilibre, et elle, entreprendre d'ausculter la cheville blessée.

Tu t'y connais ? demande le père, tandis qu'ils passent comme à la parade devant un alignement de réfrigérateurs de toutes tailles, et même pas branchés, de sorte qu'on ne peut y glisser la main pour comparer l'état de fraîcheur. Le vieil homme avait insisté — Tu ne peux pas rester comme ça. On va t'équiper. Et il l'avait entraînée d'autorité dans ce centre commercial agglutinant tout ce que les rois du marché peuvent refiler aux plus modestes, sous prétexte qu'en possession des dernières nouveautés, et délestés de leurs économies, la vie ira bien mieux pour eux. En homme habitué à de longs séjours hors de chez lui, il semblait avoir des idées très précises : Prends un modèle avec congélateur, quand on est loin d'un supermarché, c'est précieux. Si tu avais toujours ce même réfrigérateur que j'avais acheté il y a plus de trente ans, les cambrioleurs n'ont pas fait une affaire. Le problème de ces vieux modèles, c'est qu'avec leur gaz au fréon ils sont increvables.

Et elle, qui avait fait remarquer qu'avec ce froid, avait-elle vraiment besoin d'un frigo, et elle : Oui, je m'y connais un peu. J'ai suivi des cours de secourisme à New York. Rien à voir avec le 11 septembre et l'envie de rejoindre les pompiers, même si ça peut toujours servir, ces gestes de premiers secours, mais je voulais apprendre à faire des moulages, des bandages au plâtre, à mieux étudier l'anatomie pour mes compositions. Aux Beaux-Arts, on ne s'était pas attardé. On ne faisait même pas de dessin. Bon pour les académies poussiéreuses.

Et lui : N'oublie pas que je compte toujours sur toi pour faire les relevés de mes animaux. Et elle : Tu as pris des photos, j'imagine. Et lui : Non. Et elle, n'en revenant pas : Non ? Tu as juste besoin d'un appareil numérique, d'un logiciel pour retoucher les images, et le résultat sera meilleur qu'un dessin. Et lui : Je préférerais ce tête-à-tête entre artistes, je préférerais que ce soit toi. Les dessins de l'abbé Glory ont fait beaucoup pour la renommée de Lascaux. Ils sont immédiatement lisibles, contrairement aux photographies qui ont du mal à suivre la ligne qui parfois s'est effacée, ou se fond dans la roche, et puis les couleurs ont l'éclat enfantin du neuf, la fraîcheur du carnet de croquis. Sans compter que devant une copie on ne fait pas un procès à l'original. J'aime beaucoup Breton, mais je ne comprendrai jamais quelle mouche l'a piqué quand on l'a surpris à tester du bout de son doigt les peintures de Pech-Merle dont il mettait en doute l'authenticité. Il a même été condamné pour son geste iconoclaste.

Peut-être s'était-il érigé en expert, après avoir dénoncé le faux Rimbaud.

On avait prétendument retrouvé le manuscrit de « La Chasse spirituelle », dont parle Isabelle dans le livre qu'elle consacre à son frère. « La Chasse spirituelle », c'est le monstre du loch Ness des rimbaldiens. Tout le monde s'était emballé. Mais lui avait rapidement démonté la supercherie. Et maintenant à Pech-Merle il voulait reproduire son coup d'éclat. Sauf que là, ça n'a pas marché. Les œuvres exposées ont vraiment vingt mille ans. Ça dépassait l'entendement. Il y a vingt mille ans, l'art ne pouvait être que balbutiant, que l'enfance de l'art. Dès la découverte des premières peintures, à Altamira, les spécialistes avaient déjà crié au faussaire. Personne ne voulait y croire. Un préhistorien de l'époque, Émile Cartailhac dut même se livrer à un mea culpa public pour s'excuser d'avoir douté des peintures. Dans un passage il parle d'une biche, et je pense à la mienne, bien sûr, dont il dit : La tête de la biche est l'œuvre d'un maître. Autrement dit, pas d'un sauvage. Il avait avancé tous les arguments possibles, absence de toute trace de noir de fumée, de foyer au sol, de débris d'installation, pour se convaincre que c'était une œuvre récente.

Pour une raison simple, c'est que le sens de l'histoire, pour tous ces gens pétris de l'esprit des Lumières et du progrès scientifique, était ascendant, l'humanité s'extrayait du singe pour s'élever par petits bonds dialectiques vers un avenir radieux. On partait d'un gribouillis et on arrivait à Michel-Ange, sans prendre le risque d'aller plus loin pour ne pas faire de peine, de même qu'on partait de la plus grande sauvagerie des hommes-bêtes, se coiffant avec un clou comme dit ton auteur, pour atteindre le plus haut degré de civilisation, par exemple le beau Brummell prenant une matinée pour assortir ses gants à sa cravate, et puis comment on place un archevêque à table, et comment écrire à la veuve d'un général. Sauf qu'on peut aussi inverser le schéma : on part du plus haut, des splendeurs de Lascaux et on arrive à Auschwitz, et ce n'est plus du tout la même conception de l'histoire du monde. C'est une inexorable dégringolade.

Parce que, jusque-là, on n'a toujours pas trouvé trace de carnage dans la préhistoire, sinon de chevaux ou de rennes. Peut-être qu'à ma manière j'ai tenté de gravir à rebours cette pente fatale pour m'extirper de l'horreur et me hisser jusqu'à la beauté, partant de Vichy et de la collaboration à la solution finale pour arriver, via le petit duc, à ma gracieuse biche se léchant le flanc. Peut-être qu'on fait tous ce chemin à l'envers. On croit aller de l'avant, mais c'est cet horizon dans notre dos qui nous tire. Pas celui qui nous ferait marcher comme des toutous vers des promesses radieuses. Tout art est régressif, tu ne crois pas ?

Et à ce moment elle baisse la tête, ses cheveux repoussés semblant tirer deux rideaux devant son visage, et on se demande quel trouble elle cherche à camoufler : Je ne me pose plus la question. C'est-à-dire ? demande le père. J'aménage mon jardin secret, dit-elle.

Et nous pensons, comme lui sans doute, à cette réponse faite il y a quelque temps déjà par la même parlant de son travail devant la biche gracieuse, dans la pénombre de la grotte du Déluge. Vicié, avait-elle conclu, autrement dit fait sans amour. D'où il ne pouvait rien sortir de bon.

Sinon ces œuvres qui cherchent tellement à attirer l'attention qu'elles se voient comme le nez au milieu de la figure, qui, plus elles mentent, plus leur nez s'allonge. Ce qui ne va pas avec l'impression d'aménager un jardin secret. Un jardin secret se fait avec amour, non ? Il a dû se passer des choses depuis.

Il avait beau fanfaronner, dire que ce n'était rien, je voyais bien qu'il souffrait. Quand je lui ai demandé la permission de regarder sa cheville, elle avait doublé de volume, ce qui voulait déjà dire une entorse carabinée et peut-être un risque de fracture, mais il refusait que je le conduise chez un médecin ou aux urgences. Il disait que de toute façon il n'avait pas sa carte d'identité ni sa carte de sécu, et que donc on ne l'accepterait pas. Il insistait tellement sur la perte de ses papiers que je me suis même demandé s'il ne cachait pas quelque chose, s'il n'était pas recherché, s'il n'avait pas choisi ce coin perdu pour se camoufler, si son passage chez les gendarmes, et dans cette tenue de plongeur, n'avait pas été un leurre pour brouiller les pistes. J'en venais à me dire que je m'étais conduite comme une idiote. Il ne voulait prévenir personne, non plus, comme le premier soir où je l'ai rencontré, tout au plus ce vieux couple de Sangerville dont je t'ai parlé, les Moineau.

Une fois dans la maison de son grand-père, il était sûr que madame Moineau serait aux petits soins pour lui, qu'elle lui apporterait ses plats préférés comme lorsque enfant il revenait de chez eux les bras chargés. Il prétendait que ça finirait par passer, que de toute façon il n'avait rien d'autre à faire, que c'était un signe, on lui signifiait clairement de lever le pied, et l'illustration tombait à pic, c'est justement ce qu'il venait de décider.

Et évidemment tu ne pouvais pas lui appliquer une poche de glace, dit le père, montrant du pouce, sans se retourner, le frigo tout neuf à côté d'un grand carton qui a l'air de contenir, si on se fie au dessin sur le côté, un four à micro-ondes. Il y aussi trois grands sacs de supermarché, remplis à ras bord. Le vieil homme a décidé de prendre les choses en main, navré de retrouver sa grande fille dans un tel dénuement.

Dehors il fait toujours aussi froid et une lumière de cathédrale de verre enveloppe la campagne, au moment où le minibus sort de la zone commerciale avec ses rues sans nom et ses bâtiments enchevêtrés bénéficiant d'une liberté architecturale inouïe. Regarde-moi ça, dit-il, n'importe quel particulier qui planterait des cornes de taureau sur la façade de sa maison ou assoirait un clown sur son toit serait immédiatement prié de les descendre, sous prétexte qu'ils constitueraient un affront pour l'environnement, une faute de goût proche du crime contre l'urbanité. Mais ici tout est permis.

Et on se dit qu'à chacun de ses retours littéralement sur terre il doit éprouver le même choc esthétique désolé, pressé sans doute de retrouver ses animaux de compagnie, libres de droit, vierges de tout graffiti, pas encore transformés en placards publicitaires par les vendeurs. Et c'est vrai que le centre commercial ressemble à une sorte de parc d'attractions. On y trouve une hacienda pour avaler des haricots rouges, un bateau à roues du Mississippi échoué au milieu d'un parking pour dormir à l'étroit, un hippopotame pour ouvrir l'appétit, un pneu aussi large qu'une grande roue pour ne pas oublier de crever, des magasins pour trouver chaussure à peu près à son pied, des hangars sommaires abritant des temples de la décoration sommaire, une hutte géante pour voyager dans son salon avec une lance masaï et un moulin à prières du Ladakh, et partout des enseignes criardes, certaines haut perchées à l'extrémité de mâts se livrant à une course verticale, et des intitulés de magasins ne se gênant pas pour faire en toute impunité un sort à l'orthographe.

Mais la grande fille n'a même pas un regard pour ces corruptions du paysage. Elle est encore dans l'allée du château avec cet homme grimaçant qu'elle embrassait à chaque pause imposée par la douleur autant que par un sentiment amoureux.

Je lui ai expliqué qu'il vaudrait mieux immobiliser son pied, que sinon son mal traînerait et qu'il en garderait des séquelles. Comme il s'obstinait toujours, je lui ai alors proposé de lui poser un bandage de plâtre, qu'il n'avait rien à craindre, que j'avais mon diplôme. Et il s'est laissé convaincre.

De fait, au lieu de continuer leur marche lente vers la grande maison dont on aperçoit le perron à la sortie du tunnel végétal, ils ont brusquement bifurqué entre les grands arbres alignés, quitté l'allée et coupé à travers le pré en direction de l'atelier, toujours à petits pas, lui, donnant l'impression de poser chaque fois le pied sur un sol incandescent, leurs bras toujours passés autour de la taille, rendant impossible de savoir lequel soutient l'autre, le tableau changeant alternativement de porteur, dont le vent soulève par moments l'enveloppe fleurie. Et il nous vient que ce tissu volant, qui n'avait pas eu le temps de finir en robe printanière, c'est l'esprit de la grand-mère évanouie, enveloppant l'autre grand-mère surgissant du blanc de la toile, comme s'ils cheminaient en emportant avec eux leurs lares tutélaires, et qu'ils aient choisi de se placer sous leur protection. Ces deux vies à peine vécues, brutalement interrompues par le sommeil et le pinceau du peintre, ils en avaient désormais la charge, ils se devaient de les faire éclore par le miracle de leur rencontre.

Devant le portail elle s'est saisie des poignées, se livrant à son épreuve de force habituelle, après avoir repoussé d'un geste ferme de la main l'aide de son ami. Et les deux battants se sont ouverts sur ce que nous pensions être un champ de bataille, la mise en pièces de l'œuvre en cours. Mais plutôt que de l'entraîner tout de suite vers son infirmerie de campagne elle s'est écartée, et il s'est avancé seul en boitillant au milieu des débris de plâtre. Ce qui laisse à penser que c'est lui qui a insisté pour voir son travail comme il l'avait déjà fait sous la coupole de l'arbre où ils s'abritaient de la pluie, et que son idée à elle de lui bander la cheville n'est venue qu'ensuite. Ou peut-être n'a-t-il accepté ce traitement que pour découvrir ce que faisait la longue femme brune de ses jours, enfermée dans les anciennes écuries. Et il aurait donc dit cela qui l'aurait subitement éclairée, elle.

Quand il est entré dans mon atelier, il est resté longtemps silencieux, le regard balayant toutes les pièces au sol. J'avais presque honte de lui montrer mon travail, tous ces morceaux de plâtre que j'agençais comme un étalagiste et qui ne représentaient plus rien pour moi qu'un procédé aléatoire dont j'avais épuisé le sens. J'étais arrivée au bout de ma démarche première, et je n'étais pas revenue ici pour continuer comme si de rien n'était. D'une certaine manière j'attendais des voix pour qu'elles me disent quoi faire. Je redoutais sa réaction, mais plus qu'une périphrase alambiquée pour traduire son embarras, ce qui m'aurait embêtée c'est qu'il tombe dans le panneau des commentaires convenus devant une création dont on se fiche complètement mais dont la règle du milieu demande qu'on l'accompagne d'une sentence définitive, du genre : vous n'y allez pas de main morte, ou, pour masquer son incrédulité qu'il me supplie de lui épargner ce supplice en avouant qu'il ne connaissait rien à l'art contemporain.

Je pensais : Il se donne cet air absorbé parce qu'il se demande bien ce qu'il pourrait en dire. Il cherche désespérément une porte de sortie. Et pourtant, en dépit de toutes mes préventions, je ne pouvais pas m'empêcher d'avoir confiance. Je l'avais vu débarquer dans sa drôle de tenue à la gendarmerie sans en paraître affecté. Il n'avait pas hurlé parce qu'il se trouvait soudain dépossédé de tout. Ce n'était pas non plus le poème de Kipling, si tu peux voir détruite l'œuvre de ta vie, etc., le type qui sans protester se remet à l'ouvrage. Lui semblait spectateur de ce qu'il lui arrivait, presque indifférent.

Plus tard il m'a donné sa version. Contrairement à ceux qui ont l'impression d'être maîtres de leur destin, je suis ce que je veux, et qui se sentent victimes d'un complot dès que des événements se mettent en travers de leur marche triomphale, il considère que nous ne sommes pas les seuls juges de nous-mêmes, que la vie dont on se sert pour parvenir à ses fins a aussi son mot à dire, que parfois elle manifeste et le fait savoir, et là, par cette façon qu'elle avait eue de le dépouiller progressivement de toutes ses pelures, de le rendre presque aussi nu qu'un enfant, ne lui laissant que sa combinaison, elle l'avait dit à sa manière, radicale, ce qui pour lui signifiait que si la vie avait usé avec lui de tels procédés brutaux, c'est qu'il y avait urgence, comme une sonnette d'alarme, et il aurait été stupide de ne pas l'entendre. Ce qu'il avait traduit par : enlève-moi ça, ces cotes sociales mal taillées, que tu as endossées pour mille et une raisons, mais qui font écran à ta vérité.

Ce n'est pas l'acceptation de Job, un coup puissant, un coup loqueteux, et faites avec moi comme bon vous semble, Seigneur. Cette semonce de la vie qui prend sur elle de sortir de son rôle passif pour intervenir, c'est un enseignement. Après, libre à soi d'en tirer les conséquences.

Et puis il prenait de plus en plus de place dans mes pensées. À dire vrai il m'a plu tout de suite. On ne peut pas dire pourtant qu'il était à son avantage dans sa tenue de plongeur. C'est très mystérieux ce qui se joue au premier regard, cette apparition soudaine de l'autre qui n'existait pas quelques secondes avant, et qui s'impose aussitôt avec une évidence massive, comme s'il venait se nicher exactement dans les formes de l'attente. De sorte que la question est moins celle de l'autre que celle de l'attente. Non pas qui j'attends mais qu'est-ce que j'attends ? Des visages inconnus il en passe des milliers devant nos yeux, et puis l'un nous arrête et il répond instantanément à la question. À travers lui, c'est cela que j'attends, qu'il va me révéler. Alors on est prêt à faire beaucoup de choses pour ne pas le laisser passer, pour connaître la nature même de cette attente.

Il ne saura jamais pourquoi je l'ai guetté à la sortie de la gendarmerie. Je ne lui dirai jamais, parce que c'est vrai et que ça ne l'est pas. Comme on le suspectait de trafic, d'avoir plongé d'un bateau pour récupérer des paquets jetés à la mer, il avait nommé, pour gage de sa respectabilité, des noms de gens d'ici, ceux de La Hague où il avait effectué plusieurs missions, et un directeur des services à la Région, que je connais aussi. Ce qui m'avait interpellée. Je m'étais dit que je pourrais l'aider à prouver sa bonne foi en contactant cet homme. Mais si je ne me raconte pas d'histoire, c'était d'abord un prétexte que je me donnais pour l'attendre avec une autre raison que la seule qui me poussait, savoir qu'il me plaisait. Et d'ailleurs je ne lui ai même pas parlé de notre relation commune. Je lui ai juste dit qu'il aurait du mal à trouver un taxi pour le ramener chez lui.

Quelques jours plus tard je suis passée le voir à Sangerville, alors qu'il se réinstallait dans sa maison d'enfance, et que le spectacle était assez désolant. Dans toutes les pièces, ça sentait la mort. Mais là encore il ne s'est livré à aucun commentaire, sinon pour me parler un peu des siens. Ce vélo farfelu qu'il s'était bricolé, je voyais bien que c'était une sorte d'hommage à son grand-père, une manière de lui rendre cette fantaisie qui l'avait quitté en même temps qu'il perdait sa fille et sa femme. Une manière aussi de me dire, ne lui en voulez pas de vous avoir terrorisée quand, petite, vous entriez dans son atelier et qu'il vous recevait en bougonnant.

Et puis il y avait cette madame Moineau qui voulait absolument nous marier. Un poème, madame

Moineau. Un jour, me prenant à part, elle m'a dit : Il est drôlement bien, vous savez. Pourtant si je vous racontais tout ce qu'il a vécu. D'autres à sa place auraient mal tourné. Combien de fois j'ai dit à Raymond, ce pauvre Daniel, s'il s'en sort, ce sera un miracle. Et puis vous ne trouvez pas qu'il est bel homme ? Et elle me laissait entendre que c'était un cœur à prendre, qu'il s'était séparé de sa femme, que son fils l'avait rencontrée, chez eux, à Paris, et qu'elle ne lui avait pas plu, qu'elle n'était pas son genre, pas faite pour lui, qu'il n'y avait que son confort qui l'intéressait. Elle me faisait la réclame. On voit que vous êtes une femme de tenue. Et moi, je ne demandais qu'une chose, c'est qu'elle continue de me parler de lui, encore et encore, de me dire que j'étais celle qu'il lui fallait, la femme-enfin, la femme attendue.

Je lui posais des questions sur son enfance quand la maison Moineau était son havre, sa joie de vivre. Il était serviable, il essuyait la vaisselle, il mangeait tout ce qu'elle lui servait. Comme il était brillant, il aidait ses garçons à faire leurs devoirs. Et puis elle regrettait qu'après ses études il ait disparu, même s'il n'oubliait jamais d'envoyer ses vœux de bonne année ou une carte postale de vacances. Elle disait à son mari, il a honte de nous maintenant qu'il est devenu quelqu'un, il nous a oubliés pour mieux oublier d'où il venait, et puis non, elle l'avait retrouvé comme s'il était passé la veille prendre de ses nouvelles. Le même, disait-elle avec un sourire ravi. Même si elle ignorait que c'était sans doute les conditions catastrophiques de son retour qui l'avaient rendu égal à lui-même. Et là, alors qu'il fixait mes morceaux de plâtre, il me semblait que tout allait se jouer. Que sur un mot il pouvait nous sauver ou nous perdre. Il est revenu vers moi en boitillant. Et il a eu cette phrase incroyable.

Laquelle ?

Qu'est-ce que tu aurais dit toi ?

J'aurais dit ce que j'ai dit : Tu es géniale, ma chérie.

Et moi j'aurais pensé : il n'a rien vu.

Moi, j'ai vu.

Ce que tu as vu, ce n'est pas ce qu'il a vu et qui n'ambitionne pas d'être génial. Il n'avait sous les yeux que des morceaux épars. Une sorte de décoration macabre, rien de plus que ce nez au milieu de la figure dont je te parlais, et tu ne pouvais pas le rater. Tout le monde aurait jugé ma cause désespérée, indéfendable, et les plus honnêtes m'auraient conseillé de passer à autre chose, de jeter tout ça à la décharge. Tout le monde sauf lui. Il a dit — ne te moque pas, sinon tu n'en sauras rien.

Et le vieil homme : Ce n'est pas le même qui t'a fait pleurer ?

C'est une autre histoire. Il est celui qui est arrivé avec sa lanterne, qui l'a promenée au-dessus de mon travail et l'a levée jusqu'à mon visage. Il est celui qui s'est approché de moi en sautillant sur son pied valide et j'ai pensé : il va m'embrasser parce qu'il ne trouve rien à en dire, il va m'embrasser avec une insistance que je devrai interpréter comme le plus enthousiaste des commentaires. J'ai eu peur qu'il m'embrasse. Il ne m'a pas embrassée. Il a simplement dit :

Oui ?

Il a dit en baissant ses paupières, il a dit : Ça ressemble à ma vie.

Et le vieil homme au volant hoche lentement la

tête, sans même tourner son regard vers sa fille. Comme s'il était brutalement ramené à sa propre vie et qu'il refaisait à rebours ce chemin partant de la gracieuse biche blessée et aboutissant à cette mère ébauchée sous son dais de roses.

Et elle : Par les coupures de presse de monsieur Moineau, je connaissais le teint livide de sa grand-mère évanouie sous ses draps blancs, je connaissais l'accident de voiture dont avait été victime son père. J'ai pensé que dans cet amoncellement de membres épars il voyait des vies brisées, la sienne peut-être, et d'autres autour de lui, et mes morceaux de plâtre se sont mis soudain à s'animer. J'ai vu la comateuse dans la blancheur des moulages, j'ai vu les corps disloqués des accidentés de la route, j'ai vu les plein le dos, les sur les genoux, les reins en compote, les bras qui m'en tombent, la tête qui explose, et le cœur qui me manque et j'en ai les jambes coupées. J'ai vu les vies malmenées, les vies dont on abuse, dont on dispose, j'ai vu les vies vécues finir en poudre. Tout ce qu'on sait et qu'on feint de voir. Tout ce que je savais et que je feignais de montrer. Et puis j'ai pensé à cet accident sur une route d'Auvergne.

Sur ce qui s'est passé depuis la visite de l'atelier et de la découverte, par notre estropié, des corps mutilés, l'auteur propose plusieurs versions, mais elles convergent toutes vers ce même point, incompréhensible pour nous, où ces deux-là qui s'étaient trouvés, se séparent.

Nous les avions vus pourtant aller l'un vers l'autre comme des pénitents, sans artifices, se présentant dans leur vérité la plus nue, autrement dit : il faut que vous sachiez, l'extrême moi, c'est ça, il n'y a plus rien entre ce que je suis et l'idée que je m'en fais, je ne pourrais pas aller plus loin dans le dépouillement, au-delà il me faudrait m'entailler les chairs. Vous devrez faire avec cela qui est nouveau pour moi, qui me tient dans un grand froid et que jusque-là j'avais gardé enfoui de crainte qu'en me dépouillant je ne m'expose aux représailles de mes semblables bardés de fer.

Et peut-être que moi aussi j'étais bardé de fer, chacun n'ayant d'autres soucis, dans ce corps à corps de la guerre des mondes, que de s'abriter des coups, d'en distribuer aussi, certainement un peu, ne serait-ce qu'en levant un coude pour se protéger, qui éborgne le voisin, mais cette fois, c'en est fini.

Le jeu, cette joute cruelle où les uns et les autres se disputent une place sur une pauvre échelle appuyée contre une colonne de vent, le jeu pour ces deux-là n'en valait pas la chandelle. Ils avaient préféré se retirer au bout du monde qui est le seul endroit où l'on peut vraiment se rencontrer. Trop de bruits, ailleurs, trop de rumeurs, trop de faux-semblants, trop de renoncements pour le prix faramineux d'un confort anesthésiant, trop de sentiments parasites qui prennent pour amour comptant un emballement des corps, trop d'appréciations truquées et de jugements biseautés où l'on regarde l'autre à travers ses décorations, sa fortune, ses titres et le nombre de quarts d'heure qu'on lui accorde pour faire parler de lui.

Pour l'auteur, le bout du monde, c'est, par exemple : une table encombrée de livres vers quoi s'avance la femme pleine de grâces, une cloison de bois contre laquelle il frappe deux coups comme à une porte pour déclencher le plus lumineux sourire, un escalier mécanique dans une librairie et la caresse de l'éclair d'un dos entre ceinture et pull bleu en mohair, deux bouches brûlantes sur un quai de Seine dans la fraîcheur d'un après-midi d'automne, un corps éblouissant dans une chambre d'hôtel à Bruxelles, deux chaises au soleil dans les jardins du Luxembourg. Et ce qui s'est joué là, à chaque endroit de cette géographie insulaire, c'est forcément le bonheur de la vie, ce qui se fait de mieux.

Sur la carte de nos dépouillés d'eux-mêmes, on peut ainsi suivre du doigt les chemins de la rencontre : le hall d'accueil d'une gendarmerie et l'apparition carnavalesque, le salon de la maison Moineau et la recension éclairante des faits divers, l'atelier du réparateur de cycles et la remontée des souvenirs, le portail de la propriété et le baiser à peine effleuré sous l'averse — ah ce baiser, de quoi laisser n'importe qui circonspect. Et le refrain, on le connaît. Les hommes : Mais enfin qu'est-ce qu'elle veut ? Qu'est-ce que ça veut dire d'embrasser un homme et de s'enfuir en courant ? Les femmes : Décidément vous n'y comprendrez jamais rien. Et Daniel stupéfait, ses jambes faisant office de béquilles à sa bicyclette, insensible à la pluie qui redouble et colle ses cheveux, fixant le battant vert qui s'est refermé sur l'apparition, hésitant peut-être à appuyer sur la sonnette, cherchant à interpréter cet effleurement : Je ne lui suis pas indifférent, sinon elle aurait refermé son portail, ou m'aurait adressé un petit signe, ou serait venue jusqu'à moi, c'est gentil à vous d'être venu me voir, malheureusement je ne peux vous recevoir, ou bien, je ne vous aurais pas attendu par un temps pareil, en bonne grenouille vous semblez aimer la pluie, et nul besoin de ponctuer ce genre de remarque par un baiser. Mais nous sommes encore dans la préhistoire. À ce pèlerinage amoureux, il convient d'ajouter la chambre de l'éternelle agonisante et la résurrection du corps.

Nous sommes quelques semaines après que la longue femme eut immobilisé à l'aide de bandes de plâtre le pied boursouflé de cette sorte d'ami qu'il est en train de devenir pour elle. Il est comme un point d'appui désormais, un repère quand elle lève les yeux, une présence apaisante. Il ne fait pas faux bond quand il assure qu'il sera là, n'a pas de mots maladroits dont on pense quel dommage qu'il les ait dits, comme ces mots dits d'esprit qui ne sont là, avec la caution du tout-puissant humour, que pour s'assurer une petite victoire mesquine immédiate sur l'autre, un K.-O. temporaire.

Quand elle lui a montré des coupures de presse en anglais sur ses expositions outre-Atlantique, il a considéré que les réserves du critique sur le sens de son travail qu'il ne percevait pas clairement n'étaient pas fondées. Il a simplement dit que cet homme n'avait tout simplement pas bien vu et il a cité saint Augustin : Tu ne me chercherais pas si tu ne m'avais pas déjà trouvé. Et on a vu le regard de la femme à cet instant se poser avec étonnement sur son défenseur : Mais d'où sort-il celui-là ? En revanche, sur son père, dont elle évoquait sa peut-être lâcheté devant la vie, il n'a pas essayé de se faire l'avocat du diable, en lui cherchant des circonstances atténuantes. La cause était pourtant défendable. Et nous étions nombreux à avoir préparé notre plaidoirie. Mais lui a considéré qu'elle était mieux placée que lui pour en juger, et qu'il ne pensait pas lui-même avoir fait jusque-là preuve d'un grand courage. Ce qui ne l'autorisait pas à porter ce genre de jugement.

Elle n'a pas à lui reprocher des réactions inconsidérées qui le feraient descendre dans l'idée qu'elle se fait de lui. Elle le retrouve égal à lui-même, du moins celui de la gendarmerie — pour avant, elle ne jurerait pas —, et qui ne manifesta pas davantage quand le garagiste, sommé de donner son verdict après qu'il eut fait le tour de la voiture martyre, lui conseilla d'envoyer son tas de ferraille à la casse. Il n'a pas non plus de gestes déplacés, sinon cette caresse qui la ravit quand il s'efface pour la laisser passer, ou qu'elle grimpe un escalier devant lui, et qu'il glisse au passage une main au bas de son dos. Il n'y a qu'à voir son sourire à elle à cet instant sans qu'elle se retourne vers lui, de sorte que nous en savons plus long sur ce sourire que son soupirant.

Madame Moineau à qui elle se confiait, a opiné en connaisseuse : C'est tout mon Daniel, ça. Avec son air de ne pas y toucher. Quelle chance il a eue de vous rencontrer, celui-là. Qu'est-ce qu'il avait besoin aussi d'aller voir ailleurs, alors que vous étiez ici ? Quel gâchis. Quel grand nigaud.

Elle aime quand il se plante devant sa biblio-thèque, la tête inclinée pour déchiffrer les titres, basculant les livres pour lire la quatrième de couver-ture, et repartant avec une provision de ses auteurs favoris. La lecture, dit-il, l'a sauvé de l'épidémie de mort qui sévissait dans la maison du réparateur de cycles, elle l'a empêché aussi par la suite de ver-ser dans le credo béat du milieu scientifique qui a une furieuse tendance à mépriser tout ce qui ne relève pas des lois implacables de la nature. Alors pourquoi a-t-il choisi ce type d'études ? Pas les moyens de choisir, avait-il répondu. Mais quand il a rapporté ce recueil qui s'était ouvert de lui-même à une page cornée, il lui a récité par cœur : Elle se penche sur moi / Le cœur ignorant / Pour voir si je l'aime / Elle a confiance elle oublie / Sous les nuages de ses paupières / Sa tête s'endort dans mes mains.

Il a juste rajouté qu'à son avis elle-du-poème avait raison d'avoir confiance. Et plus tard, comme elle se plaignait d'avoir des idées confuses sur son travail, il avait glissé négligemment : Tout se résout, dit-elle, en s'éveillant.

Elle sait qu'elle n'est plus seule. Que cet homme existe suffit pour que s'envolent la tristesse du matin, l'ennui de midi et le voile d'amertume qui tombait avec la nuit, la laissant le cœur labouré et la poitrine creuse. Elle peut travailler dans son atelier et lui courir par monts et par vaux pour retrouver un fac-similé d'identité auprès des banques, des institutions, des préfectures, ou s'être retiré dans sa maison-atelier pour on ne sait trop, lire, méditer ou écrire — elle l'a encouragé à le faire puisqu'il en ressentait la nécessité —, il est quand même là, et les portes sont moins lourdes à ouvrir, et le volume des pièces ne l'écrase pas de leur vide sidéral, et le thé n'a pas ce goût âcre comme une soupe aux herbes amères mais coule comme une liqueur de vie dans ses veines, et les morceaux de plâtre s'emboîtent comme des vases précieux dans un écrin, et les étincelles qui jaillissent de son fer à souder sont un bouquet d'étoiles.

Quand elle quitte son atelier pour rejoindre la grande bâtisse, il est dans chaque point du monde où se pose le regard, dans les fougères brunies au fond du parc, dans les feuilles cuivrées qu'elle pousse négligemment du pied dans l'allée. Le monde vient comme un chat se frotter contre elle.

Il est dans le sourire qui avait déserté le beau visage et le transfigure au point qu'on se demande où sont passées ces marques d'austérité qui en atténuaient la grâce, il est dans le joyeux mouvement de la main qui salue monsieur et madame Moineau entassés dans leur voiturette et qu'elle croise sur son scooter à la sortie du village alors qu'elle rejoint son ami, soudain follement envieuse de cette expédition du vieux couple vers les confins du canton, il est dans le mouvement de sa jupe fluide, qui se faufile entre les tables de ce restaurant sous verrière où il l'a conduite pour fêter officiellement le retour de sa voiture, ce qui leur permet de voyager plus loin, jusqu'aux établissements du bord de mer.

La voiture, rangée dans la cour semée de gravier du restaurant, est exactement dans l'état annoncé par les gendarmes et qui a découragé le garagiste. Ils l'avaient d'ailleurs préparé à la recevoir : Autant vous prévenir, elle ne ressemble plus tout à fait à ce qu'elle était. Vos emprunteurs ont joué au stock-car sur un parking du centre commercial. Mais vous avez de la chance, ils ont laissé les clés sur le tableau de bord. Tenez. La voiture est dans le parking de la gendarmerie. Vous ne la reconnaîtrez peut-être pas au premier coup d'œil, mais on ne peut pas ne pas la remarquer. Pour l'instant, l'enquête n'a rien donné. On a compulsé les voyous du fichier, tous nos habitués, mais ils étaient soit sous les verrous, soit occupés à trafiquer ailleurs. De toute façon, par les temps qui courent et avec tout ce qui se passe, ça peut être n'importe qui. Les distractions sont rares par ici.

Et la façon de se distraire par ici ? Vous prenez une voiture — de préférence une autre que la vôtre à moins d'un formidable dépit — et vous la précipitez contre d'autres voitures à l'arrêt, ensuite vous reculez et, comble de malchance, il y a encore un autre véhicule en travers de votre chemin, vous manœuvrez pour vous dégager et c'est de la pure déveine, cette fois c'est le pare-chocs d'un véhicule haut sur roues qui creuse un sillon dans la porte latérale, vous vitupérez contre le ciel, et dans votre colère vous négligez de regarder devant vous, et évidemment vous n'êtes pas seul sur ce parking, ce qui vous coûte un phare pendant comme l'œil exorbité de Varlin dans un récit précédent de l'auteur. Cette fois on ne vous y reprendra pas. Pour éviter une borne vous donnez un violent coup de volant, et la borne frôle la carrosserie sans dommage. Victoire. Mais trop brusque, le coup de volant précipite la voiture dans la cabine de plexiglas, comme une sorte de van pour chevaux, où sont emboîtés l'un dans l'autre les caddies chromés du supermarché. Et le toit s'effondre sur la capote toilée du cabriolet, la déchirant comme un ciel d'orage, manquant de blesser les chauffards malchanceux qui estiment que la chose devenant moins distrayante, on va choisir une voiture en bon état et rentrer sagement chez soi.

Si vous voulez bien, avait dit Daniel, ouvrant cérémonieusement à la princesse en jupe fluide la porte avant gauche, mâchée comme un vieux chewing-gum, avant de la refermer dans un couinement de chat étranglé et de contourner le capot en boitillant légèrement. Et de conduire une main posée sur le genou découvert de sa passagère. Et c'est ainsi que sous la pluie, retenue tant bien que mal de s'inviter à l'intérieur par des pansements de ruban adhésif, ils avaient fait leur entrée bringuebalante dans la cour de ce restaurant de plage sous le regard blagueur du personnel accouru aux fenêtres, et auquel la fréquentation de l'établissement laissait du temps libre.

De fait la clientèle ne se bouscule pas. Le restaurant ne va pas tarder à rentrer en hibernation. En cette arrière-saison ils ne sont que deux couples attablés sous la verrière. Et le premier arrivé — homme cravaté et femme brushée — demeure parfaitement silencieux, écartant lentement deux haricots verts au-dessus d'une noix de Saint-Jacques, ne levant les yeux que pour donner leur assentiment au sommelier qui attend, la bouteille à la main, le verdict de monsieur. Pourquoi s'imposer une telle épreuve quand on peut rester tranquillement chez soi à regarder la télévision ? Rien de plus accusateur pour l'agonie d'un couple que ce cliquetis des fourchettes dans la salle quasi déserte, ces voix qui résonnent et condamnent à un chuchotement tout aussi sonore, cet empressement des serveurs en veste blanche qui, désœuvrés, s'en prennent au moindre verre à moitié vide qu'ils remplissent en imprimant à la bouteille un quart de tour au moment de la relever, essuyant discrètement le goulot dans une serviette immaculée avant de la replacer dans le seau à glace.

Mais les passagers de la voiture endommagée ne perçoivent rien de ce ballet autour d'eux, inclinant mécaniquement la tête quand on leur demande s'ils sont satisfaits des huîtres, de la sole ou du vin, lesquels, à l'aune de l'heureuse tournure des événements, sont amnistiés d'office. Ils parlent, et, contrairement à leurs voisins qui après avoir levé les yeux vers la verrière et s'être assurés qu'elle ne fuyait pas ont enfin livré un commentaire sans doute sur la pluie qui tambourine, on ne sent pas l'effort d'une conversation obligée, ce minimum convivial pour faire pièce à l'encombrant silence. C'est de l'eau vive qui coule entre eux. Sans doute parce qu'ils ont beaucoup à dire et que ce ne peut être qu'à l'autre. Une conversation qui avait dû commencer avant eux, mais qui, n'ayant pas jusque-là trouvé la bonne oreille, était restée en sommeil, presque en souffrance, repliée dans un mouchoir de la conscience, et c'est une foule de mots et de pensées, noués contre l'oubli, qui profitent de l'aubaine de la rencontre pour enfin se lancer comme un grand rire à l'air libre et s'ébrouer dans le filet d'une voix. Ils ne se lâchent pas des yeux, écoutent attentivement les propos de l'autre, cherchent le front plissé la réponse juste. De temps en temps on voit de grands sourires se dessiner, et puis une main qui rampe sur la nappe et s'en vient se poser sur la main d'en face. Ce qui doit faire plaisir à l'auteur.

Il avait écrit un texte commençant ainsi : « Pour ce moment tremblé de la révélation amoureuse », où un homme et une femme installés à une table de restaurant se découvrent avec stupeur, éprouvant ce séisme de la rencontre, « écrasés par ce ciel d'anges qui leur tombe sur la tête ». Ce texte, l'auteur l'avait écrit pour lui-même, pour dire simplement son attente, et même pas son attente, pour laisser filer sa rêverie, et n'espérant plus rien, l'avait glissé dans un roman où la plus belle ornithologue du monde choisissait de suivre un vagabond, rescapé de la Commune de Paris, dans sa traversée du mont Lozère. Ainsi donc cela existait vraiment.

Rien ne semble devoir interrompre leur conversation infinie. Les mains, quand elles retrouvent couteau et fourchette, participent aussi à la réflexion commune, décrivant de temps à autre dans l'espace, au-dessus de l'assiette et des verres remplis d'un vin pâle, une chorégraphie d'oiseaux argentés.

Elle évoque à présent le tableau de la femme au dais de roses, miraculeusement retrouvé par son plongeur favori, et qu'elle a accroché non plus dans le grand salon comme avant le vol, mais dans son atelier, au-dessus de son établi, travaillant désormais sous le regard de son énigmatique grand-mère. Et pourquoi ne l'avoir pas fait avant ? interroge le plongeur. Et elle : Sans doute parce que le tableau était noyé dans un ensemble. Comme si ce rapt n'avait eu pour objectif que de sortir cette femme d'une histoire qui n'était pas la sienne. Comme si, victime d'un rejet de la part des autres tableaux, la greffe n'avait jamais pris. Pas du même monde, en somme.

Maintenant qu'elle la voyait sous cet angle, elle reconnaissait en cette femme une part d'elle-même. Son inachèvement était un appel à lever un coin du voile. Il y avait d'ailleurs plein de zones d'ombre autour de ce tableau, par exemple cette signature au dos qui n'était pas de la main du peintre. Nul besoin d'être expert en graphologie. Il lui avait été facile de comparer avec les trois autres toiles du même, achevées et dûment signées, elles, en bas à droite. Et les deux paraphes n'avaient vraiment rien en commun. La volonté du signataire n'était donc pas de faire un faux, même grossier. Ce qui voulait dire que Fischer avait sans doute abandonné son travail en cours, et que quelqu'un, persuadé qu'il ne reviendrait pas, avait pris la liberté de signer son œuvre, au dos, comme on note sur un carton de déménagement la nature de son contenu.

Car elle était certaine, et elle le savait de l'intérieur, pour traverser les mêmes états, que cet inachèvement n'était pas de la volonté du peintre. Ce qui arrive parfois, cet inachevé abouti, ce moment imprévu qui retient la main. Après tout, nulle part il n'est stipulé qu'on doive barbouiller intégralement une toile. C'est ce qui différencie un artiste peintre d'un peintre en bâtiment, qui, lui, mettra un point d'honneur à recouvrir l'ensemble du panneau. Et ne le ferait-il pas, c'est qu'il serait tombé de son échafaudage. Avec la caution affichée de l'art, on a toute latitude de laisser des blancs, comme sur un planisphère ancien. Un tableau peut receler ses propres terres inconnues. Si à ce point d'inachèvement la messe est dite, autrement dit si on a réussi dans le blanc du tableau à faire ressortir, comme dans une hostie, la présence réelle du sujet, pourquoi inutilement poursuivre, multiplier les touches surnuméraires ? Allez en paix.

Des œuvres inachevées abouties, on en compte beaucoup, outre la *Sainte Barbe* de Van Eyck, le *Bonaparte* de David, par exemple, et chaque fois il nous semble que la raison profonde de cette suspension correspond à un état d'éblouissement, la vérité est apparue prématurément quand on l'attendait plus loin, mais puisqu'elle est là, aveuglante, le mieux est d'en rester là, plutôt que de ruiner par un rajout de pâte cette saisie miraculeuse de l'existence même du sujet. Pousser plus loin, ce serait littéralement le perdre de vue. Comme une image nette apparaît un court instant avant de se brouiller si l'on continue de tourner la molette de réglage d'une paire de jumelles.

Or, pour la femme au dais de roses, on ne perçoit pas ce point de netteté. Aucun ravissement abrupt qui eût obligé le peintre à suspendre son geste. Elle semble attendre au contraire depuis plus de soixante-dix ans les touches manquantes qui lui rendraient l'éclat de sa jeunesse. On peut même penser qu'elles lui ont manqué par la suite, si l'on en croit les souvenirs de son fils qui peinait, dans cette femme absente à elle-même, étrangère à sa propre vie, à reconnaître les promesses du portrait inachevé. Comme si privé d'une partie d'elle-même elle n'avait pas été en mesure de faire face à sa vie, avançant bancale et mutilée, incomplète, se résignant par défaut, sous le masque de la conformité, à évoluer dans l'ombre de cet homme qui captait pour lui toute la lumière noire de son siècle.

Mais pour quelle raison l'artiste n'était-il pas revenu ? Daniel avance qu'il était mort peut-être. Et Mariana : Il ne l'était pas à cette date inscrite au dos. J'ai bien imaginé un accident cardio-vasculaire foudroyant et le pinceau lui tombant des mains, mais il s'en est bien remis semble-t-il puisque j'ai découvert sur internet des tableaux postérieurs. Alors, c'est qu'on l'a congédié, dit son ami. Et elle : Pourquoi ? Parce que son portrait n'était pas assez ressemblant et qu'il déplaisait au mari ? Et lui : Parce qu'il courait après les bonnes, qu'il vidait la cave de ses hôtes ou qu'à table il léchait son couteau. Et elle : On le connaissait bien puisqu'on lui avait acheté déjà au moins trois tableaux dont l'un représente la façade de la maison, ce qui dénote une vraie familiarité, et tous antérieurs à la date du portrait. Ce qui dit aussi que la commande du portrait était une marque de confiance, une suite logique. Et que le fait qu'à table il se laissait aller à sucer son couteau n'était pas rédhibitoire. Ou peut-être a-t-il claqué la porte. Parti brutalement sans demander son reste. Et Daniel : Non, aucun créateur ne laisserait derrière lui un tableau boiteux. Pas envie d'exhiber ses faiblesses et ses ratés. Mécontent du tour que prenait son portrait, il l'aurait emporté pour le retravailler, voire le détruire. Et s'il avait été mécontent des conditions qu'on lui offrait, il aurait tout remballé.

Et elle, tandis que la pluie redouble de violence sur la verrière et qu'il lui faut se pencher vers lui par-dessus la table : Mais ça existe aussi de tout laisser brutalement derrière soi. Toi, au hasard, qu'est-ce que tu as emporté ? Rien.

Oh moi, dit-il, je n'ai pas eu de mérite. J'ai bénéficié d'une vraie chaîne de solidarité. Tout le monde s'y est mis pour me mâcher le travail et me dépouiller. Je n'ai eu qu'à me tourner les pouces.

Et elle, hésitant sur le ton à adopter : Est-ce qu'on n'intrigue pas soi-même pour en arriver là ? Mine de rien ? Et lui : Est-ce à dire que j'aurais tout fait inconsciemment pour me retrouver dans cette situation ? Et elle : Peut-être que les hémisphères du cerveau fonctionnent comme les deux mains, quand la droite ignore ce que fait la gauche, l'un se chargeant d'accumuler et de rassurer tandis que l'autre s'ingénie à tout envoyer promener. Un cerveau chien et un cerveau loup, comme dans la fable. Un cerveau gras et entravé, et un cerveau libre et famélique.

Et lui, réfléchissant à cette proposition, le regard tourné vers le bord de mer englouti par la nuit, disant, oui, peut-être, dans la mesure où il y avait longtemps qu'il ne faisait plus beaucoup d'efforts pour faire semblant, qu'il négligeait les mises en garde, laissait des preuves accablantes derrière lui, des numéros de téléphone, par exemple, ne cherchait plus à justifier ses mensonges, comme si, las de cette double vie, il attendait qu'un coup du sort la dénonce et y mette un terme (il demeure volontairement évasif, n'a sans doute pas envie de se lancer dans le récit peu glorieux de ses dissimulations amoureuses). Mais pourquoi n'avait-il pas choisi lui-même de partir ?

Peut-être parce qu'il n'attendait plus rien, qu'il n'y croyait plus. À quoi, dit-elle. À la rencontre, à l'émerveillement de la rencontre. Il pensait que s'il prenait la décision de s'en aller, la même chose allait se reproduire. On croit changer de vie et on change juste de HLM. Est-ce que ça valait la peine de renoncer à ce qui faisait son quotidien, à ce qui lui avait permis de sortir de la misère, d'accéder à une certaine reconnaissance ? Pour quoi ? Pour un éblouissement passager ? D'où des arrangements à la petite semaine, de moins en moins regardants, dont on finit par s'accommoder. On remise ses problèmes de conscience, on se laisse porter sans réagir par le cours des jours et des années. On trouve des arguments raisonnables à sa lâcheté. On abdique. Alors oui, heureusement que son second cerveau de loup famélique ne l'entendait pas de cette oreille.

Mais regardant la femme aimée, il se demande quand même si cette moitié cérébrale qui l'avait conduit à la gendarmerie dans cette tenue ridicule avait été bien inspirée. Elle aurait pu lui laisser une petite laine, tout de même, ou une paire de sandales. Et elle : Tu crois que dans un costume plus seyant je t'aurais attendu ? Tu aurais pris sur toi alors de jouer un autre rôle, avec de grands gestes, de grandes protestations indignées, on ne respecte plus rien, vous vous rendez compte, voler une voiture, qui plus est la mienne, au nez et à la barbe de son propriétaire, où sont les valeurs, mais que fait la police, tous des alcooliques, etc. Et tu m'aurais dévisagée avec insistance pour me prendre à témoin de tes emportements qui devaient te grandir à mes yeux. Et je t'aurais détesté.

Elle ajoute que c'est précisément ce monde suffisant, arrogant et transpirant d'aigreur qui l'a conduite à s'enterrer dans cette propriété de famille. Puis elle cite une phrase, de Ponge, croit-elle : Nous avons choisi la misère pour vivre dans la seule société qui nous convienne. Mais elle n'en confiera pas plus. Ou, plus tard, par morceaux, comme ces pans de glace qui se détachent de la banquise, notamment quand elle avouera avoir été tentée, de guerre lasse — mais de quelle guerre parlait-elle ? — de se ranger. Mais il y a selon elle — et comment ne serions-nous pas d'accord — une vérité intime qui ne peut pas s'accommoder de cette représentation grotesque et fanfaronne de soi dans le monde.

Avec rien d'autre sur le dos que cette peau de caoutchouc, il avait fait comme les misérables, il n'avait pas protesté. Et elle veut en savoir plus : Qu'est-ce qu'il te passait par la tête à ce moment-là ? C'était plutôt inédit comme situation, non ? Ça ressemble à ce cauchemar où l'on se retrouve nu dans la foule ?

Et lui, pour traduire ce que furent ses pensées après qu'il s'est retrouvé dépouillé de tout, cherchant visiblement à se remettre dans son état d'alors, demeurant silencieux, les yeux baissés. Puis : Une chose est sûre, dit-il, après avoir sans doute renoncé à trouver la formule adéquate, il n'y avait en moi ni accablement ni résignation. C'était plutôt, oui, comme dans une fable encore, celle du savetier et du financier. S'en souvenait-elle ? Elle fait non de la tête et, les coudes en appui sur la table, pose le menton sur ses mains croisées, prête à écouter. Et lui, comprenant qu'il doit en rajouter un peu pour ne pas décevoir l'attente de la femme enfant : Alors voilà, c'est l'histoire d'un savetier. C'est quoi un savetier ? Quelqu'un qui répare les chaussures. Un cordonnier, quoi. Oui, c'est l'histoire d'un cordonnier sans le sou que sa misère n'empêche pourtant pas de chanter à tue-tête du matin au soir dans son échoppe. Il veille juste à ne pas avaler les clous qu'il coince dans sa bouche avant de s'en servir, les menuisiers font pareil aussi, et les tailleurs avec leurs épingles. Je me souviens de madame Moineau quand elle se lançait dans ses grands travaux de couture et qu'elle nous parlait sans ouvrir la bouche. Continue, ne te laisse pas distraire, madame Moineau reviendra toujours. Madame Moineau, pourquoi je suis resté si longtemps sans venir la voir ? Continue, tu la vois maintenant, et pour elle c'est comme si tu étais passé la veille.

Donc un cordonnier. Or, il se trouve que ce cordonnier a un voisin qui fait dans la finance. Oui, un financier, déjà. Mais dis-moi, ils habitaient l'un à coté de l'autre, le financier et le cordonnier ? Rockefeller à côté du livreur de pizza, c'est possible ça ? On est dans la seconde moitié du XVIIe siècle où les financiers étaient les laquais du prince. Pour le prince, un financier ou un cordonnier, c'est tout un. Même si le financier finance ses guerres, ses jardins, ses palais, ses amours, le fruit de ses amours. Non, dit-elle, tout ça, ce n'est pas le financier qui finance, c'est le peuple. Tu as raison, et d'ailleurs peut-être qu'ils n'étaient pas exactement mitoyens, le financier et le cordonnier, mais que le cordonnier chantait vraiment très fort, au point qu'il était capable de briser à l'autre bout de la rue les verres en cristal du financier dans son hôtel particulier. Ce qui rendait l'homme d'affaires furieux, bien sûr. Alors il envoie la police, ou ses gens, pour bastonner le briseur de verres ? Non, car plus que d'avoir à compléter son service chez Baccarat, ce qui l'indispose c'est l'insupportable gaieté du savetier. Comment peut-on être heureux ? Même avec tout son argent il n'y parvient pas. Normalement, un pauvre, c'est malheureux, or l'autre, ça n'a pas l'air de le chagriner.

Et elle : C'est malheureux, un pauvre ? Et lui, comprenant qu'elle fait allusion à son enfance dévastée : Il arrive qu'il le soit. Mais notre cordonnier est une sorte de madame Moineau, tu comprends ? Un cas, une bonne nature. Tandis que l'autre, avec ses millions en Bourse, ses sociétés offshore, ses bateaux défiscalisés aux Antilles, ses palais des *Mille et Une Nuits* aux Seychelles, ses rivières de diamants et ses montagnes d'or, est toujours d'humeur maussade, sombre, irascible, obligé d'avaler des tubes de somnifères pour trouver le sommeil. Et qu'est-ce qui l'empêche de dormir ? Les sous, bien sûr. Trop de sous. C'est un gros souci, la finance : les cours qui s'effondrent, la hausse du prix des matières premières, les entreprises qui ne licencient pas assez pour avoir moins à partager, les stocks-options qu'on impose, l'épouse qui veut un vison en peau de phoque, etc. Et pendant ce temps, son voisin, à l'autre bout de la rue, comme si de rien n'était, s'égosille à longueur de journée et, la nuit tombée, s'endort comme un bébé.

Comment le financier sait-il que, la nuit, le cordonnier dort comme un bébé ? Parce qu'il ne

chante plus. Ou peut-être parce que son ronflement fait exploser tout le vaisselier de l'hôtel particulier, ce qui oblige son propriétaire à appeler
Limoges tous les matins pour commander de
nouvelles pièces. Mais la vaisselle, ce n'est pas
son problème. Son problème, c'est qu'il se sent
victime d'une terrible injustice. À quoi sert d'être
richissime, si c'est pour en arriver à jalouser le
boutiquier du coin de la rue ? Il n'a qu'à faire
comme dans la Petite Sirène. C'est-à-dire ? Eh
bien, avec son argent il achète la voix du cordonnier ? Non, car en fait, ce n'est pas le chant qui
l'intéresse, un financier n'est pas un poète, un
financier ne peut se réjouir que du malheur
d'autrui. Sinon il ne serait pas financier. Alors il a
une idée de financier : puisque l'argent ne fait pas
le bonheur, il donne à son voisin chanteur une
petite fortune. L'autre qui n'imaginait même pas
gagner le centième de cette somme au cours de
toute une vie de labeur, file planquer son magot
dans la cave, puis au grenier, puis sous son matelas, puis dans le corsage de sa femme, persuadé
que les cambrioleurs de la Houssière sauront le
dénicher, que tout le monde cherche à l'estourbir
pour lui voler sa cassette, vérifiant cent fois par
jour qu'on ne l'a pas vidée de son pesant d'or, et,
du coup, il en perd ce qu'il avait de plus cher, le
chant et le sommeil.

Et sa femme. Sa femme ? Ah oui, il ne veut plus
qu'elle se déshabille de peur de répandre toutes
les pièces dans le lit. Et elle part, car elle veut de
l'amour, elle se rappelle qu'il s'engouffrait en
chantant dans son corps ouvert, et c'est la goutte
d'eau qui. Alors, n'en pouvant plus, exténué par
ce cauchemar de nanti, le petit cordonnier s'en

retourne voir le financier et lui tend sa bourse mirobolante : Rendez-moi, lui dit-il, mes chansons et mon somme et reprenez vos cent écus.

Et Daniel de conclure après avoir laissé passer un temps : Disons qu'on m'a repris mes cent écus, et que j'ai depuis un sommeil plus apaisé.

Et pour le chant ?

Mais il n'a pas besoin de répondre. Son léger haussement d'épaules suffit. On se doute que chanter n'était pas une tradition dans la famille, laquelle devait cultiver plutôt la mélancolie et le silence. Pour le chant, s'adresser au rossignol de Sangerville, à madame Moineau. Mais peut-être m'apprendras-tu ? Et c'est dit sur le ton d'un étudiant tardif qui craint d'avoir raté le coche. Alors elle avance la main par-dessus la table et lui caresse la joue.

Et lui, la fixant presque douloureusement : C'est cela, aimer ? Et poursuivant, sans qu'on sache s'il parle toujours de sa mésaventure récente ou de la seconde présente, disant qu'il a le sentiment qu'on a retiré de ses épaules cette couverture de survie dont il s'était enveloppé depuis ses succès scolaires et ses exploits professionnels. Sentiment de s'être réintégré comme on réintègre sa cellule après un interrogatoire.

Mais qui t'interrogeait, mon amour ?

Quand on vient de loin, on ne te laisse pas passer facilement, on a à répondre à beaucoup de questions, à montrer patte blanche. On est toujours suspect, on fait la queue aux check points, on se sent toujours intrus, déplacés, pouilleux. Tu es toujours regardé de travers, comme si c'était écrit sur ta figure que tu n'es pas du même monde. Qu'est-ce qu'il fait là, celui-là ? Tu dois subir à longueur de temps des examens, sur tout et n'importe quoi, et pas seulement sur la fusion nucléaire, les énergies du futur, l'unification des quatre forces de l'univers et la puissance des rayons cosmiques, là c'est le b.a.-ba, un b.a.-ba un peu compliqué, dans des univers à huit ou onze dimensions, mais la réponse arrive toujours par les mathématiques ou l'expérimentation, non, on te sonde avec des questions beaucoup plus pernicieuses et redoutables, sur le design d'un canapé, la note d'un vin — et il soulève son verre —, la couleur des murs — il englobe d'un geste de la main la salle du restaurant —, la coupe d'une robe — et il fait semblant de se hisser pour se pencher au-dessus d'elle comme s'il allait plonger dans son col ouvert —, et évidemment sur la valeur de l'argent, sur l'appréciation d'un concert, sur le mérite et sa juste rétribution, et, cerise sur le gâteau, sur l'art contemporain qui est la chausse-trape de gens comme moi qui ignorent que de telles choses existent, à qui on n'a transmis que l'art ancien de la pêche.

Et elle : Tu te défends mieux que ceux qui soidisant savent. Et lui, poursuivant, lui serrant la main : Je m'entendais dire : C'est joli, c'est exigeant, c'est intéressant, c'est évident, et elle : Tu n'as rien dit de la sorte devant mon travail, et je t'ai follement aimé pour ça. Et lui : Je pensais : qu'est-ce que tu fais ici, loin de ton enfance dévastée, tournant ostensiblement le dos à la litanie de tes défunts, faisant comme si cette guerre originelle, ces frappes chirurgicales qui ont décimé ta famille n'avaient jamais existé. Mais on a beau faire semblant, paraître incollable sur le design des canapés et la couleur des murs, on sait bien qu'à l'intérieur, ça n'oublie rien, ça creuse, ça sape, et un jour — et ceux qui vident un appartement et volent une voiture n'y sont pour rien —, un jour en remontant sur une plage tout s'éboule, comme le sable. Peut-être est-ce cette part éboulée de soi qui a laissé les blancs sur le tableau de la femme absente à elle-même.

Et elle : Oui, peut-être qu'il faudrait le regarder ainsi. À ce propos, ton ami surdoué qui a appris à lire et à écrire seul au milieu des détritus.

Marco, dit-il, qui fait parler les poteries antiques et redonne des couleurs aux tombeaux des anciens Égyptiens.

Ton Marco, est-ce qu'il ne pourrait pas ausculter mon tableau ? Entendre des voix ? Rendre la parole à ma grand-mère ?

Et lui : Mais elle parle déjà. Ces morceaux de corps éclatés dans ton atelier, c'est elle aussi. C'est une sorte de portrait inachevé. Non ?

Mais j'aimerais en savoir plus, dit-elle.

Ils avaient ensemble décroché le tableau qui avait retrouvé sa robe fleurie. Ce voyage à Paris, le fugitif ne pouvait plus s'y dérober maintenant. Il avait bien été obligé de donner de ses nouvelles après que madame Moineau avait découpé avec effroi, dans les pages nationales de son journal local, un article évoquant la mystérieuse disparition d'un chercheur. Toutes les hypothèses les plus saugrenues étaient évoquées, comme son enlèvement par des services secrets, voire son élimination ou son suicide, sachant que notre chercheur travaillait dans des domaines dits sensibles relevant du ministère de la Défense. Toute personne susceptible de fournir des renseignements devait prendre contact avec le journal.

Pour qui ils me prennent, avait dit madame Moineau. Une indic ? Tu me vois te dénoncer à la police ? On n'est pas de ce bois-là, nous. Qu'est-ce qu'on va faire ? Dans quel pétrin tu nous mets. Et Daniel, après avoir rassuré sa vieille amie et relu la coupure de presse qu'il repose sur la table de la cuisine : C'est bizarre. Les gendarmes sont au courant pourtant. Et madame Moineau : Ils ont dû manger l'information. Ou la garder pour eux. Tu sais qu'ils sont en guerre avec la police. Comme il n'y en a pas un pour rattraper l'autre, tu imagines bien que tous les coups tordus sont permis. Si ça se trouve, ils ont fait comme s'ils n'étaient pas au courant pour mieux te retrouver, c'est facile pour eux maintenant, et en tirer de la gloriole. En attendant, nous voilà dans de beaux draps. Mon petit Daniel, tu prends ton courage à deux mains, et tu vas dire aux uns et aux autres de ne pas s'inquiéter, que tu as ressenti simplement la nécessité de faire le point, de prendre du recul, de te mettre un peu au vert, mais tu ne dis surtout pas où tu te caches, car je n'ai pas envie de voir la télévision débouler ici. Déjà que je ne me trouve pas à mon avantage en photo. Et de ses deux mains elle redonne du volume à ses cheveux décolorés.

Et puis essaie de retaper un peu ta voiture, tu veux te faire repérer, ou quoi ? Il comptait prendre le train. Dans ce cas, Raymond pourra te conduire à la gare. Ne crois pas, on tient bien à deux dans notre petite auto. Et puis tu ne vas pas avoir beaucoup de bagages. Monte prendre ce dont tu as besoin dans l'armoire des gars. Mais peut-être que, pour Paris, tu ne trouveras pas ça assez chic. Mon gars ne t'a pas fait honte au moins, quand il est venu chez toi ? Note bien que je n'ai pas d'inquiétude, il sait se tenir à table et se taire quand il faut. Mais bon, il y a forcément des manières que je n'ai pas pu lui apprendre. On n'est pas nés dans la haute, nous. Et moi, dit-il. Oh toi, tu as fait des études, et tu as toujours appris plus vite que tout le monde. Alors tu fais tes bagages et tu dis à ta fiancée que tu t'absentes pour quelque temps. Tu vois, tu n'as pas protesté quand j'ai dit ta fiancée. Quand je pense que tu m'as prétendu que vous ne vous connaissiez pas. Tu es gonflé, tout de même. Me faire ça à moi. Tu sais pourtant bien que j'ai l'œil. Et puis si ça te dit toujours, tu nous reviens. Et tu n'attends pas trente ans. Parce que, à mon âge, je n'engagerai pas les paris.

Et Daniel était parti, son tableau sous le bras, et un petit sac vieillot cylindrique passé à l'épaule, dans lequel autrefois il entassait peut-être un équipement de sport, les déposant tous deux sur le siège arrière de sa voiture martyrisée, passant prendre chez elle sa fiancée, puisqu'il n'a pas protesté de l'appellation devant madame Moineau, et lui donnant les clés, l'invitant à le conduire jusqu'à la gare si l'état du véhicule ne la gênait pas.

Elle dit qu'il y a longtemps qu'elle n'a pas conduit. Il la rassure, la voiture ne craint plus rien. Et depuis quand la dernière fois ? Longtemps. Dès ses seize ans son beau-père lui avait mis un volant dans les mains, et bien obligé là-bas, sinon avec les distances on ne peut pas faire grand-chose, mais elle avait tenu à passer son permis ici. Oui, elle avait fait beaucoup de navettes. Et puis ses études aux Beaux-Arts. Ensuite elle était retournée là-bas. Parce que le milieu artistique était plus vivant ? Et elle : Ou pour d'autres raisons. Et Daniel n'a pas insisté. Il saura un jour, ou pas. Comme elle en décidera. Bonne ou mauvaise, il ne peut enlever une carte au château de sa vie sans que l'édifice s'écroule. Toutes ont participé au miracle de la rencontre. Elle est maintenant dans son jeu à lui. Alors, il la prend.

Sur le quai de la gare, où elle a tenu à l'accompagner, tous les témoins ont vu combien il leur en coûtait de se séparer. Jusqu'au moment du départ ils sont demeurés enlacés, les bras croisés à hauteur de la taille, n'en finissant pas de se regarder, de s'embrasser, n'échangeant pas un mot, tétanisés à l'idée que bientôt un train régional allait les arracher brutalement l'un à l'autre, parvenir à scinder cette créature à deux têtes qu'ils forment sur le quai. Les quelques passagers qui attendent avec eux ont beau faire semblant de s'intéresser au trafic, de tendre l'oreille vers les haut-parleurs nasillards qui recommandent de faire attention au passage d'un train voie C ou que le train prévu à telle heure arrivera voie B, avec un retard de dix minutes environ, de se passionner pour les pigeons perchés sur le bord de la marquise, ou de dégager leur poignet pour vérifier que leur montre marque bien la même heure que l'horloge suspendue entre deux câbles à deux lampadaires, on sent bien qu'ils se privent avec peine de la contemplation du beau couple, qu'ils ne demanderaient pas mieux que de s'installer sous leur nez et de compter à la trotteuse de la même montre la durée de leur baiser, ou du moins de simplement les contempler, comme s'ils étaient derrière une glace sans tain, se gavant en toute impunité de cet éblouissement partagé de deux cœurs insatiables. Comme ça ne se fait pas, qu'ils se targueraient tous d'une grande discrétion, chacun est libre de vivre comme il l'entend pourvu que, etc., alors ils font comme les moineaux, toujours la tête en mouvement, pour capter des éclats de bonheur.

Chaque fois qu'ils s'intéressent à un événement futile sur le quai — la sortie du chef de gare qui traverse les voies, privilège de sa fonction, sa casquette blanche comme une auréole plate sur le crâne, un sémaphore sous le bras, l'arrivée au pas de course d'un passager essoufflé traînant sa valise à roulettes, un fumeur méditatif qui lance son mégot sur le ballast —, comme par un fait exprès leurs regards se posent quelques secondes sur les amoureux retardataires, car, et c'est d'ailleurs ce qui leur permet ce coup d'œil critique, ces deux-là qui se croient seuls au monde, qui ignorent avec mépris leurs contemporains — or ils existent quand même ceux-là, eux aussi prennent le train, ce n'est pas un exploit, pas de quoi s'en vanter —, ne sont pas de la première jeunesse.

D'ordinaire ce genre d'attitude démonstrative, au vu et au su de tous et sans considération pour les voisins, faisant fi de la plus élémentaire pudeur, est réservé aux jeunes gens qui s'embrassent goulûment, mais, passé un certain âge, on demande plus de tenue, et d'ailleurs, passé un certain âge, on ne se regarde plus comme si on était né de la dernière pluie, on ne se raconte plus ce genre d'histoire à faire rêver dans les chaumières. On sait ce qu'il en est du train bringuebalant de la vie, des mirages de l'amour, des emballements du cœur, des promesses qui n'engagent que l'ivresse du moment, des soufflés qui retombent. Comme le résumerait madame Moineau, on n'apprend pas aux vieux singes à faire la grimace.

Qu'est-ce qu'ils veulent nous faire croire? Que l'amour existe? Qu'on a bien tort d'y renoncer sous prétexte qu'il est entendu que ce n'est qu'un trompe-l'œil pour calmer les ardeurs de la jeunesse, une sorte d'opium du peuple pour endormir la conscience de l'éternel pousseur de rocher? Et puis vous avez vu comment il est habillé? Fichu comme l'as de pique avec son pantalon trop court, ses chaussures à fermeture éclair, et son pull camionneur. Et ne parlons pas de ce petit sac cylindrique ridicule et de ce cadre enveloppé dans un tissu fleuri à grands ramages comme on n'en trouve même plus sur les marchés de campagne. On dirait qu'il le fait exprès. Qu'est-ce qu'elle peut bien lui trouver? Ah si, peut-être un faux air d'un acteur américain, mais ce n'est pas lui, donc elle ne devrait pas s'abuser.

En revanche, elle, oui, a de l'allure. Toute de noir vêtue, avec des ballerines rouges. Franchement elle n'a rien trouvé de mieux que ce vagabond qui joue à l'original? Il y a heureusement toujours des hommes élégants, portant cravate, costume et chaussures cirées à lacet. N'a-t-elle pas la chance d'en croiser? Il faudrait s'entremettre, lui en présenter. Qu'elle soit en mesure de faire la différence.

Mais ce ne sera pas pour tout de suite. La rame bleue annoncée par les haut-parleurs se range lentement le long du quai. Le mal habillé prend le visage de la femme entre ses mains. Il murmure deux ou trois mots, l'embrasse encore et grimpe en dernier les deux marches métalliques. Mais il ne regagne pas tout de suite sa place à l'intérieur du wagon, demeurant derrière la porte automatiquement refermée pour goûter encore à ses yeux. Elle pose une main contre sa main écrasée, doigts ouverts, de l'autre côté de la vitre. Comme s'ils avaient encore ce pouvoir d'empêcher l'irrémédiable. Puis, sur un coup de sifflet de l'homme à l'auréole blanche aplatie, le convoi s'ébranle, que leurs mains aimantées ne suffisent plus à retenir. Bientôt elle doit lâcher prise. Restée seule sur le quai désert, elle envoie un baiser du bout des doigts. Il n'y a plus personne pour la voir tandis qu'elle s'engouffre dans les escaliers conduisant au passage souterrain. Pleure-t-elle ?

L'auteur a écrit un seul poème dans sa vie. La nécessité du poème, sans laquelle il ne rime à rien et n'est qu'une pirouette verbale, ne s'est imposée que cette seule fois, ce qui peut sembler la preuve d'une absence de fibre poétique quand d'autres empilent les recueils et vivent la poésie comme ils respirent, mais pas si l'on considère, et l'auteur le voit ainsi, que le poème attendait son heure, qu'il se réservait pour cette occasion unique, cette matière précieuse, où rien d'autre que ces quelques mots sincères et démunis, ne pouvait exprimer à la fois le plus haut de l'amour et le plus profond de la tristesse. C'est le moment, dit le poème. J'apparais. Je vais dire ces bribes de silence qui laissent mon auteur sans voix, lui qui est plus habitué aux longues phrases dérivantes, attrapant tout sur leur passage. Mais ici il s'agit de ramasser une larme abandonnée sur un quai de gare, pour laquelle il n'a pas les outils appropriés.

Il faut croire que jusque-là il n'avait pas éprouvé le besoin de les forger, qu'aucun autre moment de sa vie n'avait rempli à ce point ce cahier des charges élémentaire dans son extrême dénuement. Et le prix est élevé, qui se paie en livre de chagrin. Mais on peut le lire, ce poème sincère et démuni, dans l'exergue à *La Fiancée juive*, un long chant de douze minutes à l'adresse de la femme aimée, où elle apparaît timide, serrant des livres entre ses bras, et où suite à cette apparition, retournant la mauvaise blague servie aux enfants, il conclut : qu'est-ce que j'irais voir ailleurs où elle ne serait pas.

Mais le poème a jailli spontanément à la vue des couples enlacés, éperdus, frileusement serrés, semés comme des cailloux blancs sur le quai 21 de la gare de Lyon, à Paris, balisant le seul chemin qui vaille la peine qu'on le suive, tandis que l'auteur remontait la rame à la recherche de son wagon, en partance pour Genève. Et il n'avait pas eu grand effort à faire pour éprouver, à la place des amants, ce moment terrifiant sur la voie de la passion où les corps se détachent. Au même moment un injuste train du monde emportait loin de lui sa belle fiancée juive, lui abandonnant au fond de la gorge cette espèce de chant au goût de larmes amères. Jusqu'alors ils avaient parcouru le chemin inverse, sur d'autres quais, d'autres gares. Il avait connu la joie parfaite et l'éblouissement de la fiancée marchant vers lui parmi la foule des voyageurs. Et cette félicité — il n'est pas impossible qu'elle ait inspiré ses propos sur l'irremplaçable de la rencontre.

Puis ce fut le retour une dizaine de jours plus tard. Avec monsieur Moineau dans le rôle du convoyeur au volant de son bolide escargot, la voiture plaies et bosses ayant été remisée chez un carrossier spécialiste des causes désespérées, un ponte de la chirurgie réparatrice. Comme on ne pouvait pas tenir à trois, je lui ai proposé qu'elle aille te chercher à la gare, mais elle a dit qu'elle ne se sentait pas de conduire ma voiture et qu'elle préférait t'attendre chez toi. Et Daniel, après avoir entassé plusieurs sacs derrière le siège : Madame Moineau ? Et Raymond hausse les épaules : Mais non, pas Yvonne : ta fiancée. Et Daniel, qui décidément ne marque pas d'empressement à détromper son interlocuteur : J'ai quelque chose pour vous. Et il se penche derrière le siège, en remonte plusieurs coffrets qu'il tend un à un à son vieux compagnon qui déballe lentement les papiers cadeaux, comme pour se ménager l'effet de surprise. Et avant même d'ouvrir le premier couvercle il sait déjà à quoi s'en tenir.

T'es pas fou, lâche-t-il, et les paquets livrant leur contenu l'un après l'autre, apparaissent des hameçons de différentes tailles, des leurres de poissons nageurs, qui pourraient se confondre avec des sardines ou des harengs si leur queue n'était hérissée de crochets fatals, des mouches emplumées et des libellules tueuses, tout un attirail à vider la mer et les rivières. Et monsieur Moineau, dont le visage balance entre confusion et joie enfantine : J'en crois pas mes yeux. Tu m'accompagneras ? Et l'ami acquiesce : On a fait des progrès depuis qu'on se les fabriquait en découpant les sardines sur les boîtes de conserve. Et monsieur Moineau : Ça les faisait fuir plus qu'autre chose. Mais on en a fait de belles, des parties de pêche, hein ? Ça me fait plaisir que tu n'aies rien oublié.

Quant à Yvonne, beaucoup plus tard dans la journée, alors que, comme ils l'avaient promis, Daniel et sa fiancée venaient partager le dîner des vieux époux, elle se montrera à la hauteur de sa réputation en recevant un foulard griffé dans son carton enrubanné. Mon petit Daniel, je ne suis pas contente du tout. Tu me vexes — tout en lui prenant la tête à pleines mains et la couvrant de baisers. Puis, se reprenant, ce n'est pas à une vieille dame comme moi qu'il faut offrir d'aussi belles choses. C'est à ta fiancée. Et la fiancée qui ne proteste pas non plus, dit qu'elle a déjà reçu son cadeau. Et madame Moineau garde un moment de silence inhabituel pour elle, le temps de permettre à la jeune femme de dire en quoi il consistait, mais la jeune femme se tait, regarde Daniel, lequel, devinant le supplice intérieur de madame Moineau, dévoile qu'il s'agit d'un livre. Et madame Moineau qui se sent valorisée par son présent : Vous, c'est pas pareil, vous êtes des intellectuels.

Ce qui s'est passé entre les deux cadeaux à chacun des vieux époux ? Monsieur Moineau a déposé son ami devant la maison du réparateur de cycles. Elle t'attend, a-t-il dit. Et il a précisé, pour qu'il n'y ait pas cette fois d'équivoque : Ta fiancée. Avant d'ajouter : On l'a beaucoup vue pendant que tu étais à Paris. Elle est souvent passée prendre un café ou simplement nous donner un petit bonjour. Qu'elle soit une fille bien, tu n'as pas eu besoin de nous pour t'en rendre compte. Mais je crois qu'elle nous aime beaucoup aussi. En tout cas avec Yvonne, on est contents pour toi, et ça nous touche qu'elle nous ait un peu adoptés. Elle nous plaît vraiment.

Daniel a remercié son vieil ami, déchargé ses sacs, et n'a pu s'empêcher de lever les yeux vers la fenêtre de jadis aux rideaux bleus, comme s'il s'attendait à ce qu'elle s'ouvre enfin, que la mort s'en échappe à tire-d'aile, et que la fiancée le salue d'un signe heureux de la main avant de se précipiter à sa rencontre en dévalant l'escalier pentu, obligeant l'homme ronchonnant qui loge dessous à frapper sur les contremarches pour qu'on ne le dérange pas dans son sommeil.

La porte de l'atelier n'est pas fermée. D'ailleurs il a laissé sa seule clé — et le trousseau de la maison du réparateur de cycles n'en compte pas d'autre — à la fiancée. À la poignée de la porte en bec-de-cane, donnant sur le couloir, est suspendu son blouson de cuir noir. Il dépose les sacs sur le grabat, entreprend de grimper prudemment l'escalier comme pour ne pas réveiller un enfant qui dort. Il ne risque pas de se perdre en chemin, il lui suffit de suivre le jeu de piste, dessiné par elle, qui jalonne la montée des marches. Ainsi un pull bleu au col en V est posé sur la première marche, une manche pendant, comme un exercice de trompe-l'œil pour un peintre méticuleux, puis quelques degrés plus haut, c'est un chemisier blanc, mollement étalé, que ses épaules ont négligemment abandonné derrière elle, puis une chaussure à talon fin, couchée sur le côté, ayant sans doute dévalé quelques marches puisque la seconde est plantée fièrement sur le plancher du premier étage, présentant son emboîtage légèrement bombé, cette partie arrière de la tige qui relie les deux bandes latérales, au-dessus d'un fin talon comme une cheville de golf agrandie, indiquant de sa pointe en lame de flèche la direction à suivre, et l'homme hésite à se pencher pour ramasser les effets épars et rétablir un semblant d'ordre dans ce chaos émotionnel, mais il y a si peu de chemin jusqu'à la porte, et ce peu est occupé par un pantalon de jean bleu laissé à terre, aux jambes désarticulées, dont l'une bénéficie d'un effet télescopique, d'un enfoncement sur elle-même tandis que l'autre se casse à angle droit à hauteur du genou, par un fin soutien-gorge de coton noir pendu à la poignée de porcelaine blanche, aux bonnets comme deux kippas minuscules pour des têtes de poupées, et, entrevu par l'entrebâillement de la porte, composant une maigre excroissance à la vieille descente de lit aux motifs passés par le temps, comme sur une plage ces tortillons de sable humide laissés par les coquillages, par un slip noir accordé à son haut.

De quoi avoir la gorge serrée et le souffle court avant de pénétrer dans la chambre, d'autant qu'on se souvient que, sur ce lit, gisait jadis le corps de l'éternelle agonisante dont on peut penser qu'il s'accordait mal à la rêverie amoureuse. Il y aurait donc, en lieu et place, le long corps dénudé de la fiancée? Il y aurait donc une vie après la mort? Il faudrait tout reprendre pour mieux goûter à la beauté du moment, mieux se préparer à l'apparition de cet éclair blanc offert sur le lit, il faudrait, oui, revenir en arrière, mieux profiter de cette longue marche nuptiale, ne rien rater des etapes de cette montée au ciel, des diverses stations, marquées d'un linge ayant touché au corps sacré, qui mènent à la chambre d'amour, se retrouver à nouveau sur le trottoir, agiter la main en direction de monsieur Moineau qui s'éloigne à petite vitesse dans sa voiturette vers le clocher de Sangerville dont la tour carrée dépasse des toits d'ardoise, à nouveau lever la tête vers la fenêtre aux rideaux bleus, oh, mon amour, je comprends que tu n'y apparaisses pas, pas dans ta tenue, tu penses aux voisins qui auraient quelques scrupules à recevoir ce don de chair et s'étrangleraient devant cette épiphanie de la beauté, ne te penche pas par-dessus l'allège où tes seins feraient deux coupoles inversées au-dessus du vide, au risque de basculer et que mes bras tendus se brisent à te recevoir, demeure allongée à m'attendre reliée par nos pensées jumelles comme la femme de jadis à ses tuyaux.

Ce n'est plus qu'une question de secondes, ma chérie, mais jusque-là laisse-moi profiter de ton blouson sur le bec-de-cane, de cette peau de cuir qui te protège du froid de la vitesse quand tu es au guidon de ton scooter, de ce doux pull en mohair, sur la première marche, au col en V qui pointe ce mince sillon, à peine plus profond que deux doigts entre tes seins, de ton chemisier au col largement ouvert, effondré comme un oiseau mort sur les marches, dont il faudra, une prochaine fois, me laisser le soin de défaire un à un les boutons (« et ces petits boutons de nacre craquaient comme des pépins »), même s'ils ne sont plus de nacre, ce double rideau de coton blanc qui tombe de tes épaules de reine, s'ouvrant lentement sur la révélation, sur ces bonnets de poupée couvrant tes petits seins, qu'après avoir contemplés, profitant de t'enlacer, j'entreprendrai de libérer en glissant une main dans ton dos pour défaire habilement l'agrafe, ta poitrine soudain dévoilée, ma bouche goûtant à tes aréoles dressées, puis je reprendrai tes lèvres, les mordillerai, aspirerai leur pulpe rose, les langues jouant à se frotter et à s'esquiver, puis je reviendrai à tes seins, tes mains appuyant ma tête contre les mamelons moelleux, puis la faisant glisser, l'invitant à descendre le long de ton ventre, et à boire entre tes cuisses posément ouvertes, à ces replis de chair, pétales et pistil incarnats, qui marquent l'entrée de notre paradisiaque demeure, et c'est pour bientôt, quand j'en aurai fini de monter marche par marche le vieil escalier, avec la lenteur calculée d'un mime, en veillant à ne pas reposer trop vite le pied sur le degré supérieur, à bien apprécier chaque seconde qui me sépare de l'ostentation de ton corps merveilleux. Je prendrai le temps de ramasser ta chaussure et de la serrer contre mon cœur pour cette promesse de bal enchanté qui me donne le tournis, ô ma Cendrillon, ma belle aux cheveux de cendre sur laquelle s'abattent, comme une grêle maléfique, les douze coups de minuit. Quelle fête, mon amour.

Mais, à la place de l'éclair blanc attendu, au moment de pousser la porte de la chambre, c'est un corps sombre qui occupe la place de l'agonisante. Les bras impatients de la fiancée allongée sur le lit, et qui se tendent vers son amour revenu, sont revêtus comme le reste, moins les mains et les pieds et le beau visage cagoulé, de la combinaison de plongée.

4

Oh, ma petite fille, pas ça, je ne veux pas entendre une chose pareille, mieux vaut être sourd, ne me dites pas que vous êtes passée à côté de l'amour, ce n'est pas possible. On ne passe pas à côté de l'amour, on n'en a pas le droit. Ce n'est pas comme dans la chanson, il est passé par ici, il repassera par là. Des amourettes, vous en trouverez toujours, vous êtes belle, vous les ramasserez à la pelle, mais pas cet amour-là. Je suis une vieille dame et je ne sais presque rien, et on pourra toujours dire que je n'ai aucune compétence pour juger de ces choses, mais je vous ai vus, tous les deux, et tout de suite j'ai su que vous étiez faits l'un pour l'autre, c'était comme deux et deux font quatre, évident, flagrant, et mon grand innocent de Daniel qui prétendait qu'il n'y avait rien, comme si ça ne sautait pas aux yeux, et peut-être qu'il ne voyait rien, remarquez, il a beau être bardé de diplômes longs comme le bras, pour ce qui est de sa vie, ils ne lui ont pas enseigné grand-chose.

Je ne sais pas ce qu'on leur apprend dans les grandes écoles, ou si, l'autre jour, il m'a expliqué qu'ils avaient inventé de blanchir les nuages, pour que les rayons du soleil ricochent dessus et repartent d'où ils viennent et qu'ils ne viennent pas réchauffer l'atmosphère, ou quelque chose dans le genre. Et comment ils vont les blanchir ? Je n'ai pas tout compris, mais moi, je lui ai dit, et sans nuages noirs, comment il va pleuvoir ? Et mon jardin, qui va l'arroser ? Ils ne pensent pas à tout. Ça s'emballe, ça se monte la tête, et c'est seulement après qu'on se rend compte qu'il y a quelque chose qui cloche, alors ils vont se gratter le cerveau et nous sortir en catastrophe un appareil à faire de la pluie, avec des avions qui feront des loopings pour essorer les nuages dans tous les sens, et comme ça ne sera pas encore au point, ils feront danser des Indiens, si c'est pour en arriver là, ils feraient mieux d'arrêter tout de suite, qu'ils ne touchent plus à rien, ils nous dérèglent de plus en plus.

Je le lui ai dit, à notre Daniel, que ça n'avait pas toujours son bon sens, comme ces pompiers qui mettent le feu pour courir l'éteindre. Qu'avant de chercher le remède ils devraient se préoccuper de ne pas inoculer la maladie. Et qu'a-t-il répondu ? demande Mariana, qui se chauffe le nez au-dessus de son bol de café. Qu'il était au courant, que ça ne l'intéressait plus, qu'il voulait tout arrêter. Mais s'il arrête, on n'est pas sortis de l'auberge pour autant, il s'en trouvera toujours un derrière lui pour proposer de noircir le soleil, en mettant des lunettes noires à la planète. Notre Daniel a beau connaître des tas de choses savantes, pour le reste, je vous le dis, et peut-être que ça ne vous fera pas plaisir, mais c'est vraiment un nigaud. Pour ça, il a bien trouvé son métier. La tête dans les nuages, il l'avait déjà tout petit. Moi qui l'ai connu haut comme ça, je ne vois pas la différence, c'est toujours le même, il n'est pas plus avancé. Il était intelligent, il l'est toujours, et gentil, et ça, on ne peut pas le lui enlever, et serviable, trop même, il se faisait avoir par mes gars, ils l'ont fait marcher comme un toutou, mais pour le reste, un nigaud, je vous dis.

Mais ce n'est pas une raison pour le laisser filer. Vous allez me le rattraper tout de suite. Ne comptez pas sur lui pour le faire, non pas qu'il ne tienne pas à vous, il me l'a confié, pour lui, c'est vous, il n'y a pas de doute, il sait que dorénavant il n'aura que ses yeux pour pleurer, que rien ne pourra se comparer à vous deux ensemble. Mais croyez-vous qu'il s'accrocherait ? Il a gardé de ces années d'enfance, avec tous ces drames qui lui sont tombés sur le nez, une sorte de résignation, il regarde les événements lui débouler dessus et il se dit que c'est comme ça, qu'il n'y a rien à faire, que c'est son, il ne m'a pas dit destin, mais un mot en « a », drama, non, pas drama. Karma, souffle Mariana. Oui, quelque chose comme ça. C'est du chinois, non ? À peu près, dit la fiancée. Comme si on était condamnés en permanence à subir, à n'avoir jamais de prise sur sa vie. Bien sûr qu'il y a à faire. Je me tue à le lui répéter. On n'est pas des marionnettes à manchon. Sa femme l'a bien compris — il vous a raconté pour sa femme ? Et la belle jeune femme hoche la tête par-dessus son bol de café, ce que la vieille dame interprète comme une incitation à le remplir à nouveau — et elle se tourne pour se saisir de la poignée de sa cafetière antique en aluminium, un modèle réversible, à deux étages, épatant pour se brûler au troisième degré au moment de procéder à la délicate manœuvre, le renversement de la partie basse contenant l'eau chaude qui, au prix d'un demi-tour, bascule en haut et se déverse sur le café moulu compacté entre deux grilles insérées au milieu de l'édifice, mais je ne vous apprends rien, il vous a raconté, j'espère, que sa femme est partie en emportant tout, même les petites cuillers, et je me demande s'il n'y avait pas aussi les interrupteurs, et elle a drôlement bien fait, elle devait bien le connaître, elle a compris que c'était la seule façon de le faire réagir.

Je m'excuse de le dire comme je le pense, mais ça lui a fait les pieds. Après, quand il a vu son appartement vide dont elle avait résilié le bail, il a bien été obligé de se bouger, ça lui a au moins permis de se rendre compte que sa vie, ça n'allait pas du tout, qu'il ne s'y retrouvait nulle part, et puis, entre autres, que son métier le contraignait à faire des choses dont il n'était pas spécialement fier. Avec Raymond, on est très opposés aux militaires et ce genre de choses, et quand il nous a appris qu'il avait travaillé sur certains programmes, on ne s'est pas gênés pour lui remonter les bretelles. Raymond est très strict, là-dessus. Et moi, je lui répète tout le temps qu'il doit se battre, s'accrocher, que c'est fini maintenant les jérémiades, qu'il a eu son lot d'épreuves, ça c'est sûr, et honnêtement sans nous mettre en avant, heureusement qu'on a été là, avec Raymond, mais la vie, après, s'est montrée plutôt bonne fille avec lui. Il a fait des études brillantes, il a eu un beau parcours professionnel, et c'est sûr qu'il le doit à son travail et à ses mérites, mais tout ça lui a été donné. Son grand-père, vous l'avez connu aimable comme une porte de prison, mais quand il était jeune, il était loin d'être sot, il aurait pu faire des études. Et sa mère, toujours première.

Seulement, qu'est-ce qu'elle a été s'amouracher de son joueur de foot. Un bon garçon, celui-là, mais qui ne savait pas dire non. Et non à la picole. Au moins, notre Daniel, il n'est pas porté sur la boisson. C'est une bonne chose. Mais pour le reste, sa vie privée, j'ai l'impression que c'est loin d'être aussi brillant.

À mon avis, c'était un peu n'importe quoi, ce qui dit à quel point il était perdu, mais après il a eu la chance incroyable de vous rencontrer. Je ne sais pas si vous y croyez — moi, oui, de temps en temps —, mais là, au ciel, je lui dis chapeau. Organiser une rencontre pareille, c'est du grand art. C'est sûr qu'il n'y avait que vous, ma petite fille, pour ne pas partir en courant en voyant notre grand nigaud en tenue de plongée chez les gendarmes expliquer qu'on lui avait tout pris. N'importe qui à votre place aurait pensé : qu'est-ce qu'il raconte, il ne compte quand même pas nous faire gober son cinéma et son histoire à dormir debout. Mais vous, non. Ça ne vous a pas perturbée. Vous l'avez attendu à la sortie. Il faut vraiment que vous soyez faits l'un pour l'autre. Alors je ne veux plus entendre que c'est fini. Bien sûr que non, ce n'est pas fini, manquerait plus que ça, ce qui est fini, c'est de se laisser abattre, de dire on n'y peut rien, tant pis. Je le dis à vous comme à lui. On y va et on retrousse ses manches. Passer à côté de l'amour, non mais, je rêve.

L'amour, ça ne doit pas passer. Comment disaient déjà les républicains espagnols ? Leur slogan ? J'ai la tête comme une passoire, maintenant. Raymond nous le dirait mais je l'ai envoyé faire des courses, d'ailleurs vous mangez avec nous, on ne discute pas. *No pasarán*, souffle à nouveau Mariana. Ah, vous êtes de notre bord, ça me soulage. *No pasarán*, je le disais bien. Eh bien l'amour non plus, il ne faut pas le laisser passer. Vous allez me le rattraper. Vous allez me le ramener ici, et elle tapote énergiquement du doigt la table de la cuisine. Et, visant le point des retrouvailles marqué par la vieille dame sur un motif fleuri de sa toile cirée, on imagine un tout petit Daniel, haut comme un pouce, levant les yeux pour découvrir ces deux femmes géantes penchées sur son sort, et Mariana rétrécissant à vue d'œil pour le rejoindre, et tous deux partant à la découverte de leur nouvel univers sur un tapis de fleurs.

Magnifique madame Moineau en pasionaria de l'amour, s'indignant, s'étouffant, insufflant toute son énergie à sa jeune amie, posant la main sur sa poitrine comme une héroïne racinienne, versant le café sans même un regard à la cafetière, mimant un départ au combat en se levant pour sortir d'un placard une boîte de gâteaux secs, au beurre — allez-y, reprenez-en, vous êtes maigre, vous en perdez le manger, ce n'est pas comme ça que vous y arriverez, il faut prendre des forces, réfléchissant à la meilleure solution —, demandant une petite seconde, revenant avec une coupure de presse où son protégé pose en compagnie d'autres personnes devant une installation quelconque avec plein de tuyaux, de boutons, d'écrans, regardez-le, ne me dites pas que cet homme respire la joie de vivre, eh bien avec vous, c'était un autre, il était le bonheur même, je le connais, mon Daniel, il y a un avant et un après et, entre les deux, il y a vous, alors ce qui s'est vraiment passé, je ne veux pas le savoir, vous me le direz si vous pensez que je peux vous aider, ou non, ce n'est pas mon affaire, mais une chose est sûre, c'est que l'un sans l'autre vous n'y arriverez pas.

Vous allez vous ennuyer, ça va être affreux. Plus d'intérêt pour rien. Personne avec qui échanger. Une impression de vide, et tous les remplaçants en comparaison feront pâle figure. Tous à un moment donné passeront à vos yeux pour des imbéciles, des lourds, des précieux, des prétentieux, des fats, des grossiers, des indélicats, des sots, comme disait ma mère. Je l'entends encore : Ce qu'il peut être sot celui-là. Et c'était sans appel. Celui-là, il était habillé pour l'hiver. Et il en sera ainsi pour tous. Parce que, pour vous, c'est lui, et pas un autre, je l'ai vu, Raymond l'a vu, et on sait aussi bien que quiconque ce que c'est qu'être deux, voire mieux, ce que j'ai vécu je le souhaite à tout le monde, et ça vaut la peine, croyez-moi, ou bien dites-moi le contraire, dites-moi que ce n'est pas lui, et auquel cas, je n'ai plus rien à dire, et vous vous rendez compte, moi, rien à dire ? Ce n'est pas possible, vous le savez bien, vous m'imaginez le bec cloué ? C'est donc que j'ai raison, alors courez, rattrapez-le, expliquez-vous, tordez le cou à ce malentendu, car ce ne peut être qu'un malentendu, et aimez-vous. Il n'y a rien d'autre à faire. Rien de mieux.

Et la fiancée baisse la tête comme une petite fille sermonnée, la relèverait-elle que sans doute verrions-nous deux lentilles d'eau briller dans ses yeux, et sous la véhémence des arguments de la vieille avocate de l'amour, elle secoue la tête de manière négative, et on ne sait comment traduire, non, ce n'est pas lui, ou je ne peux pas dire que ce n'est pas lui, mais en fait, même si elle prétendait

que ce n'est pas lui, on ne la croirait pas, madame
Moineau a raison, on a bien vu tout de même, on
sait à quel point c'est difficile de s'accorder,
comme c'est rare, cette conversation infinie,
comment, alors qu'elle l'attendait sur le lit de
l'agonisante en tenue de plongée, il s'est penché
au-dessus d'elle et après l'avoir longuement
embrassée, a entrepris de descendre la fermeture
à glissière de cette peau noire, ouvrant un delta
de blancheur, dégageant ses seins de jeune fille,
les embrassant, ou plutôt les caressant de sa
bouche jusqu'à faire se dresser les pointes, et elle
frissonnant, puis la combinaison se dégageant de
ses épaules, l'obligeant à se soulever pour dégager
ses bras, et l'adhésion de cette seconde peau est
telle qu'elle doit participer à ce déshabillage serré,
en aidant à faire glisser la gaine de caoutchouc le
long de son buste et de ses hanches, soulevant
ensuite ses fesses, libérant sa toison brune et son
sexe de glaïeul, sur lequel il dépose un baiser, les
cuisses prises encore dans les collants épais de la
combinaison, qu'il dégage en se plaçant à genoux
entre ses jambes, tirant sur cette gomme collante
comme s'il remontait un filet pour une pêche
miraculeuse où s'ébattraient deux cuisses lumi-
neuses, longues et fines, avec cette envie folle de
les parcourir de la langue jusqu'à leur jonction
miraculeuse, de les prendre à pleines mains pour
remonter lascivement jusqu'à ce vivier d'amour,
la combinaison ne tenant bientôt plus que par
les pieds, qu'il dégage dans un dernier effort de
ses bras et jette au bas du lit, contemplant le
corps aimé, avant de s'allonger dessus pour
retrouver le beau visage et ses lèvres entrouvertes.

Faites ce que je vous dis, ma petite fille. Et

madame Moineau abaisse les bras sur la toile cirée de chaque côté de son bol, et pose sur sa protégée un regard presque suppliant. Car c'est une supplique qu'elle lui adresse. Qu'elle fasse ça pour elle, pour sa vieille amie. Pour qu'elle ait encore une fois raison, pour qu'elle puisse affronter ses dernières années confiante en son jugement, confiante en l'amour, en la joie, avec le sentiment d'avoir toujours vu juste, d'avoir toujours été du bon côté qui est celui de la bonté. Mais ne laissez pas passer l'amour, ma chérie. Rappelez-vous ce réveillon de fin d'année que vous aviez choisi de partager avec nous. Ah, on peut mourir après ça. Notre grand nigaud favori frappant encore une fois à minuit passé de quelques minutes au carreau de la fenêtre, levant sa bouteille de champagne, comme si c'était le sésame indispensable pour qu'on lui ouvre, et vous tenant par la main en franchissant la porte, et vos deux sourires, vous auriez vu vos deux sourires alors qu'on était comme deux vieux à regarder je ne sais quels idiots à la télévision, des tortillons dans les cheveux et levant un verre à notre santé, comme si on était à tu et à toi, eux et nous, faisant comme tout le monde semblant de se réjouir pour toutes ces bonnes choses que l'année allait nous offrir, et que vraiment ce serait formidable, et à ce moment c'est le bonheur même qui entre dans notre maison, ma chérie, un bonheur comme une pièce montée, et à ce moment il n'y a pas eu plus heureux que nous sur toute la terre, je veux dire Raymond et moi, et les autres idiots derrière l'écran avaient beau ouvrir d'autres bouteilles, s'embrasser par satellite à travers tous les coins de la planète, la bonne année s'était invitée chez nous, chez nous, alors qu'il y a des millions de téléviseurs, chez nous, vous vous rendez compte ?

Et vous voudriez que je renonce à ça ? Vous allez vous secouer, ma belle, et nous le ramener ici, notre bonheur. Pas de mais. Mais quoi ? Mais ce qui s'est passé ? Mais il ne s'est rien passé du tout. Il s'est passé que vous vous êtes mal compris. Il s'est passé que vous êtes deux têtes de mule susceptibles, et que vous ne savez plus comment revenir l'un vers l'autre.

Et la fiancée pleure sans se dissimuler, maintenant. Et la vieille dame la rejoint, excusez-moi, je ne suis qu'une veille bête, tandis qu'elle tamponne ses yeux avec un torchon en soulevant ses lunettes, mais vous étiez tellement beaux tous les deux, vous alliez tellement bien ensemble que ce n'est pas possible que ça en reste là, sinon, tiens, je suis dégoûtée, et elle repose son torchon sur la table comme si elle rendait son tablier, refusant désormais d'accomplir ces mêmes tâches qui font son quotidien depuis cinquante ans. Je suis même sûre qu'en vous dépêchant vous auriez le temps de faire un enfant. Et la promise fixe madame Moineau de telle sorte, soudain éberluée, ravalant ses larmes, comme en arrêt, que la vieille dame se demande si elle n'a pas sorti une énormité, au point qu'elle se sent obligée de préciser : Eh bien oui, vous avez encore le temps. Ça lui apprendrait la vie à notre nigaud.

Et la fiancée : Ne l'appelez plus ainsi, c'est un homme merveilleux.

Eh bien alors, renchérit la vieille dame, heureuse de reprendre la main après le passage de l'ange, qu'est-ce qu'on attend ? Courez après cet homme merveilleux. Et je partage votre avis, même si des fois. Dépêchez-vous. Et pensez à la suite. On n'a besoin que de neuf mois. Ce n'est pas la mer à boire. Encore que sur la fin, ça tiraille drôlement. Mais merci d'être venue, ma chérie. Quel bonheur vous me donnez. J'avais peur de ne plus vous revoir, que vous pensiez que nous avions pris son parti, comme ces couples qui divorcent et qui partagent aussi leurs amis, celui-là à toi, celle-là à moi. Quoi qu'il arrive vous êtes ici chez vous. Vous nous avez fait ce merveilleux cadeau, non seulement de nous considérer, mais comment dire, c'est comme si vous nous aviez adoptés, nous, le vieux Raymond et la vieille Yvonne qui ne connaissent du monde que les pas qui les ont conduits l'un vers l'autre. Alors à vous je peux bien vous le dire. J'aime mes garçons, je me ferais couper en tranches pour eux, mais le bonheur qui m'a été refusé d'avoir une fille.

Sur ce qui s'est passé, ayant entraîné l'impensable, cette débâcle de l'amour, quand nous entrevoyions pour nos promis l'un à l'autre le plus bel avenir, nous avons la version de la fiancée telle qu'elle l'a livrée à madame Moineau, mais une version forcément partiale et sans doute édulcorée pour ne pas effaroucher sa vieille amie. Ce qui a fait dire à dame Yvonne, qui a haussé brusquement les épaules alors qu'elle passait sous l'eau du mitigeur de son évier les bols de café, que tout ça n'est que broutilles, et se retournant à demi, comme si elle s'adressait à la fenêtre embuée par la chaleur de la cuisine et le froid du dehors, qu'on ne se quitte pas pour si peu.

Ce si peu, ce serait, au dire de la fiancée, une visite de la délaissée, non pas l'épouse qui a signifié clairement son souhait d'en finir avec leur vie commune et de passer à une autre en faisant le ménage radical de ce qui avait été, mais l'abonnée aux week-ends de plongée, l'intérimaire, l'amoureuse en salle d'attente, celle qui devait redouter chaque fin de semaine, ces deux jours maudits où elle se morfondait dans son canapé à espérer un signe de son amant, le téléphone portable dans une main et la télécommande du téléviseur dans l'autre, avalant sur un coin de table un yaourt et ce que lui offre un frigo vide, se précipitant au bureau le lundi matin, parée comme pour ses noces à la perspective de recroiser l'homme de ses pensées dans les couloirs, pensées où se mêlent la passion amoureuse et une rage rancunière, la tendresse et la véhémence, essayant de le coincer dans son bureau pour lui arracher un baiser, et comme il détourne la tête, le saoulant d'un concert d'invectives, tu m'avais dit que tu passerais et je suis restée bloquée à t'attendre, alors que j'ai refusé mille invitations par de plus beaux, de plus fortunés, de plus ardents, tu m'avais demandé de t'accorder du temps, il te fallait tout ce temps pour préparer ta femme, l'amener peu à peu à l'idée de la séparation, mais tu n'as toujours rien dit, et du temps, je t'en ai donné à ne plus savoir où le mettre, je t'ai donné chacune de mes heures, et chacune en s'écroulant m'arrache un peu de moi-même, me laisse sans corps, sans voix, sans avenir, et lui la repoussant, disant qu'il a à faire, un rendez-vous important, et elle, pas avant qu'il ne se soit expliqué, et lui, une autre fois, ce n'est pas le moment et elle, ce n'est jamais le moment, cela fait des semaines, des mois, des années que ce n'est jamais le moment, où se situe le bon moment ? Dans quelle échelle du temps ?

Mais cette fois il ne s'en tirera pas comme ça, et elle empoigne les revers de sa veste, et lui, laisse-moi, et elle, ça t'arrangerait bien, hein ? Mais non, je ne te laisserai pas, je ne te ferai pas ce cadeau, et lui, parle moins fort tu vas ameuter tout l'étage, et elle, je m'en fiche, que tout le monde sache que monsieur est une ordure, et lui la bousculant, ça suffit comme ça, forçant le passage, et au fait, qu'elle n'oublie pas de s'occuper du dossier sur le bureau, la chemise cartonnée rouge, que demeurée seule elle contemple avec l'envie d'ouvrir la fenêtre et de l'éparpiller au vent, tandis que la porte claque dans son dos, la laissant désemparée, hésitant peut-être à suivre la route des feuilles volantes, puis ressortant le dossier dans les bras comme si elle berçait son amant, répondant aux bonjours des uns et des autres, certains s'étonnant, ça n'a pas l'air d'aller, et sans attendre la réponse assenant que, pour eux, tous les lundis c'est pareil, on ne peut pas aller bien un lundi, de sorte qu'elle gardera sa peine pour elle, qu'elle enfermera dans le cagibi qui lui sert de bureau, qu'elle glissera sous une pile de dossiers dans l'attente d'une réponse de plus en plus lointaine à mesure que la pile augmente.

Mais peut-être que l'amoureuse n'était pas cette femme esseulée figée dans l'attente, balançant entre promesse et désespoir, qu'elle avait une vie d'épouse et de mère, qu'elle reprenait plus ou moins confortablement pendant cette pause dominicale consacrée à son mari et ses enfants, toutes les connaissances du couple saluant cette famille exemplaire donnant l'impression de rejouer inlassablement l'éternelle mélodie du bonheur, jamais de mésentente, de mots plus hauts que l'autre, toujours la même égalité d'humeur, et les enfants merveilleusement élevés, pleins d'entrain, et on la félicite, car tout vient d'elle, n'est-ce pas ? quand derrière les sourires de façade, les rêveries font chambre à part, les cœurs sont lézardés, et l'amour un invité clandestin.

Plus que tout elle redoute les tête-à-tête entre elle et son époux, adoptant pour éviter cet affrontement toutes les diversions que propose une vie sociale — une soirée entre amis, une sortie au théâtre, un dimanche à la mer, l'accompagnement des enfants à diverses activités, une visite chez les parents, les propos sur le temps, les affaires, la destination des prochaines vacances —, alors que plane au-dessus d'eux l'infinie tristesse de ne pouvoir se dévisager longuement, les yeux dans les yeux, d'emmêler leurs doigts quand ils se promènent, leurs langues quand ils s'embrassent, leurs corps quand ils s'aiment, au lieu de ce rituel de copulation que l'épouse expédie, bâclant les préliminaires et les caresses, faisant tout pour accélérer la jouissance de l'homme et qu'on en termine au plus vite, avant de courir à la salle de bains, puis de reprendre son livre et, lumières éteintes, son rêve d'une autre vie avec l'homme qu'elle aime, vers lequel tout son être la porte, avec lequel elle voudrait tout partager, qu'elle peut regarder des heures sans se lasser, contre lequel elle se blottit, adhère par tous les coins de sa peau, les rares nuits qui leur sont accordées, au lieu que dans le lit conjugal elle occupe l'extrême bord, s'accrochant au matelas pour ne pas tomber.

Mais l'espère-t-elle vraiment, cette autre vie qui l'obligerait à renoncer à la mélodie du bonheur ? Qu'est-ce qui la retient ? L'impossibilité de renoncer au confort présent de son existence ? La peur d'avoir à dévisager les visages douloureux des siens et d'être comptable de chaque larme quand elle annoncerait que tout n'est pas aussi serein au royaume des roses ? Ou des mots d'ordre plus anciens, souterrains, remontant à travers des générations qui intiment de ne pas bouger, comme ont fait toutes les femmes de la famille avant elle, qui ont risqué parfois un pied au-dehors, un baiser sur d'autres lèvres, avant de se reprendre et de s'appliquer ensuite à bien aplatir le pli de cette froissure conjugale.

Mais qu'elle soit l'une ou l'autre, c'est une femme follement aimante. Et il aurait fallu, lors de sa visite, jeter un œil sur son annulaire gauche, pour en apprendre un peu plus sur sa situation. Seulement Mariana ne s'est pas approchée d'aussi près, elle ne s'est pas penchée sur l'anneau nuptial. Elle a même accéléré violemment en passant à sa hauteur. Peu lui importait qu'il ait été ou non au doigt de la femme, dès lors que son homme était sur le trottoir devant la maison du réparateur de cycles et se laissait embrasser par cette inconnue, non, qu'il y mit du sien, un baiser de quelques secondes tout au plus avant qu'il ne la force à détacher ses bras agrippés autour de son cou, mais des secondes comme des coups de poignard dans le cœur de la motocycliste qui débouchait par la rue du village, et avançait au ralenti pour bien se convaincre de la réalité de la scène, s'enfoncer la félonie de cet homme dans la tête, son casque rougeoyant de rage et de colère.

Car comment avait-elle pu être aveugle à ce point, se laisser berner, abuser par ce bellâtre sur le retour, incapable de résister à n'importe quel regard énamouré, à des lèvres fiévreusement tendues, à des bras langoureusement enveloppants, à un corps qui se colle comme une arapède, mais qu'est-ce que c'est que cette — et là, quelques mots sur la rivale, toujours les mêmes, qui n'aident pas à faire la paix en soi, ni ne guérissent du poison de la trahison, et qui ne font qu'ajouter de l'humiliation à la blessure sanglante. Et d'ailleurs madame Moineau, avec ce féminisme qui s'ignore des vieilles dames, l'arrêta. Si elle a fait tout ce chemin, ça veut dire qu'elle est sincèrement amoureuse, dit-elle. Je n'en sais pas plus. Daniel ne s'est pas épanché, vous pensez bien, mais j'ai compris qu'avant de vous connaître il n'était pas heureux et que s'il allait voir ailleurs, c'était pour chercher ce qu'il a trouvé avec vous. Pas seulement une femme aimante. Sinon, il se serait arrêté sur celle-là, même si j'ignore si elle était libre ou pas.

En tout cas, il n'a pas cherché à la rejoindre ou à la contacter quand il a quitté Paris. S'il avait tenu à elle, c'est la première chose qu'il aurait faite. Une fois libre, vous pensez, c'était l'aubaine. Mais peut-être qu'effectivement, libre, elle ne l'était pas. Ce qui ne change rien au fait qu'il soit parti comme un voleur, sans prévenir qui que ce soit, avec un réel désir de se faire oublier, d'oublier celui qu'il était, qui menait cette vie qui ne le comblait pas, à laquelle il n'arrivait pas à trouver du sens. Car je l'ai observé, les premiers jours. Il n'a pas passé un seul coup de fil, sinon pour ses papiers et pour la banque. Et il ne pouvait pas non plus téléphoner de la cabine devant la mairie, il y a déjà un moment qu'ils ont enlevé l'appareil. Ne me demandez pas pourquoi. Faudrait déjà savoir pourquoi ils en avaient mis. Mais voilà, il avait beau raser les murs, faire le mort, on est toujours rattrapé par sa vie. On ne s'invente pas une peau neuve parce qu'on laisse sa garde-robe, son appartement, son travail, derrière soi. On s'emmène toujours avec soi. Le petit Daniel était toujours caché dans la combinaison de plongée.

Je me souviens qu'au début il n'était pourtant pas faraud quand il partait avec Raymond et les gars. Il n'arrivait pas à mettre la tête sous l'eau. Pour la plongée, c'est un handicap. Et puis il avait toujours froid. C'est nous qui l'avions équipé de pied en cap, vous devinez bien. Son grand-père n'avait pratiquement plus de travail. Comme dans *Les Lettres de mon moulin*, vous savez, le meunier qui fait semblant. Maître comment déjà, ah, ça va me revenir. Raymond saurait. Il était toujours à bricoler dans son atelier mais c'était pour s'occuper. Et puis le vélo n'était déjà plus à la mode. Ça revient un peu, notez. Mais de toute façon il était tellement aimable que je connais quelqu'un qui n'est même jamais revenu récupérer sa roue de bicyclette. C'est vrai qu'il déménageait, et partait pour la Nouvelle-Calédonie, mais c'est vous dire. De quoi ils vivaient tous les deux ? De peu, ça c'est sûr. Et je crois que mes soupes n'ont pas servi qu'à Daniel quand il en rapportait chez lui. Mais la plongée, ça l'a aidé, ça l'a dégourdi. Et là, on peut dire merci à Raymond. Il avait vu juste. Parce qu'il était timide. On ne croirait pas à le voir aujourd'hui.

Mais Mariana dit qu'on le croit, qu'il n'y a pas de gentillesse sans timidité, que la gentillesse est de la timidité surmontée. Et madame Moineau : Mais oui, c'est un gentil, et cette femme l'aimait certainement aussi pour sa gentillesse. Ce qui est sûr, c'est qu'elle tenait à lui vraiment. On peut la comprendre. Mais ce n'est pas lui qui l'a fait venir. J'en donnerais ma main à couper. Il m'a raconté comment elle l'a retrouvé. Il a un ami, Marc, je crois, chez qui il a vécu pendant son dernier séjour à Paris, à qui il avait donné son adresse ici pour qu'il lui fasse suivre le courrier du bureau, en lui faisant promettre de ne la donner à personne. Et le Marc, croix de bois, croix de fer, si je mens je vais en enfer, mais il a l'air d'avoir autant la tête dans les nuages que notre Dany, et il n'a pas tenu longtemps devant cette femme qui l'a supplié, qui se doutait bien que lui, l'ami, devait savoir. Et elle a fini par lui tirer les vers du nez. C'est comme ça qu'elle a débarqué ici. C'est la vérité. Il faut le croire. Vous le croyez, n'est-ce pas ?

Mais Mariana ne sait plus ce qu'il faut croire ou non. Lui revient en boucle ce baiser échangé sur le trottoir devant la maison du réparateur de cycles, devant ce musée de la pauvreté qui était devenu pour elle le palais des *Mille et Une Nuits*, car c'était ce qu'elle voulait, des milliers de nuits à ses côtés, et peu importe l'état des murs et la hauteur sous plafond, et que les deux étages tiennent dans le seul grand salon de la Houssière, c'était dans cette maison qu'elle l'avait attendu, revêtue de sa combinaison de plongée, qu'ils avaient fait l'amour avec ce sentiment d'une absolue plénitude quand l'amour et le plaisir se confondent, et les mots et les choses, et les regards et les caresses, et les corps et les pensées, au point que la tête reposant sur sa poitrine elle avait murmuré : C'est le paradis, parce qu'elle ne pouvait rien imaginer de plus beau, de plus haut, de plus intense, qu'elle n'avait plus rien à demander au monde, qu'il leur avait donné tout ce qu'il a de mieux à proposer, et rien au-dessus, c'est-à-dire aucune sensation d'un quelque chose qui manquerait, non, non, parfait, absolument parfait, le monde à son meilleur, plus rien à lui demander, juste ceci, si ça pouvait continuer ainsi.

Et le miracle c'est que ça avait continué ainsi, jusqu'à la scène du baiser infidèle, et d'imaginer une autre femme à cette même place, elle a beau lutter, les images défilent en permanence sous ses yeux, l'assaillent comme autant de piqûres d'épingles, à lui arracher le cœur avec des pincettes, à se taper la tête contre les murs pour que ce cinéma s'arrête enfin, et il a eu beau jurer sur tout ce qu'il avait de plus cher, et à part elle, ça ne faisait pas grand monde, qu'il ne s'était rien passé, que cette femme, il ne l'avait pas invitée, qu'il avait cherché à la convaincre que c'était fini entre eux, les images pernicieuses s'interposaient toujours, alors il avait donné plus de détails. Comme elle ne voulait pas partir, il lui avait dit qu'il en aimait une autre, que c'était son amour, et que son amour allait bientôt arriver, qu'il fallait qu'elle parte, et elle avait hurlé, elle n'avait pas fait tout ce chemin pour se faire traiter comme un mouchoir jetable, que ce n'était pas possible, qu'on ne pouvait pas lui faire ça, qu'il ne pouvait pas avoir oublié ce qui s'était passé entre eux, et elle lui avait rappelé leurs bons moments.

Mais il a beau se les repasser, ces étiquetés bons moments, ça n'a décidément rien à voir avec ce qu'il vit. Maintenant qu'il peut comparer, il doit se dire que c'était un amour par défaut, en attente, une sorte de théâtre où les sentiments sont mis en scène, interprétés au mieux, avec conviction, auquel on s'efforce de croire parce qu'on a envie d'y croire, et qui peuvent faire illusion un peu, à condition de ne pas trop se poser la question de leur sincérité, de leur profondeur, et de réussir à se convaincre que l'amour, ça doit être ça.

Mais elle insiste, pousse plus loin sa séance de torture mentale, tu me disais que tu n'avais jamais aimé comme ça auparavant, et elle exige

de lui qu'il se rappelle ses mots tendres, ses promesses d'avenir, ne me dis pas que tu as tout
oublié, et il ne peut nier les serments à l'emporte-
pièce, qu'il souffre de réentendre, qu'il aimerait
ravaler comme des larmes, qui se voulaient sincères alors, mais qui n'étaient que l'expression de
son désir d'amour, et dont il sait aujourd'hui
qu'ils ne se peuvent comparer avec son amour
présent. Et il n'ose pas le lui dire aussi brutalement, qu'elle n'était pas cette sorte d'amie pour
lui, parce que ce serait trop cruel, alors il tourne
autour, dit que de toute façon leur histoire était
finie, qu'il veut changer de vie, tourner la page, et
elle : Moi, une page ? Et lui, s'emmêlant : Une
page magnifique, qu'ils avaient écrite ensemble,
mais il doit penser au même moment à ce livre
qu'il avait rapporté à la plongeuse sur le lit de
l'agonisante, un exemplaire original de son
recueil favori, avec un envoi de l'auteur à un
autre ami poète, et elle avait lu pour lui son
poème fétiche : « Elle se penche sur moi / Le
cœur ignorant / Pour voir si je l'aime / Elle a
confiance elle oublie / Sous les nuages de ses paupières / Sa tête s'endort dans mes mains », et
chaque mot était le bonheur même, ce qui ne
pouvait se comparer avec cette page triste et
désolée qu'il s'empressait de tourner devant la
femme en pleurs, l'abandonnant comme un
buvard humide au milieu de leur roman d'amour
refermé.

Et comme enfin il la raccompagnait sur le trottoir, elle l'avait supplié qu'il lui accorde un dernier
baiser, et il avait acquiescé à cause de ses yeux
implorants, baignés de larmes, et c'est précisément
à ce moment que le casque rougeoyant était passé

en vrombissant sous son nez, et qu'instantanément il avait su que la mâchoire de fer du destin venait de se refermer sur lui, qu'il avait eu tort de penser avoir réussi à lui échapper, qu'il avait fini par être rattrapé par son malheur organique.

Ensuite il avait attendu, assis sur la paillasse du rez-de-chaussée, prostré, la tête dans les mains, contemplant dans ce trou de conscience l'étendue des dégâts — ça ressemble à ma vie, avait-il dit devant les corps en morceaux gisant sur le sol de l'atelier de son amour. Et ça continuait, même désastre à perte de vue, mêmes morceaux impossibles à assembler, à relever d'entre les morts, à faire renaître de leurs cendres. Sitôt surgie, la joie qu'il n'espérait plus s'était enfuie, étoile filante dans la nuit sombre ne laissant derrière elle que l'empreinte de ses doigts de rose sur tout ces segments disloqués : comme si la faute originelle n'était rien d'autre qu'une mélancolie dévastatrice. Puis, le soir tombant, il avait grimpé l'escalier jadis jalonné des pièces d'un festin d'amour, cette échelle du plaisir qui l'avait conduit au corps sacré, mais le souvenir en remontait à si loin, de cette félicité parfaite, tellement hors de portée à présent de ses mains privées de caresses, s'agrippant l'une à l'autre comme deux naufragées, qu'il lui semblait un souvenir d'emprunt, entendu de quelqu'un d'autre. Comment des souvenirs aussi parfaits pourraient-ils jaillir au milieu des décombres de sa vie ? Sans doute une erreur de la mâchoire de fer qui, un temps, s'était refermée sur le vide, et furieuse de s'être fait avoir par les forces de l'amour, s'était depuis triomphalement vengée, ne faisant qu'une bouchée de ce triste candidat à la joie.

Étendu sur le lit d'amour, essayant de capter dans les fibres de l'enveloppe de l'oreiller des fragrances du parfum de la fiancée, hésitant sur la démarche à suivre, attendre un signe ou se précipiter pour demander un entretien et tenter de lever le malentendu, il avait vu le jour se lever. Y eut-il encore un autre jour à guetter un appel de la femme blessée, un mot glissé en passant dans la boîte aux lettres par la motocycliste casquée de rouge ? Probablement, car nous voyons qu'il n'a pas bonne mine avec sa barbe de deux jours où se mêlent quelques poils blancs, et ses yeux sont cernés. Mais comme l'enjeu est d'importance il prend le temps de se raser et de s'habiller presque élégamment, enfilant un beau chandail brun à col roulé qui l'oblige à recoiffer de ses mains ses cheveux en arrière. Et c'est en voiture cette fois, dans la rescapée du rodéo sauvage qui a repris ses couleurs argentées après le passage au marbre chez le chirurgien carrossier, spécialiste des gueules cassées, qu'il prend le chemin de la Houssière. Mais la capote tient toujours avec des reprises de couturière. Sans doute le concessionnaire n'en avait-il pas en stock, et lui a-t-on promis qu'elle arriverait plus tard. À moins que le modèle ne se fasse plus.

Mais c'est égal. On sait que la belle ne s'arrête pas à ce genre de considération. Elle est montée sans état d'âme dans ce qui eût été, pour de plus délicates, la charrette infâmante, un objet d'opprobre. Mais de plus délicates, de plus intéressées par les signes d'auto-célébration se seraient détournées bien avant. Dès la gendarmerie. Auraient pudiquement détourné leur regard pour n'avoir pas à croiser celui de ce clochard des mers.

Roulant en direction du château, sans doute se demande-t-il encore s'il a pris la bonne décision, si, en précipitant les retrouvailles, il ne serait pas en train d'irrémédiablement tout gâcher. Hésite-t-il à rebrousser chemin ? La plupart seraient d'avis de laisser passer un peu de temps, cette pommade qui adoucit les brûlures mais peut aussi mettre l'autre à la torture, lequel s'en veut d'avoir réagi aussi violemment, se demande s'il n'est pas allé trop loin, regrette, et dans le même temps enrage, rumine, nourrit les scénarios les plus sombres, les vengeances les plus raffinées. Mais mettre l'autre à la torture, ce sont des calculs de tortionnaires. Tout ce temps sans elle, c'est d'abord du temps perdu. Pas de temps à perdre, courir vers elle, de nouveau la voir, de nouveau se rassasier du beau visage, de nouveau suivre du regard la longue silhouette qui s'enfuit dans l'allée, lui expliquer en la poursuivant que ce n'est pas ce que tu crois, insister, hurler sous les branches dénudées du parc qu'il n'y a qu'elle, que rien n'existe en dehors d'elle, tout est ennui.

Mais il a beau appuyer sur le bouton de la sonnette encastrée dans le pilier, aucun pas ne se presse de l'autre côté en chassant les feuilles mortes pour ouvrir le portail. Nous attendions la porte s'écartant prudemment, et soudain ce face-à-face d'une fraction de seconde avant qu'elle ne se referme, mais empêchée par un pied du visiteur, qui s'obstine, ne veut pas le retirer, et puis après quelques mots échangés, la pression se relâche, la porte tourne lentement sur ses gonds pour laisser entrer le suppliant. Et peut-être les aurions-nous laissés s'expliquer, n'ayant pas envie d'assister à cette confession pénible, ces pleurs, ces dénégations, ses tentatives à lui de la prendre par les épaules, et sa tête à elle qui se détourne ostensiblement. Mais personne ne se présente à l'entrée du parc et plutôt que de s'en retourner tristement, il choisit de forcer le destin, longe le mur à la recherche d'un endroit favorable à son franchissement, un crépi délabré mettant les pierres à jour qui lui feront la courte échelle et qu'il finit par trouver à quelques dizaines de mètres, là où l'enceinte s'éloigne de la route.

Parvenu au sommet il hésite à sauter, ce même mur lui ayant déjà coûté une entorse, et une fracture de la jambe arrêterait net son aventure. Il se laisse glisser le long, prélevant un peu de mousse verte sur son chandail de laine brune, qu'il balaie de ses mains tandis qu'il guette une réaction, une présence.

Mais nul chien pour se précipiter crocs menaçants et langue baveuse sur l'intrus, nul gardien, fusil de chasse en bandoulière et accent du cru, pour le prier de rebrousser chemin. Le parc ne manifestant pas de signe de rejet, il s'avance à travers le pré en direction de l'atelier. Il jettera d'abord un œil par les carreaux d'une des hautes fenêtres, espérant la découvrir au travail, manipulant un sac de plâtre, déversant la poudre dans un bac d'eau, malaxant le tout, y trempant de longues bandes qu'elle applique ensuite sur des pièces d'argile représentant des esquisses de visages sortant de la matière, sur des éléments de mannequins de vitrine, démontés et refaçonnés selon ses besoins ainsi qu'il l'a déjà vue faire, proposant même une fois ses services de manœuvre et son corps comme modèle.

S'inspirant de cet épisode, l'auteur en avait profité pour bâtir un scénario qui fut heureusement rejeté par de plus connaisseurs. Heureusement pour nos amis, s'entend, qui eussent été chagrinés de voir qu'on usait ainsi d'eux, qu'on détournait impunément leurs vies à la seule fin d'en rire. On y retrouvait Daniel, redevenu Noël, à moitié momifié, le torse recouvert de bandelettes de plâtre, à qui Mariana devenue Clémence expliquait que c'était une première, qu'elle ne s'était jamais livrée à ce type de moulage sur des corps vivants. Ce qui semble douteux, sachant que l'auteur ne pouvait ignorer qu'il s'agissait pour elle d'une pratique artistique ancienne, qu'elle a étudiée aux Beaux-Arts où l'on enseigne ce genre de technique, et que nous l'avons vue poser un plâtre sur le pied foulé de Daniel.

Mais, pour bénéficier d'un effet comique, il avait imaginé que le plâtre une fois séché, au moment de le détacher, s'agrippait aux poils du torse de ce pauvre Noël, rendant impossible, sans une épilation farouche, tout décollement du moule réalisé. Ce qui s'inspirait, cette mésaventure, d'une histoire véridique qu'il tenait d'un de ses amis, artiste, lequel s'était livré sur lui-même à une tentative de moulage pour une de ses œuvres en cours. Il l'avait ainsi entendu raconter son martyre au moment de se démouler, l'impossibilité de retirer cette cuirasse blanche sans se livrer à un dépeçage à vif, ses tentatives pour amollir l'enduit par des bains prolongés, puis, en désespoir de cause, par l'adjonction dans la baignoire de produits anticalcaires — se retenant d'utiliser la soude caustique grâce à un triangle barré d'une grande croix rouge sur l'étiquette, prévenant d'un danger quasi mortel en cas d'absorption et de brûlures terrifiantes en cas de contact —, et toutes ses tentatives ayant échoué, c'est à la pince, en le découpant morceau par morceau, en taillant aux ciseaux chaque poil à la racine, qu'il était venu à bout du corset de plâtre.

L'auteur en avait bien sûr rajouté dans son scénario. Au moment où l'emmailloté trempait statufié de son vivant dans la baignoire, surgissait dans la grande maison rebaptisée la Troussière (on applaudit le grand effort de transposition), le rival, le directeur des services, l'entraperçu au volant de sa berline le jour du baiser sous la pluie. S'ensuivait une scène vaudevillesque où Clémence-Mariana, cherchant à dissimuler la présence de celui qui n'était encore qu'un ami et dont l'amant officiel pouvait à juste titre s'étonner qu'il squatte la salle de bains de sa favorite, le faisait patienter au rez-de-chaussée, le temps, disait-elle, qu'elle se refasse une beauté, pas question qu'il la voie dans cet état, mais l'autre, suspectant anguille sous roche, se précipitait à l'étage, tambourinait à la porte de la chambre, Clémence déversant en catastrophe un flacon de bain moussant dans la baignoire, agitant l'eau pour l'activer, et, coiffant le momifié d'un seau jaune, l'enfonçait de telle sorte que n'émergent que le baudrier et le heaume en plastique, puis au moment où l'amant en titre forçait la salle de bains, je te présente ma dernière œuvre, ce qui explique que j'aie hésité à t'ouvrir car je suis pleine de doute, ne la juge pas au premier regard, il faut voir ce travail comme une direction, une proposition, et l'autre, ahuri, découvrant ce chevalier de la quatrième dimension au milieu d'une montagne de mousse avec sa tête de seau, balbutiant : c'est spécial, quand elle lui demande son avis, puis, se reprenant, c'est exigeant, et encore, comme s'il cherchait à interpréter au mieux sa pensée, c'est interpellant, et elle sans s'attarder sur la débandade esthétique du directeur des services, ajoutant d'un air pénétré qu'elle cherche un titre pour son œuvre. J'ai d'abord pensé à Marat-Marilyn, à cause de la baignoire, bien sûr — bien sûr, avait acquiescé l'amateur d'art —, mais à la réflexion je me demande s'il ne serait pas plus judicieux de faire la mise en facteur. La quoi ? La mise en facteur, voyons, on ne t'a pas appris à réduire ? Ce qui donnerait : Mar (at + ilyn). Qu'en penses-tu ? Ça ferait plus moderne, non ?

Et elle l'entraînait de force hors de la salle de bains en continuant de tenir un discours sur la signification profonde de son œuvre, cette collusion entre l'artiste et la meurtrière du révolutionnaire, laissant entendre que, contrairement à l'idée reçue, le but ultime de tout artiste serait de mettre à mort l'art lui-même, comme si l'art était là de toute éternité et qu'à chaque génération on envoyait des spécialistes pour l'éradiquer, comme si son obstination à chercher en dehors du réel constituait un empêchement à vivre pour tous ceux qui se contentent de ce qui est et sont dérangés qu'on leur signale qu'il y a autre chose, que l'artiste ne serait donc en fait qu'un nettoyeur de ce champignon parasite qu'est l'art, à la fois naufrageur, puisqu'il le convoque, et fossoyeur, et tout en parlant, tirant le directeur loin de la salle de bains, l'empêchant de revenir en arrière, quand il insiste pour revoir l'œuvre en cours, s'en faire une idée plus juste, car ce n'est pas le genre de création que l'on peut juger au premier coup d'œil, c'est dense, j'aimerais bien la revoir encore, m'en imprégner — et sans doute, au cours de l'étude, tenter de soulever le heaume en plastique pour découvrir ce qu'il cache.

Ce qui eût peut-être été d'un haut effet comique, surtout si, comme il était prévu, le directeur des services, contrarié dans ses projets de réexamen de l'œuvre par Clémence, se saisissait d'une fléchette plantée dans une cible comme on en trouve dans les pubs et, hop, l'expédiait en direction du seau jaune émergeant de sa montagne de mousse comme le sommet du Fuji au-dessus des nuages, le carreau émettant un son mat au moment de la perforation du plastique, provoquant peut-être sous le heaume un petit cri étouffé doublé d'un son de cathédrale, et amenant sûrement la jeune femme à hurler à son directeur des services que ça ne va pas, la tête, un seau tout neuf, qu'il ne refasse jamais ça, et d'ailleurs elle ne veut plus le revoir ici, qu'il dégage au plus vite le plancher et retourne à ses services.

On est quand même soulagé d'apprendre que les choses risquent de s'arranger pour le momifié, dans la mesure évidemment où la fléchette n'aura pas atteint un centre vital de son cerveau, mais l'auteur s'étant librement inspiré de l'épisode du moulage, on a de la peine à penser que certains pourraient assimiler cette Clémence à notre Mariana. Or ce n'est vraiment pas elle. Se rappeler qu'aux yeux de l'homme qui l'aime, elle est une absolue merveille, qu'une vie sans elle est désormais pour lui inenvisageable, et puisqu'elle a choisi de ne pas lui donner de nouvelles, il en est venu à escalader le mur de sa propriété pour la convaincre de revenir.

Mais quand, après avoir traversé le pré, il se penche, les mains en œillère, pour jeter un œil à travers la vitre d'une fenêtre latérale de l'atelier, il ne discerne aucune présence de son amour, dont il pensait qu'occupée à travailler elle ne pouvait entendre la sonnerie du portail. Il est surpris d'entrapercevoir un sol blanc, comme recouvert de givre, débarrassé des pièces de plâtre qui composaient jusqu'à sa dernière visite ce qu'il en était venu à appeler en souriant le « bilan de ma vie ». Plus rien de l'installation d'alors, qui reprenait plus ou moins inconsciemment le mitraillage de la voiture et l'exécution sans sommation de l'été quarante-quatre, comme si on avait procédé à un déménagement, et qu'on eût cherché à effacer toute trace de cette justice expéditive.

Machinalement il a levé les yeux vers les suspensions et les appliques pour vérifier si on avait aussi emporté les douilles comme dans sa mésaventure parisienne, mais le cadre métallique et ses spots colorés sont toujours là-haut, définitivement suspendus au-dessus du vide. En contournant le bâtiment il ne mit pas longtemps à découvrir les pièces à conviction. Leur auteur les avait jetées et concassées dans la partie la plus boueuse de l'allée devant l'entrée, dessinant une aire blanchâtre mêlée à la terre, comme de la neige sale, toute son œuvre ne servant qu'à drainer le terrain, à absorber l'excès d'humidité des jours de pluie. Plus aucun morceau n'était identifiable. Il fallait donc comprendre qu'elle avait pilé méthodiquement tout ce qui pouvait rappeler un bras, une jambe, un sein, une oreille, se chargeant de ce que les cambrioleurs de la grande maison s'étaient refusés à faire, qui avaient jugé, à la vue de ce champ de bataille, que les dégâts étaient assez grands comme ça et qu'il était inutile d'en rajouter.

Mais elle, s'acharnant jusqu'à ce que plus rien ne rappelât son œuvre en cours, explosant à coups de marteau les volumes encore émergents de ce magma farineux, poussant les morceaux broyés à l'aide d'une planche dont on voyait les traces convergeant vers le seuil blanchi, pour se livrer ensuite, au râteau, qui avait laissé l'empreinte de ses fines ciselures, à une dissémination sur la terre battue, notamment dans cette dépression où les pieds prenaient appui pour ouvrir les deux battants et qui, avec le temps, avaient fini par creuser une sorte de double cratère, aujourd'hui comblé. Et lui découvrant avec stupeur ce qu'il était advenu du « bilan de sa vie ». Sa vie désormais réduite à un tas de poussières, livrées à la pluie qui les fera rentrer dans le sol, au grand vent qui soufflera dessus comme sur des cendres blanches.

Voilà une manière bien parlante de se débarrasser de lui et d'exprimer toute sa rage de femme bafouée. Quitte à détruire dans le même temps cette vérité refoulée qui, après des mois de tâtonnements dans sa recherche, commençait à apparaître. Quitte à détruire une part d'elle-même, sa part aimante, en se couchant sur le bûcher funéraire de son amour.

Mais pour lui, c'est tout vu. Il ne lui reste plus qu'à retrouver le pan de mur dégradé pour qu'il lui fasse la courte échelle et qu'il s'en retourne.

Vous êtes sûre ? Je ne vais être pas indiscrète ? Ce n'est pas mon genre de lire le courrier qui ne m'est pas adressé. Jamais je n'aurais fait ça à Raymond. Je n'ai pas eu l'occasion, mais je me connais comme si je m'étais faite moi-même. Et la fiancée rassure sa vieille amie qui s'est laissée tomber dans le fauteuil du salon, les feuillets à la main, bras tendus, pour mieux profiter de la lumière bleutée qui traverse la fenêtre. Elle est même venue tout exprès pour la lui montrer. À peine avait-elle remis la lettre dans son enveloppe, après l'avoir lue en marchant lentement dans l'allée cavalière, qu'elle la glissait dans son blouson de cuir noir pris au vol dans l'entrée, se coiffait de son casque rouge et filait sur son scooter la soumettre aux commentaires de sa confidente.

Et madame Moineau qui se retient de se jeter sur les premières lignes : Il ne vous avait jamais écrit jusque-là ? Et la fiancée : Juste un mot avant qu'il ne parte, où il la suppliait de le croire, où il revenait en détail sur tous les points qui avaient conduit à ce malentendu désolant sur le trottoir devant la maison du réparateur de cycles. Et madame Moineau : Oui, vous m'en aviez parlé, mais rien depuis ? Non, rien. Mais elle, avait-elle réagi à cette première lettre ? La fiancée se mord la lèvre inférieure. Non, elle l'avait laissée sans réponse. Pourquoi ? Elle hésite, hausse les épaules. Oh, pour l'inavouable. C'est-à-dire ? Comprenons, pour cet acide de la jalousie versé sur son cœur. Pas une seule seconde sans que revienne l'image torturante du baiser, comme une mouche noire sur la cornée qu'aucun geste de la main ne parvient à chasser.

Mais il vous avait bien expliqué que c'était fini depuis longtemps avec cette femme, et ce qui s'était vraiment passé sur le trottoir. Je le connais, mon Daniel, ce n'est pas un mauvais, il devait en être malade de lui faire de la peine en la repoussant, mais c'est sûr que là il a manqué de courage, il en faut dans ces cas-là, il arrive un moment où on ne joue pas avec le sentiment des autres. Il faut le croire, ma chérie. Oui, oui, elle le croyait. Alors quoi ? Mais le baiser.

Mais est-ce qu'elle n'avait pas dit ici même qu'elle avait le sentiment de laisser passer l'amour ? Avait-elle oublié ce que lui avait suggéré sa vieille amie : Courez, rattrapez-le, ne le laissez pas filer. La jeune femme baisse la tête comme une enfant prise en faute. Elle n'avait pas couru, s'était enfermée dans sa rage et sa rancœur. Elle n'avait pas levé le petit doigt pour lui dire de revenir, qu'elle l'attendait, que, oui, elle comprenait, se châtiant elle-même en se privant délibérément du seul être qui donnait de la légèreté et du sens à sa vie. Mais enfin pourquoi, insiste la vieille dame, ça ne tient pas debout. Et nous pourrions traduire : est-ce que pour vous l'amour même est vicié, contrairement à ce que vous affirmiez à votre père ? Auquel cas il n'y a plus rien à faire. Le mal l'a emporté sur toute la ligne, avec ses acolytes, le cynisme, la désespérance, l'irrespect, la laideur, la croyance en le seul rien, c'est le triomphe du ricanement universel qui aime tellement se moquer de l'amour.

Et madame Moineau, qui ne veut pas laisser la victoire à ces forces qui sapent le monde et dévaluent tout ce qu'il cherche à élever : Ce n'était quand même pas sorcier, un seul mot suffisait et il accourait, je vous assure, il a beau être un grand nigaud, il accourait. Car il m'a appelée, moi, Yvonne. Et plusieurs fois même. Toujours sous le prétexte de prendre des nouvelles de ma santé, et puis comment va Raymond, faisant comme si de rien n'était, racontant les derniers événements de sa vie, à ce propos, je vous le signale, il a engagé une procédure de divorce. Ce qui apporte de l'eau à notre moulin. Et Mariana dit qu'elle est au courant, il en parle dans sa lettre. Alors cette lettre ?

Et la fiancée demande à la vieille dame qu'elle la lise à voix haute. Vous croyez ? Oui, elle veut l'entendre, se persuader qu'elle ne l'a pas lue de travers. Et la vieille dame toussote pour s'éclaircir la voix. Puis remarque que tous ces feuillets, c'est un vrai roman, et entame la voix enrouée les premiers mots.

« Mon amour. » Elle lève les yeux par-dessus ses verres progressifs. Vous êtes sûre que je peux lire ? Et la fiancée l'affirme d'un hochement de tête. Faites-le pour moi, dit-elle. Nouveau toussotement suivi d'un réajustement des lunettes sur le nez de la lectrice. Alors pour vous. « Mon amour, me reviennent les paroles d'une chanson dont j'ai oublié l'auteur mais qui disait ceci : C'est bien joli à dire, ces deux mots, mon amour. » Et la vieille dame, comme si elle était chargée des notes de lecture, abaissant prestement les feuillets de la lettre sur ses genoux : Jean-Roger Caussimon, Raymond l'adorait. Il doit y avoir encore ses disques dans le buffet, mais malheureusement notre vieille platine ne marche plus. Mais il faudra absolument que vous l'écoutiez. Oh, mon petit Daniel, tu ne nous avais pas oubliés. Il s'en souvenait, vous vous rendez compte ? Raymond la retrouvera, la chanson. Et je peux même vous dire de mémoire la suite : C'est bien joli à dire, ces deux mots, mon amour. Mon amour ne peut pas, et n'a jamais existé. Et comme la fiancée soudain s'inquiète : Non, ça, c'est Jean-Roger, ce n'est pas pour vous. Vous, votre amour existe. Regardez, il le dit, vous voyez. « Je me souviens de ces soirées où monsieur Moineau s'installait dans son fauteuil et se repassait le disque. Ce morceau de vers, c'est tout ce qu'il m'en reste, mais il ne m'a jamais lâché. Tu n'imagines pas comme ces deux mots, mon amour, m'ont fait rêver. Je me les répétais dans mon lit le soir, les déclinant sur tous les tons, ou en me promenant le long de la mer, où je profitais du vent pour crier mon amour, mon amour, et je trouvais qu'il n'y avait vraiment rien de plus beau à dire, que ce chanteur avait bien raison.

« Je les ai dits quelquefois par la suite, parce qu'ils se bousculaient sur le bout de ma langue, que je brûlais de les essayer, mais ils étaient trop grands ou mal ajustés ou peut-être n'étaient-ils là que pour s'enivrer, mais du coup je me souviens de la suite, mon amour ne peut pas et n'a jamais existé. » Et madame Moineau triomphante : Je vous l'avais bien dit. Continuez, je vous en prie, dit la fiancée. « J'aurais fini par donner raison sur toute la ligne à la chanson, l'amour ne peut pas et n'a jamais existé, si le miracle n'avait eu lieu, un pur miracle au cœur de l'inattendu. Il me suffit d'imaginer une diseuse de bonne aventure me prenant d'autorité la main, et dans ma paume ouverte m'indiquant à brûle-pourpoint, à la fourche de deux lignes, un hall de gendarmerie, un homme en combinaison de plongée et une femme avec un casque de moto. J'aurais hurlé, crié à l'imposture, et pourquoi pas sur la piste du Barnum Circus avec une avaleuse de serpents. Mais aujourd'hui je remuerais ciel et terre pour être à nouveau en face de ma diseuse, lui présenter toutes mes excuses et lui tendre à nouveau ma main.

« Et maintenant lisez, cherchez bien, trouvez un embranchement, là, dans cet enchevêtrement de sillons qui ont caressé la beauté du monde, un nouveau croisement où je pourrai à nouveau la rejoindre, une salle des pas perdus dans une île déserte, un carrefour des cœurs solitaires au milieu de nulle part, dites-moi simplement que ce lieu existe, et je remuerai ciel et terre pour le retrouver. J'ai même prévu un mot de passe pour m'identifier, pour qu'il n'y ait pas erreur sur la personne, ces deux mots, mon amour, les mêmes que je lançais au vent lorsque j'étais enfant. Je suis comme Mr Rochester qui hurle le nom de Jane dans la nuit.

« Tu m'en avais tellement parlé que j'ai enfin lu le roman de Charlotte Brontë, en traduction, selon mes moyens, même si j'avais fait l'acquisition de l'original où de temps en temps j'allais vérifier comment se disait la tragédie de l'enchantement entre la petite institutrice disgracieuse et le rude maître de Rochester. Si tu savais comme je me suis vu. Comme j'ai espéré que tu m'entendes quand je marchais dans les rues, comme Jane Eyre, isolée dans sa maison de pierre au milieu d'une lande humide et ventée, distingue soudain un soir de tempête la voix de l'homme au cœur blessé dans la bourrasque. Et qu'il y ait eu des dizaines de kilomètres entre eux, la distance n'y fait rien.

« Peut-être qu'au plus fort de mes activités j'aurais jugé la chose risible, impossible, mais je sais maintenant que l'amour se moque des lois fondamentales de la physique. Je me souviens que la femme de Cendrars rêva que son mari avait eu la main coupée, la nuit même du jour où l'attaque désastreuse de la ferme de Navarin lors de l'offensive champenoise, non seulement fit de lui un manchot, lui-même tranchant le dernier tendon qui retenait encore sa main sanglante, mais anéantit toute sa compagnie, dont ils ne furent que trois à revenir. Et c'est ainsi que Jane entendant des voix (oui, Jane comme notre Jeanne) se précipita aveuglément vers son amour qui entre-temps avait perdu la vue suite à l'incendie de sa maison. Tous les sens sont bousculés quand on aime à ce point, les aveugles voient, les sourds entendent. Moi-même je n'ai plus ma raison, elle ne m'est d'aucun secours dans ce qui m'arrive.

« C'est même pour cette raison vacillante que j'ai remis ma démission, et que je compte m'en aller très loin d'ici me livrer à d'autres pratiques. Il y aura bien une mer chaude qui acceptera d'accueillir un moniteur de plongée. Ce qui me donnera du temps pour me retourner sur ma vie, faire resurgir les miens, leur donner peut-être une chance de ne pas disparaître tout à fait, en faisant de cette chaîne de souffrance un chant à leur souvenir. »

Et madame Moineau, reposant la lettre, qu'est-ce qu'il veut dire ? Et Mariana : Qu'il a commencé d'écrire sur sa famille. Il va raconter son grand-père bougon, sa grand-mère agonisante, ses parents disparus. Et la vieille dame : Pas nous, j'espère ? Et la fiancée : Il y a de fortes chances que vous vous y retrouviez, et vous lirez que vous l'avez sauvé. Et madame Moineau : Il vous l'a dit ? Et la fiancée : Bien sûr. Et madame Moineau : Oh, mon Daniel, même si ça ne me plaît qu'à moitié, j'aurai mon mot à dire, je ne veux pas qu'il mette nos noms.

Et Mariana : Il vous appellera madame Rossignol, par exemple. Et madame Moineau : Encore qu'on pourrait me reconnaître. Mais c'est quoi, cette histoire de mer chaude, c'est trop froid pour lui, maintenant, la Manche ? Il repart comme ça. Il est à peine revenu qu'il nous fait faux bond. Cette fois je n'aurai pas le cœur de l'attendre trente ans. Et Mariana : Attendez. Continuez. Et la liseuse parcourant du regard le feuillet à la recherche du fil perdu : Ah voilà : « Il y aura bien une mer chaude qui acceptera d'accueillir un moniteur de plongée. Ce qui me donnera du temps pour me retourner sur ma vie, faire resurgir les miens, leur donner peut-être une chance de ne pas disparaître tout à fait, en faisant de cette chaîne de souffrance un chant à leur souvenir.

« Tu m'as aidé à tourner la page de cette vie de chercheur incapable de se trouver lui-même. Je peux aligner des pages et des pages de formules sur deux corps en interaction et j'ai été incapable de garder la femme que j'aime. Je vais avoir beaucoup à apprendre. Mais j'aurais tellement aimé que ce soit à tes côtés. Je suis au-delà de la tristesse, du côté de l'hébétude. À peine les deux mots de mon enfance s'étaient-ils enfin posés sur le plus beau visage, qu'il s'évanouissait. La vie m'intéresse moyennement à présent, mais je vais essayer de faire front, c'est-à-dire continuer à crier ton nom sur une plage d'Océanie ou d'ailleurs. Et qui sait, peut-être que tu surgiras des ondes et accourras sur le sable comme notre Jane éperdue d'amour pour son Mr Rochester.

« J'ai aussi appris d'elle que le monde était rempli de voix, que d'autres voix nous parlaient, qui nous intimaient de faire des choses étranges, incompréhensibles, allant contre notre volonté, comme par exemple de renoncer au bonheur. Des mots d'ordre venus cette fois, non à travers l'espace comme pour Jane Eyre, mais à travers le temps, qui traversent les strates de générations et parviennent clandestinement jusqu'à nous par le truchement d'un geste, d'un souvenir, d'une mémoire archaïque. Des voix souffrantes qui disent : ne nous quitte pas, ne fréquente que les gens comme nous, ne rêve pas plus haut que nous. Qui disent : ne fais pas comme nous mais surtout fais bien comme nous, et qui nous persuadent que tout manquement à ces paroles venues d'outre-tombe serait une trahison. Or le bonheur pour ces voix souffrantes est une trahison. Si tu es heureux, tu nous lâches, nous, ta base douloureuse. Reste. Souffre. Pleure. Tout comme nous.

« Le tableau inachevé a parlé lui aussi. Marco l'a soumis à la batterie de ses lasers, de ses ondes magnétiques, micro-gravitationnelles et autres. Marco est un authentique génie, ce qu'il paie dans sa vie au prix de la solitude. Son enfance a été trop lourde. Il s'en est sorti bien sûr, mais en morceaux. Avec ces morceaux il a construit un imaginaire absolument inédit qui lui permet de vagabonder loin des sentiers battus. Il a fait entrer dans ses ordinateurs des milliards de petites dépressions pratiquées dans la masse même de la peinture, inventé des logiciels pour traiter ces informations, et après avoir éliminé toutes les données parasites, il a entendu lui aussi des voix. Ne va tout de même pas croire qu'il pourrait rendre la parole à tous les artistes ayant laissé une trace depuis Lascaux, ou qu'en tout tableau sommeille une bande magné-tique. Il serait vain de décrocher toutes les collec-tions du Louvre pour espérer entendre Chardin demander à sa femme de lui rapporter une raie sanguinolente du marché. Les toiles n'ont rien à nous transmettre qu'un brouhaha sonore. Marco est catégorique : si cette toile a parlé, c'est que les conditions étaient bien particulières. »

Et madame Moineau : Qu'est-ce que c'est que ce tableau ? Un portrait inachevé de la mère de mon père. La femme du — et madame Moineau s'inter-rompt, un peu honteuse. Et c'est la petite-fille qui reprend : Du collabo, oui. Et la vieille dame : Ce n'est pas ce que je voulais dire. Et la jeune femme : Lui-même le revendiquait. Et madame Moineau, reprenant la main : Ma mère l'a bien connu quand elle travaillait au château. J'aurais aimé vous dire qu'il était gentil, mais ce n'est pas ce qu'elle racontait. Elle en avait une peur bleue. Je ne crois pas qu'elle ait connu votre grand-mère. Elle est arrivée après, je crois. Donc c'est elle ? La petite-fille hoche la tête sans un mot, et la vieille dame comprend qu'il lui faut reprendre sa lecture.

« C'est que les conditions étaient bien particulières. Quand Marco m'a convoqué dans son laboratoire, il était un peu gêné. Il m'a demandé si cette dame vivait toujours. Je ne lui avais rien raconté. Je lui ai demandé pourquoi. Il a juste dit qu'il ne voulait pas d'ennuis, puis il s'est placé devant un écran sur lequel s'agitaient des dizaines de graphes, et il a cliqué sur l'un d'eux. Au début c'est un peu confus, c'est un son brouillé d'où émerge peu à peu ce qui pourrait ressembler à des gémissements, et il se confirme bientôt que ce sont des gémissements, on croit reconnaître quelques mots, sans qu'on puisse les identifier, et puis de petits cris, certainement de femme, qui ont affolé l'écran à ce moment-là. Je me suis retourné vers Marco qui a résumé crûment la situation. Tu as compris : le peintre et son modèle s'aimaient devant le tableau en cours d'exécution. J'ai arrêté moi-même l'enregistrement.

« Je ne sais s'ils ont été surpris, mais Marco est certain que le tableau n'a subi postérieurement aucune retouche. Tout rajout de peinture aurait rendu inaudible le décryptage. Il en conclut que l'achèvement du tableau, du moins cet état d'inachèvement, est exactement contemporain de la scène d'amour. Ont-ils pris peur ? Est-ce elle qui lui a demandé de ne plus revenir ? Est-ce lui qui a craint, en cas de découverte, d'entacher sa renommée, sachant que nombre de ses commanditaires appartenaient à ce milieu ? Avaient-ils le projet de fuir ensemble ? Je sais une chose cependant, c'est qu'elle en tout cas n'a pas cherché à faire disparaître la toile, ce qui aurait été plus simple. Elle a tenu à la conserver, ce qui veut dire que cette histoire fut d'une grande importance pour elle. Et je crois que la date inscrite au dos du tableau a été rajoutée par elle. C'est sans doute, ce 31 octobre 1930, le jour lumineux de sa vie.

« Je me suis intéressé ensuite au peintre. Marcel Fischer a laissé suffisamment de toiles pour qu'on suive sa carrière jusqu'en 1940. Mais ensuite, plus rien. Après quelques recherches, ce qui m'a bien occupé ces dernières semaines, on en comprend la raison. C'est tout simplement que, pour l'état civil, il s'appelait Josef Rozenblum et que, selon toute probabilité, il a été raflé et envoyé dans un camp de la mort. Peut-être trouverait-on son nom et les conditions de sa déportation au mémorial de la Shoah. Le mari l'a-t-il su ? L'aura-t-il dénoncé plus tard ? En tout cas il est sûr qu'il avait révélé son véritable patronyme à son modèle. En allemand, Rozenblum signifie rosier. Ce rosier qui se penche délicatement au-dessus de la femme dans le tableau, c'est lui. Le tableau n'avait pas besoin de signature. Il est signé d'une manière éclatante dans le rouge de la rose. Admirant son portrait, le sortant peut-être de sa cachette profitant qu'elle était seule pour revivre ses étreintes passionnés, ta grand-mère voyait dans ce rosier la figure de son amant glissant à son oreille des mots tendres. Dites-le avec des fleurs. C'est dit et bien dit. Cet homme aimait cette femme. Là où n'apparaît qu'un portrait inachevé et un rosier esquissé, il faut y voir le peintre et son modèle amoureusement enlacés. Ce tableau est un poème d'amour, ma chérie. »

Et madame Moineau lève à ce moment les yeux et pose la liasse de feuillets sur ses cuisses. Elle regarde longuement la jeune femme, sans un mot, comme si elle profitait de cette pause pour laisser à ses pensées le temps de s'ajuster. Peut-être que je vais dire une bêtise, mais tant pis. J'ai mon petit doigt qui me démange. Vous promettez de ne pas m'en vouloir ? Et la fiancée pro-met. Votre père, pardonnez-moi encore une fois, mais cette date au dos du tableau, attendez — et la vieille dame manipule les feuillets, ah voilà : 31 octobre 1930, c'est certainement idiot ce que je vous demande, mais une intuition comme ça, vous savez, c'est mon genre, votre père. Oui ? fait la jeune femme intriguée. Votre père, vous connaissez sa date de naissance ? Et la réponse est livrée spontanément : 29 juillet 1931. Et la vieille dame de tapoter mystérieusement des doigts de sa main gauche l'accoudoir du fauteuil, s'interrogeant encore, puis recommençant, pre-nant la peine de vérifier par un silence bourdon-nant ses calculs d'un rapide coup d'œil vers le ciel bleu à travers la fenêtre, et concluant en fixant la jeune femme droit dans les yeux tout en repous-sant ses lunettes d'une pression du doigt sur la monture au-dessus du nez : Pas besoin d'avoir fait Polytechnique pour compter jusqu'à neuf. J'en donnerais ma main à couper. Et on voit le visage de la fiancée prendre un air absolument ébahi, puis s'éclairer progressivement d'un sourire alors qu'elle entreprend à son tour, dans la paume ouverte de sa main gauche, de compter jusqu'à cinq avec les doigts de sa main droite, puis d'inverser les rôles pour atteindre neuf dans la paume droite en plantant l'annulaire gauche en arrêt sur sa ligne de vie.

Et madame Moineau : C'est elle qui a écrit la date, c'est votre grand-mère. Ce tableau, ma chérie, détrompez-moi si je me trompe, mais dans votre métier, c'est bien ce qu'on appelle une Annonciation, non ? J'ai été suffisamment abreuvée de ce genre de choses quand j'étais petite, je connais ça par cœur, les petits pains qui se multiplient, les pêches miraculeuses, les larrons, Judas et tout le saint-frusquin. Et la colombe qui passe et hop, un petit Jésus. Là, la rose remplace la colombe, mais pour le résultat, c'est du pareil au même. Voilà qui change tout pour vous, vous voilà débarrassée du même coup de l'autre affreux. Et pour votre père alors. Quelle révolution. Vous m'en direz des nouvelles. Non seulement il devient le fils d'un peintre — personnellement ça m'ôterait d'un grand poids —, mais en plus il a la minute de sa conception, ce n'est pas donné à tout le monde. Surtout n'en parlez jamais à la télévision. Et la jeune femme demeure silencieuse, un sourire sur les lèvres, se caressant le front comme pour aider ses pensées par ce massage léger à intégrer cette greffe dans la carte de sa mémoire.

Et notre nigaud, lui qui est si intelligent, est-ce qu'il y a pensé ? Et madame Moineau replonge dans sa lecture à voix haute, semblant y prendre goût, comme enivrée par sa découverte. « J'aime à penser qu'il n'est pas pour rien dans ce choix que tu as fait de ta vie, de te consacrer à la création. Peut-être est-ce le mystère du portrait inachevé que ton père, dans sa grotte, contemplant inlassablement les gravures, cherche à percer, comme si elles détenaient le secret de son identité. Car il y a de l'inachèvement aussi dans ces peintures anciennes. La plupart des formes animales sont juste esquissées. Une encolure pour un bison, une protubérance crânienne pour un mammouth. Cela suffit pour dire la réalité du monde. J'aime à penser que quelque chose est passé de cette scène d'amour cryptée qui vous a aidés à contourner dans vos vies l'encombrant passé. Peut-être qu'à présent la vie sera plus légère pour toi, ma chérie. »

Et madame Moineau commentant : On a l'impression qu'il n'a pas compris. À sa décharge il n'avait pas la date de naissance de votre père. Mais enfin, vous voulez que je vous dise, les hommes, ce n'est pas bien malin. Et la fiancée, négligeant d'approuver sa vieille amie : Il y a une suite.

« Peut-être qu'à présent la vie sera plus légère pour toi, ma chérie. J'aurais tant aimé t'accompagner. Je ne connais rien de plus passionnant que d'être à tes côtés. Tout le reste me semble fade. Je ne parviens pas à m'intéresser à quoi que ce soit. Ta pensée ne me quitte pas, c'est-à-dire tes baisers, ton rire, ton corps de reine, tes jambes ouvertes, oh, refaire l'amour avec toi, ma chérie, encore et encore. Tu m'as fait le plus beau cadeau du monde, ce soir, rappelle-toi, où chaque fois que je rentrais en toi tu criais je t'aime. Et plus le rythme s'accélérait et plus les je t'aime se rapprochaient, s'amplifiaient, jusqu'à cette explosion finale »

Continuez, dit la fiancée à madame Moineau qui a levé les yeux, soudain dégrisée,

« où j'ai vu sur ton beau visage l'expression même de l'absolu de l'amour. Ces semaines auront été un enchantement. Elles étaient destinées à durer. On ne peut vouloir rien d'autre. Uniquement la même chose, le même amour, la même joie, le même échange, la même entente, la même conversation infinie. Tout ce qui me manque depuis. Je suis à présent dans un long tunnel de chagrin, dont rien ne peut me sortir que cette espérance un jour que tu entendes mes appels. Quels que soient les malentendus qui ont pu t'éloigner de moi, je me reproche de ne pas avoir été assez convaincant. Mais reproche vain si, à tes yeux, je ne te suffisais pas.

« Avant de partir pour l'autre bout du monde, j'aimerais te demander encore une chose. J'ai revu récemment un de mes films préférés. Je n'avais jamais osé t'en parler car ce n'est pas le genre de film sur lequel on se penche avec considération. On l'accueillerait plutôt avec une pointe de mépris. Ce qui ne change rien pour moi, je l'aime et le trouve magnifique. Mais si j'ai tenu à le revoir c'est pour la scène finale sur laquelle repose tout le film et dont pourtant le film pourrait se passer. À ce stade de l'histoire, on a compris. Inutile d'en rajouter. Mais, visiblement, le metteur en scène y tient. Au moment où l'on n'attend plus rien que le mot fin, il nous signale que, pour lui, c'est maintenant que ça commence. Que tout ça, ce long règlement de comptes, qui a permis à Kevin Costner de nettoyer la ville de la bande de hors-la-loi à la solde du gros propriétaire terrien qui terrorisait la population, n'est qu'un passage obligé dont il ne peut faire l'économie. Il nous a révélé que cet homme intrépide, courageux, héroïque, que l'on a vu soudain animé d'une fureur exterminatrice, a été rattrapé par son passé de tueur qui ne valait pas mieux que ceux dont il a débarrassé la ville. Ce sont des doubles de lui-même qui se sont avancés vers lui, dans la rue principale bordée de maisons de bois, l'arme à la ceinture prête à sauter hors de son étui.

« Et à ce jeu, il s'est montré le plus fort, le plus habile, le plus cruel, peut-être, quand il pensait que le temps, dix ans à suivre les immenses troupeaux à travers les plaines, avait fait son œuvre purificatrice. Et s'il pensait en avoir fini avec ce passé tourmenté, c'est qu'il aime bien sûr, et que l'amour, je le sais ma chérie, donne ce formidable sentiment de rédemption. La femme qu'il aime en silence est la sœur du docteur qui a beaucoup de travail avec ces hommes s'entre-tuant et dont il a cru un moment qu'elle était l'épouse. Le malentendu levé, tout irait pour le mieux si en la sauvant avec tous les autres il ne s'était perdu lui-même à ses yeux à elle. Il ne peut plus le dissimuler, c'est bien lui, ce meurtrier au nom du bien et de la justice, mais ce meurtrier déchaîné.

« C'est une fin d'après-midi, on le sent à la lumière douce, apaisée, qui tombe sur les collines bleutées du Montana. La bataille est terminée. Le village panse ses plaies et enterre ses morts. Après les blessés, Sue est occupée à soigner ses fleurs dans le jardinet attenant à la maison blanche du docteur, de sorte qu'elle ne voit pas Charley arriver, masqué par le pignon. Il traîne la jambe, ayant été blessé dans la fusillade où il semblait être le seul à passer au travers des balles fusant de tous côtés, et cette boiterie ajoute à la lenteur de la scène dont on comprend qu'elle consiste à retarder le moment où Charley va s'adresser à elle, qu'il a besoin de ce temps de rumination pour se préparer à ce qui va être sans doute l'affrontement le plus décisif de toute sa vie.

Encore une fois il ne se dérobera pas. Jamais il ne s'est dérobé. Même si là il est loin d'être sur son terrain de prédilection. Ce n'est plus l'homme invincible qui s'avance péniblement en s'efforçant de masquer la douleur causée par sa blessure. On dirait un chevalier harassé, oui, un chevalier, car s'il a fait preuve d'une grande sauvagerie au cœur de la bataille, nous l'avons vu se conduire avec Sue comme le plus délicat, le plus prévenant, des seigneurs de cour.

« Elle le regarde venir à elle en boitillant, s'arrêter à quelques mètres, se découvrir, tourner et retourner son chapeau informe dans ses mains, manifestant ainsi son embarras au moment de se lancer. Cet homme n'a désormais plus de raison de rester dans le village maintenant que l'ordre est rétabli. Il va sans doute lui annoncer qu'il part retrouver son troupeau et poursuivre sa remontée vers le nord. Officiellement plus rien ne le retient ici. Plus rien, sauf elle. Et il veut en avoir le cœur net. Alors, timidement, il se lance. Il n'arrive pas souvent qu'un sauveur quémande l'indulgence pour ses actes. C'est le monde à l'envers. Mais elle sait maintenant qui il est, et il comprendrait bien sûr qu'elle le rejette après tout ce qui s'est passé et dont elle a été le témoin, mais tout de même, voix sourde, voilée, fatiguée par ce combat incessant qu'il mène depuis son enfance, mais malgré tout : *Would you marry me, Sue ?*

« Veux-tu m'épouser, Mariana ? »

Et madame Moineau, reprenant son rôle de pasionaria de l'amour, abattant une dernière fois les feuillets de la lettre sur ses genoux, fixant d'un air presque indigné sa jeune amie : Non mais je rêve. Qu'est-ce que vous attendez ? Allez, courez, dépêchez-vous. Vous êtes encore là ?

Et si Marco n'avait pas repris le petit tableau que j'avais abandonné sur un coin de fauteuil ? Et elle : J'aurais pensé comme madame Moineau, quel grand nigaud, il n'a pas saisi la subtilité de ma démarche, il a besoin de points sur les i, et je serais revenue à la charge d'une manière plus explicite, avec une lettre, par exemple. Et lui : Elle pense ça de moi, madame Moineau ? Et elle, lunettes noires sur le nez, cheveux soufflés en arrière, conduisant docilement sur une petite route ensoleillée, la capote de la voiture repliée sur le coffre, si bien que nous ne savons pas si elle porte encore les stigmates du rodéo sauvage ou si le garagiste a réussi à convaincre le concession-naire de se remettre à la couture : C'est parce que tu l'intimides. Et lui : Intimider madame Moineau ? Il est né celui-là qui ? Et elle : Bien sûr, elle brave, mais c'est une vieille dame qui n'est jamais sortie de son village. Tu as fait beaucoup de chemin pendant ce temps-là. Quand tu viens la voir, elle ne sait plus qui arrive chez elle. Alors qu'un grand nigaud, oui, là, elle voit à peu près, c'est dans ses catégories. Et lui : J'aurais pu ne pas répondre pour d'autres raisons. Par exemple

j'aurais pu être vexé que tu m'envoies ce barbouillis.

Et elle : Ce barbouillis, mon amour, est l'œuvre
dont à ce jour je suis le plus fière. C'est ce que tu
as pensé en le recevant ? Un barbouillis ? Et lui :
J'avais fait ma demande en mariage dans les
règles, à la façon de Charley Waite, autrement dit
la plus belle demande en mariage de toute l'histoire du cinéma. Et elle : *Would you marry me,
Sue ?* Et lui : *Would you marry, Sue.* Et tu sais ce
qu'elle répond ? Et elle : Oui. Et lui : C'est beaucoup plus que oui. Elle dit à cet homme qu'elle a
vu se conduire en justicier terrible, et qui est
devant elle comme un paysan timide, elle dit : Évidemment Charley, mais pas comme une promise
rougissante, comme s'il n'y avait même pas à discuter, évidemment que j'accepte votre demande.
Qu'est-ce que vous croyez ? Je ne suis plus jeune
— et Annette Bening présente son beau visage
fatigué par la vie —, une chance comme celle-là
ne se représentera pas, alors bien sûr, sans hésiter, je vous dis oui, je vous ai vu à l'œuvre, Charley
Waite, j'ai vu un homme courageux, sur qui je
pourrai compter et qui me protégera, et étant
donné les mœurs de l'Ouest telles qu'on vient de
les vivre, ça en fait un homme précieux pour une
femme seule, mais pas seulement, elle a vu aussi
qu'il était le plus attentionné des hommes, nous
l'avons surpris, pressentant sa mort prochaine,
persuadé qu'il ne survivra pas au déluge de feu
qui va s'abattre sur la petite cité, acheter pour
elle, que lui remettra l'épicier, un service à thé en
porcelaine pour remplacer la tasse qu'il a malen-
contreusement brisée, alors bien sûr, Charley,
bien sûr qu'elle accepte sa demande.

Et elle : Moi aussi, j'ai accepté sans discuter. Et j'ai davantage de mérite que Sue, parce que je ne peux quand même pas penser qu'à trente-huit ans plus aucun homme ne s'intéresserait à moi. Et lui : Mais quand on m'a apporté ce paquet carré sur mon bureau portant le tampon de Sangerville, que j'ai déchiré le papier et extrait le barbouillis, enfin la plus belle œuvre du monde, je dois avouer, pour être tout à fait franc, que mon cœur est descendu de trois étages. M'a effleuré l'idée que tu me lançais ce pot de peinture à la tête, comme dans l'Ouest on enduit les tricheurs de plumes et de goudron. Et, de dépit, j'ai jeté la plus belle œuvre du monde sur une pile de dossiers en attente sur le fauteuil. Je t'appelais comme Mr Rochester, je criais ton nom depuis des semaines, j'attendais un signe, j'attendais de voir arriver ma grande, ma belle, ma merveilleuse amie, et à la place, qu'est-ce qui débarque dans mon bureau ? un horrible petit tableau de vingt centimètres de côté, d'un gris-bleu monochrome empâté, à la peinture à peine sèche, et marqué par endroits de petits cratères. Et elle : Cinq. Et lui : Cinq quoi ? Et elle : Cinq cratères, un à chaque angle et un cinquième au centre, comme pour ces jeux où on doit aligner trois pions. Et le bleu correspondait à la couleur de la mer le jour où après avoir reçu ta lettre et l'avoir fait lire à madame Moineau, j'ai marché sur la plage pour tenter de mettre un peu d'ordre dans mes pensées. J'avais besoin de respirer à pleins poumons, de me nettoyer l'esprit, après toutes ces journées et toutes ces nuits, à pleurer, à te maudire, à t'aimer, à te maudire, à t'aimer, à pleurer, à te maudire. Et à t'appeler aussi.

Et lui : Tu m'appelais ? Et elle : Bien sûr que je t'appelais, et je t'insultais aussi, te traitais de salaud, d'imposteur. Et je t'aimais. Je m'allon-geais sur le ventre et me caressais en pensant à toi, à nous, à nos merveilleuses nuits d'amour, tout en sanglotant dans l'oreiller. Et voilà que tu me demandais en mariage, et j'avais envie de te répondre oui, mais que tu ne l'entendes pas tout de suite. C'était trop facile. Il te suffisait de lancer négligemment au bas d'une lettre *would you marry me, Sue*, et j'aurais dû acquiescer comme si rien ne s'était passé ? Comme Sue m'aplatir, comme si je n'avais pas pleuré toutes les larmes de mon corps en me disant qu'une occasion comme celle-là ne se représenterait pas ? Une occasion, on peut le dire. Alors j'ai dit oui, d'accord, mais ça ne passera pas comme une lettre à la poste. Souffre un peu. Pense que je te roule dans le goudron et les plumes. Prends ce tableau muet et essaie d'entendre ma souffrance et mon désir. Montre-toi plus intelligent, plus amoureux que tu n'es, grand nigaud. Et si tu le jettes à la corbeille, c'est que tu ne me mérites pas, c'est que tu n'es pas Mr Rochester.

Et il regarde son beau profil tandis qu'elle fixe la petite route de campagne bordée de haies. Il pose la main sur sa cuisse, la caresse à travers l'étoffe soyeuse de sa jupe, puis remonte le tissu, et prend contact avec la peau douce. Elle écarte légèrement les jambes, puis engage la voiture dans un chemin de terre. Après qu'ils se sont aimés, elle lui prend le visage dans ses mains : Tu veux savoir comment j'ai fait ? J'ai barbouillé le tableau d'une couche épaisse. Puis je l'ai approché de ma bouche en le tenant par les bords, les mains à plat, comme ça, et elle pose les mains sur ses oreilles, puis aux quatre coins et au centre, j'ai soufflé oui, comme ça. *Would you marry me, Sue?* Oui, oui, oui, oui, oui. Et elle souffle violemment oui, sur chacune de ses paupières, oui, sur chacune de ses joues, oui sur sa bouche. Et c'était ma réponse. Et quand je t'ai envoyé mon chef-d'œuvre, c'était comme ces épreuves que dans les contes de fées on fait subir au prince charmant. Et sans Marco, tu ne l'aurais pas réussie.

Et lui : Mais mon amour, dans tous les contes de fées il y a l'intervention du hasard, de la magie ou du destin. Le magicien Marco est entré dans mon bureau, a vu le tableau qui dépassait des dossiers sur le fauteuil, il a dit : Qu'est-ce que c'est que ça. Et elle : Et tu as répondu quoi ? Et lui : Le plus beau tableau du monde. Et elle : Tu as dit, c'est rien, c'est un barbouillis. Et Marco a rectifié : Que fait le plus beau tableau du monde au milieu des dossiers les plus rébarbatifs ? Et il l'a pris, l'a examiné, il a demandé d'où tu le tenais, tu lui as dit que c'était la femme de ta vie qui te l'avait envoyé, et lui, et c'est comme ça que tu traites la femme de vie, et toi, mais non, c'est elle qui me traite comme ça, et lui, comme ça, la femme de ta vie ? La petite-fille de la grand-mère qui s'envoyait en l'air avec son peintre ?

Et Daniel : Marco parle parfois un peu lestement, mais il ne faut pas lui en vouloir, il vient de très loin, et elle : Ceux qui viennent de près sont infiniment plus grossiers. Et tu lui as dit que tu pensais que la femme de ta vie se moquait de toi, et lui, qui n'est pas un grand nigaud, a froncé les sourcils, manière pour lui de mettre en marche ses prodigieux neurones, et il t'a demandé s'il pouvait prendre le tableau, et tu lui as répondu : si tu as un trou à boucher, ou une tache sur ton mur, ou quelque chose d'aussi délicat, et il a pris la plus belle œuvre du monde, car il est fin connaisseur, lui, et il s'est esquivé vers son labo.

Et Daniel : Et une heure après il est revenu dans mon bureau, il fallait que je le suive, toute affaire cessante, il avait l'air tellement surexcité que j'ai raccroché au nez de je ne sais plus qui en lui suggérant de me rappeler plus tard, et, intrigué, je lui ai emboîté le pas, et dans le couloir il m'a demandé : Tu lui as posé une question ? Et moi : À qui ? Et lui : À la femme de ta vie. Et à ce moment-là je me suis mis à trembler des pieds à la tête. Même un grand nigaud était en mesure de comprendre que le barbouillis était porteur d'une réponse comme le portrait inachevé, et je comprends si peu de choses à l'art, incapable de faire la différence entre une croûte et le plus beau tableau du monde, que j'ai tout de suite pensé que la réponse était dans le tableau, non pas à l'intérieur du tableau, mais disséminée sur cette surface bleutée qui me donnait l'impression de me narguer, peut-être un message à l'encre sympathique ou quelque chose de ce genre. Et je me suis dit, c'est fichu. Mais Marco tenait quand même à m'entraîner dans son labo. Sans doute pour me prouver que sa méthode était bien au point à présent, je crois que la nature de la réponse lui importait peu, pourvu que le tableau parle.

Et la fiancée : Bien sûr que ça lui importait. Il voulait le bonheur de son ami. À défaut du sien, le bonheur de ceux qu'on aime est la plus grande consolation. Et il a mis en marche ses appareils, soumis le petit tableau monochrome à un balayage neutronique, et, se saisissant de la souris d'un de ses ordinateurs, il a cliqué plusieurs fois, et il t'a dit : Écoute.

Et Daniel : Et je me serais bouché les oreilles, mon amour. Je ne voulais pas t'entendre me crier que tu ne voulais pas de moi, me rejeter d'un non farouche et définitif qui aurait signifié pour moi que le tunnel de mon chagrin ne déboucherait sur aucun disque de lumière, continuerait à vie sa traversée des ténèbres. Mais Marco m'a réveillé de mon songe triste, il a dit, mais écoute bordel, et on reconnaît son parler leste, et alors j'ai entendu, j'ai distinctement entendu, cinq oui qui avaient fait le chemin jusqu'ici dissimulés dans la pâte bleutée. Et j'étais hilare, et j'ai pris la souris des mains de Marco, j'ai demandé à l'ordinateur : *Would you marry me, Sue*, et l'ordinateur m'a répondu : Oui, oui, oui, oui, oui.

Toute la végétation nous le dit, et la configuration des champs, nous sommes beaucoup plus au nord. Le paysage ne ressemble pas à ceux, vallonnés, sillonnés de rivières, doucement accidentés, du Périgord ou du Quercy où pullulent les grottes ornées. La concentration de splendeurs y est si forte là-bas que, voudrait-on procéder à une nouvelle sélection des sept merveilles du monde en commençant par le début, à la sortie du paléolithique, le compte serait bon : Lascaux, Cussac, Rouffignac, Font-de-Gaume, ajoutez Chauvet, Altamira, le Roc-aux-Sorciers, Cosquer, Pech-Merle, et on est déjà dans le trop-plein. L'auteur a eu ce privilège, grâce à son petit livre qui raconte l'histoire du premier coup de pinceau — ou comment on en est venu à plaquer sa vision du monde sur les parois souterraines, une fable, bien sûr, puisque c'est l'avorton auquel faisait allusion Mariana qui s'empare d'un brandon et trace sur la roche l'ombre d'un petit cheval —, de visiter une de ces grottes inédites sur lesquelles jamais ne se poseront les yeux de la multitude.

La visite, lampe frontale, bottes en caoutchouc et combinaison de chantier, sportive dans certains passages, était assurée par son inventeur, cuisinier de métier, qui consacre son temps libre à explorer la moindre cavité, et que sa découverte prodigieuse accompagnera jusqu'à son dernier jour, comme elle marqua de son sceau quatre jeunes gens de Montignac récupérant un jour de septembre 1940, leur chien au fond d'une caverne décorée de vaches dansantes. Après avoir progressé à quatre pattes dans un boyau, on débouche dans un couloir mouvementé, obligeant parfois à quelques acrobaties, d'autant plus délicates qu'il faut veiller à ne pas poser la main sur les parois, au risque d'y laisser la trace de la paume et des doigts tant la surface en est argileuse.

Dès l'entrée les visiteurs sont accueillis par un couple d'oies qu'on a peu coutume de rencontrer dans les royaumes souterrains, l'une le col droit, l'autre courbé, qui officient comme les gardiens du Capitole de ce mausolée. Mais on peut comprendre. Les oies, c'est l'axe nord-sud. Ces gens vivaient dans l'attente des beaux jours, et les oies sont des animaux météorologiquement fiables. Il suffit de lever les yeux pour savoir qu'à leur passage les lunes froides et les longues nuits vont se succéder, et qu'à leur retour on pourra se réjouir de la perspective du printemps. Où vont-elles, les flèches d'argent, pour en connaître si long sur la mort de l'hiver et l'exubérante renaissance de la terre ? Vers quel réservoir de beaux jours ? Je vous le dis, se justifie l'artiste avec cette entrée inédite dans son bestiaire, ce sont des guides précieux, il ne serait peut-être pas sans profit, eu égard à leur formidable savoir, de les embarquer dans notre traversée de la mort.

Les visiteurs progressent comme des funambules en équilibre précaire, n'ayant rien à quoi se raccrocher. Parfois ils s'arrêtent et, au passage d'un rocher difficile, braquent leur lampe sur un petit bison miniature, comme si l'artiste, essoufflé peut-être, car la teneur en gaz carbonique est parfois importante, s'était reposé un moment sur ce siège naturel et, levant le doigt, avait répété machinalement son geste sur la roche en surplomb au-dessus de sa tête. Peu à peu, comme au long d'un parcours jalonné, apparaissent les figurines animales coutumières, bisons, bouquetins, chevaux, taureaux, mammouths, mais aussi des corps de femmes plutôt gracieux. L'une d'elles, de profil, attend un enfant. Nous comprenons que nous sommes conviés ici à une représentation du mystère de la vie et de la mort. Et, si on en doutait, dans des bauges d'ours — les grands renaissants qui, à la fin de leur hibernation, ressortent voraces et tout aussi féroces de leur sommeil comateux — on découvre plusieurs squelettes.

Dans ces vastes cuvettes creusées par le puissant animal pour affronter douillettement le long hiver, on a posé les morts illustres de la petite société. Ce qui est une façon de dire à ceux-ci : Comme ces monstres terrifiants qui vainquent chaque hiver la mort, vous nous reviendrez. Vous allez vous imprégner de leur force foudroyante qui vous permettra d'affronter l'inconnaissable au-delà et de franchir sans encombre la barrière fatale qui clôt la vie et ouvre sur on ne sait quoi. Ainsi, progressant dans les entrailles terrestres, c'est un petit guide d'une entrée dans les ténèbres qui se déroule sous nos yeux, jusqu'au panneau terminal où se marque la césure entre la vie et la mort, notre monde et l'au-delà.

Ici, face à la mort, on assiste à l'irruption sans gêne de l'acte créateur. D'immenses gravures entremêlées, réunissant toutes les figures du bestiaire magique, tracées avec le doigt dans la glaise molle des parois. Un empressement, une urgence, le temps est visiblement compté. Un mouvement d'un seul geste, ne manifestant aucun repentir, comme dans ces jeux de magazines pour la jeunesse où l'on demande aux enfants de reproduire un dessin sans lever la main. À cette différence qu'ici la paroi est vierge, qu'il faut inventer son trait et que le moindre faux pas sera fatal. Pas moyen d'effacer. Un mouvement d'une ampleur folle devant un panneau de la taille d'un petit écran de cinéma muet. Parfois le doigt se lève, arrête sa course dont il pressent qu'elle ne le mènera pas où il veut, et, sans s'affoler, reprend ailleurs, en arrière, lance à nouveau son bras vertigineux, et cette fois, de la queue de l'animal jusqu'au naseau, c'est le jaillissement vital d'un cheval fougueux, long de cinq mètres, d'un seul tenant, pour lequel il n'aura fallu au dessinateur que quelques secondes tout au plus. À aucun moment le doigt ne se met à douter, à aucun moment on ne voit la ligne trembler. Puis il repart à gauche et revient buter à nouveau, sous la forme d'un bison, contre le front d'un puissant mammouth qui semble arrêter par sa seule autorité cette meute sauvage. N'entrez pas, dit-il, de là, il vous faudra montrer patte blanche.

Et toute la meute pile devant lui, tous ses membres soudain apeurés, pliant du genou comme on s'incline devant le prince. Visiblement le gardien impressionne, le plus fort de tous avec sa masse gigantesque et son épaisse carapace laineuse. Devant lui, le grand cheval a le rictus du Bucéphale d'Alexandre. Où l'on voit que la mort, et même pour les ténors de la création, n'est pas une rigolade. Le mammouth n'est pas seul dans sa tâche de gardien d'outre-tombe. Il est aidé par un canidé qui, le moment venu, sera chargé de mettre un peu d'ordre dans cette pagaille. Sans doute le premier chien policier.

Au-delà de la paroi, la grotte continue mais les gravures s'arrêtent. On entre dans un domaine dont nous ignorons absolument à quoi il ressemble, ce que disent honnêtement ces trois points incertains sur un panneau en arrière et qui ponctuent la visite : ici finit l'accompagnement des morts, après quoi le temps s'engouffre dans l'inconnaissable à la manière d'une rivière dans une dépression du sol. Car toutes les grottes ornées sont humides. La vie prenant naissance dans une outre d'eau, la mort peut bien s'en inspirer, que l'on confie à la terre mère pour lui redonner un peu de rouge aux joues. Les cadavres déposés sur le dos dans les bauges sont ainsi parés pour entreprendre leur voyage immobile. Et pour ne pas les déranger dans leur périlleux périple en compagnie de ce que la nature a produit de plus fort, de plus rapide, de plus résistant, de plus puissant, on a refermé la grotte derrière eux. On le sait, sinon les charognards n'auraient pas laissé une miette des corps. De fait ceux-là n'ont pas bougé depuis vingt-cinq mille ans. Ils se sont délestés de leur peau, de leurs entrailles, mais les os sont bien en place, tout juste la cage thoracique s'est-elle effondrée sur elle-même.

Sans doute la grotte secrète du père est-elle l'une des plus septentrionales. Ce qui n'a pas de quoi surprendre. Il en existe en Bourgogne, en Mayenne. Et si la Manche se retirait on en découvrirait bien d'autres dans le flanc des falaises. Le fait qu'il ait découvert son existence en travaillant sur Saint-Simon laisserait à penser qu'on n'est peut-être pas très loin de La Ferté-Vidame. Mais le petit duc ayant aussi été attaché à la citadelle de Blaye qui domine la Gironde, un mémoire rédigé dans cette région nous rapprocherait de facto de la Vézère et de la vallée des rois du paléolithique, rendant plus crédible la présence d'une grotte ornée. Pourtant non, le paysage ne ressemble pas à la verdoyante Dordogne avec ses noyers. La végétation, la découpe bocagère des champs, tout évoque le nord de la Loire.

Quand, après avoir roulé quelques centaines de mètres sur un chemin de remembrement, ils découvrent le camping-car carmin toujours aussi poussiéreux avec son toit grisâtre, rangé dans une clairière, des promeneurs penseraient devant ce véhicule égaré si loin de la route que son occupant s'en est allé aux champignons. Mais on leur ferait remarquer que ce n'est pas la saison. Alors un pêcheur à la ligne, pour peu que coule une rivière dans les environs. Mais la jeune femme a seulement commenté : Il est là. Et elle paraissait soulagée, après qu'on l'eut entendue s'inquiéter en cours de route de ne pas avoir reçu de ses nouvelles, Daniel la rassurant, ce n'est pas une première, ce silence, il lui arrive fréquemment de disparaître. Et elle, estimant qu'il aurait pu lui répondre tout de même. Entendons, répondre à la longue lettre qu'elle lui a envoyée, dans laquelle elle lui révélait le secret de sa naissance. Elle est impatiente de connaître sa réaction.

Et Daniel : Il aura eu besoin d'un peu de temps pour se faire à ce changement de généalogie. Car ce n'est pas seulement à un troc de père qu'il a dû procéder, à un glissement du père nourricier à un facteur de village, par exemple. Avec sa filiation nouvelle il passe d'un bord de l'Histoire à son exact opposé, du camp des bourreaux à celui des victimes, de la mentalité de fonctionnaire à l'esprit de création. Il avait organisé toute sa vie autour de quelque chose dont il n'était pas responsable, avec des sentiments de honte, de rage, d'expiation. Et Daniel insistant pour que son amie éprouve bien la nature du séisme : Tu imagines ce qui lui tombe sur la tête ? Le chambardement émotionnel ? Il s'était enterré vivant, au cœur de la beauté pour ne pas avoir à affronter le regard des juges, pour interroger ses origines au fond de sa grotte, se refaire une innocence peut-être. Et au final les dessins ont parlé. Mais pas ceux qu'il auscultait. Il avait eu sous les yeux pendant des années le mystérieux portrait inachevé de la femme au rosier, et il avait interrogé à la place des gravures vieilles de vingt mille ans, comme s'il s'en remettait au verdict de l'humanité. Mais ne pas voir les preuves flagrantes qui crèvent les yeux et que l'on cherche ailleurs, c'est un classique. On appelle ça de l'aveuglement sélectif.

Et pour moi, dit-elle, tu crois que ce n'est pas un séisme ? Et lui : Je pensais que c'était moi, ton séisme. Bien sûr que pour toi aussi c'est un bouleversement et une libération à la fois, mais tu as la vie devant toi pour faire peau neuve. Lui était en première ligne et il a brûlé toutes ses cartouches. On peut admettre jusqu'à un certain point que le destin puisse prendre un tour facétieux, mais toute une vie dont on découvre soudain, au seuil de la mort, qu'elle n'était pas la bonne, on devrait avoir le droit de tout reprendre à zéro. Or ce n'est pas au programme.

Et maintenant ils vont se retrouver face à face, le père et la fille, tous les deux inédits, ne se connaissant pas dans leurs nouveaux habits lavés de tout soupçon. Comment tu me trouves dedans ? Me va-t-il bien ? demandera l'un dans le regard de l'autre.

Après avoir jeté un œil dans le camping-car dont les portes ont refusé de s'ouvrir, elle a dit qu'elle espérait pouvoir retrouver la grotte. Mais seulement « espérait », a-t-elle prévenu. Elle se rappelle qu'il lui faut traverser ce bois et que cette trouée entre les arbres marque le départ du sentier. Ensuite ils auront à marcher une vingtaine de minutes à couvert, le chemin s'élevant imperceptiblement les conduira jusqu'à un rocher qui doit avoir dévalé du haut de la colline dans des temps anciens. De là, il faudra écarter les buissons, sonder avec une branche, basculer dans un trou comme le capitaine Haddock s'adossant épuisé à une paroi de neige, et au pire elle criera papa. Mais elle préfère éviter. Il tient tellement à son secret. Il le lui reprocherait : Tu vas nous faire repérer. Et elle, montrant les bois tout autour : Mais enfin papa, il n'y a personne. Et le vieil homme : Personne ? Et lui ? Et elle, fièrement : Lui, c'est l'ami des nuages. Et Daniel tendrait la main : Daniel, je suis ravi de faire votre connaissance, j'aime votre fille et avec votre accord j'aimerais l'épouser. Et le vieil homme se tournerait vers sa fille : Il m'a l'air plutôt bien, ce doux rêveur. N'est-ce pas lui qui a un ami qui fait parler les images ? Qu'il prête serment de ne rien divulguer de notre secret, et si tu es d'accord, il me va.

Et elle serait d'accord. Et il les inviterait tous les deux à rentrer dans son palais de la nuit éternelle.

Après quelques tâtonnements, ils ont repéré une branche arrachée d'un buisson, aux feuilles desséchées, posée volontairement à cet endroit pour dissimuler l'entrée de la grotte. C'est là, dit-elle. Et on peut voir qu'elle hésite à dévoiler la cache, craignant peut-être que son père ne lui reproche d'avoir rompu leur pacte ancien, de ne jamais dévoiler l'existence de cette arche souterraine. Devant son trouble qu'il devine, son compagnon prend sur lui de dégager l'ouverture, et, écartant les tiges adventices, l'invite à passer la première, l'encourageant d'un baiser. Alors elle plie sa longue silhouette, et se glisse à l'intérieur de l'anfractuosité. Elle demeure un moment à l'arrêt, le temps que ses yeux s'habituent à l'obscurité et décèlent une lueur dans les tréfonds. On l'entend appeler doucement· Papa, attendant quelques secondes une réponse. Papa ? Elle ressort, dit qu'elle ne connaît pas suffisamment la grotte pour y progresser à tâtons et qu'elle est trop profonde pour que son père l'entende. Le couloir mesure peut-être un kilomètre, ou plus. Il leur faut une lampe de poche, elle s'en veut de ne pas y avoir pensé. Son compagnon lui demande de patienter, il va courir en chercher une dans sa boîte à gants, mais elle ne veut pas rester seule. Il la prend dans ses bras. On dirait qu'elle tremble. Ils refont le chemin à rebours.

La lampe n'est pas bien vaillante, une petite torche chromée qui suffirait tout juste à détecter une carie dans une bouche ouverte, mais le pâle cercle de lumière qu'elle projette devant eux leur permet de vérifier où ils posent le pied. Franchi le premier passage qui oblige à se courber, long d'une dizaine de mètres, le couloir s'élargit en même temps que le plafond s'élève, mais jamais à des hauteurs vertigineuses comme dans les avens. Lorsque la torche s'attarde à explorer la voûte elle dévoile quelques stalactites sèches qui témoignent du passé humide de la grotte. Mais il est plus prudent de garder les yeux fixés au sol, inégal, accidenté, parfois déclive, et qui oblige à s'aider de la main pour franchir les passages délicats, voire à s'asseoir et à se laisser glisser. Il semble cependant qu'avec le temps, un chemin s'est inventé qu'elle retrouve machinalement, prévenant son compagnon lorsqu'une difficulté s'annonce, laissant traîner sa main en arrière pour qu'il s'en saisisse.

De temps en temps, la jeune femme arrête le disque sur des griffures d'ours, qui lacèrent en profondeur la paroi comme des sillons balbutiants, et tout à côté, comme si l'homme avait cherché à s'inspirer du geste du grand animal sortant de sa torpeur hivernale et testant ses forces intactes, une main négative. Plus loin, dans une niche surélevée qui les oblige à se hisser sur un rocher, c'est la silhouette d'un bison miniature cerné de noir qui apparaît, puis un petit cheval, et encore plus loin elle fait remarquer une créature indéfinissable. Ils échangent à voix basse. Il demande : Qu'est-ce que c'est ? Elle hausse les épaules, peut-être une figure de sorcier enveloppée dans une peau animale. Son père a une hypothèse mais elle a oublié laquelle. Il pourra la lui demander.

Comme ils approchent de la salle terminale, elle s'étonne de ne pas apercevoir de lueur. Elle sait que parfois son père fait la sieste et n'hésite pas à éteindre la lampe pour économiser la batterie, qu'il aime cette obscurité et ce silence absolus, mais on la sent inquiète et elle préfère avancer qu'il n'est pas à son poste, qu'il se promène sans doute dans les bois. Elle s'autorise encore une fois d'une voix mal assurée : Papa ? La voix résonne, preuve que nous ne sommes plus très loin de la grande salle. Mais elle se perd sous les voûtes et ne rencontre pas d'écho. Elle conclut hâtivement qu'il ne sert à rien de poursuivre, qu'ils feraient mieux de faire demi-tour. Lui insiste. Maintenant qu'ils sont tout près, ce serait trop bête de se priver des peintures. Elle dit qu'ils les verront une prochaine fois, mais il est d'avis de continuer.

C'est étonnant de sa part, cette insistance, lui d'habitude si prévenant, comme s'il ne percevait pas le désarroi de son amie. Plus probablement s'agit-il d'un prétexte. Pense-t-il que son père pourrait avoir été victime d'un malaise ? Il prend la torche des mains de la jeune femme et ouvre à présent le chemin.

Le disque de lumière s'est posé sur la biche blessée léchant la plaie à son flanc. Il a suspendu spontanément son balayage de la paroi, s'est figé, comme sidéré par l'apparition du gracieux animal dissimulé dans la masse des ténèbres. Lequel ne paraît pas dérangé par cette intrusion de la lumière, continuant paisiblement de cautériser sa blessure de sa langue. Il a dompté tranquillement le temps. Cette plaie le maintient en vie depuis vingt mille ans. Le faisceau lumineux s'attarde à suivre les contours de la biche, le dos, la nuque, le mouvement de la tête se repliant sur l'épaule, puis reprend son exploration du panneau, dévoilant une à une les figures de ce zoo enchanté, un cheval rouge bondissant, une vache noire, tête haute, paisible, heureuse, un bouquetin dont on peut croire qu'il a posé les sabots avant sur un rocher, figuré par un renflement de la paroi, pour observer l'horizon, les sabots arrière disparaissant dans l'herbe, laquelle n'a pas besoin d'être notée, pour les gens de ce temps, la chose va de soi. L'artiste scrupuleux a bien remarqué que les pieds de l'animal se dérobent à la vue aussi long-temps que celui-ci ne s'extrait pas d'un bond du revêtement spongieux de la toundra glaciaire.

Le mince faisceau suit les lignes et les courbes enchevêtrées, comme s'il cherchait à retrouver au milieu de cette danse enjouée, la main du maître de ballet. On croit un instant l'avoir trouvée quand s'aventurant à l'intérieur de la grotte pour explorer une autre paroi, le disque de lumière saisit un bras habillé d'une manche de laine, les doigts de la main frôlant le sol, comme si l'artiste, son travail achevé, avait jugé que cela était bon et s'était accordé une pause. Et on voudrait pouvoir allumer tous les feux à cet instant comme au terme d'une séance de cinéma, réveiller l'homme endormi assis sur son rocher, le buste incliné en avant, la tête pendante, les bras ballants, que l'histoire racontée n'a visible-ment pas passionné.

Après lui avoir doucement secoué l'épaule, il sor-tirait de sa torpeur, et on lui expliquerait qu'il peut rentrer chez lui maintenant, que ce documentaire sur la faune du paléolithique supérieur est fini. On s'inquiéterait de sa santé. Il jurerait que tout va bien et, redressant sa haute silhouette, sortirait de la caverne magique d'une démarche hagarde.

Mais on a beau l'appeler, lui tapoter l'épaule, le froid du corps qui traverse la laine du chandail arrache un cri étouffé à sa fille. Et son amour à ses côtés recueille instantanément un bruyant sanglot dans ses bras quand elle se détourne du spectacle de la mort. Le disque de lumière se perd un long moment au plafond. Au milieu d'un sanglot elle avance en hoquetant une explication, un reproche. Pourquoi ne s'est-elle pas inquiétée plus tôt ? Parce qu'il avait l'habitude de s'évanouir dans la nature, répond celui qui console. Pourquoi ne l'a-t-elle pas invité à s'installer à la Houssière ? Parce que c'était un nomade que rien ne retenait, que cette biche blessée. Et moi, je n'étais pas blessée ? dit la femme en pleurs. Et les bras la serrent plus fort encore, une main lui caressant la nuque.

Ils sont ressortis de la grotte à présent. Le disque de la petite lampe torche commençait à dessiner des ombres. Leurs vêtements sont maculés de taches terreuses. Sur le visage de la femme, un cerne de rimmel effacé du bout doo dolgts dessine le masque de la douleur. Lui a sorti un paquet de cigarettes de sa poche, en allume une pour sa compagne qu'il glisse entre ses lèvres. Elle l'attrape à deux doigts, envoie une bouffée de fumée au ciel qui se découpe entre les arbres, d'un blanc laiteux. Ils ne semblent pas pressés de donner des nouvelles du cadavre, de courir à la gendarmerie pour annoncer au monde que monsieur de La Lande, professeur émérite, ex-fils d'un collaborateur notoire, n'est plus. Elle est la première à rompre le silence en écrasant le mégot de sa cigarette au sol : Il n'aimerait pas, dit-elle.

Et elle n'a pas besoin d'ajouter grand-chose. Nous comprenons qu'il n'aimerait pas que l'on dévoile l'emplacement de sa grotte enchantée, qu'il n'aimerait pas que des spécialistes accourent du monde entier pour prouver que les hommes de ce temps connaissaient le pouvoir cicatrisant de la salive, il n'aimerait pas que des docteurs insensibles à la beauté autopsient le gracieux animal pour connaître le secret de sa formidable longévité, il n'aimerait pas que des regards de travers se posent sur cette parade sauvage et l'encagent dans des livres savants comme autrefois dans les foires coloniales les résidents d'autres contrées.

Et lui, qui lit mieux encore que nous dans les pensées de son amour, prudemment, en lui prenant la main : On peut aussi ne rien dire.

Elle le regarde un instant éberluée, que veut-il signifier, parle-t-il sérieusement, et la pensée fait son chemin derrière le front soucieux, puis un sourire éclaire son pauvre visage chagriné. Oui, mon amour, oui. Et elle crierait un grand oui vers le ciel si ne lui revenait la crainte d'être repérée. Oui, pour lui aussi, oui, oui. Il aurait adoré. Mais avant mon amour, je dois m'acquitter d'une promesse que je lui ai faite.

5

La promesse s'étale sur les cloisons de l'alvéole mise à sa disposition. Des dessins réalisés à main levée sur toutes sortes de supports, des cartons d'emballage, des pages de journal, des cartes routières, du papier essuie-tout, éclairés par de petites ampoules de faible intensité, aux filaments tremblotants, dispensant une maigre lumière dorée. Elle avait ramassé ce qui lui tombait sous la main, après qu'ils étaient revenus vers la voiture, leur décision prise de laisser cet homme au milieu de ses animaux familiers, ainsi qu'un empereur chinois entouré de son armée d'argile. Comme leur petite lampe de poche avait rendu l'âme, Daniel avait dû forcer le hayon du petit camping-car à l'aide d'un tournevis, d'où il avait exhumé du fond d'une malle trois ou quatre bougies destinées sans doute à parer aux défaillances des piles électriques.

De retour dans la grotte, elle s'était assise en tailleur à même le sol, tout à côté de son père — affalé sur lui-même, les bras toujours pendants, momifié par l'atmosphère sèche du lieu —, essuyant de temps en temps, du revers de sa manche, une larme, relevant la tête pour s'imprégner d'une ligne, la reproduisant aussitôt d'un geste vif sur ses carnets de fortune, demandant à son compagnon de déplacer la bougie afin de mieux mettre en lumière une peinture, et lui s'exécutant docilement. Et quand l'éclairage lui semble bon, elle lève la main, et, dès ce moment, il demeure immobile. Ils sont tous les trois figés dans la pénombre pour cette séance de pose, et il n'y a alors que sa main à elle qui bouge, comme si des trois mannequins de cire, seul l'un d'eux était animé de doigts articulés.

Mais cela suffit pour recomposer la ménagerie fabuleuse sur des morceaux de papier, avec les déchirures desquels elle compose, comme jadis ses illustres devanciers avec le relief de la paroi. Elle n'a pas tenté pour son exposition de reconstituer le diaporama de la grotte, de reproduire un déroulé des fresques sur les quatre murs sombres de son alvéole. Tous ses croquis de bric et de broc sont exposés dans le désordre, on identifie des fragments : la tête retournée de la biche blessée, la crinière flottante du petit cheval rouge, le museau curieux du cabri, des sabots volants, des lignes noires, la hure du sanglier arverne, comme si elle nous donnait les pièces brouillées d'un jeu de piste, rechignant encore à dévoiler non seulement le lieu, mais aussi l'intégralité du bestiaire, respectant ainsi jusqu'au bout la volonté de son père maintenant rentré dans son éternité auprès de ses doux amis. Et, contemplant les dessins sauvés du déluge de la mort, pensant aux originaux enfouis dans la masse des ténèbres, il est troublant d'imaginer que leur inventeur en est le gardien éternel.

Sous le haut plafond mettant au jour la structure en béton du bâtiment ayant servi jadis à une Exposition universelle, et depuis désossé et réaménagé en bunker, on a découpé l'espace de manière à abriter une dizaine d'installations qui présentent au regard du public ce que la création contemporaine semble offrir de plus judicieux, ou de plus inventif, ou de plus subversif, ou de plus scandaleusement académique, mais ce qui compte pour nous c'est qu'un stand porte le nom de notre Mariana qui a ajouté à son patronyme celui de son mari. *Would you marry me, Sue?* Yes, Charley. Ce qui donne Mariana Donek de La Lande.

Sur le carton affiché à l'entrée on peut lire sous le nom de l'artiste : La chambre d'amour. Où l'on comprend que c'est le titre de l'œuvre exposée. Une chambre, en effet. Elle a fait de son espace alloué un cube sombre en posant un plafond, ce qui provoque un saisissement quand on soulève le rideau de la porte d'entrée. Il faut du temps aux yeux pour s'habituer à la pénombre. Les murs sont noirs, n'en ressortent tout d'abord que les dessins affichés, qui ne permettent pas, à eux seuls, pour qui ne connaît pas la grotte secrète, de faire le lien avec cette chambre d'amour. Cette femme serait-elle un farouche défenseur de la cause animale ? Voudrait-elle nous convaincre que les animaux sont plus aimables que les hommes ? Qu'elle partage sa couche avec trois chiens et dix-neuf chats ? Mais la harde secrète est là pour veiller, dans ce fac-similé, ici comme là-bas, sur le maître de la grotte. L'homme et son bestiaire devenus inséparables, liés à jamais dans leur antre souterrain.

Car peu à peu les filaments tremblotants s'éteignent et monte du sol une lumière rougeoyante qui exsude d'un cadavre en décomposition. Il repose dans la pièce, allongé au milieu d'une mandorle de pierres blanches, phosphores-centes, lançant des sortes de radiations, le corps couvert de pétales de roses qui scintillent comme des gouttes de sang. On reconnaît bien le vieil homme en dépit du fait qu'une partie de la peau du visage manque, découvrant un crâne de plâtre, une orbite creuse, une moitié de mâchoire où brille une dent en or. Sur un lambeau de cuir chevelu pendent quelques longs fils blancs. La paupière intacte est fermée, qui donne une impression d'apaisement, alors que la cavité oculaire à côté nous plonge dans un puits de ténèbres, comme si la mort avait à proposer, à la fois, le repos et l'effroi.

Le corps est revêtu d'une chemise en guenilles et d'un pantalon de toile. Le col ouvert sur la cage thoracique nous rappelle le gracieux décol-leté du tableau inachevé, qui est d'ailleurs posé à la tête de la sépulture sur un support, comme on le fait d'une plaque commémorative ou d'un ex-voto. Un carton nous apprend que cette œuvre n'est pas de l'artiste mais de Marcel Fischer, de son vrai nom Josef Rozenblum, mort en déporta-tion. Sans doute l'ensemble peut-il sembler dispa-rate pour un visiteur non averti, et relever d'un collage aléatoire, mais nous qui savons, nous comprenons que l'artiste a recomposé dans cette chambre les morceaux de sa généalogie éparse, qu'elle a réuni sa famille secrète, et qu'elle nous parle, oui, d'amour, après avoir vécu sous le signe de l'opprobre et de l'éclatement.

Toutes les pièces de son génome retournées comme des cartes, c'est une artiste réconciliée, en paix avec elle-même, délestée de ce fardeau de la mémoire, qui se penche avec tendresse sur la tombe des siens. Elle peut maintenant passer à autre chose, partir vers de nouvelles aventures. Enfin libre.

Près de la sépulture, est posée une jarre de terre cuite remplie de pétales, qui est une invitation à honorer le mort en le couvrant de ce semis de fleurs. Un homme chaussé de lunettes noires hésite visiblement à accomplir le geste funéraire, à plonger ses mains dans ce bain odorant, d'où s'élève aussi une lueur rosée. Par peur du ridicule peut-être. Cette hésitation nous rappelle celle de Lancelot, à qui Guenièvre reprochera ce pas en arrière qu'il fit avant d'embarquer dans la charrette d'infamie qui transporte les condamnés et qui lui permettrait de la rejoindre. Comment a-t-il pu hésiter ? Son amour n'était-il pas assez fort qu'il ait rechigné un instant à piétiner le code d'honneur de sa caste ? Mais ce ne fut l'affaire que de quelques secondes.

Où l'on comprend que décider, c'est choisir d'aller vers la mort, c'est-à-dire de traverser la vie, ne pas rester dans les limbes à regarder l'amour passer. Et le preux chevalier, mettant un mouchoir sur son code d'honneur, embarque dans la charrette des condamnés qui le mène dans le plus grand dénuement vers sa reine. Et la reine à la chevelure d'or ouvre ses bras à cet homme déchu.

On voit de même le visiteur en noir balancer un temps, puis il se penche, plonge ses mains jointes en coupe dans le bain odorant de la jarre, d'où il ressort une pleine poignée de pétales de roses qu'il égrène cérémonieusement au-dessus du corps rougeoyant. Il reste un moment recueilli, comme s'il se tenait devant une véritable sépulture. C'est la sonnerie de son téléphone qui le tire de son état cataleptique.

D'ordinaire on est prié dans ce genre de lieu d'éteindre son portable, mais, à l'apparition du numéro sur le petit écran lumineux qui ajoute un éclairage inédit à la pénombre, il n'a pas le cœur de le couper. Son visage s'illumine d'un sourire à cent quatre-vingts degrés, il approche l'appareil de son oreille, baisse la tête comme si par cet artifice il se rendait soudain moins visible, fait un pas de côté qui le précipite contre d'autres visiteurs contemplant la sépulture, s'excuse, et d'une voix qui se voudrait en sourdine : Bonjour, mon amour. Et instantanément tous les visages qui s'apprêtaient d'un froncement de sourcils à désapprouver l'inconvenant, s'adoucissent. Car Bonjour mon amour arrête toutes les armées du monde, bonjour mon amour, le tank s'immobilise sur la place Tian'anmen, bonjour mon amour, on suspend l'exécution du condamné, bonjour mon amour, le temps se met en pause.

Son portable à l'oreille, il semble que l'homme se propose de faire l'audio-guide pour son interlocutrice. Il lui décrit l'installation, les dessins, la sépulture, le corps qui rougeoie, les pierres radieuses, le tableau inachevé, puis ressort de l'alcôve en écartant le rideau pour ne pas gêner davantage et laisser aux autres visiteurs le soin de se faire leur propre opinion. Car il n'est pas bon juge en la circonstance. Il confirme qu'il a bien rencontré l'artiste : Mais, mon amour, tu es bien plus jolie qu'elle. Elle avait pensé un moment me demander la permission d'utiliser certaines de mes phrases. Et puis, visiblement, elle a changé d'avis. Elle a eu raison bien sûr. Mais c'est l'intention qui compte.

À droite de l'entrée on trouve un pupitre sur lequel un livre d'or offre aux visiteurs la possibi-

lité de laisser un témoignage. Il lit pour son interlocutrice les commentaires : Bravo, on se croirait
à Lascaux, ou J'aurais aimé offrir une sépulture
comme celle-ci à mon père, ou Pouvez-vous me
dire dans quelle grotte se trouve les dessins
que vous avez reproduits ? Et soudain l'auteur :
Bon Dieu, mon amour, pas croyable, un mot de
madame Moineau.

« Ma chérie, vous savez bien que votre vieille amie
n'est qu'une gourde qui ne comprend pas grand-
chose à l'art, mais si je m'en tiens à ce que j'ai ressenti, c'est très émouvant et très beau. Je peux même
vous avouer que Raymond y est allé de sa larme, ce
n'est pourtant pas sa spécialité, et moi aussi bien
sûr, et tiens, j'en avais une en réserve qui tombe
encore sur la page, c'est ballot, une belle tache bleutée comme au temps de l'école. Je ne suis vraiment
pas sortable. Mais si comme je l'espère on vous
remet ce livre, elle vous dira toute mon admiration
et ma sincérité. Vous savez où nous retrouver. Notre
petite maison vous est ouverte. On vous y attend.
Merci à vous, ne nous oubliez pas. Embrassez le
grand nigaud de notre part. Vous êtes comme nos
enfants. J'attends la suite — mon petit doigt m'a dit
— avec impatience. Tout ira bien, mes trésors. »

Signé Yvonne et Raymond.

Et l'auteur (car c'est lui, n'est-ce pas ?) : Indépassable madame Moineau. Qu'est-ce qu'on peut bien
écrire après ça, ma chérie. Comme aurait dit ma
mère : Elle a tout dit.

La chérie réfléchit sans doute à l'autre bout,
puisque, après avoir gardé le silence, on le voit
approuver d'un signe de tête. Il dit : Oui, c'est une
bonne idée. Et sous sa dictée écrit : « Soyez heureuse, puisque de ce moment vous l'avez été. »

Il dit encore qu'il ne va pas s'attarder, qu'il verra le reste de l'exposition une autre fois. On lui a pourtant signalé une salle où l'on chausse des lunettes virtuelles qui nous transportent sous la banquise et où l'on croise le poissson sur pattes de Jérôme Bosch qui s'avance vers nous, ce qui nous vaut un mouvement de recul, et nous demande comment va le monde, tandis que passent et repassent dans un éclairage translucide d'autres créatures amphibies, et parmi elles des hommes et des femmes qui débutent leur métamorphose marine, n'ayant que les doigts palmés, ou déjà des nageoires, comme si l'humanité avait choisi, à l'exemple des baleines autrefois regagnant les océans après leur incursion terrestre, de retourner à la mer, et s'adaptait progressivement à son nouvel élément. Mais nous la verrons ensemble, ma chérie. Tu sais que l'eau n'est pas mon fort, et que je n'ai pas bénéficié des cours de monsieur Moineau. Et puis on ne sort pas indemne de cette chambre d'amour. J'ai le cœur un peu chaviré. J'ai besoin de toi, ma reine. Bien sûr que je t'attends. Tu es ma terre promise. Qu'est-ce que j'irais voir ailleurs où tu ne serais pas ?

Voilà qui nous met la puce à l'oreille, comme dirait la bonne dame de Sangerville, oui, voilà qui nous chante. Ce blues dans lequel l'auteur nous faisait partager l'éblouissement de la rencontre et le long tunnel de son chagrin. Très exactement : Qu'est-ce que j'irais voir ailleurs où « elle » ne serait pas. Elle, la fiancée juive. Serait-elle cette sorte d'amie pour lui ?

DU MÊME AUTEUR

Aux Éditions Gallimard

LA DÉSINCARNATION, *essai* (Folio n° 3769).

L'INVENTION DE L'AUTEUR, *roman* (Folio n° 4241).

L'IMITATION DU BONHEUR, *roman* (Folio n° 4590).

PRÉHISTOIRES, *essai*.

LA FIANCÉE JUIVE.

LA FEMME PROMISE, *roman* (Folio n° 5056).

Aux Éditions de Minuit

LES CHAMPS D'HONNEUR, *roman*.

DES HOMMES ILLUSTRES, *roman*.

LE MONDE À PEU PRÈS, *roman*.

POUR VOS CADEAUX, *roman*.

SUR LA SCÈNE COMME AU CIEL, *roman*.

LES TRÈS RICHES HEURES, *théâtre*.

Aux Éditions Casterman

LES CHAMPS D'HONNEUR, *dessins de Denis Deprez*.

MOBY DICK, *dessins de Denis Deprez*.

Chez d'autres éditeurs

ROMAN-CITÉ *dans* PROMENADE À LA VILLETTE, *Cité des Sciences/Somogy*.

CARNAC OU LE PRINCE DES LIGNES, illustrations de Nathalie Novi, *Seuil*.

LES CORPS INFINIS, peintures de Pierre-Marie Brisson, *Actes Sud*.

LA BELLE AU LÉZARD DANS SON CADRE DORÉ, illustrations de Yan Nascimbene, *Albin Michel Jeunesse*.

SAGE PASSAGE À TANGER, aquarelles de Jean Leccia, *Domens*.

LA FUITE EN CHINE, *Les Impressions Nouvelles*, 2006.

SOUVENIRS DE MON ONCLE, *Naïve*, 2009.

(ÉVANGILE) SELON MOI, *Les Busclats*, 2010.

Composition Igs
Impression Maury-Imprimeur
45330 Malesherbes
le 20 mars 2010.
Dépôt légal : mars 2010.
Numéro d'imprimeur : 154416.

ISBN 978-2-07-041805-3. / Imprimé en France.

171925